OEUVRES

COMPLETES

DE

VOLTAIRE.

OEUVRES

COMPLETES

DE

VOLTAIRE.

TOME QUARANTE-SIXIEME.

DE L'IMPRIMERIE DE LA SOCIÉTÉ LITTÉRAIRE-
TYPOGRAPHIQUE.

1 7 8 5.

FACETIES.

PREFACE

DU RECUEIL

DES FACÉTIES PARISIENNES. (1)

Les fottifes qu'on fait, qu'on dit et qu'on écrit, étant plus multipliées que la race de *Jacob* et que les fables de la mer, il eft difficile de faire un choix. Toutes ces innombrables veffies, accumulées les unes fur les autres dans le goufre de l'oubli, crèvent au moment qu'elles font formées, et il en réfulte un immenfe nuage dans lequel on ne difcerne plus rien. Les journaux et les mercures tâchent en vain de faire vivre un mois ou quinze jours les fottifes nouvelles ; mais entraînés eux-mêmes dans l'abyme, ils s'y précipitent avec elles, comme les nageurs mal-adroits vont au fond de l'eau en voulant donner la main aux paffagers qui fe noient.

(1) C'eft le titre d'un recueil formé des plaifanteries fans nombre qui parurent en 1760, à l'occafion de la comédie des philo-fophes, du difcours de M. *le Franc* et de *Ramponeau*, M. de *Voltaire* eft l'auteur d'une grande partie de ces pièces : on a recueilli dans ce volume celles qui lui appartiennent, et on y a joint ceux de fes ouvrages de plaifanterie où il s'eft le plus abandonné à fa gaieté : on s'eft borné à indiquer par des notes très-courtes la date et l'à propos de ces ouvrages.

Dans ce vafte tourbillon de nos impertinences, nous avons choifi difcrétement quelques-unes des plus légères, pour les faire
furnager un jour ou deux : elles amuferont
les oififs et les oifives ; après quoi elles iront
trouver le *Journal de Trévoux*, l'*Année littéraire*
et autres efforts de l'efprit humain, confacrés
à l'éternité : j'entends l'éternité du néant.

N. B. Je ne veux pas dire que les pièces que
j'imprime foient des impertinences ; je parle
feulement des fujets de ces pièces : elles font
plaïfantes, et les fujets font ridicules. Voilà
tout ce que j'ai prétendu, fans vouloir offenfer
perfonne.

M. de *Saint-Foix* eft auteur des *Effais hifto-
riques fur Paris*, livre utile et agréable qui a
beaucoup de fuccès : dès qu'un auteur a produit
quelque chofe d'eftimable, il eft fûr d'avoir des
critiques. Le public y gagne quelques inftructions, et les auteurs des critiques quelque
argent : c'eft un petit objet de commerce établi
depuis long-temps. Les auteurs des journaux
et des feuilles vivent de cette marchandife ; ils
favent bien qu'ils ne travaillent pas pour la
poftérité ; leurs feuilles fe vendent comme les
petites affiches, et plus elles font fatiriques,
plus le débit en eft fort : c'eft une affaire
convenue.

La multitude des feſeurs de feuilles , étant augmentée depuis pluſieurs années , à fait tort à la marchandiſe : le public s'eſt laſſé des critiques littéraires , et les folliculaires ont pris un autre tour. Ils ont imaginé d'accuſer d'athéiſme les auteurs dont ils font des extraits , et ont cru par-là réveiller l'attention de Paris. L'archidiacre *Trublet* , que l'on croyait n'être que dans les *moindres* , et les nommés *Dinouart* et *Joannet* , ſe font aviſés de défendre la religion chrétienne à quinze ſous par feuille , eſpérant que la modicité du prix allécherait les ames dévotes : ils ont accuſé M. de *Saint-Foix* d'avoir mal parlé de la religion catholique , apoſtolique et romaine , et même de la magiſtrature.

M. de *Saint-Foix* , qui n'entend pas raillerie , a réſolu de leur donner ſur les oreilles ; mais ayant conſidéré qu'il était plus chrétien de leur faire un procès criminel , il les a aſſignés au châtelet pour être reconnu bon catholique et ſerviteur du parlement.

Ce procès n'eut point de ſuite : les ſaints reconnurent humblement dans un écrit , ſigné d'eux , que leur zèle les avait emportés à calomnier un peu , et qu'ils en demandaient pardon à DIEU et à M. de *Saint-Foix*.

REMERCIMENT

SINCERE

A UN HOMME CHARITABLE. (2)

A Marseille, mai 1750.

Vous avez rendu fervice au genre humain en vous déchaînant fagement contre des ouvrages faits pour le pervertir. Vous ne ceffez d'écrire contre l'*Efprit des lois*, et même il paraît à votre ftyle que vous êtes l'ennemi de toute forte d'efprit. Vous avertiffez que vous avez préfervé le monde du venin répandu dans l'*Effai fur l'homme*, de *Pope*, livre que je ne ceffe de relire, pour me convaincre de plus en plus de la force de vos raifons et de l'importance de vos fervices. Vous ne vous amufez pas, Monfieur, à examiner le fond de l'ouvrage fur les lois, à vérifier les citations, à difcuter s'il y a de la juftefse, de la profondeur, de la clarté, de la fageffe, fi les chapitres naiffent les uns des autres, s'ils forment un tout enfemble, fi enfin ce livre, qui devrait être utile, ne ferait pas par malheur un livre agréable.

Vous allez d'abord au fait ; et regardant M. de

---

(2) Cet ouvrage eft une défenfe de *Montefquieu* contre l'auteur des nouvelles eccléfiaftiques. M. de *Voltaire* a eu conftamment la générofité et le courage de défendre contre les fanatiques ceux mêmes des philofo-phes ou des hommes de lettres qui s'étaient déclarés fes ennemis.

Montefquieu comme le difciple de *Pope*, vous les regardez tous deux comme les difciples de *Spinofa*. Vous leur reprochez, avec un zèle merveilleux, d'être athées, parce que vous découvrez, dites-vous, dans toute leur philofophie les principes de la religion naturelle. Rien n'eft affurément, Monfieur, ni plus charitable, ni plus judicieux que de conclure qu'un philofophe ne connaît point de DIEU, de cela même qu'il pofe pour principe que DIEU parle au cœur de tous les hommes.

Un honnête homme eft le plus noble ouvrage de DIEU, dit le célèbre poëte philofophe; vous vous élevez au-deffus de l'honnête homme. Vous confondez ces maximes funeftes, que la Divinité eft l'auteur et le lien de tous les êtres, que tous les hommes font frères, que DIEU eft leur père commun, qu'il ne faut rien innover dans la religion, ne point troubler la paix établie par un monarque fage, qu'on doit tolérer les fentimens des hommes, ainfi que leurs défauts. Continuez, Monfieur, écrafez cet affreux libertinage, qui eft au fond la ruine de la fociété. C'eft beaucoup que par vos *Gazettes eccléfiaftiques* vous ayez faintement effayé de tourner en ridicule toutes les puiffances; et quoique la grâce d'être plaifant vous ait manqué, *volenti et conanti*, cependant vous avez le mérite d'avoir fait tous vos efforts pour écrire agréablement des invectives. Vous avez voulu quelquefois réjouir les faints; mais vous avez fouvent effayé d'armer chrétiennement les fidèles les uns contre les autres. Vous prêchez le fchifme pour la plus grande gloire de DIEU. Tout cela eft très-édifiant; mais ce n'eft point encore affez.

Votre zèle n'a rien fait qu'à demi, fi vous ne parvenez à faire brûler les livres de *Pope*, de *Locke* et de *Bayle*, l'*Esprit des lois*, &c. dans un bûcher auquel on mettra le feu avec un paquet de *nouvelles ecclésiastiques*.

En effet, Monsieur, quels maux épouvantables n'ont pas faits dans le monde une douzaine de vers répandus dans l'*Essai sur l'homme*, de ce scélérat de *Pope*, cinq ou six articles du dictionnaire de cet abominable *Bayle*, une ou deux pages de ce coquin de *Locke*, et d'autres incendiaires de cette espèce ! Il est vrai que ces hommes ont mené une vie pure et innocente, que tous les honnêtes gens les chérissaient et les consultaient ; mais c'est par-là qu'ils font dangereux. Vous voyez leurs sectateurs, les armes à la main, troubler les royaumes, porter partout le flambeau des guerres civiles. *Montagne*, *Charron*, le président de *Thou*, *Descartes*, *Gassendi*, *Rohaut*, *le Vayer*, ces hommes affreux qui étaient dans les mêmes principes, bouleversèrent tout en France. C'est leur philosophie qui fit donner tant de batailles, et qui causa la Saint-Barthelemi ; c'est leur esprit de tolérantisme qui est la ruine du monde ; et c'est votre saint zèle qui répand par-tout la douceur de la concorde.

Vous nous apprenez que tous les partisans de la religion naturelle font les ennemis de la religion chrétienne. Vraiment, Monsieur, vous avez fait là une belle découverte ! Ainsi, dès que je verrai un homme sage qui dans sa philosophie reconnaîtra par-tout l'Etre suprême, qui admirera la Providence dans l'infiniment grand et dans l'infiniment petit,

dans la production des mondes, dans celle des
infectes „ je conclurai de-là qu'il eſt impoſſible que
cet homme ſoit chrétien. Vous nous avertiſſez qu'il
faut penſer ainſi aujourd'hui de tous les philoſophes.
On ne pouvait certainement rien dire de plus ſenſé
et de plus utile au chriſtianiſme que d'aſſurer que
notre religion eſt bafouée dans toute l'Europe par
tous ceux dont la profeſſion eſt de chercher la
vérité. Vous pouvez vous vanter d'avoir fait là une
réflexion dont les conſéquences feront bien avan-
tageuſes au public.

Que j'aime encore votre colère contre l'auteur de
l'*Eſprit des lois*, quand vous lui reprochez d'avoir
loué les *Solon*, les *Platon*, les *Socrate*, les *Ariſtide*,
les *Cicéron*, les *Caton*, les *Epictète*, les *Antonin* et les
Trajan ! On croirait, à votre dévote fureur contre
ces gens-là, qu'ils ont ſigné le formulaire. Quels
monſtres, Monſieur, que tous ces grands hommes
de l'antiquité ! Brûlons tout ce qui nous reſte de
leurs écrits, avec ceux de *Pope*, de *Locke* et de
M. de *Monteſquieu*. En effet tous ces anciens ſages
ſont vos ennemis ; ils ont tous été éclairés par la
religion naturelle. Et la vôtre, Monſieur, je dis la
vôtre en particulier, paraît ſi fort contre la nature,
que je ne m'étonne pas que vous déteſtiez ſincèrement
tous ces illuſtres réprouvés qui ont fait, je ne ſais
comment, tant de bien à la terre. Remerciez bien
DIEU de n'avoir rien de commun, ni avec leur
conduite, ni avec leurs écrits.

Vos ſaintes idées ſur le gouvernement politique
ſont une ſuite de votre ſageſſe. On voit que vous
connaiſſez les royaumes de la terre tout comme le

royaume des cieux. Vous condamnez de votre autorité privée les gains que l'on fait dans les rifques maritimes. Vous ne favez pas probablement ce que c'eft que l'argent à la groffe ; mais vous appelez ce commerce *ufure*. C'eft une nouvelle obligation que le roi vous aura d'empêcher fes fujets de commercer à Cadix. Il faut laiffer cette œuvre de *Satan* aux Anglais et aux Hollandais , qui font déjà damnés fans reffource. Je voudrais , Monfieur , que vous nous diffiez combien vous rapporte le commerce facré de vos nouvelles eccléfiaftiques. Je crois que la bénédiction répandue fur ce chef-d'œuvre peut bien faire monter le profit à trois cents pour cent. Il n'y a point de commerce profane qui ait jamais fi bien rendu.

Le commerce maritime que vous condamnez pourrait être excufé peut-être en faveur de l'utilité publique , de la hardieffe d'envoyer fon bien dans un autre hémifphère, et du rifque des naufrages. Votre petit négoce a une utilité plus fenfible ; il demande plus de courage et expofe à de plus grands rifques.

Quoi de plus utile en effet que d'inftruire l'univers quatre fois par moi des aventures de quelques clercs tonfurés ? Quoi de plus courageux que d'outrager votre roi et votre archevêque ? et quel rifque , Monfieur , que ces petites humiliations que vous pourriez effuyer en place publique ? Mais je me trompe ; il y a des charmes à fouffrir pour la bonne caufe. Il vaut mieux obéir à DIEU qu'aux hommes, et vous paraiffez tout fait pour le martyre , que je vous fouhaite cordialement , étant votre très-humble et très-obéiffant ferviteur.

A propos, Monfieur, mes complimens à M. *Pluche* qui continue fi intrépidement à copier des livres pour étaler le *Spectacle de la nature*, et qui s'eft fait le *charlatan des ignorans*.

On ne peut être plus content que je le fuis de voir une préparation et même une démonftration évangélique à côté de la manière d'élever des vers à foie.

Il eft toujours fort beau à lui de faire de *Moïfe* un excellent phyficien, de foutenir hardiment, malgré toutes les académies, que la lumière ne vient point du foleil et des autres corps lumineux, et d'avancer que les nègres font devenus noirs petit à petit, en qualité de defcendans de *Chus ;* ce *Pluche* n'a jamais vu apparemment de nègre difféqué. J'apprends auffi qu'il a trouvé la place du paradis terreftre où l'on conferve la côte d'*Adam* et la peau du ferpent qui parla à fa femme. J'ai ouï dire que l'âne de *Balaam* eft encore vivant, et qu'il broute dans ces quartiers-là. Je ne doute pas que *Pluche* n'ait bientôt quelque converfation avec lui, et qu'il n'en rende compte à monfieur le prieur et à monfieur le chevalier.

J'ai encore un petit mot à vous dire. J'ai lu dans le huitième tome de ce *Pluche* que *Mahomet* avait voyagé dans les fept planètes en une nuit. Il cite ce voyage, comme s'il était dans l'Alcoran, et que ce fût un point de foi chez les Turcs. Il prend de-là occafion d'appeler *Mahomet* fat.

Si jamais *Pluche* va à Conftantinople, je lui confeille d'être plus poli. Je rencontrai hier un turc fur le port de Marfeille à qui je demandai fi le voyage prétendu des fept planètes eſt en effet dans l'Alcoran; il me répondit que non. Je lui appris que le ſieur *Pluche* traitait ſon prophète de *fat*, avec aſſez de légèreté. Mon turc, qui eſt un homme très-ſage, me dit que, quand on a une maiſon de verre, il ne faut pas jeter des pierres dans celle de ſon voiſin.

DIATRIBE

DU DOCTEUR

AKAKIA,

MEDECIN DU PAPE.

PREFACE.

CETTE plaifanterie a été fi fouvent imprimée, qu'on n'a pas dû l'omettre dans ce recueil. C'eft un badinage innocent fur un livre ridicule du préfident d'une académie, (*) lequel parut à la fin de 1752.

C'était une chofe fort extraordinaire, qu'un philofophe affurât qu'il n'y a d'autre preuve de l'exiftence de DIEU qu'une formule d'algèbre ; que l'ame de l'homme en s'exaltant peut prédire l'avenir ; qu'on peut fe conferver la vie trois ou quatre cents ans en fe bouchant les pores. Plufieurs idées non moins étonnantes étaient prodiguées dans ce livre.

Un mathématicien de la Haie ayant écrit contre la première de ces propofitions, et ayant relevé cette erreur de mathématique , cette querelle occafionna un procès dans les formes, que le préfident lui intenta devant la propre académie qui dépendait de lui , et il fit condamner fon adverfaire comme fauffaire.

Cette injuftice fouleva toute l'Europe littéraire : c'eft ce qui donna occafion à la petite feuille qui fuit. C'eft une continuelle allufion

(*) M. *Moreau de Maupertuis* , préfident de l'académie de Berlin.

à tous les paffages du livre dont le public fe
moquait. On y fait d'abord parler un médecin,
parce que dans ce livre il était dit qu'il ne
fallait point payer fon médecin quand il ne
guériffait pas.

DIATRIBE

DIATRIBE

DU DOCTEUR

AKAKIA,

MEDECIN DU PAPE.

R**IEN** n'eſt plus commun aujourd'hui que de
jeunes auteurs ignorés qui mettent ſous des noms
connus des ouvrages peu dignes de l'être. Il y a
des charlatans de toute eſpèce. En voici un qui a
pris le nom d'un préſident d'une très-illuſtre académie, pour débiter des drogues aſſez ſingulières.
Il eſt démontré que ce n'eſt pas le reſpectable
préſident qui eſt l'auteur des livres qu'on lui attribue;
car cet admirable philoſophe, qui a découvert que la
nature agit toujours par les lois les plus ſimples, et
qui ajoute ſi ſagement qu'elle va toujours à l'épargne,
aurait certainement épargné au petit nombre de
lecteurs capables de le lire, la peine de lire deux fois
la même choſe dans le livre intitulé ſes *Oeuvres*, et
dans celui qu'on appelle ſes *Lettres*. Le tiers au moins
de ce volume eſt copié mot pour mot dans l'autre.
Ce grand homme, ſi éloigné du charlataniſme,
n'aurait point donné au public des lettres qui n'ont
été écrites à perſonne, et ſur-tout ne ferait point
tombé dans certaines petites fautes qui ne ſont
pardonnables qu'à un jeune homme.

Je crois, autant qu'il eſt poſſible, que ce n'eſt

point l'intérêt de ma profeſſion qui me fait parler ici ; mais on me pardonnera de trouver un peu fâcheux que cet écrivain traite les médecins comme ſes libraires. Il prétend nous faire mourir de faim. Il ne veut pas qu'on paie les médecins, quand malheureuſement le malade ne guérit point. On ne paye point, dit-il, (*a*) un peintre qui a fait un mauvais tableau. O jeune homme, que vous êtes dur et injuſte ! Le duc d'Orléans, régent de France, ne paya-t-il pas magnifiquement le barbouillage dont *Coypel* orna la galerie du palais royal ? Un client prive-t-il d'un juſte ſalaire ſon avocat, parce qu'il a perdu ſa cauſe ? Un médecin promet ſes ſoins, et non la guériſon : il fait ſes efforts, et on les lui paye. Quoi ! ſeriez-vous jaloux, même des médecins ?

Que dirait, je vous prie, un homme qui aurait, par exemple, douze cents ducats de penſion pour avoir parlé de mathématique et de métaphyſique, pour avoir diſſéqué deux crapauds et s'être fait peindre avec un bonnet fourré, ſi le tréſorier venait lui tenir ce langage : Monſieur, on vous retranche cent ducats pour avoir écrit qu'il y a des aſtres faits comme des meules de moulin ; cent autres ducats pour avoir écrit qu'une comète viendra *voler* notre lune, et porter ſes *attentats juſqu'au ſoleil* même ; cent autres ducats pour avoir imaginé que des comètes *toutes d'or et de diamans* tomberont ſur la terre : vous êtes taxé à trois cents ducats pour avoir affirmé que les enfans ſe forment par attraction dans le ventre de la mère ; (*b*) que l'œil gauche attire la jambe

(*a*) Page 124.
(*b*) Dans les *Oeuvres* et les *Lettres* de M. de *Maupertuis*.

droite, &c. (*c*) on ne peut vous retrancher moins de quatre cents ducats pour avoir imaginé de connaître la nature de l'ame par le moyen de l'opium, et en disséquant des têtes de géans? &c. &c. Il est clair que le pauvre philosophe perdrait de compte fait toute sa pension. Serait-il bien aise après cela que nous autres médecins, nous nous moquassions de lui, et que nous assurassions que les récompenses ne sont faites que pour ceux qui écrivent des choses utiles, et non pas pour ceux qui ne sont connus dans le monde que par l'envie de se faire connaître?

Ce jeune homme inconsidéré reproche à mes confrères les médecins de n'être pas assez hardis. Il dit (*d*) que c'est au hasard et aux nations sauvages qu'on doit les seuls spécifiques connus, et que les médecins n'en ont pas trouvé un. Il faut lui apprendre que c'est la seule expérience qui a pu enseigner aux hommes les remèdes que fournissent les plantes. *Hippocrate*, *Boerhaave*, *Chirac* et *Senac* n'auraient jamais certainement deviné, en voyant l'arbre du quinquina, qu'il doit guérir la fièvre; ni en voyant la rhubarbe, qu'elle doit purger; ni en voyant des pavots, qu'ils doivent assoupir. Ce qu'on appelle *hasard* peut seul conduire à la découverte des propriétés des plantes; et les médecins ne peuvent faire autre chose que de conseiller ces remèdes suivant les occasions. Ils en inventent beaucoup avec le secours de la chimie; ils ne se vantent pas de guérir toujours, mais ils se vantent de faire tout ce qu'ils peuvent pour soulager les hommes.

(*c*) Voyez la *Vénus physique.*
(*d*) Page 205.

B 2

Le jeune plaifant qui les traite fi mal a-t-il rendu autant de fervices au genre humain que celui qui tira, contre toute apparence, des portes du tombeau le maréchal de *Saxe*, après la victoire de Fontenoy?

Notre jeune raifonneur prétend qu'il faut que les médecins ne foient plus qu'empiriques, (*e*) et leur confeille de bannir la théorie. Que diriez-vous d'un homme qui voudrait qu'on ne fe fervît plus d'architectes pour bâtir des maifons, mais feulement de maçons qui tailleraient des pierres au hafard?

Il donne auffi le fage confeil de négliger l'anatomie. (*f*) Nous aurons cette fois-ci les chirurgiens pour nous. Nous fommes feulement étonnés que l'auteur, qui a eu quelques petites obligations aux chirurgiens de Montpellier dans des maladies qui demandaient une grande connaiffance de l'intérieur de la tête et de quelques autres parties du reffort de l'anatomie, en ait fi peu de reconnaiffance.

Le même auteur, peu favant apparemment dans l'hiftoire, en parlant de rendre les fupplices des criminels utiles, et de faire fur leurs corps des expériences, dit (*g*) que cette propofition n'a jamais été exécutée : il ignore ce que tout le monde fait, que du temps de *Louis XI* on fit pour la première fois en France, fur un homme condamné à mort, l'épreuve de la taille ; que la feue reine d'Angleterre fit effayer l'inoculation de la petite vérole fur quatre criminels ; et qu'il y a d'autres exemples pareils.

Mais, fi notre auteur eft ignorant, on eft obligé d'avouer qu'il a en récompenfe une imagination fingulière : il veut, en qualité de phyficien, que nous

(*e*) Page 119.   (*f*) Page 120.   (*g*) Page 198.

nous fervions de la force centrifuge pour guérir une apoplexie , (*h*) et qu'on faffe pirouetter le malade. L'idée, à la vérité, n'eft pas de lui , mais il lui donne un air fort neuf.

Il nous confeille (*i*) d'enduire un malade de poix réfine , ou de percer fa peau avec des aiguilles. S'il exerce jamais la médecine , et qu'il propofe de tels remèdes , il y a grande apparence que fes malades fuivront l'avis qu'il leur donne , de ne point payer le médecin.

Mais ce qu'il y a d'étrange , c'eft que ce cruel ennemi de la faculté , qui veut qu'on nous retranche notre falaire fi impitoyablement, propofe (*k*) pour nous adoucir, de ruiner les malades. Il ordonne (car il eft defpotique) que chaque médecin ne traite qu'une feule infirmité ; de forte que , fi un homme a la goutte , la fièvre, le dévoiement, mal aux yeux , et mal à l'oreille, il lui faudra payer cinq médecins au lieu d'un. Mais peut-être auffi que fon intention eft que nous n'ayons chacun que la cinquième partie de la rétribution ordinaire. Je reconnais bien-là fa malice. Bientôt on confeillera aux dévots d'avoir des directeurs pour chaque vice ; un pour l'ambition férieufe des petites chofes , un pour la jaloufie cachée fous un air dur et impérieux, un pour la rage de cabaler beaucoup pour des riens , un pour d'autres misères ; mais ne nous égarons point, et revenons à nos confrères.

Le meilleur médecin , dit-il , *eft celui qui raifonne le moins.* Il paraît être en philofophie auffi fidèle à cet axiome que le père *Canaye* l'était en théologie;

(*h*) Page 206.　　(*i*) *Ibid.*　　(*k*) Page 208.

B 3

cependant malgré fa haine contre le raifonnement, on voit qu'il a fait de profondes méditations fur l'art de prolonger la vie. Premièrement il convient avec tous les gens fenfés, et c'eft de quoi nous le féli- citons, que nos pères vivaient huit à neuf cents ans.

Enfuite, ayant trouvé tout feul, et indépendam- ment de *Leibnitz*, que *la maturité n'eft point l'âge de la force, l'âge viril, mais que c'eft la mort*, il propofe de reculer ce point de maturité (*l*) *comme on conferve des œufs en les empêchant d'éclore*. C'eft un beau fecret, et nous lui confeillons de fe faire bien affurer l'hon- neur de cette découverte dans quelque poulailler, ou par fentence criminelle de quelque académie.

On voit, par le compte que nous venons de rendre, que fi ces lettres imaginaires étaient d'un préfident, elles ne pourraient être que d'un préfident de *Bedlam*, (*m*) et qu'elles font inconteftablement, comme nous l'avons dit, d'un jeune homme qui s'eft voulu parer du nom d'un fage refpecté, comme on fait, dans toute l'Europe, et qui a confenti d'être déclaré *grand homme*. Nous avons vu quelque- fois au carnaval, en Italie, *Arlequin* déguifé en archevêque; mais on démêlait bien vîte *Arlequin* à la manière dont il donnait la bénédiction. Tôt ou tard on eft reconnu; cela rappelle une fable de *la Fontaine* :

> *Un petit bout d'oreille échappé par malheur*
> *Découvrit la fourbe et l'erreur.*

Ici l'on voit des oreilles tout entières.

(*l*) Page 76.

(*m*) Les petites maifons à Londres.

Tout confidéré, nous déférons à la fainte inquifition le livre imputé au préfident, et nous nous en
rapportons aux lumières infaillibles de ce docte
tribunal, auquel on fait que les médecins ont tant
de foi.

Décret de l'inquifition de Rome.

Nous père *Pancrace*, &c., inquifiteur pour la foi,
avons lu la *Diatribe* de monfignor *Akakia*, médecin
ordinaire du pape, fans favoir ce que veut dire
Diatribe, et n'y avons rien trouvé de contraire à la
foi ni aux décrétales. Il n'en eft pas de même des
œuvres et lettres du jeune inconnu déguifé fous le
nom d'un préfident.

Nous avons, après avoir invoqué le Saint-Efprit,
trouvé dans les œuvres, c'eft-à-dire, dans l'in-4°
de l'inconnu, force propofitions téméraires, mal-
fonnantes, hérétiques et fentant l'héréfie. Nous les
condamnons collectivement, féparément et refpec-
tivement.

Nous anathématifons fpécialement et particulièrement l'*Effai de Cofmologie*, où l'inconnu, aveuglé par
les principes des enfans de *Bélial*, et accoutumé
à trouver tout mauvais, infinue, contre la parole
de l'Ecriture, (n) que c'eft un défaut de Providence
que les araignées prennent les mouches, et dans
laquelle *Cofmologie* l'auteur fait enfuite entendre qu'il
n'y a d'autre preuve de l'éxiftence de DIEU, que
dans Ż égal à BC divifé par A plus B : (o) or ces

(n) Oeuv. page 9.
(o) Page 45.

caractères étant tirés du Grimoire, et visiblement diaboliques, nous les déclarons attentatoires à l'autorité du saint siége.

Et comme, selon l'usage, nous n'entendons pas un mot aux matières qu'on nomme de *physique*, *mathématique*, *dynamique*, *métaphysique*, &c. nous avons enjoint aux révérends professeurs de philosophie du collége de la Sapience d'examiner les œuvres et les lettres du jeune inconnu, et de nous en rendre un compte fidèle. Ainsi DIEU leur soit en aide.

Jugement des professeurs du collége de la Sapience.

1°. NOUS déclarons que les lois sur le choc des corps parfaitement durs sont puériles et imaginaires, attendu (*p*) qu'il n'y a aucun corps connu parfaitement dur, mais bien des esprits durs sur lesquels nous avons en vain tâché d'opérer.

2°. L'assertion, que le *produit de l'espace par la vitesse est toujours un minimum*, (*q*) nous a semblé fausse; car ce produit est quelquefois un *maximum*, comme *Leibnitz* le pensait, et comme il est prouvé. Il paraît que le jeune auteur n'a pris que la moitié de l'idée de *Leibnitz;* et en cela nous le justifions de n'avoir eu jamais une idée de *Leibnitz* toute entière.

3°. Nous adhérons en outre à la censure que monsignor *Akakia*, médecin du pape, et tant d'autres, ont faite des œuvres du jeune pseudonyme, et sur-tout de la *Vénus physique*. (*r*) Nous conseillons au jeune auteur, quand il procédera avec sa femme (s'il en a une) à l'œuvre de la génération, de ne plus penser

(*p*) Page 44.　　(*q*) Oeuv. page 4.　　(*r*) Page 248.

que l'enfant fe forme dans l'*uterus* par le moyen de l'attraction ; et nous l'exhortons , s'il commet le péché de la chair , à ne pas envier le fort des coli-maçons en amour, ni celui des crapauds , et à imiter moins le ftyle de *Fontenelle*, quand la maturité de l'âge aura formé le fien.

Nous venons à l'examen des *Lettres* que nous avons jugé contenir, par un double emploi vicieux , prefque tout ce qui eft dans les *Oeuvres* ; et nous l'exhortons à ne plus débiter deux fois la même marchandife fous des noms différens , parce que cela n'eft pas d'un honnête négociant comme il devrait l'être.

Examen des lettres d'un jeune auteur déguifé fous le nom d'un préfident.

1°. I L faut d'abord que le jeune auteur apprenne que la *prévoyance* (s) n'eft point appelée dans l'homme *prévifion* ; que ce mot *prévifion* eft uniquement confacré à la connaiffance par laquelle D I E U voit l'avenir. Il eft bon qu'il fache la force des termes avant de fe mettre à écrire. Il faut qu'il fache que l'ame ne *s'aperçoit* point elle-même : elle voit des objets et ne fe voit pas ; c'eft-là fa condition. Le jeune écrivain peut aifément réformer ces petites erreurs.

2°. Il eft faux que *la mémoire nous faffe plus perdre que gagner.* (t) Le candidat doit apprendre que la *mémoire* eft la faculté de retenir des idées, et que fans cette faculté on ne pourrait pas feulement faire

(s) Page 3. Lettres du natif de Saint-Malo.
(t) Page 5.

un mauvais livre , ni même prefque rien connaître ,
ni fe conduire fur rien , qu'on ferait abfolument
imbécille ; il faut que ce jeune homme cultive fa
mémoire.

3°. Nous fommes obligés de déclarer ridicule
cette idée , (*u*) *que l'ame eft comme un corps qui fe remet
dans fon état après avoir été agité , et qu'ainfi l'ame revient
à fon état de contentement ou de détreffe , qui eft fon
état naturel.* Le candidat s'eft mal exprimé. Il voulait
dire apparemment que chacun revient à fon caractère ,
qu'un homme , par exemple , après s'être efforcé
de faire le philofophe , revient aux petiteffes ordinaires , &c. mais des vérités fi triviales ne doivent
pas être redites : c'eft le défaut de la jeuneffe de
croire que des chofes communes peuvent recevoir
un caractère de nouveauté par des expreffions
obfcures.

4°. Le candidat fe trompe quand il dit que
l'étendue n'eft qu'une perception (*x*) de notre ame.
S'il fait jamais de bonnes études , il verra que
l'étendue n'eft pas comme le fon et les couleurs qui
n'exiftent que dans nos fenfations , comme le fait
tout écolier.

5°. A l'égard de la nation allemande qu'il vilipende
(*y*) et qu'il traite d'imbécille en termes équivalens ,
cela nous paraît ingrat et injufte ; ce n'eft pas tout
de fe tromper , il faut être poli : il fe peut faire que
le candidat ait cru inventer quelque chofe après
Leibnitz , mais nous dirons à ce jeune homme que
ce n'eft pas lui qui a inventé la poudre.

6°. Nous craignons que l'auteur n'infpire à fes

(*u*) Page 8.   (*x*) Page 15.   (*y*) Pages 50 et 52.

camarades quelques petites tentations de chercher la pierre philofophale ; (z) car, dit-il, fous quelque *afpect qu'on la confidère, on ne peut en prouver l'impoffi-bilité.* Il eft vrai qu'il avoue qu'il y a de la folie à employer fon bien à la chercher ; mais comme, en parlant de la *fomme du bonheur*, il dit qu'on ne peut démontrer la religion chrétienne, et que cependant bien des gens la fuivent, il fe pourrait à plus forte raifon que quelques perfonnes fe ruinaffent à la recherche du grand œuvre, puifqu'il eft poffible, felon lui, de le trouver.

7°. Nous paffons plufieurs chofes qui fatigueraient la patience du lecteur, et l'intelligence de monfieur l'inquifiteur ; mais nous croyons qu'il fera fort fur-pris d'apprendre que le jeune étudiant (aa) veuille abfolument difféquer des cerveaux de géans hauts de douze pieds, et des hommes velus portant queue, pour fonder la nature de l'intelligence humaine ; qu'avec de l'opium et des rêves il modifie l'ame ; qu'il faffe naître des anguilles *groffes* d'autres anguilles avec de la farine délayée, et des poiffons avec des grains de blé. (bb) Nous prenons cette occafion de divertir monfieur l'inquifiteur.

8°. Mais monfieur l'inquifiteur ne rira plus quand il verra que tout le monde peut devenir prophète ; car l'auteur ne trouve pas plus de difficulté à voir l'avenir que le paffé. Il avoue (cc) que les raifons en faveur de l'aftrologie judiciaire font auffi fortes que les raifons contre elle. Enfuite il affure (dd) que

(z) Page 85.
(aa) Pages 232 et 233.
(bb) Page 143.

(cc) Page 147.
(dd) Page 151.

les perceptions du paffé, du préfent et de l'avenir,
ne diffèrent (*ee*) que par le degré d'activité de l'ame.
Il efpère qu'un peu plus de chaleur et d'*exaltation*
dans l'imagination pourra fervir à montrer l'avenir,
comme la mémoire montre le paffé.

Nous jugeons unanimement que fa cervelle eft
fort exaltée, et qu'il va bientôt prophétifer. Nous
ne favons pas encore s'il fera des grands ou des
petits prophètes, mais nous craignons fort qu'il ne
foit prophète de malheur, puifque, dans fon traité du
bonheur même, il ne parle que d'affliction : il dit (*ff*)
fur-tout que tous les fous font malheureux. Nous
fefons à tous ceux qui le font un compliment de
condoléance ; mais, fi fon ame exaltée a vu l'avenir,
n'y a-t-elle pas vu un peu de ridicule ?

9°. Il nous paraît avoir quelque envie d'aller aux
terres auftrales, (*gg*) quoiqu'en lifant fon livre on
foit tenté de croire qu'il en revient ; cependant il
femble ignorer qu'on connaît il y a long-temps la
terre de *Frédéric Henri*, fituée par-delà le quarantième
degré de latitude méridionale ; mais nous l'avertif-
fons que fi, au lieu d'aller aux terres Auftrales, il
prétend (*hh*) naviger tout droit directement fous le
pôle arctique, perfonne ne s'embarquera avec lui.

10°. Il doit encore être affuré qu'il lui fera
difficile de faire, comme il le prétend, (*ii*) un trou
qui aille jufqu'au centre de la terre, (où il veut
apparemment fe cacher de honte d'avoir avancé de
telles chofes.) Ce trou exigerait qu'on excavât au

(*ee*) Page 154.   (*hh*) Page 174.
(*ff*) Page 9.   (*ii*) Page 186.
(*gg*) Page 172.

moins trois ou quatre cents lieues de pays, ce qui pourrait déranger le fyftême de la balance de l'Europe.

Pour conclufion, nous prions M. le docteur *Akakia* de lui prefcrire des tifanes rafraîchiffantes ; nous l'exhortons à étudier dans quelque univerfité, et à y être modefte.

Si jamais on envoie quelques phyficiens vers la Finlande, pour vérifier, s'il fe peut, par quelques mefures ce que *Newton* a découvert par la fublime théorie de la gravitation et des forces centrifuges, s'il eft nommé de ce voyage, qu'il ne cherche point continuellement à s'élever au-deffus de fes compagnons ; qu'il ne fe faffe point peindre feul applatiffant la terre, ainfi qu'on peint *Atlas* portant le ciel, comme fi l'on avait changé la face de l'univers, pour avoir été fe réjouir dans une ville où il y a garnifon fuédoife ; qu'il ne cite pas à tout propos le cercle polaire.

Si quelque compagnon d'étude vient lui propofer avec amitié un avis différent du fien ; s'il lui fait confidence qu'il s'appuie fur l'autorité de *Leibnitz* et de plufieurs autres philofophes ; s'il lui montre en particulier une lettre de *Leibnitz* qui contredife formellement notre candidat, que ledit candidat n'aille pas s'imaginer fans réflexion, et crier par-tout qu'on a forgé une lettre de *Leibnitz* pour lui ravir la gloire d'être un original.

Qu'il ne prenne pas l'erreur où il eft tombé fur un point de dynamique, abfolument inutile dans l'ufage, pour une découverte admirable.

Si ce camarade, après lui avoir communiqué

plufieurs fois fon ouvrage, dans lequel il le combat avec la difcrétion la plus polie, et avec éloge, l'imprime de fon confentement, qu'il fe garde bien de vouloir faire paffer cet ouvrage de fon adverfaire pour un crime de lèfe-majefté académique.

Si ce camarade lui avait avoué plufieurs fois qu'il tient la lettre de *Leibnitz*, ainfi que plufieurs autres, d'un homme mort il y a quelques années, que le candidat n'en tire pas avantage avec malignité, qu'il ne fe ferve pas à peu-près des mêmes artifices dont quelqu'un (*kk*) s'eft fervi contre les *Mairan*, les *Caffini* et d'autres vrais philofophes ; qu'il n'exige jamais, dans une difpute frivole, qu'un mort reffufcite pour rapporter la minute inutile d'une lettre de *Leibnitz*, et qu'il réferve ce miracle pour le temps où il prophétifera ; qu'il ne compromette perfonne dans une querelle de néant que la vanité veut rendre importante ; et qu'il ne faffe point intervenir les dieux dans la guerre des rats et des grenouilles. Qu'il n'écrive point lettres fur lettres à une grande princeffe, pour forcer au filence fon adverfaire, et pour lui lier les mains, afin de l'affaffiner à loifir. (*ll*)

Que dans une miférable difpute fur la dynamique il ne faffe point fommer, par un exploit académique, un profeffeur de comparaître dans un mois ; qu'il ne le faffe point condamner par contumace, comme ayant attenté à fa gloire, comme

---

(*kk*) L'homme en queftion avait fort tourmenté à Paris MM. de *Mairan* et *Caffini*.

(*ll*) Il écrivit deux lettres à madame la princeffe d'Orange, pour la fupplier d'impofer filence à fon adverfaire M. *Kœnig*, bibliothécaire de cette princeffe, lequel il avait fait condamner comme fauffaire.

forgeur de lettres et fauffaire, fur-tout quand il eft
évident que les lettres de *Leibnitz* font de *Leibnitz*,
et qu'il eft prouvé que les lettres fous le nom d'un
préfident n'ont pas été plus reçues de fes correfpon-
dans que lues du public.

Qu'il ne cherche point à interdire à perfonne la
liberté d'une jufte défenfe; qu'il penfe qu'un homme
qui a tort, et qui veut déshonorer celui qui a raifon,
fe déshonore foi-même.

Qu'il croie que tous les gens de lettres font égaux,
et qu'il gagnera à cette égalité.

Qu'il ne s'avife jamais de demander qu'on n'imprime rien fans fon ordre.

Nous finiffons par l'exhorter à être docile, à faire
des études férieufes, et non des cabales vaines ; car
ce qu'un favant gagne en intrigues, il le perd en
génie, de même que dans la mécanique, ce qu'on
gagne en temps on le perd en forces. On n'a vu que
trop fouvent des jeunes gens qui ont commencé par
donner de grandes efpérances et de bons ouvrages,
finir enfin par n'écrire que des fottifes, parce qu'ils
ont voulu être des courtifans habiles au lieu d'être
d'habiles écrivains, parce qu'ils ont fubftitué la
vanité à l'étude, et la diffipation qui affaiblit l'efprit
au recueillement qui le fortifie ; on les a loués, et
ils ont ceffé d'être louables ; on les a récompenfés,
et ils ont ceffé de mériter des récompenfes ; ils ont
voulu paraître, et ils ont ceffé d'être: car, lorfque
dans un auteur une *fomme* d'erreurs eft égale à une
fomme de ridicules, *le néant vaut fon exiftence.* (*mm*)

(*mm*) L'auteur en queftion avait écrit que, fuppofé qu'un homme ait
éprouvé autant de mal que de bien, le néant vaut fon être.

Ce remède benin fit un effet contraire à celui que toutes les facultés efpéraient, comme il arrive affez fouvent. La bile du natif de Saint-Malo en fut exaltée encore plus que fon ame; il fit brûler impitoyablement l'ordonnance du médecin, et le mal empira; il perfifta dans le deffein de faire fes expériences, et tint à cet effet la mémorable féance dont nous allons donner un récit fidèle.

Séance mémorable.

LE premier des kalendes d'octobre 1751, s'affemblèrent extraordinairement les fages fous la direction du très-fage préfident. Chacun ayant pris place, le préfident prononça l'éloge d'un membre de la compagnie meuri (nn) depuis peu, (*) parce qu'on n'avait pas eu la précaution de lui boucher les pores, et de le conferver comme un œuf frais, felon la nouvelle méthode; il prouva que fon médecin l'avait tué pour avoir auffi négligé de le traiter fuivant les lois de la force centrifuge; et il conclut que le médecin ferait réprimandé et point payé. Il finit en gliffant, felon fa coutume modefte, quelques mots fur lui-même; enfuite on procéda avec grand appareil à la vérification des expériences par lui propofées à tous les favans de l'Europe étonnée.

(oo) En premier lieu, deux médecins produifirent chacun un malade enduit de poix réfine, et deux chirurgiens leur percèrent les cuiffes et les bras avec

(nn) Page 76. Voyez les lettres de M. le préfident.
(*) C'eft-à-dire décédé.
(oo) Page 206.

de

de longues aiguilles. Auffitôt les patiens , qui à peine pouvaient remuer auparavant , fe mirent à courir et à crier de toutes leurs forces ; et le fecrétaire en chargea fes regiftres.

(*pp*) L'apothicaire approcha avec un grand pot d'opium, et le plaça fur un volume de la compofition du préfident pour en redoubler la force, et on en fit prendre une dofe à un jeune homme vigoureux; et voici , au grand étonnement de tout le monde , qu'il s'endormit ; et dans fon fommeil il eut un rêve heureux qui fit peur aux dames accourues à cette folennité ; et la nature de l'ame fut parfaitement connue, comme monfieur le préfident l'avait très-bien deviné.

Enfuite fe préfentèrent tous les manœuvres de la ville , pour faire vîte un trou qui allât jufqu'au centre de la terre, felon les ordres précis de monfieur le préfident. (*qq*) Sa vue portait jufque-là ; mais comme l'opération était un peu longue , on la remit à une autre fois ; et monfieur le fecrétaire perpétuel donna rendez-vous aux ouvriers avec les maçons de la tour de Babel.

Auffitôt après le préfident ordonna qu'on frétât un vaiffeau pour difféquer des géans et des hommes velus à longue queue aux terres auftrales : (*rr*) il déclara qu'il ferait lui-même du voyage, et qu'il irait refpirer fon air natal : fur quoi toute l'affemblée battit des mains.

On procéda enfuite par fon ordre , et felon fes principes, à l'accouplement d'un coq d'inde et d'une mule dans la cour de l'académie ; et tandis que le

(*pp*) Page 223.   (*qq*) Page 174.   (*rr*) Page 172.

Facéties.   C

poëte du corps compofait leur épithalame, le préfident, qui eft galant, fit fervir aux dames une fuperbe
collation compofée de pâtés d'anguilles, (ss) toutes
les unes dans les autres, et nées fubitement par un
mélange de farine délayée. Il y avait de grands plats
de poiffons qui fe formaient fur le champ de grains
de blé germé, à quoi les dames prirent un fingulier
plaifir. Le préfident, ayant bu un verre de rogum,
démontra à l'affemblée qu'il était auffi aifé à l'ame
de voir l'avenir que le paffé; et alors il fe frotta les
lèvres avec fa langue, remua long-temps la tête,
exalta fon imagination, et prophétifa. On ne donne
point ici fa prophétie qui fe trouvera toute entière
dans l'almanach de l'académie.

La féance fe termina par un difcours très-éloquent
que prononça le fecrétaire perpétuel : *Il n'y a qu'un
Erafme*, lui dit-il, *qui dût faire votre éloge;* enfuite il
éleva la monade du préfident jufqu'aux nues, ou
du moins jufqu'aux brouillards. Il le mit hardiment
à côté de *Cyrano de Bergerac.* On lui érigea un trône
de veffies, et il partit le lendemain pour la Lune, où
Aftolphe retrouva, dit-on, ce que le préfident a perdu.

—Le natif de Saint-Malo ne partit point pour la
Lune, comme il le croyait, il fe contentait d'y aboyer.
Le bon docteur *Akakia*, voyant que le mal empirait,
imagina avec quelques-uns de fes confrères d'adoucir
l'âcreté des humeurs, en réconciliant le préfident
avec le docteur helvétien qui lui avait tant déplu
en lui montrant fa mefure. Le médecin, croyant que
l'antipathie était un mal qu'on pouvait guérir, propofa donc le traité de paix fuivant.

(ss) Pages 143 et 180.

Traité de paix conclu entre M. le préfident et M. le professeur, (*) le premier janvier 1753.

TOUTE l'Europe ayant été en alarmes dans la dangereufe querelle fur une formule d'algèbre, &c, les deux parties principalement intéreffées dans cette guerre, voulant prévenir une effufion d'encre infupportable à la longue à tous les lecteurs, font enfin convenus d'une paix philofophique en la manière qui fuit :

Le préfident s'eft tranfporté au lieu de fa préfidence, et a dit devant fes pairs :

1°. Ayant eu le temps de reconnaître notre méprife, nous prions M. le profeffeur d'oublier tout le paffé. Nous fommes très-fâché d'avoir fait beaucoup de bruit pour peu de chofe, et d'avoir déclaré fauffaire un grave profeffeur qui n'a jamais rien fuppofé que des monades et l'harmonie préétablie.

2°. Nous avons figné des lettres patentes, fcellées de notre grand fceau, par lefquelles nous rendons à la république des lettres, la liberté; et nous déclarons qu'il fera déformais permis d'écrire contre notre fentiment, fans être réputé mal-honnête homme.

3°. Nous demandons pardon à DIEU d'avoir prétendu qu'il n'y a de preuve de fon exiftence que dans A plus B divifé par Z, &c. Et fi, contre toute apparence, un raifonnement de cette efpèce avait féduit quelques-uns de nos lecteurs, nous lui donnons un bon confeil en l'invitant à s'occuper plus utilement,

(*) M. *Kœnig*, profeffeur à la Haie.

C 2

et à revenir des idées qu'il aurait pu prendre fur cette matière à laquelle nous n'entendons rien. Meffieurs les inquifiteurs, qui ne l'entendent pas plus que nous, voudront bien, à cet égard, ne pas nous juger à toute rigueur.

4°. Nous permettons dorénavant à tous les malades de payer leurs médecins, et aux médecins de traiter de plufieurs maladies, attendu que, fi un malade attaqué de la colique envoyait chercher le médecin de la pierre, il fe pourrait faire que celui-ci taillât fon homme, au lieu de lui donner un lavement : ainfi les chofes refteront comme elles étaient.

5°. Nous déclarons que, quand nous avons propofé d'établir une ville latine, nous avons bien prévu, à la vérité, qu'il faudrait que les cuifiniers, les blanchiffeufes et les balayeurs des rues fuffent préalablement le latin, et qu'il fe pourrait faire alors que ces perfonnes vouluffent enfeigner la grammaire, au lieu de faire la cuifine et de blanchir les chemifes, ce qui pourrait caufer quelques cabales dangereufes ; mais auffi nous avons confidéré que les écoliers et les régens pourraient fe paffer de chemifes, comme les anciens Romains, et même de cuifinières, et c'eft ce que nous examinerons plus à loifir, quand nous aurons appris le latin à fond.

6°. Si jamais nous traitons de l'accouplement et du fœtus, nous promettons d'étudier auparavant l'anatomie, de ne plus recommander l'ignorance aux médecins, de ne plus envier le fort des colimaçons, et de ne plus leur dire ces douces paroles : ,, Inno- ,, cens colimaçons, recevez, et rendez mille fois les ,, coups de ces dards dont la nature vous a armés.

„ Ceux qu'elle a réfervés pour nous font des foins et
„ des regards ; „ attendu que cette phrafe eft fort
mauvaife , et qu'un foin réfervé n'eft pas un dard , et
que ces expreffions ne font point académiques.

7°. Nous ne porterons plus envie aux crapauds , et
nous n'en parlerons plus en ftyle de bergerie; vu que
Fontenelle , que nous avons cru imiter , n'a point
chanté les crapauds dans fes Eglogues.

8°. Nous laiffons à DIEU le foin de créer les
hommes comme bon lui femble , fans jamais nous
en mêler ; et chacun fera libre de ne pas croire que
dans l'utérus l'orteil droit attire l'orteil gauche , ni que
la main fe mette au bout du bras par attraction.

9°. Si nous allons aux terres auftrales , nous promettons à l'académie de lui amener quatre géans hauts
de douze pieds , et quatre hommes velus avec de longues queues ; nous les ferons difféquer tout vivans ,
fans prétendre pour cela connaître mieux la nature
de l'ame que nous ne la connaiffons aujourd'hui ;
mais il eft toujours bon , pour le progrès des fciences ,
d'avoir de grands hommes à difféquer.

10°. Si nous allons tout droit par mer au pôle
arctique , nous ne forcerons perfonne à être du voyage,
excepté M. *De* . . . qui nous a déjà fuivi dans des
pays à lui inconnus.

11°. A l'égard du trou que nous voulons percer
jufqu'au noyau de la terre , nous nous défiftons formellement de cette entreprife ; car , quoique la vérité
foit au fond d'un puits , ce puits ferait trop difficile à
faire. Les ouvriers de la tour de Babel font morts.
Aucun fouverain ne veut fe charger de notre trou ,
parce que l'ouverture ferait un peu trop grande , et

qu'il faudrait excaver au moins toute l'Allemagne, ce qui porterait un notable préjudice à la balance de l'Europe. Ainsi nous laisserons la face du monde telle qu'elle est, nous nous défierons de nous-mêmes, toutes les fois que nous voudrons creuser, et nous nous arrêterons constamment à la superficie des choses.

12°. Nous reconnaissons qu'il est un peu plus difficile de prédire l'avenir que de savoir lire *Tite-Live*, ou *Thucydide*. Nous réglerons notre ame, et nous ne l'exalterons plus; nous avouons que nous n'avons pas encore le don de prophétie, quoique nous y ayons beaucoup de disposition, si la perspicacité peut servir à prédire; et quand nous avons dit que c'est la même chose de savoir l'avenir et le passé, nous avons seulement donné à entendre que nous ne savons ni l'un ni l'autre.

13°. Nous trouvons toujours bon qu'on vive huit à neuf cents ans, en se bouchant les pores et les conduits de la respiration; mais nous ne ferons cette expérience sur personne, de peur que le patient ne parvienne tout d'un coup à l'âge de la maturité, qui est la mort.

14°. Nous nous engageons à ne plus écrire tristement sur le bonheur, laissant d'ailleurs à chacun la liberté que nous avons déjà accordée de se tuer ou d'être chrétien, &c.

15°. Nous ne rabaisserons plus tant les Allemands, et nous avouerons que les *Copernic*, les *Kepler*, les *Leibnitz*, les *Wolf*, les *Haller*, les *Gotsched* font quelque chose, et que nous avons étudié sous les *Bernouilli*, et nous étudierons encore; et qu'enfin M. le professeur

Euler, qui a bien voulu nous fervir de lieutenant, eſt un très-grand géomètre qui a foutenu notre principe par des formules auxquelles nous n'avons rien pu comprendre, mais que ceux qui les entendent nous ont affuré être pleines de génie, comme tous les autres ouvrages dudit profeffeur, notre lieutenant.

16°. Et, comme nous avons à cœur de faire une paix ſtable et perpétuelle, nous promettons folennellement de faire notre poffible pour ne plus violer, foit dans nos raifonnemens, foit dans nos actions, les trois grands principes de la philofophie germanique, à favoir les principes de contradiction, de raifon fuffifante et de continuité ; en conféquence de cet engagement, nous ne nous permettrons plus les contradictions dans nos écrits, et nous tâcherons de mettre de la raifon et de la fuite dans notre conduite.

17°. Pour ce qui eſt de M. *Wolf*, notre grand émule, comme fes ouvrages font volumineux, et que nous ne lifons rien, nous ne faurions prendre la réfolution d'en examiner le contenu pour nous autorifer à pouvoir en décider. Ainfi nous nous réfervons toujours la prérogative, que nous croyons dûe à un préfident d'académie, de pouvoir ſtatuer librement du mérite des livres de fcience, fans fe donner la peine de les étudier.

18°. Néanmoins, pour donner encore en ceci une marque de notre condefcendance, nous exhorterons les jeunes gens qui dépendent de nous à lire les livres de M. *Wolf* avant que de les méprifer ; et, pour leur en donner l'exemple, nous entreprendrons nous-mêmes d'étudier la petite logique de cet allemand, d'autant qu'au régiment où nous fervions en France dans notre jeuneſſe , nous n'avons point eu d'occaſion d'entendre parler de ces choſes-là.

19°. Enfin , pour donner la plus grande preuve poſſible du déſir ſincère que nous avons de rendre le repos à l'Europe littéraire, nous conſentons que notre ennemi capital, M. de *Voltaire* , ſoit compris dans le préſent traité de paix , nonobſtant les puiſſantes rai-ſons que nous aurions pour l'en excepter. Pourvu donc qu'il s'engage de ne plus nous mettre ni dans ſa proſe, ni dans ſes vers , nous promettons de ne plus cabaler contre lui ; de ne plus nous ſervir de l'exécu-teur de la haute juſtice pour nous venger de ſes plai-ſanteries ; de ne plus le menacer de notre bras plutôt que de notre eſprit ; de ne plus prétendre qu'il tremble tant qu'il n'aura pas la fièvre, et enfin d'abandonner *la Beaumelle* à ſa juſtice.

Ce beau et ſage diſcours fini , M. le ſecrétaire per-pétuel lut à haute voix la déclaration de M. le pro-feſſeur *Kœnig* , laquelle contenait en ſubſtance :

1°. Qu'ayant travaillé toute ſa vie à ſoumettre ſon imagination à l'empire de la raiſon , il ſe concevait incapable de concevoir des idées auſſi brillantes que l'étaient celles que le génie de M. le préſident avait enfantées dans ſes lettres , qu'il lui cédait la palme, et qu'il ſe reconnaîtrait toujours ſon inférieur à cet égard.

2°. Mais que , pour épargner dorénavant à M. le préſident des ſoupçons déſagréables , il ſerait plus cir-conſpect dans ſes citations ; qu'il n'avancerait aucun fait relatif aux ſciences , ſans pouvoir le prouver par la ſignature d'un notaire juré et quatre témoins, gens de bonne vie ; que dans les diſſertations ſur le minimum de l'action , il ne rapporterait plus des fragmens de lettres , fans en avoir en main les originaux ; qu'auffi pour faciliter le préfent accommodement, il pafferait à M. le préfident le principe , *qu'un écrit dont on ne peut pas produire l'original eft un écrit forgé ;* fans le foupçonner pour cela de manquer de foi aux livres de notre fainte religion.

Que, pour le bien de la paix , et comme un équivalent de l'honneur d'être de l'académie de Berlin , (auquel ce profeffeur s'était vu obligé de renoncer) il accepterait une profeffion de philofophie dans la ville latine que M. le préfident voulait fonder , dès qu'il faurait qu'on y aurait commencé à prêcher, à plaider et à jouer la comédie en latin , et qu'en ce cas il s'appliquerait de toutes fes forces à parler et à écrire dans le ftyle des *epiftolæ obfcurorum virorum* , afin d'y établir , autant qu'il fera poffible , une latinité que M. le préfident puiffe entendre.

4°. Qu'en attendant il mettrait une monade ou être fimple à côté de chaque géant que M. le préfident apporterait à l'académie ; qu'on difféquerait les uns et les autres, pour voir fi c'eft dans ceux-ci ou dans celles-là que l'on peut découvrir le plus facilement la nature de l'ame.

5°. Qu'au furplus il confentait de grand cœur que tout le refte fût déclaré comme non avenu ; que les combattans des deux partis fans exception avouaffent de bonne foi que chacun a été trop loin des deux côtés , et qu'ils auraient dû commencer par où le public finit, c'eft-à-dire, par rire.

— L'académie ayant entendu avec admiration le préfent traité , elle a applaudi à tous fes articles , et en a garanti l'exécution : et, afin que les fruits de cette heureufe réunion fe fiffent fentir par toute l'Europe, elle a voulu qu'il fût ftipulé que tous les gens de lettres vivraient déformais en frères, à compter du jour où toutes les femmes qui prétendent à la beauté feraient fans jaloufie.

Le tout ayant été ratifié convenablement, on devait chanter un *Te Deum*, mis en mufique par un *français*, et exécuté par des *italiens*; et célébrer une grand'meffe où un jéfuite officierait, ayant un calvinifte pour diacre et un janfénifte pour fous-diacre ; et la paix eût été générale dans toute la chrétienté.

—Qui aurait cru qu'un projet de paix fi raifonnable n'eût pas été accepté par M. le préfident ? mais, fur le point de figner et d'en remplir tous les articles, fa mélancolie et fa philocratie redoublèrent avec des fymptômes violens. Il s'emporta contre fon bon médecin *Akakia*, qui était alors malade lui-même dans la cité de Leipfick en Germanie, et il lui écrivit une lettre fulminante par laquelle il le menaçait de venir le tuer.

Lettre de M. le préſident à ſon médecin Akakia.

JE vous déclare que ma ſanté eſt aſſez bonne pour vous venir trouver par-tout où vous ſerez , pour tirer de vous la vengeance la plus complète. Rendez grâce au reſpect et à l'obéiſſance qui ont juſqu'ici retenu mon bras. Tremblez.

Signé , MAUPERTUIS.

Depuis feu M. de *Pourceaugnac* , qui voulait voir ſon médecin l'épée à la main , il ne s'était jamais trouvé de ſi méchant malade. Le docteur *Akakia* , tout épouvanté , eut recours à l'univerſité de Leipſick, et lui préſenta la requête ci-jointe :

,, Le docteur *Akakia* , réfugié dans l'univerſité de Leipſick où il a cherché un aſile contre les attentats d'un lapon natif de Saint-Malo , qui veut abſolument le venir aſſaſſiner dans les bras de ladite univerſité , ſupplie inſtamment meſſieurs les docteurs et écoliers de s'armer contre ce barbare de leurs écritoires et canifs. Il s'adreſſe particulièrement à ſes confrères ; il eſpère qu'ils purgeront ledit ſauvage dès qu'il paraî-tra , qu'ils évacueront toutes ſes humeurs peccantes, et qu'ils conſerveront par leur art ce qui peut reſter de raiſon à ce cruel lapon , et de vie à leur confrère le bon *Akakia* qui ſe recommande à leurs ſoins. Il prie meſſieurs le apothicaires de ne ſe pas oublier en cette occaſion. ,,

En vertu de cette requête, l'univerſité donna un décret , par lequel le natif de Saint-Malo devait être arrêté aux portes de la ville , lorſqu'il viendrait pour

exécuter fon deffein parricide contre le bon *Akakia*
qui lui avait fervi de père.

Voici les ordres précis de l'univerfité, tels qu'on
les trouvera dans les *Acta eruditorum.*

Extrait du journal de Leipfick, intitulé;
Der Hofmeifter.

Un quidam ayant écrit une lettre à un habitant de
Leipfick, par laquelle il menace ledit habitant de l'affaffiner, et les affaffinats étant vifiblement contraires
aux priviléges de la foire, on prie tous et un chacun
de donner connaiffance dudit quidam, quand il fe
préfentera aux portes de Leipfick. C'eft un philofophe
qui marche en raifon compofée de l'air diftrait et de
l'air précipité, l'œil rond et petit, et la perruque de
même, le nez écrafé, la phyfionomie mauvaife,
ayant le vifage plein, et l'efprit plein de lui-même,
portant toujours fcapel en poche pour difféquer les
gens de haute taille. Ceux qui en donneront connaiffance auront mille ducats de récompenfe, affignés
fur les fonds de la ville latine que ledit quidam fait
bâtir, ou fur la première comète d'or et de diamant
qui doit tomber inceffamment fur la terre felon les
prédictions dudit quidam philofophe et affaffin.

Cependant le médecin *Akakia* ne différa pas à faire
réponfe à fon malade, et il tâcha encore de lui remettre
l'efprit par cette lettre amiable.

Lettre du docteur Akakia au natif de Saint-Malo.

MONSIEUR LE PRESIDENT,

J'AI reçu la lettre dont vous m'honorez ; vous m'apprenez que vous vous portez bien , que vos forces font entièrement revenues , et vous me menacez de venir m'affaffiner fi je publie la lettre de *la Beaumelle*. Quelle ingratitude envers votre pauvre médecin *Akakia* ! Vous ne vous contentez pas d'ordonner qu'on ne paye point fon médecin, vous voulez le tuer ! Ce procédé n'eft ni d'un préfident d'académie , ni d'un bon chrétien , tel que vous êtes. Je vous fais mon compliment fur votre bonne fanté ; mais je n'ai pas tant de force que vous. Je fuis au lit depuis quinze jours , et je vous prie de différer la petite expérience de phyfique que vous voulez faire. Vous voulez peut-être me difféquer ; mais fongez que je ne fuis pas un géant des terres auftrales, et que mon cerveau eft fi petit que la découverte de fes fibres ne vous donnera aucune nouvelle notion de l'ame. De plus , fi vous me tuez, ayez la bonté de vous fouvenir que M. de *la Beaumelle* m'a promis de *me pourfuivre jufqu'aux enfers ;* il ne manquera pas de m'y aller chercher : quoique le trou qu'on doit creufer par votre ordre jufqu'au centre de la terre , et qui doit mener tout droit en enfer, ne foit pas encore commencé, il y a d'autres moyens d'y aller , et il fe trouvera que je ferai mal mené dans l'autre monde , comme vous m'avez perfécuté dans celui-ci.

Voudriez-vous, Monfieur, pouffer l'animofité fi loin? ayez encore la bonté de faire une petite attention. Pour peu que vous vouliez exalter votre ame pour voir clairement l'avenir, vous verrez que, fi vous venez m'affaffiner à Leipfick, où vous n'êtes pas plus aimé qu'ailleurs, et où votre lettre eft dépofée, vous courez quelque rifque d'être pendu, ce qui avancerait trop le moment de votre maturité, et ferait peu convenable à un préfident d'académie. Je vous confeille de faire d'abord déclarer la lettre de *la Beaumelle* forgée et attentatoire à votre gloire dans une de vos affemblées ; après quoi il vous fera plus permis peut-être de me tuer comme perturbateur de votre amour-propre.

Au refte, je fuis encore bien faible, vous me trouverez au lit, et je ne pourrai que vous jeter à la tête ma feringue et mon pot de chambre ; mais, dès que j'aurai un peu de force, je ferai charger mes piftolets *cum pulvere pyrio ;* et en multipliant la maffe par le quarré de la vîteffe jufqu'à ce que l'action et vous foyez réduits à zéro, je vous mettrai du plomb dans la cervelle, elle paraît en avoir befoin.

Il fera trifte pour vous que les Allemands, que vous avez tant vilipendés, aient inventé la poudre, comme vous devez vous plaindre qu'ils aient inventé l'imprimerie.

Adieu, mon cher préfident.

A K A K I A.

P O S T - S C R I P T U M.

Comme il y a ici cinquante à foixante perfonnes qui ont pris la liberté de fe moquer prodigieufement de vous , elles demandent quel jour vous prétendez les affaffiner.

——On avait efpéré que ce dernier cordial pourrait enfin opérer fur l'efprit revêche du natif de Saint-Malo, qu'il fe défifterait de fes expériences cruelles , qu'il ne perfécuterait plus les Suiffes ni les *Akakia* , qu'il laifferait les Allemands en repos , et qu'il pourrait même un jour, quand il ferait parfaitement rétabli, rire des fymptômes de fa maladie.

Mais le médecin *Akakia* , en homme prudent , voulut ménager encore la délicateffe du natif de Saint-Malo ; et en s'adreffant humblement au fecrétaire éternel de l'académie dudit malouin , il lui écrivit ainfi :

M. LE SECRETAIRE ETERNEL,

Je vous envoie l'arrêt de mort que le préfident a prononcé contre moi , avec mon appel au public et les témoignages de protection que m'ont donnés tous les médecins et tous les apothicaires de Leipfick. Vous voyez que M. le préfident ne fe borne pas aux expériences qu'il projette dans les terres auftrales, et qu'il veut abfolument féparer dans le Nord mon ame d'avec mon corps. C'eft la première fois qu'un préfident a voulu tuer un de fes confeillers. Eft-ce-là *le principe de la moindre action*? quel terrible homme que ce préfident ! il déclare fauffaire à gauche, il affaffine à droite, et il prouve DIEU par A plus B divifé par Z; franchement, on n'a rien vu de pareil. J'ai fait , Monfieur , une petite réflexion, c'eft que, quand le préfident m'aura tué, difféqué et enterré , il faudra faire mon éloge à l'académie, felon la louable coutume.

Si c'eſt lui qui s'en charge, il ne ſera pas peu embar-
raſſé. On ſait comme il l'a été avec feu M. le maréchal
Schmettau auquel il avait fait quelque peine pendant
ſa vie. Si c'eſt vous, Monſieur, qui faites mon oraiſon
funèbre, vous y ſerez tout auſſi empêché qu'un autre.
Vous êtes prêtre, et je ſuis profane ; vous êtes calvi-
niſte, et je ſuis papiſte ; vous êtes auteur, et je le
ſuis auſſi ; vous vous portez bien, et je ſuis médecin.
Ainſi, Monſieur, pour eſquiver l'oraiſon funèbre, et
pour mettre tout le monde à ſon aiſe, laiſſez-moi
mourir de la main cruelle du préſident, et rayez-moi
du nombre de vos élus. Vous ſentez bien d'ailleurs
qu'étant condamné à mort par ſon arrêt, je dois être
préalablement dégradé. Retranchez-moi donc, Monſieur, de votre liſte ; mettez moi avec le fauſſaire
Kœnig qui a eu le malheur d'avoir raiſon. J'attendrai
patiemment la mort avec ce coupable :

. . . . *Pariterque jacentes*
Ignovère diis.

Je ſuis métaphyſiquement,

MONSIEUR,

Votre très-humble et très-
obéiſſant ſerviteur,

AKAKIA.

REFLEXIONS

REFLEXIONS

POUR LES SOTS.

Sɪ le grand nombre gouverné était compofé de bœufs, et le petit nombre gouvernant, de bouviers, le petit nombre ferait très-bien de tenir le grand nombre dans l'ignorance.

Mais il n'en eſt pas ainſi. Pluſieurs nations qui long-temps n'ont eu que des cornes, et qui ont ruminé, commencent à parler.

Quand une fois ce temps de penſer eſt venu, il eſt impoſſible d'ôter aux eſprits la force qu'ils ont acquiſe ; il faut traiter en êtres penſans ceux qui penſent, comme on traite les brutes en brutes.

Il ferait impoſſible aux chevaliers de la Jarretière, aſſemblés à l'hôtel-de-ville de Londres, de faire croire aujourd'hui que St *George*, leur patron, les regarde du haut du ciel, une lance à la main, monté ſur un grand cheval de bataille.

Le roi *Guillaume*, la reine *Anne*, *George I*, *George II*, n'ont guéri perſonne des écrouelles. Autrefois un roi qui aurait refuſé de ſe ſervir de ce ſaint privilége eût révolté la nation ; aujourd'hui un roi qui en voudrait uſer ferait rire la nation entière.

Le fils du grand *Racine*, dans un poëme intitulé *la Grâce*, s'exprime ainſi ſur l'Angleterre :

L'Angleterre, où jadis brilla tant de lumière,
Recevant aujourd'hui toutes religions,
N'eſt plus qu'un triſte amas de folles viſions.

Facéties. D

M. *Racine* fe trompe ; l'Angleterre fut plongée
dans l'ignorance et le mauvais goût jufqu'au temps
du chancelier *Bacon*. C'eft la liberté de penfer qui
a fait éclore chez les Anglais tant d'excellens livres ;
c'eft parce que les efprits ont été éclairés qu'ils
ont été hardis ; c'eft parce qu'ils ont été hardis
qu'on a donné des prix à ceux qui feraient paffer
les mers à leurs blés ; c'eft cette liberté qui a fait
fleurir tous les arts , et qui a couvert l'Océan de
vaiffeaux.

A l'égard des folles vifions que leur reproche
l'auteur du poëme fur la grâce , il eft vrai qu'ils
ont abandonné la difpute fur la grâce efficace, et
fuffifante, et concomitante ; mais en récompenfe ils
ont donné les logarithmes, la pofition de trois mille
étoiles, l'aberration de la lumière , la connaiffance
phyfique de cette lumière même , le calcul qu'on
appelle de l'infini, et la loi mathématique par laquelle
tous les globes du monde gravitent les uns fur les
autres. Il faut avouer que la forbonne, quoique très-
fupérieure, n'a pas encore fait de telles découvertes.

Cette petite envie de fe faire valoir en invectivant
contre fon fiècle, en voulant ramener les hommes de
la nourriture du pain à celle du gland , en répétant
fans ceffe et hors de propos de miférables lieux
communs, ne fera pas fortune dorénavant.

Il eft ridicule de penfer qu'une nation éclairée
ne foit pas plus heureufe qu'une nation ignorante.

Il eft affreux d'infinuer que la tolérance eft dangereufe , quand nous voyons à nos portes l'Angleterre et la Hollande peuplées et enrichies par cette

tolérance, et de beaux royaumes dépeuplés et incultes par l'opinion contraire.

La perfécution contre les hommes qui penfent librement ne vient pas de ce qu'on croit ces hommes dangereux ; car affurément aucun d'eux n'a jamais ameuté quatre gredins dans la place Maubert, ni dans la grand'falle. Aucun philofophe n'a jamais parlé ni à *Jacques Clément*, ni à *Barrière*, ni à *Châtel*, ni à *Ravaillac*, ni à *Damiens*.

Aucun philofophe n'a empêché qu'on payât les impôts néceffaires à la défenfe de l'Etat ; et, lorfqu'autrefois on promenait la châffe de Ste *Geneviève* par les rues de Paris pour avoir de la pluie ou du beau temps, aucun philofophe n'a troublé fa proceffion ; et, quand les convulfionnaires ont demandé les faints fecours, aucun philofophe ne leur a donné des coups de bûche.

Quand les jéfuites ont employé la calomnie, les confeffions et les lettres de cachet contre tous ceux qu'ils accufaient d'être janféniftes, c'eft-à-dire, d'être leurs ennemis ; quand les janféniftes fe font vengés enfuite, comme ils ont pu, des infolentes perfécutions des jéfuites, les philofophes ne fe font mêlés en aucune façon de ces querelles ; ils les ont rendues méprifables, et par-là ils ont rendu à la nation un fervice éternel.

Si une bulle écrite en mauvais latin, et fcellée de l'anneau du pêcheur, ne décide plus du deftin d'un Etat ; fi un légat *du côté* ne vient plus donner des ordres à nos rois et lever des décimes fur nos peuples, à qui en a-t-on l'obligation ? aux maximes

D 2

du chancelier de *l'Hospital* qui était philofophe, aux écrits de *Gerfon* qui était auffi philofophe, aux lumières de l'avocat général *Cugnière* qui paffa pour un philofophe, et fur-tout aux folides écrits de nos jours qui ont jeté un fi énorme ridicule fur la fottife de nos pères, qu'il eft déformais impoffible à leurs enfans d'être auffi fots qu'eux.

Les vrais gens de lettres et les vrais philofophes ont beaucoup plus mérité du genre humain que les *Orphée*, les *Hercule* et les *Théfée*; car il eft plus beau et plus difficile d'arracher des hommes civilifés à leurs préjugés, que de civilifer des hommes groffiers, plus rare de corriger que d'inftituer.

D'où vient donc la rage de quelques bourgeois et de quelques petits écrivains fubalternes contre les citoyens les plus eftimables et les plus utiles ? c'eft que ces bourgeois et ces petits écrivains ont bien fenti dans le fond de leur cœur qu'ils étaient méprifables aux yeux des hommes de génie, c'eft qu'ils ont eu la hardieffe d'être jaloux : un homme accoutumé à être loué dans l'obfcurité de fon petit cercle devient furieux quand il eft méprifé au grand jour.

Aman voulut faire pendre tous les Juifs, parce que *Mardochée* ne lui avait pas fait la révérence; *Acanthos* voudrait faire brûler tous les fages, parce qu'un fage a dit qu'un difcours d'*Acanthos* ne valait rien. (*)

O *Acanthos!* fais relier en maroquin les méditations du révérend père *Croifet*; et s'il paraît un bon livre, cours le dénoncer à ceux qui ne le liront pas; fais brûler un ouvrage utile, les étincelles t'en fauteront au vifage.

(*) Mot grec qui fignifie proprement *flos fpinofus*, fleur épineufe.

EXTRAIT

Du décret de la facrée congrégation de l'inquifition de Rome, à l'encontre d'un libelle intitulé : Lettres fur le vingtième.

COMME il eft clair que le monde va finir, et que l'Antechrift eft déjà venu ; ledit Antechrift ayant envoyé déjà plufieurs lettres circulaires à des évêques de France, dans lefquelles il a eu l'audace de les traiter de français et de fujets du roi, *Satan* s'eft joint à l'homme d'iniquité pour achever de placer l'abomination de la défolation dans le lieu faint ; lequel *Satan* a pour cet effet compofé et débité un livre digne de lui, livre hérétique, fentant l'héréfie, téméraire et mal-fonnant : il s'efforce d'y prouver que les eccléfiaftiques font partie du corps de l'Etat, au lieu d'avouer qu'ils en font effentiellement les maîtres, ainfi qu'ils l'avaient précédemment enfeigné ; il avance que ceux qui ont le tiers du revenu de l'Etat doivent au moins le tiers en contribution ; ne fe fouvenant plus que nos frères font faits pour avoir tout et ne rien donner. Le fufdit livre en outre eft notoirement rempli de maximes impies tirées du droit naturel, du droit des gens, des lois fon-damentales du royaume, et autres préjugés per-nicieux, tendans méchamment à affermir l'autorité royale, à faire circuler plus d'efpèces dans le royaume

D 3

de France, à foulager les pauvres eccléfiaftiques jufqu'à préfent faintement opprimés par les riches.

A ces caufes, il a femblé bon au Saint-Efprit et à nous de faire brûler ledit livre, en attendant que nous puiffions en faire autant de l'éditeur qui a été en cette partie le fecrétaire de *Satan* : déclarons au furplus et mandons qu'on ait un foin particulier de nous payer nos annates : condamnons *Satan* à boire de l'eau bénite, à fouper tous les vendredis, et lui enjoignons d'entrer dans le corps de tous ceux qui auront lu fon livre. Fait à Rome, dans Sainte-Marie fans *Minerve*, à vingt-cinq heures du jour, le 20 mai 1750.

Signé COGLIONE - COGLIONACCIO , *cardinal préfident*. Et plus bas, CAZZO-CULO, *fecrétaire du faint office.* (1)

(1) Voyez dans le premier volume de Politique, l'ouvrage intitulé : *La voix du fage et du peuple.*

FEMMES,

SOYEZ SOUMISES A VOS MARIS.

L'ABBÉ de *Châteauneuf* me contait un jour que madame la maréchale de *Grancey* était fort impérieuse ; elle avait d'ailleurs de très-grandes qualités. Sa plus grande fierté confistait à fe refpecter foimême, à ne rien faire dont elle pût rougir en fecret ; elle ne s'abaiffa jamais à dire un menfonge : elle aimait mieux avouer une vérité dangereufe que d'ufer d'une diffimulation utile ; elle difait que la diffimulation marque toujours de la timidité. Mille actions généreufes fignalèrent fa vie ; mais quand on l'en louait, elle fe croyait méprifée ; elle difait : „ Vous penfez donc que ces actions m'ont coûté „ des efforts. „ Ses amans l'adoraient, fes amis la chériffaient, et fon mari la refpectait.

Elle paffa quarante années dans cette diffipation et dans ce cercle d'amufemens qui occupent férieufement les femmes, n'ayant jamais rien lu que les lettres qu'on lui écrivait, n'ayant jamais mis dans fa tête que les nouvelles du jour, les ridicules de fon prochain et les intérêts de fon cœur. Enfin, quand elle fe vit à cet âge où l'on dit que les belles femmes qui ont de l'efprit paffent d'un trône à l'autre, elle voulut lire. Elle commença par les tragédies de *Racine*, et fut étonnée de fentir en les lifant encore plus de plaifir qu'elle n'en avait éprouvé à la repréfentation : le bon goût qui fe déployait en elle lui

D 4

fefait difcerner que cet homme ne difait jamais que
des chofes vraies et intéreffantes, qu'elles étaient
toutes à leur place, qu'il était fimple et noble, fans
déclamation, fans rien de forcé, fans courir après
l'efprit ; que fes intrigues, ainfi que fes penfées,
étaient toutes fondées fur la nature : elle retrouvait
dans cette lecture l'hiftoire de fes fentimens et le
tableau de fa vie.

On lui fit lire *Montagne* : elle fut charmée d'un
homme qui fefait converfation avec elle, et qui
doutait de tout. On lui donna enfuite les grands
hommes de *Plutarque* : elle demanda pourquoi il
n'avait pas écrit l'hiftoire des grandes femmes.

L'abbé de *Châteauneuf* la rencontra un jour toute
rouge de colère. Qu'avez-vous donc, Madame? lui
dit-il. J'ai ouvert par hafard, répondit-elle, un livre
qui traînait dans mon cabinet ; c'eft, je crois,
quelque recueil de lettres ; j'y ai vu ces paroles:
Femmes, foyez foumifes à vos maris; j'ai jeté le livre.

Comment, Madame? favez-vous bien que ce
font les épîtres de St *Paul?*

Il ne m'importe de qui elles font; l'auteur eft
très-impoli. Jamais M. le maréchal ne m'a écrit dans
ce ftyle ; je fuis perfuadée que votre St *Paul* était un
homme très-difficile à vivre : était-il marié?

Oui, Madame.

Il fallait que fa femme fût une bien bonne créature ; fi j'avais été la femme d'un pareil homme, je
lui aurais fait voir du pays. *Soyez foumifes à vos maris!*
Encore s'il s'était contenté de dire : *Soyez douces,*
complaifantes, attentives, économes, je dirais, voilà un
homme qui fait vivre ; et pourquoi foumifes, s'il

vous plaît ? Quand j'époufai M. de *Grancey*, nous nous promîmes d'être fidèles : je n'ai pas trop gardé ma parole, ni lui la fienne ; mais ni lui ni moi ne promîmes d'obéir. Sommes-nous donc des efclaves ? N'eft-ce pas affez qu'un homme, après m'avoir époufée, ait le droit de me donner une maladie de neuf mois qui quelquefois eft mortelle ? N'eft-ce pas affez que je mette au jour avec de très-grandes douleurs un enfant qui pourra me plaider quand il fera majeur ? Ne fuffit-il pas que je fois fujette tous les mois à des incommodités très-défagréables pour une femme de qualité, et que, pour comble, la fuppreffion d'une de ces douze maladies par an foit capable de me donner la mort, fans qu'on vienne me dire encore : *Obéiffez* ?

Certainement la nature ne l'a pas dit ; elle nous a fait des organes différens de ceux des hommes ; mais, en nous rendant néceffaires les uns aux autres, elle n'a pas prétendu que l'union formât un efclavage. Je me fouviens bien que *Molière* a dit :

Du côté de la barbe eft la toute puiffance ;

Mais voilà une plaifante raifon pour que j'aie un maître ! quoi, parce qu'un homme a le menton couvert d'un vilain poil rude qu'il eft obligé de tondre de fort près, et que mon menton eft né rafé, il faudra que je lui obéiffe très-humblement ? Je fais bien qu'en général les hommes ont les mufcles plus forts que les nôtres, et qu'ils peuvent donner un coup de poing mieux appliqué : j'ai bien peur que ce ne foit-là l'origine de leur fupériorité.

Ils prétendent avoir auffi la tête mieux orga-
nifée, et en conféquence ils fe vantent d'être plus
capables de gouverner; mais je leur montrerai des
reines qui valent bien des rois. On me parlait ces
jours paffés d'une princeffe allemande qui fe lève
à cinq heures du matin pour travailler à rendre fes
fujets heureux, qui dirige toutes les affaires, répond
à toutes les lettres, encourage tous les arts, et qui
répand autant de bienfaits qu'elle a de lumières.
Son courage égale fes connaiffances; auffi n'a-t-elle
pas été élevée dans un couvent par des imbécilles
qui nous apprennent ce qu'il faut ignorer, et qui
nous laiffent ignorer ce qu'il faut apprendre. Pour
moi, fi j'avais un Etat à gouverner, je me fens
capable d'ofer fuivre ce modèle.

L'abbé de *Châteauneuf*, qui était fort poli, n'eut
garde de contredire madame la maréchale.

A propos, dit-elle, eft-il vrai que *Mahomet* avait
pour nous tant de mépris qu'il prétendait que
nous n'étions pas dignes d'entrer en paradis, et que
nous ne ferions admifes qu'à l'entrée? En ce cas,
dit l'abbé, les hommes fe tiendront toujours à la
porte. Mais confolez-vous, il n'y a pas un mot de
vrai dans tout ce qu'on dit ici de la religion maho-
métane. Nos moines ignorans et méchans nous ont
bien trompés, comme le dit mon frère qui a été
douze ans ambaffadeur à la Porte.

Quoi! il n'eft pas vrai, Monfieur, que *Mahomet*
ait inventé la pluralité des femmes, pour mieux
s'attacher les hommes? Il n'eft pas vrai que nous
foyons efclaves en Turquie, et qu'il nous foit
défendu de prier DIEU dans une mofquée?—Pas un

mot de tout cela, Madame. *Mahomet*, loin d'avoir imaginé la polygamie, l'a réprimée et reſtreinte. Le ſage *Salomon* poſſédait ſept cents épouſes. *Mahomet* a réduit ce nombre à quatre ſeulement. Meſdames iront en paradis tout comme meſſieurs; et, ſans doute, on y fera l'amour, mais d'une autre manière qu'on ne le fait ici; car vous ſentez bien que nous ne connaiſſons l'amour dans ce monde que très-imparfaitement.

Hélas, vous avez raiſon, dit la maréchale; l'homme eſt bien peu de choſe!

Mais, dites-moi, votre *Mahomet* a-t-il ordonné que les femmes fuſſent ſoumiſes à leurs maris?

Non, Madame, cela ne ſe trouve point dans l'Alcoran.

Pourquoi donc ſont-elles eſclaves en Turquie?

Elles ne ſont point eſclaves; elles ont leurs biens; elles peuvent teſter; elles peuvent demander un divorce dans l'occaſion; elles vont à la moſquée à leurs heures, et à leurs rendez-vous à d'autres heures: on les voit dans les rues avec leurs voiles ſur le nez, comme vous aviez votre maſque il y a quelques années. Il eſt vrai qu'elles ne paraiſſent ni à l'opéra ni à la comédie; mais c'eſt parce qu'il n'y en a point. Doutez-vous que, ſi jamais dans Conſtantinople qui eſt la patrie d'*Orphée*, il y avait un opéra, les dames turques ne rempliſſent les premières loges?

Femmes, ſoyez ſoumiſes à vos maris! diſait toujours la maréchale entre ſes dents. Ce *Paul* était bien brutal.

Il était un peu dur, repartit l'abbé, et il aimait fort à être le maître : il traita du haut en bas St *Pierre* qui était un affez bon homme. D'ailleurs il ne faut pas prendre au pied de la lettre tout ce qu'il dit. On lui reproche d'avoir eu beaucoup de penchant pour le janfénifme. Je me doutais bien que c'était un hérétique, dit la maréchale, et elle fe remit à fa toilette.

CONFORMEZ-VOUS AUX TEMPS.

Feu monfieur de *Montampui*, mon bon ami, recteur de l'univerfité de Paris, eut envie un jour d'aller à une repréfentation de Zaïre, pièce très-fainte, dans laquelle l'héroïne ne donne un rendez-vous que pour fe faire baptifer.

Monfieur le recteur n'avait d'autre parti à prendre que celui d'aller en fiacre de fon collége à la comédie, vêtu de fon habit ordinaire, comme en ufent tous les honnêtes gens de Paris ; mais il crut, comme le père *Caftel*, que l'univers avait les yeux fur lui, et il le crut avec d'autant plus de raifon, qu'étant recteur de l'univerfité, il avait, fuivant la force du mot, infpection fur l'univers, lequel par conféquent le regardait continuellement. Il fentit que l'univers apprendrait avec étonnement qu'un nommé *Montampui* avait été à la comédie, et que tous les fiècles en feraient fcandalifés.

Montampui, ne voulant ni faire cette peine à l'univers, ni fe priver de la comédie, prit le parti de

fe déguifer en femme. Il avait dans une vieille
armoire un ajuftement de fa grand'mère , décédée
du temps de la fronde. Lé voilà qui s'affuble d'un
cotillon de drap rouge, et d'un manteau feuille-morte;
il couvre fa vieille tête de recteur d'une coiffure à
triple étage , furmontée d'un gros nœud de rubans
rofe-sèche.

Une paire d'engageantes rouffes et déchirées,
laiffe paraître dans tout leur avantage fes bras
quarrés et velus. Notre recteur ainfi trouffé fort
par une porte fecrète du collége, et court à celle
de la comédie.

Cette étrange figure attroupa le monde; on eut
peu de refpect pour madame ; elle fut tiraillée,
reconnue pour un vilain homme, et menée en prifon , où elle demeura jufqu'à ce qu'elle eût avoué
qu'elle était recteur de l'univerfité de Paris , la fille
aînée de nos rois. Si M. *Montampui* avait eu dans
la tête ce bel axiome : *Conformez - vous aux temps* , il
n'aurait pas donné cette fcène à l'univers.

Ce n'eft pas la peine de recommander cette
maxime aux courtifans , ils l'ont toujours fidèlement obfervée avec les hommes en place; *ferviebant
tempori* , comme dit *Tacite*. Les dames et les petits-
maîtres ont toujours auffi révéré la mode , et même
enchéri fur elle ; ce n'eft pas à ceux qui vont felon
le temps, c'eft à ceux que la deftinée a mis à la
tête des gouvernemens , que s'adreffe ce petit
difcours.

Rois d'Angleterre , vous ne faites plus femblant
de guérir des écrouelles , depuis que votre peuple
s'eft aperçu que vous n'êtes pas médecins. La

société royale de Londres a vu clairement qu'il n'y a nul rapport physique ni métaphysique entre les prérogatives de la couronne d'Angleterre et des humeurs froides. Vous avez retranché cette cérémonie; vous vous êtes conformés aux temps.

Je suis persuadé qu'il y avait de très-belles lois dans Athènes sur la récolte du gland, avant que *Triptolême* eût enseigné aux Grecs à semer du blé. Mais quand les Athéniens eurent commencé à manger du pain, et à trouver cette nourriture meilleure que l'autre, alors toutes les lois sur le gland s'abolirent d'elles-mêmes, et les archontes furent obligés d'encourager l'agriculture.

Archevêques de Naples, le temps viendra où le sang de monsieur St *Janvier* ou *Gennaro* ne bouillira plus quand on l'approchera de sa tête. Les gentils-hommes napolitains et les bourgeois en sauront assez dans quelques siècles pour conclure que ce tour de passe-passe ne leur a pas valu un ducat; qu'il est absolument inutile à la prospérité du royaume et au bien-être des citoyens; que DIEU ne fait point de miracles à jour nommé, qu'il ne change point les lois qu'il a imposées à la nature. Quand ces notions feront descendues des nobles aux citadins, et de ceux-ci à la portion du peuple qui est capable de raison, alors on verra dans Naples ce qu'on vit dans la petite ville Egnatia, où du temps d'*Horace* l'encens brûlait de lui-même, sans qu'on l'approchât du feu. *Horace* tourna le miracle en ridicule, et il ne se fit plus. C'est ainsi qu'on s'est défait du saint nombril de JESUS dans la ville de Châlons; c'est ainsi que les miracles sont partis de la moitié

de l'Europe avec les reliques. Dès que la raifon
vient, les miracles s'en vont.

Tribunal ancien ou nouveau, qui fiégez dans
une grande ville irrégulière, compofée de palais et
de chaumières, dégoûtante et magnifique; habitée
tour à tour par des fauvages, des demi-fauvages,
des Velches, des Romains, des Francs, et enfin
par des Français, il y a bien long-temps que vous
n'avez promené dans les rues la prétendue carcaffe
de la bergère de Nanterre, et que *Marcel* et *Geneviève*
ne fe font rencontrés fur le pont Notre-Dame
pour nous donner de la pluie et du beau temps.
Vous avez fu que les bons bourgeois de Paris
commençaient à foupçonner que ce n'eft pas une
petite fille de village qui difpofe des faifons, mais
que le D I E U qui arrangea la matière, et qui forma
les élémens, eft le feul maître abfolu des airs et de la
terre; et bientôt *Geneviève*, honorée modeftement dans
fa nouvelle églife, ne partagera plus avec D I E U le
domaine fuprême de la nature.

Vous ne rendrez plus d'arrêts, ni en faveur
d'*Ariftote*, ni contre l'émétique; on ne vous préfentera plus de réquifitoire pour empêcher que
l'inoculation ne conferve la vie de nos princes et de
nos citoyens : vous vous conformerez aux temps.

Les temps approchent où l'on fe laffera d'envoyer
de l'argent à trois cents lieues de chez foi pour
pofféder en fureté dans fa patrie des prés et des
vignes accordés par le fouverain.

On verra qu'il n'appartient pas plus à un italien
de fe mêler de ce que penfe un français, qu'il
n'appartient à ce français de prefcrire à cet italien

ce qu'il doit penser. On sentira l'énorme et dangereux ridicule d'avoir dans un Etat un corps considérable de citoyens dépendans d'un maître étranger. Ce corps comprendra lui-même qu'il serait plus honoré, plus cher à la nation, si, réclamant son indépendance naturelle, il cessait d'employer à ses dépens une espèce de simonie pour se rendre esclave. Il se fortifiera dans cette idée sage et noble par l'exemple d'une île voisine. Alors vous ferez servir votre influence et votre pouvoir à briser des liens dont la nation s'indigne. Vous vous conformerez aux temps.

Il est plus beau, sans doute, de les préparer que de s'y conformer ; car il y a peu de mérite à se nourrir des fruits que l'arrière-saison fait naître ; mais c'en est un grand de préparer sa terre, par une sage culture, à porter de bonne heure les productions dont on n'aurait eu qu'une jouissance tardive.

L'opinion gouverne le monde ; mais ce sont les sages qui à la longue dirigent cette opinion.

Quand ces sages ont enfin éclairé les hommes, il ne faut pas traiter avec eux, comme on usait du temps de *Pierre Lombard*, de *Scot* et de *Gilbert de la Porée*.

Une société insociable, étrangère dans sa patrie, composée de gens de mérite, de sots, de fanatiques, de fripons, portait d'un bout de l'univers à l'autre l'étendard d'un homme qui prétend commander de droit divin à l'univers ; elle avait fabriqué dans un coin, au nom de cet homme, cent et une flèches dont elle perçait dévotement ses ennemis ; elle voulut

persuader

perfuader que ces flèches étaient d'or , et qu'elles étaient tombées du ciel.

Pour appuyer cette opinion , elle employa une efpèce de magie. Les incrédules , qui voulaient prouver que ces flèches n'étaient que de plomb , fe trouvaient tout d'un coup, fans favoir comment , à trois cents, à cinq cents milles de chez eux ; ou dans un château voifin, obfcur et mal meublé , dont ils ne fortaient point qu'ils n'euffent figné que les cent et une flèches étaient d'un or très-pur.

Vous avez enfin purgé le pays de ces magiciens ; vous avez vu de loin le temps où l'exécration publique les aurait exterminés. Non-feulement vous vous êtes conformés aux temps , mais vous avez prévenu les temps.

Ne gâtez pas cette bonne œuvre , en écrafant le fanatifme d'une main , et en pourfuivant la raifon de l'autre.

Quand vous voyez cette raifon faire des progrès fi prodigieux, regardez-la comme une alliée qui peut venir à votre fecours , et non comme une ennemie qu'il faut attaquer. Croyez qu'à la longue elle fera plus puiffante que vous ; ofez la chérir , et non la craindre. Conformez-vous aux temps.

Facéties. E

DE L'HORRIBLE DANGER

DE LA LECTURE.

Nous *Jouſſouf Cherébi*, par la grâce de DIEU, mouphti du Saint-Empire ottoman, lumière des lumières, élu entre les élus, à tous les fidèles qui ces préſentes verront, ſottiſe et bénédiction.

Comme ainſi ſoit que *Saïd Effendi*, ci-devant ambaſſadeur de la ſublime Porte, vers un petit Etat nommé *Frankrom*, ſitué entre l'Eſpagne et l'Italie, a rapporté parmi nous le pernicieux uſage de l'imprimerie, ayant conſulté ſur cette nouveauté nos vénérables frères les cadis et imans de la ville impériale de Stamboul, et ſur-tout les fakirs connus par leur zèle contre l'eſprit, il a ſemblé bon à *Mahomet* et à nous de condamner, proſcrire, anathématiſer ladite infernale invention de l'imprimerie, pour les cauſes ci-deſſous énoncées.

1°. Cette facilité de communiquer ſes penſées tend évidemment à diſſiper l'ignorance, qui eſt la gardienne et la ſauve-garde des Etats bien policés.

2°. Il eſt à craindre que parmi les livres apportés d'Occident, il ne s'en trouve quelques-uns ſur l'agriculture et ſur les moyens de perfectionner les arts mécaniques, leſquels ouvrages pourraient à la longue, ce qu'à DIEU ne plaiſe! réveiller le génie de nos cultivateurs et de nos manufacturiers, exciter leur induſtrie, augmenter leurs richeſſes, et leur inſpirer un jour quelque élévation d'ame, quelque amour du bien public, fentimens abfolument oppofés à la faine doctrine.

3°. Il arriverait à la fin que nous aurions des livres d'hiftoire dégagés du merveilleux , qui entretient la nation dans une heureufe ftupidité ; on aurait dans ces livres l'imprudence de rendre juftice aux bonnes et aux mauvaifes actions , et de recommander l'équité et l'amour de la patrie , ce qui eft vifiblement contraire aux droits de notre place.

4°. Il fe pourrait dans la fuite des temps que de miférables philofophes, fous le prétexte fpécieux, mais puniffable , d'éclairer les hommes et de les rendre meilleurs , viendraient nous enfeigner des vertus dangereufes , dont le peuple ne doit jamais avoir de connaiffance.

5°. Ils pourraient, en augmentant le refpect qu'ils ont pour DIEU , et en imprimant fcandaleufement qu'il remplit tout de fa préfence, diminuer le nombre des pélerins de la Mecque , au grand détriment du falut des ames.

6°. Il arriverait , fans doute , qu'à force de lire les auteurs occidentaux qui ont traité des maladies contagieufes , et de la manière de les prévenir , nous ferions affez malheureux pour nous garantir de la pefte , ce qui ferait un attentat énorme contre les ordres de la Providence.

A ces caufes et autres, pour l'édification des fidèles , et pour le bien de leurs ames , nous leur défendons de jamais lire aucun livre, fous peine de damnation éternelle. Et de peur que la tentation diabolique ne leur prenne de s'inftruire , nous défendons aux pères et aux mères d'enfeigner à lire

E 2

à leurs enfans. Et pour prévenir toute contravention à notre ordonnance, nous leur défendons expressément de penfer, fous les mêmes peines; enjoignons à tous les vrais croyans de dénoncer à notre officialité quiconque aurait prononcé quatre phrafes liées enfemble, defquelles on pourrait inférer un fens clair et net. Ordonnons que dans toutes les converfations on ait à fe fervir de termes qui ne fignifient rien, felon l'ancien ufage de la fublime Porte.

Et pour empêcher qu'il n'entre quelque penfée en contrebande dans la facrée ville impériale, commettons fpécialement le premier médecin de fa hauteffe, (1) né dans un marais de l'Occident feptentrional; lequel médecin, ayant déjà tué quatre perfonnes auguftes de la famille ottomane, eft intéreffé plus que perfonne à prévenir toute introduction de connaiffances dans le pays : lui donnons pouvoir, par ces préfentes, de faire faifir toute idée qui fe préfenterait par écrit ou de bouche aux portes de la ville, et nous amener ladite idée pieds et poings liés, pour lui être infligé par nous tel châtiment qu'il nous plaira.

Donné dans notre palais de la Stupidité, le 7 de la lune de Muharém, l'an 1143 de l'hégire.

(1) *Van-Swieten*, premier médecin de l'impératrice-reine, voulut fe mêler de la médecine des ames, et fe fit donner l'emploi d'empêcher les bons livres français de pénétrer dans la ville de Vienne. Perfonne n'eût pu prevoir alors que Vienne donnerait vingt ans après à l'Europe catholique l'exemple de la tolérance, de la liberté de la preffe, de la deftruction des abus de l'autorité eccléfiaftique, enfin de la réforme du clergé.

Les ouvrages de M. de *Voltaire* étaient le principal objet de la févérité de *Van-Swieten*, qui haïffait l'inoculation encore plus que la philofophie. Cependant plufieurs perfonnes de la famille impériale étant mortes entre fes mains de la petite vérole, il ne put empêcher que l'inoculation ne s'introduisît fous fes yeux dans le palais de Vienne, ainfi que les lumières qui ont produit une fi étonnante revolution.

RESCRIT

DE L'EMPEREUR DE LA CHINE,

A l'occasion du projet de paix perpétuelle.

Nous l'empereur de la Chine, nous sommes fait repréfenter dans notre confeil d'Etat, les mille et une brochures qu'on débite journellement dans le renommé village de Paris pour l'inftruction de l'univers. Nous avons remarqué avec une fatisfaction impériale qu'on imprime plus de penfées, ou façons de penfées, ou expreffions fans penfées, dans ledit village, fitué fur le petit ruiffeau de la Seine, contenant environ cinq cents mille plaifans, ou gens voulant l'être, que l'on ne fabrique de porcelaines dans notre bourg de King-tzin fur le fleuve jaune, lequel bourg pofsède le double d'habitans, lefquels ne font pas la moitié fi plaifans que ceux de Paris.

Nous avons lu attentivement la brochure de notre amé *Jean-Jacques*, citoyen de Genève, lequel *Jean-Jacques* a extrait un projet de paix perpétuelle du bonze *Saint-Pierre*, lequel bonze *Saint-Pierre* l'avait extrait d'un clerc du mandarin marquis de *Rofny*, duc de *Sully*, excellent économe, lequel l'avait extrait du creux de fon cerveau.

Nous avons été fenfiblement affligés de voir que dans ledit extrait rédigé par notre amé *Jean-Jacques*, où l'on expofe les moyens faciles de donner à

E 3

l'Europe une paix perpétuelle, on avait oublié le
refte de l'*Univers*, qu'il faut toujours avoir en vue
dans toutes fes brochures ; nous avons connu que
la monarchie de France qui eft la première des
monarchies, l'anarchie d'Allemagne qui eft la première des anarchies, l'Efpagne, l'Angleterre, la
Pologne, la Suède, qui font, fuivant leurs hiftoriens, chacune en fon genre, la première puiffance
de l'*Univers*, font toutes requifes d'accéder au traité
de *Jean-Jacques*. Nous avons été édifiés de voir que
notre chère coufine l'impératrice de toute Ruffie
était pareillement requife de fournir fon contingent.
Mais grande a été notre furprife impériale, quand
nous avons en vain cherché notre nom dans la lifte.
Nous avons jugé qu'étant fi proches voifins de
notre chère coufine, nous devions être nommés avec
elle ; que le grand turc voifin de la Hongrie et de
Naples, le roi de Perfe voifin du grand turc, le
grand mogol voifin du roi de Perfe, ont pareillement
les mêmes droits, et que ce ferait faire au Japon une
injuftice criante, de l'oublier dans la confédération
générale.

Nous avons penfé de nous-mêmes, après l'avis
de notre confeil, que fi le grand turc attaquait la
Hongrie ; fi la diète europaine, ou européenne, ou
européane, ne fe trouvait pas alors en argent comptant ; fi, tandis que la reine de Hongrie s'oppoferait
au Turc vers Belgrade, le roi de Pruffe marchait à
Vienne ; fi les Ruffes pendant ce temps-là attaquaient
la Siléfie ; fi les Français fe jetaient alors fur les
Pays-Bas, l'Angleterre fur la France, le roi de
Sardaigne fur l'Italie, l'Efpagne fur les Maures, ou

les Maures fur l'Efpagne ; ces petites combinaifons pourraient déranger la paix perpétuelle.

Notre acceffion étant donc d'une néceffité abfolue, nous avons réfolu de coopérer de toutes nos forces au bien général, qui eft évidemment le but de tout empereur, comme de tout feseur de brochures.

A cet effet, ayant remarqué qu'on avait oublié de nommer la ville dans laquelle les plénipotentiaires de l'*Univers* doivent s'affembler, nous avons réfolu d'en bâtir une fans délai. Nous nous fommes fait repréfenter le plan d'un ingénieur de fa majefté le roi de Narfingue, lequel propofa il y a quelques années de creufer un trou jufqu'au centre de la terre pour y faire des expériences de phyfique ; notre intention étant de perfectionner cette idée, nous ferons percer le globe de part en part. Et comme les philofophes les plus éminens du village de Paris fur le ruiffeau dit la Seine, croient que *le noyau du globe eft de verre*, qu'ils l'ont écrit, et qu'ils ne l'auraient jamais écrit s'ils n'en avaient été sûrs, notre ville de la diète de l'*Univers* fera toute de criftal, et recevra continuellement le jour par un bout ou par un autre ; de forte que la conduite des plénipotentiaires fera toujours éclairée.

Pour mieux affermir l'ouvrage de la paix perpétuelle, nous aboucherons enfemble dans notre ville tranfparente notre faint père le grand lama, notre faint père le grand dairi, notre faint père le muphti, et notre faint père le pape, qui feront tous aifément d'accord moyennant les exhortations de quelques jéfuites portugais. Nous terminerons tout d'un temps les anciens procès de la juftice eccléfiaftique et de la féculière, du fifc et du peuple, des nobles et des roturiers, de l'épée et de la robe, des maîtres et des valets, des maris et des femmes, des auteurs et des lecteurs.

Nos plénipotentiaires enjoindront à tous les fouverains de n'avoir jamais aucune querelle, fous peine d'une brochure de *Jean-Jacques* pour la première fois, et du ban de l'*Univers* pour la feconde.

Nous prions la république de Genève et celle de Saint-Marin de nommer conjointement avec nous le fieur *Jean-Jacques* pour premier préfident de la diète, attendu que ledit fieur ayant déjà jugé les rois et les républiques fans en être prié, il les jugera tout auffi bien quand il fera à la tête de la chambre; et notre avis eft qu'il foit payé régulièrement de fes honoraires fur le produit net des actions des fermes, des billets des loteries, et de ceux de la compagnie des Indes de Paris, qui font les meilleurs effets de l'*Univers*. Priant le *Tien* qu'il ait en fa fainte garde ledit *Jean-Jacques*, comme auffi le fieur *Volmar*, la demoifelle *Julie* et fon faux germe.

Donné à Pékin, le premier du mois de Hi han, l'an 1898436500 *de la fondation de notre monarchie.*

PLAIDOYER

DE RAMPONEAU,

Prononcé par lui-même devant ses juges. (1)

MAITRE *Beaumont*, dans ce siècle de perversité, pense-t-il que les grâces de son style séduiront ses juges, que ses plaisanteries les égayeront, que les tours insidieux de son éloquence les convaincront?

Remarquez d'abord, Messieurs, avec quelle adresse maître *Beaumont* supprime mon nom de baptême ! il m'appelle *Ramponeau* tout court ; voulant vous insinuer par cette réticence que je ne suis pas baptisé, et qu'ainsi, n'ayant pas renoncé aux pompes du démon, je peux me montrer sur le théâtre sans avoir rien à risquer ; que je suis un enfant de perdition qu'on peut abandonner aux plaisirs de la multitude, sans crainte de perdre une ame déjà perdue.

---

(1) *Ramponeau*, cabaretier de la Courtille, vendait en 1760 de très-mauvais vin à très-bon marché. La canaille y courait en foule ; cette affluence extraordinaire excita la curiosité des oisifs de la bonne compagnie. *Ramponeau* devint célèbre. Il avait la complaisance de se laisser voir chez lui aux grandes dames et aux seigneurs que la curiosité y attirait. *Gaudon*, entrepreneur des spectacles, s'imagina qu'il ferait fortune s'il pouvait montrer *Ramponeau* sur son théâtre : le marché se conclut ; mais *Ramponeau* s'apercevant qu'il lui était défavantageux, refusa de tenir ses engagemens. Ce procès produisit quelques facéties, ne fut point jugé, et *Ramponeau* fut oublié pour jamais avant la fin de l'année.

Je fuis baptifé, Meffieurs; et mon nom eft *Geneft de Ramponeau*, cabaretier de la Courtille.

Vous avez tremblé, ô *Gaudon* ma partie! Et vous, fon éloquent protecteur, vous tremblez à ce nom de Sᵗ *Geneft* qui, ayant paru fur le théâtre de Rome, comme vous voulez me produire fur celui du Boulevard (*) ou Bouleverd, fut miraculeufement converti en jouant la comédie. Il convertit même une partie de la cour de l'empereur, fi on m'a dit vrai; il reçut la couronne du martyre, fi je ne me trompe. Vous me préparez, maître *Beaumont*, un martyre bien plus cruel; vous me criez d'une voix triomphante: *Ramponeau, montrez-vous, ou payez*.

Je ne payerai point, Meffieurs, et je ne me montrerai point fur le théâtre. J'ai fait un marché, il eft vrai; mais, comme dit le fameux grec dont j'ai entendu parler à la Courtille, *Si ce que j'ai promis eft injufte, je n'ai rien promis*.

Maître *Beaumont* prétend que, fi *Jean-Jacques Rouffeau*, citoyen de Genève, s'eft fait voir marchant à quatre pattes fur le théâtre des foffés Saint-Germain, *Geneft de Ramponeau* ne doit point rougir de fe montrer fur fes deux pieds; mais la cour verra aifément le faux de ce fophifme.

Jean-Jacques eft un hérétique, et je fuis catholique: *Jean-Jacques* n'a comparu que par procureur, et on veut me faire comparaître en perfonne: *Jean-Jacques* a comparu en dépit des lois, et c'eft en vertu des

---

(*) On devrait dire *Bouleverd*, parce qu'autrefois le rempart était couvert de gazon, fur lequel on jouait à la boule: on appelait le gazon *verd*; de-là le mot *boule-verd*, terme que les Anglais ont rendu exactement par *Bowling-green*. Les Parifiens croient bien prononcer en difant *Boulevard*; le pauvre peuple dit *bouleverd*.

lois qu'on veut me montrer au peuple : *Jean-Jacques* a été feſeur de comédies , et moi je ſuis un honnête cabaretier. On ſait ce qu'on doit à la dignité des profeſſions. *Néron* voulut avilir les chevaliers romains juſqu'à les faire monter ſur le théâtre ; mais il n'oſa y contraindre les cabaretiers.

Si la cour avait pu lire un petit livre que *Jean-Jacques* , indigné de ſa gloire , et honteux d'avoir travaillé pour les ſpectacles , a lâché contre les ſpectacles mêmes , elle verrait que ce *Rouſſeau* préfère hautement les marchands de vin aux hiſtrions. Il ne veut pas que dans ſa patrie il y ait des comédies ; mais il y veut des cabarets. Il regrette ce beau jour de ſon enfance , où il vit tous les Génevois ivres. Il ſouhaite que les filles danſent toutes nues au cabaret.

Nous eſpérons que les mœurs ſe perfectionneront bientôt juſqu'à parvenir à ce dernier degré de la politeſſe. Alors maître *Beaumont* lui-même ſera très-aſſidu chez moi , à la Courtille ; il ne ſongera plus à me produire ſur le rempart ; il ſentira ce qu'on doit à un cabaretier.

Feu monſeigneur le cardinal de *Fleuri* diſait que les fermiers généraux étaient les colonnes de l'Etat : ſi cela eſt , nous ſommes la baſe de ces colonnes ; car ſans nous , plus de produit dans les aides ; et ſans les aides comment l'Etat pourrait-il aider ſes alliés , et s'aider lui-même contre ſes ennemis ? M. *Silhouette* , qui a tenu le tonneau des finances moins de temps que je n'ai tenu ceux de mes vins de Brie , a voulu faire quelque peine au corps des fermiers ; mais il a reſpecté le nôtre.

Si nous fommes néceffaires à la puiffance tempo-
relle , nous le fommes encore plus à la fpirituelle ,
qui eft fi au-deffus de l'autre. C'eft chez nous que
le peuple célèbre les fêtes : c'eft pour nous qu'on
abandonne fouvent trois jours de fuite , dans les
campagnes, les travaux néceffaires, mais profanes,
de la charrue, pour venir chez nous fanctifier les jours
de falut et de miféricorde : c'eft là qu'on perd
heureufement cette raifon frivole , orgueilleufe ,
inquiéte , curicufe , fi-contraire à la fimplicité du
chrétien, comme maître *Beaumont* lui-même eft forcé
d'en convenir : c'eft là qu'en ruinant fa fanté , on
fournit aux médecins de nouvelles découvertes :
c'eft là que tant de filles , qui peut-être auraient langui
dans la ftérilité , acquièrent une fécondité heureufe
qui produit tant d'enfans bien élevés , utiles à l'Eglife
et au royaume , et qu'on voit peupler les grands
chemins pour remplir le vide de nos villes dépeu-
plées.

Que dira maître *Beaumont* fi je lui montre les
faints rituels , où font excommuniés les fauteurs
du théâtre , c'eft-à-dire, les rois , les princes , les
Sophocle et les *Corneille* ? Un cabaretier au contraire
eft effentiellement de la communion des fidèles ,
puifque c'eft chez lui que les fidèles boivent et
mangent.

Les fermiers généraux eux-mêmes , quoiqu'ils
fuffent tous chevaliers dans la république romaine ,
quoiqu'ils foient colonnes chez nous , font maudits
dans l'Ecriture : *S'il n'écoute pas l'Eglife , qu'il foit*
regardé comme un païen et comme un fermier général, ficut
ethnicus et publicanus. L'apôtre ne dit point qu'il foit

regardé comme un cabaretier de la Courtille, il s'en donne bien de garde.

Au contraire, c'eſt par un cabaret, et même par une cabaretière que les premiers triomphes du ſaint peuple juif commencèrent. La belle *Raab*, vous le ſavez, Meſſieurs, tenait un cabaret à Jéricho, dans le vaſte pays de *Fétrin*. Elle était *Zonah*, du mot hébreu *zun* qui ſignifie cabaret, et rien de plus. (Et c'eſt ce que je tiens de M. *Tellès* qui vient ſouvent chez moi.) Elle reçut les eſpions du ſaint peuple; elle trahit pour lui ſa patrie : elle fut l'heureuſe cauſe que les murailles de Jéricho étant tombées au bruit de la trompette et des voix des Juifs, la nation chérie tua les hommes, les femmes, les filles, les enfans, les bœufs, les brebis et les ânes.

Quelques interprètes ſoutiennent que *Raab* était non-ſeulement cabaretière, mais fille de joie. A DIEU ne plaiſe que je contrediſe ces grands hommes ! mais ſi elle avait été une ſimple fille de joie, une fille de rempart, *Salomon* prince de *Juda* aurait-il daigné l'épouſer ? Je laiſſe le reſte à vos ſublimes réflexions.

Vous voyez, juges auguſtes du Boulevard et de la Courtille, quelle prééminence eut de tous les temps le cabaret ſur le théâtre. Vous frémiſſez de l'indigne propoſition de maître *Beaumont*, qui prétend me faire quitter la Courtille pour le Rempart. J'oſe plaider ma cauſe moi-même, parce que là où la raiſon eſt évidente, l'éloquence eſt inutile. Si elle ſuccombe cette raiſon, quelquefois mal accueillie chez les hommes, je mettrai alors ma cauſe entre les mains de maître *Manori*, célèbre dans l'univers,

qui a fait imprimer des plaidoyers lus de l'univers ;
et l'univers entier jugera entre *Gaudon* et *Ramponeau*.

Je vois d'ici maître *Beaumont* fourire ; je l'entends
répéter ces mots d'*Horace*, ce poëte du Pont-neuf
que j'ai ouï fouvent citer :

Perfidus hic caupo. . . . .
. . . . cauponibus atque malignis.

Ce fripon de cabaretier, ces cabaretiers malins.

Il aura recours même à l'Encyclopédie : l'article
cabaret dit que les lois de la police ne font pas toujours
rigoureufement obfervées dans nos maifons. Je
demande juftice à la cour de cette calomnie : je me
joins à maître *Paliffot*, maître *Lefranc de Pompignan*
et maître *Fréron* contre ce livre abominable. Je favais
déjà par leurs émiffaires, mes camarades ou mes
pratiques, combien ce livre et leurs femblables font
pernicieux.

Une foule de citoyens de tout ordre et de tout
âge les lit, au lieu d'aller au cabaret : les auteurs et
les lecteurs paffent dans leurs cabinets une vie
retirée, qui eft la fource de tant d'attroupemens
fcandaleux. On étudie la géométrie, la morale, la
métaphyfique et l'hiftoire ; de-là ces billets de confeffion qui ont troublé la France, ces convulfions qui
l'ont également déshonorée, ces écrits contre des
contributions néceffaires au foutien de la patrie ;
tandis que les comédiens recueillent plus d'argent
par jour aux repréfentations de la pièce charitable
des *Philofophes*, que le fouverain n'en retire pour le
foutien du royaume. Ces déteftables livres enfeignent
vifiblement à couper la bourfe et la gorge fur le grand

chemin ; ce qui certes n'arrive pas à la Courtille,
où nous abreuvons les gorges, et vidons les bourfes
loyalement.

Je conclus donc à ce qu'il plaife à la cour me
faire donner beaucoup d'argent par *Gaudon* qui a
la mauvaife foi de m'en demander en vertu de fon
marché ; faire brûler le *factum* de maître *Beaumont*,
comme attentatoire aux lois du royaume et à la religion ; *item*, faire brûler pareillement tous les livres
qui pourront, foit directement, foit indirectement,
empêcher les citoyens d'aller à la Courtille, et leur
procurer le plaifir honteux de la lecture.

EXTRAIT

DE LA GAZETTE DE LONDRES.

Du 20 février 1762.

Nous apprenons que nos voifins les Français
font animés autant que nous au moins de l'efprit
patriotique. Plufieurs corps de ce royaume fignalent
leur zèle pour le roi et pour la patrie. Ils donnent
leur néceffaire pour fournir des vaiffeaux, et on
nous apprend que les moines, qui doivent auffi aimer
le roi et la patrie, donneront de leur fuperflu.

On affure que les bénédictins, qui poffèdent
environ neuf millions de livres tournois de rente
dans le royaume de France, fourniront au moins
neuf vaiffeaux de haut bord.

Que l'abbé de Cîteaux, homme très-important dans l'Etat, puisqu'il possède, sans contredit, les meilleures vignes de Bourgogne et la plus grosse tonne, augmentera la marine d'une partie de ses futailles. Il fait bâtir actuellement un palais dont le devis est d'un million sept cents mille livres tournois; et il a déjà dépensé quatre cents mille francs à cette maison pour la gloire de DIEU. Il va faire construire des vaisseaux pour la gloire du roi.

On assure que Clervaux suivra cet exemple, quoique les vignes de Clervaux soient très-peu de chose; mais possédant quarante mille arpens de bois, il est très-en état de faire construire de bons navires.

Il sera imité par les chartreux qui voulaient même le prévenir, attendu qu'ils mangent la meilleure marée, et qu'il est de leur intérêt que la mer soit libre. Ils ont trois millions de rente en France, pour faire venir des turbots et des soles. On dit qu'ils donneront trois beaux vaisseaux de ligne.

Les prémontrés et les carmes, qui font aussi nécessaires dans un Etat que les chartreux, et qui font aussi riches qu'eux, se proposent de fournir le même contingent. Les autres moines donneront à proportion. On est si assuré de cette oblation volontaire de tous les moines qu'il est évident qu'il faudrait les regarder comme ennemis de la patrie, s'ils ne s'acquittaient pas de ce devoir.

Les juifs de Bordeaux se font cotisés. Des moines qui valent bien des juifs feront jaloux, sans doute, de maintenir la supériorité de la nouvelle loi sur l'ancienne.

Pour

Pour les frères jésuites, on n'estime pas qu'ils doivent se saigner en cette occasion, attendu que la France va être incessamment purgée desdits frères.

POST-SCRIPTUM.

COMME la France manque un peu de gens de mer, le prieur des célestins a proposé aux abbés réguliers, prieurs, sous-prieurs, recteurs, supérieurs qui fourniront les vaisseaux, d'envoyer leurs novices servir de mousses, et leurs profès servir de matelots. Ledit célestin a démontré dans un beau discours, combien il est contraire à l'esprit de charité de ne songer qu'à faire son salut, quand on doit s'occuper de celui de l'Etat : ce discours a fait un grand effet, et tous les chapitres délibéraient encore au départ de la poste.

RELATION

De la maladie, de la confeſſion, de la mort et de l'apparition du jéſuite Bertier. (1)

Ce fut le 12 octobre 1759 que frère *Bertier* alla, pour ſon malheur, de Paris à Verſailles avec frère *Coutu* qui l'accompagne ordinairement. *Bertier* avait mis dans la voiture quelques exemplaires du *Journal de Trévoux*, pour les préſenter à ſes protecteurs et protectrices, comme à la femme de chambre de madame la nourrice, à un officier de bouche, à un des garçons apothicaires du roi, et à pluſieurs autres ſeigneurs qui font cas des talens. *Bertier* ſentit en chemin quelques nauſées ; ſa tête s'appéſantit ; il eut de fréquens bâillemens. Je ne ſais ce que j'ai, dit-il à *Coutu*, je n'ai jamais tant bâillé. Mon révérend père, répondit frère *Coutu*, ce n'eſt qu'un rendu. Comment, que voulez-vous dire avec votre rendu? dit frère *Bertier*. C'eſt, dit frère *Coutu*, que je bâille auſſi, et je ne ſais pourquoi, car je n'ai rien lu de la journée, et vous ne m'avez point parlé depuis que je ſuis en route avec vous. Frère *Coutu*, en diſant ces mots, bâilla plus que jamais. *Bertier* répliqua par des bâillemens qui ne finiſſaient point. Le cocher ſe retourna, et, les voyant ainſi bâiller,

(1) Frère *Bertier* n'eſt mort qu'en décembre 1782 ; il s'était retiré à Bourges, et le clergé venait de lui donner une penſion, pour le remercier d'avoir fait à la religion des ennemis de tous les français qui ſe diſtinguaient dans les lettres par leurs connaiſſances ou par leurs talens.

fe mit à bâiller auffi ; le mal gagna tous les paffans, on bâilla 'dans toutes les maifons voifines , tant la feule préfence d'un favant a quelquefois d'influence fur les hommes.

Cependant une petite fueur froide s'empara de *Bertier*. Je ne fais ce que j'ai , dit-il , je me fens à la glace. Je le crois bien , dit le frère compagnon. Comment, vous le croyez bien , dit *Bertier ;* qu'entendez-vous par-là ? C'eft que je fuis gelé auffi , dit *Coutu*. Je m'endors , dit *Bertier*. Je n'en fuis pas furpris , dit l'autre. Pourquoi cela ? dit *Bertier*. C'eft que je m'endors auffi , dit le compagnon. Les voilà faifis tous deux d'une affection foporifique et léthargique ; et en cet état ils s'arrêtèrent devant la porte des coches de Verfailles. Le cocher, en leur ouvrant la portière, voulut les tirer de ce profond fommeil , il n'en put venir à bout : on appela du fecours. Le compagnon, qui était plus robufte que frère *Bertier* , donna enfin quelques fignes de vie ; mais *Bertier* était plus froid que jamais. Quelques médecins de la cour , qui revenaient de dîner , pafsèrent auprès de la chaife ; on les pria de donner un coup d'œil au malade : l'un d'eux lui ayant tâté le pouls s'en alla, en difant qu'il ne fe mêlait plus de médecine depuis qu'il était à la cour ; un autre , l'ayant confidéré plus attentive-ment , déclara que le mal venait de la véficule du fiel qui était toujours trop pleine ; un troifième affura que le tout provenait de la cervelle qui était trop vide.

Pendant qu'ils raifonnaient le patient empirait , les convulfions commençaient à donner des fignes funeftes , et déjà les trois doigts dont on tient la

plume étaient tout retirés, lorfqu'un médecin principal, qui avait étudié fous *Mead* et fous *Boerhaave*,
et qui en favait plus que les autres, ouvrit la bouche
de *Bertier* avec un biberon, et ayant attentivement
réfléchi fur l'odeur qui s'en exhalait, prononça qu'il
était empoifonné.

A ce mot tout le monde fe récria. Oui, Meffieurs,
continua-t-il, il eft empoifonné; il n'y a qu'à tâter
fa peau, pour voir que les exhalaifons d'un poifon
froid fe font infinuées par les pores; et je maintiens
que ce poifon eft pire qu'un mélange de ciguë, d'ellé-
bore noire, d'opium, de folanum et de jufquiame.
Cocher, n'auriez-vous point mis dans votre voiture
quelque paquet pour nos apothicaires ? Non, Monfieur, répondit le cocher, voilà l'unique ballot que
j'y ai placé par ordre du révérend père: alors il fouilla
dans le coffre, et en tira deux douzaines d'exemplaires
du *Journal de Trévoux*. Hé bien, Meffieurs, avais-je
tort ? dit ce grand médecin.

Tous les affiftans admirèrent fa prodigieufe faga-
cité ; chacun reconnut l'origine du mal : on brûla
fur le champ fous le nez du patient le paquet pernicieux, et les particules pefantes s'étant atténuées
par l'action du feu, *Bertier* fut un peu foulagé; mais,
comme le mal avait fait de grands progrès, et que
la tête était attaquée, le danger fubfiftait toujours.
Le médecin imagina de lui faire avaler une page de
l'*Encyclopédie* dans du vin blanc, pour remettre en
mouvement les humeurs de la bile épaiffie : il en
réfulta une évacuation copieufe ; mais la tête était
toujours horriblement pefante, les vertiges conti-
nuaient, le peu de paroles qu'il pouvait articuler

n'avaient aucun fens : il refta deux heures dans cet
état, après quoi on fut obligé de le faire confeffer.

Deux prêtres fe promenaient alors dans la rue des
Récollets : on s'adreffa à eux. Le premier refufa :
Je ne veux point, dit-il, me charger de l'ame d'un
jéfuite, cela eft trop fcabreux ; je ne veux avoir
affaire à ces gens-là, ni pour les affaires de ce monde,
ni pour celles de l'autre ; confeffera un jéfuite qui
voudra, ce ne fera pas moi. Le fecond ne fut pas fi
difficile. J'entreprendrai cette opération, dit-il ; on
peut tirer parti de tout.

Auffitôt il fut conduit dans la chambre où le
malade venait d'être tranfporté ; et, comme *Bertier*
ne pouvait encore parler diftinctement, le confeffeur
prit le parti de l'interroger. Mon révérend père, lui
dit-il, croyez-vous en D I E U ? Voilà une étrange
queftion, dit *Bertier*. Pas fi étrange, dit l'autre ; il
y a croire et croire : pour s'affurer de croire comme
il faut, il eft néceffaire d'aimer DIEU et fon prochain ;
les aimez-vous fincèrement ? Je diftingue, dit *Bertier*.
Point de diftinction, s'il vous plaît, reprit le confeffant ; point d'abfolution fi vous ne commencez par
ces deux devoirs. Hé bien, oui, dit le confeffé, puifque
vous m'y forcez, j'aime DIEU, et le prochain comme
je peux.

N'avez-vous point lu fouvent de mauvais livres ?
dit le confeffant. Qu'entendez-vous par mauvais
livres ? dit le confeffé. Je n'entends pas, dit le confeffant, les livres fimplement ennuyeux, comme
l'Hiftoire romaine des frères *Catrou* et *Rouillé*, et vos
tragédies de colléges, et vos livres intitulés des
Belles-Lettres, et la *Louifiade* de votre *le Moine*, et les

F 3

vers de votre *du Cerceau* fur la *ravigotte*, et fes nobles
ftances fur le meffager du Mans, et le remercîment
au duc du Maine pour des pâtés, et votre *Penfez-y
bien*, et toutes les fineffes du bel-efprit monacal ;
j'entends les imaginations de frère *Bougeant*, condamnées par le parlement et par l'archevêque de
Paris ; j'entends les gentilleffes de frère *Berruyer*, qui
a changé l'ancien et le nouveau Teftament en un
roman de ruelle dans le goût de Clélie, fi juftement
flétri à Rome et en France ; j'entends la théologie
de frère *Bufembaum* (a) et de frère *la Croix*, qui ont
fi hautement enchéri fur tout ce qu'avaient écrit
frère *Guignard* et frère *Gueret*, et frère *Garnet*, et frère
Oldecorn, et tant d'autres ; j'entends frère *Jouvency*,
qui compare finement le préfident de *Harlai* à *Pilate*,
le parlement aux Juifs, et frère *Guignard* à JESUS-
CHRIST, parce qu'un citoyen trop emporté, mais
pénétré d'une jufte horreur contre un profeffeur
du parricide, s'avifa de cracher au vifage de frère
Guignard, affaffin d'*Henri IV*, dans le temps que ce
monftre impénitent refufait de demander pardon au
roi et à la juftice ; j'entends enfin cette foule innombrable de vos cafuiftes, que l'éloquent *Pafcal* a trop
épargnés, et fur-tout votre *Sanchez* qui, dans fon
livre *de matrimonio*, a fait un recueil de tout ce que
l'*Aretin* et le *Portier des Chartreux* auraient tremblé

(a) Ces deux honnêtes jéfuites difent dans ce beau livre réimprimé
depuis peu, qu'un citoyen profcrit par un prince ne peut être affaffiné
légitimement que dans le territoire du prince ; mais qu'un prince profcrit
par le pape peut être affaffiné dans toute la terre, parce que le pape eft
fouverain de toute la terre ; qu'un homme chargé de tuer un excommunié peut donner cette commiffion à un autre ; que c'eft un acte de
charité d'accepter cette commiffion, &c. pages 101, 102, 103.

de dire. (*b*) Pour peu que vous ayez fait de telles lectures, vous êtes en grand danger de votre salut.

Je diftingue, répondit l'interrogé. Point de diftinction, encore une fois, reprit l'interrogeant. Avez-vous lu tous ces livres, oui, ou non? Monfieur, dit *Bertier*, je fuis en droit de tout lire, attendu le pofte éminent que j'occupe dans la compagnie. Eh, quél eft donc ce grand pofte? dit le confeffant. Hé bien, répondit *Bertier*, c'eft moi, afin que vous le fachiez, qui fuis l'auteur du *Journal de Trévoux.*

Quoi! c'eft vous qui êtes l'auteur de ce livre qui damne tant de monde? Monfieur, Monfieur, mon livre ne damne perfonne; dans quel péché pourrait-il faire tomber, s'il vous plaît? Ah, frère, dit le confeffant, ne favez-vous pas que quiconque appelle fon frère *Raca* eft coupable de la géhenne du feu? or vous avez le malheur de faire venir à quiconque vous lit la tentation prochaine de vous nommer *Raca :* combien ai-je vu d'honnêtes gens qui, ayant lu feulement deux ou trois pages de votre livre, le jetaient au feu tranfportés de colère! Quel impertinent auteur! difaient-ils; l'ignorant! le butor! le cuiftre! le cheval! cela ne finiffait point : l'efprit de charité était totalement éteint en eux, et ils étaient

---

(*b*) Ce frère *Sanchez* examine *utrùm fœmina quæ nondùm feminavit poffit, virili membro extracto, fe tactibus ad feminandum provocare?* L. 9, difp. 17, num. 8. *Semen ubi fœmina effudit, an teneatur alter effundere, five inter uxores, five inter fornicantes? Utrùm liceat intra vas præpofterum, aut in os fœminæ, membrum intromittere, animo confummandi intra vas legitimum? &c.* L. 9, difp. 17, depuis le n. 1, 2, 3, 4. Ce même *Sanchez* pouffe l'abomination jufqu'à examiner férieufement, *an Virgo Maria femen emiferit in copulatione cum Spiritu Sancto?* L. 2. difp. 21, num. 11. Et il tient pour l'affirmative.

évidemment en risque de leur salut. Jugez de combien de maux vous avez été cause. Il y a peut-être près de cinquante personnes qui vous lisent, et ce font cinquante ames que vous mettez en péril tous les mois ; ce qui excite sur-tout la colère parmi les fidèles, c'est cette confiance avec laquelle vous décidez de tout ce que vous n'entendez point. Ce vice prend visiblement sa source dans deux péchés mortels ; l'un est l'orgueil, et l'autre l'avarice. N'est-il pas vrai que vous faites votre livre pour de l'argent, et que vous êtes atteint de la superbe, quand vous critiquez mal à propos l'abbé *Véli*, et l'abbé *Coyer*, et l'abbé d'*Olivet*, et tous nos bons auteurs ? Je ne puis vous donner l'absolution que vous n'ayez fait un ferme propos de ne travailler de votre vie au *Journal de Trévoux*.

Frère *Bertier* ne savait que répondre ; sa tête n'était pas bien libre, et il tenait furieusement à ses deux péchés favoris. Eh quoi ! vous hésitez, dit le confessant ; songez que dans peu d'heures tout va finir pour vous ; peut-on chérir encore ses passions, quand il faut renoncer pour jamais à les satisfaire ? Vous demandera-t-on au jour du jugement si vous avez réussi ou non à faire le *Journal de Trévoux* ? Est-ce pour cela que vous êtes né ? est-ce pour nous ennuyer que vous avez fait vœu de chasteté, d'humilité et d'obéissance ? Arbre séché, arbre rabougri, qui allez être réduit en cendres, profitez du moment qui vous reste ; portez encore des fruits de pénitence ; détestez sur-tout l'esprit de calomnie qui vous a possédé jusqu'à présent ; tâchez d'avoir autant de religion que ceux que vous accusez d'être sans religion. Sachez, frère

Bertier, que la piété et la vertu ne confistent pas à croire que votre *François Xavier* (*c*) ayant laiffé tomber fon crucifix dans la mer, un cancre vint humblement le lui rapporter. On peut être honnête homme, et douter que le même *Xavier* ait été en deux endroits à la fois ; vos livres peuvent le dire ; mais, mon frère, il eft permis de ne rien croire de ce qui eft dans vos livres.

A propos, frère, n'auriez-vous point écrit à frère *Malagrida* et complices ? Vraiment j'oubliais cette peccadille : vous croyez donc que parce qu'il n'en coûta autrefois qu'une dent à *Henri IV*, et qu'il n'en coûte aujourd'hui qu'un bras au roi de Portugal, vous pourrez vous fauver avec la direction d'intention ? vous penfez que ce font-là des péchés véniels, et pourvu que le *Journal de Trévoux* fe débite, vous vous fouciez peu du refte.

Je diftingue, Monfieur, dit *Bertier*. Encore des diftinctions, dit le confeffant ! hé bien moi je ne diftingue point, et je vous refufe net l'abfolution.

Comme il difait ces mots, arrive frère *Coutu* en hâte, tout courant, tout effouflé, tout fuant, tout halétant, tout puant ; il s'était informé de celui qui avait l'honneur de confeffer fon révérend père. Arrêtez, arrêtez, cria-t-il ; point de facrement, mon cher révérend père, point de facrement, je vous en conjure, mon cher révérend père *Bertier*, mourez fans facremens ; c'eft l'auteur des *Nouvelles eccléfiaftiques* avec qui vous êtes, c'eft le renard qui fe confeffe au loup : vous êtes perdu fi vous avez dit la vérité.

(*e*) Miracles rapportés dans la vie de faint *François Xavier.*

L'étonnement ,la honte, la douleur, la colère ,
la rage ranimèrent alors un moment les efprits du
patient. Vous , l'auteur des *Nouvelles eccléfiafliques !*
s'écria-t-il ; et vous avez attrapé un jéfuite ! Oui ,
mon ami , répondit le confeffant avec un fourire
amer : rends-moi ma confeffion , coquin , dit *Bertier ,*
rends-moi ma confeffion tout à l'heure. Ah ! c'eft
donc toi , l'ennemi de DIEU , des rois et même des
jéfuites ; c'eft toi qui viens abufer de l'état où je
fuis : traître , que n'es-tu en apoplexie , et que ne
puis-je te donner l'extrême-onction ? Tu crois donc
être moins ennuyeux et moins fanatique que moi ?
Oui , j'ai écrit des fottifes , j'en conviens ; je me fuis
rendu méprifable et haïffable , je l'avoue ; mais toi ,
n'es-tu pas le plus bas et le plus exécrable de tous les
barbouilleurs de papier à qui la démence a mis la
plume à la main ? Dis-moi donc fi ton hiftoire des
convulfions ne vaut pas bien nos lettres édifiantes
et curieufes ? Nous voulons dominer par-tout , je le
confeffe ; et toi , tu voudrais tout brouiller : nous
voudrions féduire toutes les puiffances ; et toi , tu
voudrais exciter la fédition contre elles. La juftice
a fait brûler nos livres , d'accord ; mais n'a-t-elle
pas fait auffi brûler les tiens ? Nous fommes tous en
prifon dans le Portugal , il eft vrai ; mais la police
ne t'a-t-elle pas pourfuivi cent fois toi et tes complices ? Si j'ai eu la bêtife d'écrire contre des hommes
éclairés qui dédaignaient jufque-là de m'écrafer ,
n'as-tu pas eu la même impertinence ? ne nous
tourne-t-on pas tous deux également en ridicule ?
et ne devons-nous pas avouer que , dans ce fiècle ,
l'égoût des fiècles , nous fommes tous deux les plus

vils infectes de tous les infectes qui bourdonnent au
milieu de la fange de ce bourbier ? Voila ce que la
force de la vérité arrachait de la bouche de frère
Bertier ; il parlait comme un infpiré ; fes yeux remplis d'un feu fombre roulaient avec égarement ; fa
bouche fe tordait , l'écume la couvrait; fon corps
fe roidiffait ; fon cœur palpitait : bientôt une défaillance générale fuccéda à ces convulfions ; et dans
cette défaillance il ferra tendrement la main de frère
Coutu. J'avoue , dit-il , qu'il y a bien des pauvretés
dans mon *Journal de Trévoux ;* mais il faut excufer la
faibleffe humaine. Ah ! mon révérend père , vous
êtes un faint , dit frère *Coutu;* vous êtes le premier
auteur qui ait jamais avoué qu'il était ennuyeux :
allez , mourez en paix , moquez-vous des *Nouvelles
eccléfiaftiques;* mourez , mon révérend père , et foyez
sûr que vous ferez des miracles.

Ainfi paffa de cette vie à l'autre frère *Bertier ,* le
12 octobre , à cinq heures et demie du foir.

*Apparition de frère Bertier à frère Garaffe , conti-
nuateur du Journal de Trévoux.*

LE 14 octobre , moi frère *Ignace Garaffe ,* petit-
neveu de frère *Garaffe ,* fur les deux heures après
minuit , étant éveillé , j'eus une vifion , et vis venir
à moi le fantôme de frère *Bertier ,* dont il me prit
le plus long et le plus terrible bâillement que j'euffe
jamais éprouvé. Vous êtes donc mort , lui dis-je ,
mon révérend père ? Il me fit en bâillant un figne
de tête qui voulait dire oui. Tant mieux , lui dis-je ,

car, sans doute, votre révérence est au nombre des saints ; vous devez occuper une des premières places ; quel plaisir de vous voir dans le ciel avec tous nos frères, passés, présens et futurs ! N'est-il pas vrai que cela fait environ quatre millions de têtes à auréole depuis la fondation de notre compagnie jusqu'à nos jours ? Je ne crois pas qu'il s'en trouve autant chez les pères de l'oratoire. Parlez, mon révérend père, ne bâillez plus, et dites-moi des nouvelles de vos joies.

O mon fils ! dit frère *Bertier*, d'une voix lugubre, que vous êtes dans l'erreur ! hélas ! le paradis ouvert à *Philagie* est fermé pour nos pères ! Est-il possible ! dis-je. Oui, dit-il, gardez-vous des vices pernicieux qui nous damnent ; et sur-tout, quand vous travaillerez au *Journal de Trévoux*, ne m'imitez pas, ne soyez ni calomniateur, ni mauvais raisonneur, ni sur-tout ennuyeux, comme j'ai eu le malheur de l'être ; ce qui est de tous les péchés le plus impardonnable.

Je fus saisi d'une sainte horreur à ce terrible propos de frère *Bertier*. Vous êtes donc damné ? m'écriai-je. Non, dit-il ; je me suis heureusement repenti au dernier moment ; je suis en purgatoire pour trois cents trente-trois mille trois cents trente-trois ans, trois mois, trois semaines et trois jours, et je n'en serai tiré que quand il se trouvera quelqu'un de nos frères qui sera humble, pacifique, qui ne désirera point d'aller à la cour, qui ne calomniera personne auprès des princes, qui ne se mêlera point des affaires du monde, qui, lorsqu'il fera des livres, ne fera bâiller personne, et qui m'appliquera tous ses mérites.

Ah ! frère , lui dis-je , votre purgatoire durera long-temps. Eh ! dites-moi , je vous prie, quelle est votre pénitence dans ce purgatoire ? Je suis obligé , dit-il , de faire tous les matins le chocolat d'un janséniste ; on me fait lire pendant le dîner à haute voix une *Lettre provinciale* , et le reste du temps on m'occupe à raccommoder les chemises des religieuses de Port-Royal. Vous me faites trembler! lui dis-je ; que font donc devenus nos pères pour qui j'avais une si grande vénération ? où est le révérend père *le Tellier* , ce chef, cet apôtre de l'Eglise gallicane ? Il est damné sans miséricorde , me répondit frère *Bertier* , et il le méritait bien ; il avait trompé son roi ; il avait allumé le flambeau de la discorde , supposé des lettres d'évêques , et persécuté de la manière la plus lâche et la plus emportée le plus digne archevêque que jamais ait eu la capitale de la France; il a été condamné irrémissiblement comme faussaire , calomniateur et perturbateur du repos public : c'est lui sur-tout qui nous a perdus , c'est lui qui a redoublé en nous cette manie qui nous fait aller en enfer par centaines et par milliers. Nous crûmes , parce que frère *le Tellier* avait du crédit , que nous devions tous en avoir ; nous nous imaginâmes , parce qu'il avait trompé son pénitent , que nous devions tromper tous les nôtres ; nous crûmes , parce qu'un de ses livres avait été condamné à Rome , que nous ne devions faire que des livres qui dussent aussi être condamnés ; et enfin , nous avons fait le *Journal de Trévoux*.

Tandis qu'il me parlait , je me tournais sur le côté gauche , puis sur le côté droit , puis je me mettais

fur mon féant ; puis je m'écriai : O mon cher purga-
torien ! que faut-il faire pour éviter l'état où vous
êtes ? quel est le péché qui est le plus à craindre ?

Bertier alors ouvrit la bouche et dit : En passant
auprès de l'enfer pour aller en purgatoire , on me
fit entrer dans la caverne des sept péchés capitaux,
qui est à gauche du vestibule : je m'adressai d'abord
à la Luxure ; c'était une grosse dondon fraîche et
appétissante ; elle était couchée sur un lit de roses,
ayant le livre de *Sanchez* à ses pieds et un jeune abbé
à ses côtés ; je lui dis : Madame, ce n'est pas vous
apparemment qui damnez nos jésuites ? Non , dit-
elle, je n'ai pas cet honneur ; j'ai, à la vérité , un petit
frère qui s'était emparé de l'abbé *des Fontaines*, et
de quelques autres de son espèce , tandis qu'ils
portaient l'habit ; mais en général je ne me mêle
pas de vos affaires : la volupté n'est pas faite pour
tout le monde.

L'Avarice était dans un coin , pesant de l'herbe
du Paraguai contre de l'or. Est-ce vous , Madame ,
qui avez le plus de crédit chez nous ? Non , mon
révérend père ; je damne seulement quelques-uns
de vos pères procureurs. Serait-ce vous ? dis-je , à la
Colère. Adressez-vous à d'autres , je suis passagère ,
j'entre dans tous les cœurs , mais je n'y demeure
pas ; mes sœurs prennent bientôt la place. Je me
tournai alors vers la Gourmandise qui était à table.
Pour vous, Madame, lui dis-je , je fais bien , grâce
à notre frère cuisinier , que ce n'est pas vous qui
perdez nos ames : elle avait la bouche pleine , et ne
put me répondre ; mais elle me fit signe en branlant
la tête , que nous n'étions pas dignes d'elle.

La Pareffe repofait fur un canapé, à moitié endormie ; je ne voulus pas l'éveiller ; je me doutai bien
de l'averfion qu'elle a pour des gens qui comme nous
courent par tout le monde.

J'aperçus l'Envie dans un coin, qui rongeait les
cœurs de trois ou quatre poëtes, de quelques prédicateurs, et de cent fefeurs de brochures. Vous avez
bien la mine, lui dis-je, d'avoir grande part à nos
péchés. Ah, dit-elle, mon révérend père, vous
êtes trop bon ; comment des gens qui ont fi bonne
opinion d'eux-mêmes pourraient-ils avoir recours à
une pauvre malheureufe comme moi, qui n'ai que la
peau fur les os ? adreffez-vous à monfieur mon père.

En effet, fon père était auprès d'elle dans une
chaife à bras, vêtu d'un habit fourré d'hermine, la
tête haute, le regard dédaigneux, les joues rouges,
pleines et pendantes ; je reconnus l'Orgueil : je me
profternai ; c'était le feul être à qui je puffe rendre
ce devoir. Pardon, mon père, lui dis-je, fi je ne me
fuis pas d'abord adreffé à vous, je vous ai toujours
eu dans mon cœur ; oui, c'eft vous qui nous gou-
vernez tous. Le plus ridicule écrivain, fût-ce l'auteur
de l'*Année littéraire*, eft infpiré par vous : ô magnifique
diable ! c'eft vous qui régnez fur le mandarin et fur
le colporteur, fur le grand lama et fur le capucin,
fur la fultane et fur la bourgeoife ; mais nos pères
font vos premiers favoris ; votre divinité éclate en
nous à travers les voiles de la politique ; j'ai toujours
été le plus fier de vos difciples, et je fens même
que je vous aime encore. Il répondit à mon hymne
par un fourire de protection, et auffitôt je fus traduit
en purgatoire.

Ici finit la vision de frère *Garasse* ; il renonça au *Journal de Trévoux* , passa à Lisbonne où il eut de longues conférences avec frère *Malagrida* , et ensuite alla au Paraguai.

On donnera incessamment au public la relation de ces deux voyages de frère *Garasse*.

LETTRE

LETTRE

DE CHARLES GOUJU

A SES FRERES.

Je conjure non-feulement mes chers compatriotes, mais auffi tous mes chers frères les Allemands, les Anglais, et même les Italiens, de vouloir bien confidérer avec moi, pour leur édification, ce qui fe paffe aujourd'hui au fujet des révérends pères jéfuites.

Je fuis coufin de M. *Cafot*, et allié de M. *Lyonci*, que le révérend père *la Valette*, préfet apoftolique du commerce, a ruinés de fond en comble. DIEU faffe miféricorde à fon préfet ! Mais je demande à tout homme qui fait ufage de fa raifon s'il eft poffible que le révérend père *la Valette*, ayant fait deux années de théologie, ait cru à la religion chrétienne, quand, après avoir fait vœu de pauvreté, et après avoir lu l'évangile, il a fait un commerce de plus de fix millions ? Eft-il dans la nature humaine qu'un théologien, qui croit la religion, fe damne de gaieté de cœur en fefant ce que fa religion et fes vœux réprouvent à fi haute voix ?

Qu'un fidèle, entraîné par une paffion violente, commette un crime paffager, et qu'il s'en repente ; c'eft le propre de notre nature : mais quand les maîtres

Facéties.   G

en Ifraël nous volent en nous prêchant et en nous
confeffant; quand ils perfiftent dans cette manœuvre
des années entières, je vous demande, mes chers
frères, s'il eft poffible qu'ils foient toujours perfuadés
et toujours trompeurs ; qu'ils penfent réellement
tenir DIEU dans leurs mains à la meffe, lorfqu'ils
nous pillent au fortir de la fainte table?

Il eft avéré, par les dépofitions des conjurés de
Lisbonne, que les jéfuites, leurs confeffeurs, les
affurèrent qu'ils pouvaient en fureté de confcience
affaffiner le roi. Je n'examine point quelle vengeance
animait les conjurés ; je demande fimplement s'il eft
poffible que ceux qui fe fervaient d'un facrement pour
infpirer le parricide, cruffent à ce facrement?

Je paffe de ces grands crimes à des iniquités d'un
autre genre. Penfez-vous que le jéfuite *le Tellier* crût
en JESUS - CHRIST ? penfez-vous qu'il crût un Dieu
jufte, rémunérateur et vengeur, quand il abufait de
l'ignorance de *Louis XIV* en matières théologiques,
pour perfécuter le vertueux cardinal de *Noailles ;*
et quand, fefant le métier de fauffaire, il montrait
à fon pénitent des lettres de plufieurs évêques, que
ces évêques n'avaient point écrites? Cette conduite,
foutenue plufieurs années, ne démontre-t-elle pas
que le confeffeur ne croyait rien de ce qu'il fefait
croire à fon pénitent?

Les adverfaires des jéfuites, qui ont imaginé les
convulfions et tant d'autres miracles, et qui ont été
convaincus de tant de fourberies, ont-ils été de meilleurs croyans que le jéfuite *le Tellier* ?

Je vous le répète ; un homme peut croire en
DIEU, et tuer fon père ; mais il eft impoffible qu'il

croie en DIEU, et qu'il paffe fa vie dans des crimes
réfléchis, et dans une fuite non interrompue de
fraudes et d'impoftures : il s'en repent du moins à
la mort ; mais je vous défie de trouver dans l'hiftoire un feul théologien qui ait avoué fes crimes
en mourant.

Nous voyons tous les jours, parmi des féculiers,
des meurtriers et des inceftueux faire des pénitences
publiques. Je me foumets à donner dix mille écus
qui me reftent de toute ma fortune que le révérend
père *la Valette* m'a enlevée, fi vous me montrez un
feul théologien pénitent.

Voulez-vous de plus grands exemples? prenez-les
chez les premiers pontifes : *Jules II*, le cafque en
tête et la cuiraffe fur le dos, le voluptueux *Léon X*,
Alexandre VI fouillé d'inceftes et d'affaffinats ; tant
de papes entourés de maîtreffes et de bâtards, fe
jouant, dans le fein de la débauche, de la crédulité
humaine, ont-ils levé à DIEU leurs mains pleines d'or
et teintes de fang? un feul a-t-il fait pénitence dans
la retraite, tandis que nous voyons *Charles - Quint*
chanter à Saint-Jufte fon *de profundis?*

Les véritables incrédules ont donc été de tout
temps les théologiens, grands ou petits, tondus ou
mitrés.

Si je ne me trompe, voici comme chacun d'eux
a raifonné. La religion chrétienne que j'enfeigne
n'eft certainement pas celle des premiers fiècles. Il
eft clair que la fynaxe des premiers chrétiens n'était
pas une meffe privée; il eft conftant que les images
que nous invoquons furent défendues pendant plus
de deux cents années; que la confeffion auriculaire

a été long-temps inconnue, que toutes les pratiques ont changé fans en excepter une feule. Tous les dogmes ont vifiblement changé de même ; nous favons l'époque de l'addition au fymbole des apôtres, touchant la proceffion du Saint-Efprit. De toutes les opinions qui ont excité tant de guerres, il n'y en a pas une qui foit nettement dans nos évangiles. Tout eft donc notre ouvrage, tout eft donc arbitraire; nous ne pouvons donc croire ce que nous enfeignons ; nous devons donc profiter de la fottife des hommes; nous pouvons donc, fans rien craindre, les dépouiller et les confeffer, les affaffiner et leur donner l'extrême-onction.

Non-feulement ils ont fait ce raifonnement, mais il eft impoffible qu'ils ne l'aient pas fait; car, encore une fois, il n'eft pas dans la nature qu'un homme dife : Je crois fermement tout ce que j'enfeigne, et je vais faire le contraire pendant toute ma vie et à ma mort.

Beaucoup de féculiers, et fur-tout parmi les grands, ont imité les théologiens dans toutes les religions. *Muftapha* a dit : Mon muphti ne croit point à *Mahomet*; je ne dois donc pas y croire; je peux donc faire étrangler mes frères fans le moindre fcrupule.

Ce fyllogifme abominable, *ma religion eft fauffe, donc il n'y a point de Dieu*, eft le plus commun que je connaiffe, et la fource la plus féconde de tous les crimes.

Quoi ! mes chers frères, parce que *Malagrida* eft un affaffin, *le Tellier* un fauffaire, *la Valette* un banqueroutier, et le muphti un fripon, s'enfuit-il qu'il n'y ait pas un Etre fuprême, un créateur, un confervateur, un juge équitable, qui punit et qui récompenfe? J'ai connu un jacobin, docteur de forbonne, qui était devenu athée parce que fon prieur l'obligeait de foutenir dans fon cloître la conception de la Vierge dans le péché, et qu'en forbonne il était obligé de foutenir le contraire. Il difait froidement : Ma religion eft fauffe : or, puifque ma religion, qui eft fans contredit la meilleure de toutes, n'a que des caractères de fauffeté, il n'y a donc point de religion, il n'y a donc point de DIEU ; j'ai donc fait une énorme fottife de me faire jacobin à l'âge de quinze ans.

J'eus pitié de ce pauvre homme; je lui dis : Il eft vrai qu'en vous fefant jacobin, vous avez été un grand fou ; mais, mon ami, que *Marie* foit née maculée ou immaculée, DIEU en exifte-t-il moins ? DIEU en eft-il moins le père et le juge de tous les hommes ? n'ordonne-t-il pas également au premier colao de la Chine et au dernier des jacobins d'être jufte, fincère, modéré, et de faire à autrui ce que tout jacobin voudrait qu'on lui fît à lui-même ? Les dogmes changent, mon ami ; mais DIEU ne change pas. Le cordelier St *Bonaventure* et le jacobin St *Thomas* ne font prefque jamais du même avis : hé bien, ne penfez ni comme *Thomas* ni comme *Bonaventure*. On a falfifié de certains livres, on en a fuppofé d'autres ; cela vous fait de la peine; confolez-vous; on ne peut falfifier le grand livre de la nature, dans lequel il eft écrit : ADORE UN DIEU, ET SOIS JUSTE. Je vis avec plaifir que mon fermon fit une grande impreffion fur mon jacobin.

G. 3.

Il faut, mes frères, épurer la religion ; l'Europe entière le crie ; et, pour l'épurer, ce n'eſt point par épurer la théologie qu'il faut commencer : il faut l'abolir entièrement. Il eſt trop honteux d'avoir fait une ſcience de cette grave folie qui n'a ſervi qu'à renverſer des milliers de cervelles, et qui a bouleverſé tous les Etats les uns après les autres. Elle ſeule fait les athées. Le grand nombre des petits théologiens, qui eſt aſſez ſenſé pour voir tout le ridicule de cette ſcience chimérique, n'en fait pas aſſez pour lui ſub-ſtituer une ſaine philoſophie. Il conclut, comme le jeune jacobin, que la Divinité eſt une chimère parce que la théologie eſt chimérique. C'eſt préciſément dire qu'il ne faut prendre, ni quinquina pour la fièvre, ni être ſaigné dans l'apoplexie, ni faire diète dans la pléthore, parce qu'il y a de mauvais méde-cins : c'eſt nier les effets évidens de la chymie, parce que des chymiſtes charlatans ont prétendu faire de l'or. Les gens du monde, encore plus ignorans que ces petits théologiens, diſent : Voilà des bacheliers et des licenciés qui ne croient pas en DIEU, pourquoi y croirions-nous ?

Mes frères, une fauſſe ſcience fait les athées ; une vraie ſcience proſterne l'homme devant la Divinité ; elle rend juſte et ſage celui que la théologie a rendu inique et inſenſé.

Voilà, mes chers frères, ma profeſſion de foi ; ce doit être la vôtre ; car c'eſt celle de tous les honnêtes gens. *Amen.*

BALANCE EGALE.

On veut empêcher les frères nommés *jéſuites* d'enſeigner la jeuneſſe et de remplir les vues de nos rois, qui les ont admis à cette fonction. Les raiſons qu'on apporte pour les exclure ſont :

1. Que quelques-uns d'entre eux ont abuſé de quelques beaux garçons.

2. Que pluſieurs ont été d'ennuyeux écrivains.

3. Que les frères jéſuites, depuis leur fondation, ont excité des troubles en Europe, en Aſie et en Amérique ; et que, s'ils n'ont pas fait de mal en Afrique, c'eſt qu'ils n'y ont pas été.

4. Que le recteur, frère *Varade*, retiré chez les ennemis de l'Etat, fut condamné à être roué en effigie, pour avoir perſuadé en confeſſion le nommé *Barrière* d'aſſaſſiner le grand *Henri IV*.

5. Que frère *Guignard* fut pendu et brûlé, pour avoir inſpiré à *Jean Châtel* les ſentimens exécrables qui lui mirent à la main le couteau dont il frappa *Henri IV* à la bouche.

6. Que frère *Oldecorn* et frère *Garnet* furent mis en quartiers à Londres pour la fameuſe conſpiration des poudres.

7. Que cinquante-deux de leurs auteurs ont enſeigné le parricide.

8. Que frère *le Tellier* trompa *Louis XIV*, en feſant ſigner à des évêques des mandemens qu'ils n'avaient pas faits ; que le confeſſeur de *Louis XIV* n'était en effet qu'un fauſſaire de Vire.

9. Que ledit *le Tellier*, fauffaire, rédigea avec frère *Doucin* et frère *Lallemand* cette malheureufe bulle, compofée de cent trois propofitions, dont la facrée confulte ne retrancha que deux, et laquelle a troublé l'Etat, parce qu'on n'a pas eu encore en France affez de raifon pour méprifer ces difputes ridicules autant qu'elles font méprifables.

10. Qu'en dernier lieu ils fe font déclarés eux-mêmes banqueroutiers, et qu'ils ont ruiné plufieurs familles.

11. Que leur inftitut eft vifiblement contraire aux lois de l'Etat, et que c'eft trahir l'Etat que de fouffrir dans fon fein des gens qui font vœu d'obéir en certains cas à leur général plutôt qu'à leur prince.

12. Que l'exemple du Portugal doit inviter toutes les nations à l'imiter, et qu'une fociété convaincue d'avoir fait révolter une province du Paraguai, et d'avoir trempé dans l'affaffinat de fon fouverain, doit être exterminée de la terre.

On conclut de ces raifons que les flammes qui ont fait juftice des frères *Guignard* et *Malagrida*, doivent mettre en cendres les colléges où des frères jéfuites ont enfeigné ces parricides, lefquels d'autres frères jéfuites ont commis dans les palais des rois. Nous ne diffimulons ni n'affaibliffons aucun de ces reproches, nous avouons même qu'ils font tous fondés.

Toutes ces raifons dûment pefées, nous concluons à garder les jéfuites.

1. Parce qu'il ne leur eft pas enjoint par leur règle d'exercer le péché dont eft queftion, et qu'ils

chaffent d'ordinaire ceux d'entre eux qui font un grand fcandale, quand ils leur font inutiles.

2. Parce qu'ils élèvent la jeuneffe en concurrence avec les univerfités, et que l'émulation eft une belle chofe.

3. Parce qu'on peut les contenir quand on peut les foutenir, comme a dit un fage.

4. Parce que, s'ils ont été parricides en France, ils ne le font plus, et qu'il n'y a pas aujourd'hui un feul jéfuite qui ait propofé d'affaffiner la famille royale.

5. Parce que, s'ils ont des conftitutions impertinentes et dangereufes, on peut aifément les fouftraire à un inftitut réprouvé par les lois, les rendre dépendans de fupérieurs réfidens en France, et non à Rome, et faire des citoyens de gens qui n'étaient que jéfuites.

6. Parce qu'on peut défendre à frère *la Valette* de faire le commerce, et ordonner aux autres d'enfeigner le latin, le grec, la géographie et les mathématiques, en cas qu'ils les fachent.

7. Parce que, s'ils contreviennent aux lois, on peut aifément les mettre au carcan, les envoyer aux galères, ou les pendre, felon l'exigence du cas.

Ayant humblement propofé ces conditions, je paffe à la raifon de la balance. On veut la tenir entre les nations; il faut la tenir entre les moliniftes et les janféniftes.

Toute fociété veut s'étendre. Le confeil a été long-temps partagé entre les tailleurs et les boutonniers. Le procès des favetiers et des cordonniers

a été fur le bureau plufieurs années. Il faut encourager et réprimer toutes les compagnies. L'univerfité
eft auffi modefte que fourrée, fans doute ; mais elle
s'éleva contre *François I*, et ordonna qu'on n'obéît
point à l'édit qui établiffait le concordat ; mais elle
déclara *Henri III* déchu de la couronne ; mais elle
empêcha qu'on ne priât DIEU pour *Henri IV* : c'eft
lui faire un très-grand bien que de lui oppofer des
ennemis qui la contiennent, comme c'eft faire un
très-grand bien aux frères jéfuites de protéger l'univerfité, qui aura l'œil ouvert fur toutes les fottifes
qu'ils pourront faire.

Si vous donnez trop de pouvoir à un corps,
foyez fûr qu'il en abufera. Que les moines de la
Trappe foient répandus dans le monde, qu'ils con-
feffent des princeffes, qu'ils élèvent la jeuneffe, qu'ils
prêchent, qu'ils écrivent ; ils feront au bout de
dix ans femblables aux jéfuites, et on fera obligé
de les réprimer.

Lifez l'hiftoire, et nommez-moi la compagnie, la
fociété, qui ne fe foit pas écartée de fon devoir dans
les temps difficiles.

L'efprit convulfionnaire eft-il auffi dangereux que
l'efprit jéfuitique ? c'eft un grand problême.

Celui-ci a toujours cherché à tromper l'autorité
royale, pour en abufer ; celui-là s'élève contre
l'autorité royale ; l'un veut tyrannifer avec foupleffe,
l'autre fouler aux pieds les petits et les grands avec
dureté. Les jéfuites font armés de filets, d'hame-
çons, de piéges de toute efpèce ; ils s'ouvrent toutes
les portes en minant fous terre : les convulfionnaires
veulent renverfer les portes à force ouverte. Les

jéfuites flattent les paffions des hommes pour les gouverner par ces paffions mêmes : les Sts Médardiens s'élèvent contre les goûts les plus innocens, pour impofer le joug affreux du fanatifme.

Les jéfuites cherchent à fe rendre indépendans de la hiérarchie, les Sts Médardiens à la détruire ; les uns font des ferpens , et les autres des ours : mais tous peuvent devenir utiles ; on fait de bon bouillon de vipère , et les ours fourniffent des manchons.

La fageffe du gouvernement empêchera que nous ne foyions piqués par les uns, ni déchirés par les autres.

Mes frères, foyons de bons citoyens, de bons fujets du roi ; fuyons les fots et les fripons ; et, pour DIEU, ne foyons ni janféniftes ni moliniftes !

PETIT AVIS

A UN JESUITE. (1)

I L vient de paraître une petite brochure édifiante d'un frère de la troupe de JESUS, intitulée : *Acceptation du défi hasardé par l'auteur des répliques aux apologies des jésuites. A Avignon, aux dépens des libraires.*

Il traite le respectable et savant auteur de ces répliques de feseur de libélles. Le prétendu libelle que le frère de la troupe de JESUS attaque est un ouvrage très-solide et très-lumineux d'un conseiller au parlement de Paris ; et ce prétendu libelle ne contient rien dont la substance ne se retrouve dans les arrêts des parlemens qui ont condamné les jésuites. On cherche d'ordinaire à fléchir ses juges ; mais notre frère leur parle comme s'ils étaient sur la sellette, et lui sur le grand banc.

Notre frère (page 5) appelle le conseiller, *Médée, don Quichotte, Goliath, Miphiboseth, Esope.* Il est difficile qu'un conseiller au parlement soit tout cela ensemble : notre frère prodigue un peu les épithètes.

_____

(1) Les jésuites, après s'être laissé chasser comme des capucins, écrivirent contre les parlemens de gros volumes d'injures que personne ne put lire ; ensuite ils se mirent à prêcher contre les philosophes, à écrire contre eux des mandemens, des dictionnaires, des brochures ; ce qui leur valut un peu d'argent et l'honneur de dîner à la table des valets de chambre de l'archevêque de Paris, *Beaumont*, qui, se souvenant qu'il était gentilhomme avant d'être prêtre, ne mangeait point avec des prêtres roturiers.

Il dit : (page 6) Loin de moi ces groffièretés indé-
centes, ces injures audacieuſes. Notre frère n'a pas
de mémoire.

Il prend (page 8) le parti de *Suarez*, de *Vaſquez*,
de *Leſſius*, &c. &c. Notre frère n'eſt pas adroit.

Il prétend (page 15) que ceux qui condamnent
les jéſuites déteſtent le ciel : *Oui*, *le ciel*, dit-il, *qui a
ſignalé par des miracles la ſainteté de quelques jéſuites*. Je
voudrais bien, mon cher frère, que tu nous diſſes
quels ſont ces miracles. JESUS a nourri une fois cinq
mille hommes avec cinq pains, &c. comme il eſt
rapporté ; et frère *la Valette* a ôté le pain à près de
cinq mille perſonnes par ſa banqueroute : ſont-ce-là
les miracles dont tu veux parler ?

Frère *Bouhours*, dans la première édition de la vie
du bon homme *Ignace*, écrit que ce GRAND HOMME,
après s'être fait feſſer au collége de Sainte-Barbe, alla
ſe confeſſer à un habitué de paroiſſe. Le confeſſeur,
émerveillé de la ſainteté du perſonnage, s'écria : *O
mon* DIEU ! *que ne puis-je écrire la vie de ce ſaint ! Ignace*,
qui entendit ces paroles, et qui était fort malade,
craignit qu'en effet ſon confeſſeur ne trahît ſa modeſtie
après ſa mort ; il pria le bon DIEU de faire mourir
l'habitué le plus tôt que faire ſe pourrait ; et le pauvre
diable mourut d'apoplexie.

Le même frère *Bouhours* aſſure, dans la vie de frère
François Xavier, qu'un jour ſon crucifix étant tombé
dans la mer, un cancre vint le lui rapporter.

Le même *Bouhours* aſſure que frère *Xavier* était dans
deux endroits à la fois ; et, comme cela n'appartient
qu'à l'euchariſtie, le trait m'a paru gaillard.

De quoi t'aviſes-tu, frère, de parler (page 57) de

frère *Malagrida*, et de dire que la marquise de *Tavora* lui apparut plusieurs fois après son exécution ? Est-ce encore-là un de tes miracles ?

Tu conviens (page 71) que plusieurs jésuites ont enseigné la doctrine du parricide ; et, pour les disculper, tu prouves qu'ils ont pris cette doctrine dans St *Thomas d'Aquin*, quoique grands ennemis de *Thomas*, et que plus de vingt jacobins ont précédé les jésuites dans cette charitable doctrine ; que veux-tu inférer de-là ? que la Somme de *Thomas* est un fort mauvais livre, et qu'il faut chasser les jacobins comme les jésuites ? On pourra te répondre : *Très-volontiers ;* lis attentivement l'excellent discours de M. le procureur général de Rennes ; tu verras à quoi sont bons la plupart des moines dans un Etat policé.

Tu ne passes pas *Jacques Clément* et *Bourgoin* aux jacobins ; mais songe que les jacobins ne te passeront pas frère *Guignard*, frère *Varade*, frère *Garnet*, frère *Oldecorn*, frère *Girard*, frère *Malagrida*, &c. &c. &c. On disait que les jésuites étaient de grands politiques ; mais tu ne me parais pas trop habile en attaquant à la fois les moines tes confrères, et les parlemens tes juges.

Quand nous aurons le bonheur de voir en France quelque nouveau *le Tellier*, qui fera une constitution, qui l'enverra signer à Rome, qui trompera son pénitent, qui recevra les évêques dans son anti-chambre, qui prodiguera les lettres de cachet, tu pourras alors écrire hardiment et te livrer à ton beau génie ; mais à présent les temps sont changés : ce n'est pas le tout d'être chassé, mon frère ; il faut encore être modeste.

LES QUAND, LES SI,

LES QUI, LES QUOI,

LES AH, AH! &c. &c.

AVERTISSEMENT.

AVERTISSEMENT.

Les pièces fuivantes, qui eurent beaucoup de vogue en leur temps, ne font pas toutes du même auteur ; il eſt même difficile de diſcerner ceux à qui elles appartiennent : il ſuffit de ſavoir que M. *le Franc de Pompignan*, ayant été admis à l'académie françaiſe, fit attendre ſix mois ſa harangue de remercîment, et la prononça enfin le 10 mars 1760 ; mais au lieu de remercier l'académie il fit un long diſcours contre les belles-lettres et contre l'académie, dans lequel il dit que l'abus des talens, le mépris de la religion, la haine de l'autorité font le caractère dominant des productions de ſes confrères, que tout porte l'empreinte d'une littérature dépravée, d'une morale corrompue, et d'une philoſophie altière qui ſape également le trône et l'autel ; que les gens de lettres déclament tout haut contre les richeſſes, (parce qu'on ne déclame point tout bas) et qu'ils portent envie ſecrètement aux riches, &c.

Cet étrange diſcours ſi déplacé, ſi peu meſuré, ſi injuſte, valut au ſieur *le Franc* les pièces qu'on va lire :

Le ſieur *le Franc*, au lieu de ſe rétracter honnêtement, comme il le devait, compoſa un mémoire juſtificatif, qu'il dit avoir préſenté au roi, et il s'exprime ainſi dans ce mémoire :

Facéties.   H

Il faut que l'univers sache que le roi s'est occupé de mon mémoire, &c. Il dit ensuite : *un homme de ma naissance.* Ayant poussé la modestie à cet excès, il voulut encore avoir celle de faire mettre au titre de son ouvrage : *Mémoire de M. le Franc, imprimé par ordre du roi ;* mais, comme sa majesté ne fait point imprimer les ouvrages qu'elle ne peut lire, ce titre fut supprimé : cette démarche lui attira l'épître d'un frère de la Charité. (*)

(*) Voyez la satire intitulée : *la Vanité.*

LES QUAND.

QUAND on a l'honneur d'être reçu dans une compagnie respectable d'hommes de lettres, il ne faut pas que la harangue de réception soit une satire contre les gens de lettres; c'est insulter la compagnie et le public.

Quand par hasard on est riche, il ne faut pas avoir la basse cruauté de reprocher aux gens de lettres leur pauvreté dans un discours académique, et dire avec orgueil qu'ils déclament contre les richesses, et qu'ils portent envie en secret aux riches; 1°. parce que le récipiendaire ne peut savoir ce que ses confrères, moins opulens que lui, pensent en secret; 2°. parce qu'aucun d'eux ne porte envie au récipiendaire.

Quand on ne fait pas honneur à son siècle par ses ouvrages, c'est une étrange témérité de décrier son siècle.

Quand on est à peine homme de lettres, et nullement philosophe, il ne sied pas de dire que notre nation n'a qu'une fausse littérature et une vaine philosophie.

Quand on a traduit et outré même la prière du déiste, composée par *Pope*; *quand* on a été privé six mois entiers de sa charge en province, pour avoir traduit et envenimé cette formule du déisme; *quand* enfin on a été redevable à des philosophes de la jouissance de cette charge, c'est manquer à la fois, à la reconnaissance, à la vérité, à la justice, que d'accuser les philosophes d'impiété; et c'est insulter à toutes les bienséances de se donner les airs de

parler de religion dans un difcours public, devant
une académie qui a pour maxime et pour loi de n'en
jamais parler dans fes affemblées.

Quand on prononce devant une académie un de
ces difcours dont on parle un jour ou deux, et que
même quelquefois on porte aux pieds du trône,
c'eft être coupable envers fes concitoyens d'ofer dire
dans ce difcours que la philofophie de nos jours
fape les fondemens du trône et de l'autel. C'eft
jouer le rôle d'un délateur, d'ofer avancer que la
haine de l'autorité eft le caractère dominant de nos
productions ; et c'eft être délateur avec une impof-
ture bien odieufe, puifque non-feulement les gens
de lettres font les fujets les plus foumis, mais qu'ils
n'ont même aucun privilége, aucune prérogative,
qui puiffe jamais leur donner le moindre prétexte
de n'être pas foumis. Rien n'eft plus criminel que
de vouloir donner aux princes et aux miniftres des
idées fi injuftes fur des fujets fidèles, dont les
études font honneur à la nation : mais heureufement les princes et les miniftres ne lifent point ces
difcours, et ceux qui les ont lus une fois, ne les
lifent plus.

Quand on fuccède à un homme bizarre, qui a
eu le malheur de nier dans un mauvais livre les
preuves évidentes de l'exiftence d'un Dieu, tirées
des deffeins, des rapports et des fins de tous les
ouvrages de la création, feules preuves admifes par
les philofophes, et feules preuves confacrées par les
pères de l'Eglife ; *quand* cet homme bizarre a fait tout
ce qu'il a pu pour infirmer ces témoignages éclatans
da la nature entière ; *quand* à ces preuves frappantes

qui éclairent tous les yeux , il a fubftitué ridiculement une équation d'algèbre , il ne faut pas dire, à
la vérité, que ce raifonneur était un athée , parce qu'il
ne faut accufer perfonne d'athéifme, et encore moins
l'homme à qui l'on fuccède ; mais auffi ne faut-il
pas le propofer comme le modèle des écrivains
religieux : il faut fe taire, ou du moins parler avec
plus d'art et de retenue.

Quand on harangue en France une académie, il
ne faut pas s'emporter contre les philofophes qu'a
produits l'Angleterre, il faudrait plutôt les étudier.

Quand on eft admis dans un corps refpectable,
il faut dans fa harangue cacher fous le voile de la
modeftie l'infolent orgueil qui eft le partage des têtes
chaudes et des talens médiocres.

LES SI.

Si on n'eft pas homme de lettres , quoiqu'on ait
beaucoup lu et beaucoup écrit , quoiqu'on pofsède
les langues et qu'on ait fouillé les ruines de l'antiquité , quoiqu'on foit orateur , poëte ou hiftorien;
on l'eft encore moins lorfqu'on n'a qu'une érudition
fuperficielle, qu'on ignore l'antiquité , qu'on n'eft
pas hiftorien , et qu'on fe réduit à n'être qu'un
rhéteur emporté et un poëte médiocre.

Si on n'eft pas philofophe pour avoir fait des
traités de morale et de métaphyfique, atteint les
hauteurs de la géométrie, et révélé les fecrets de
l'hiftoire naturelle ; on l'eft encore moins lorfqu'on

H 3

ignore ces chofes, et qu'on s'avife d'infulter à ceux qui les favent.

Si pour être homme de lettres et philofophe, il faut être vertueux et chrétien ; *Homère* et *Horace* n'étaient pas hommes de lettres , *Socrate* et *Platon* n'étaient pas philofophes.

Si la haine de l'autorité était le caractère dominant des productions de notre littérature ; il faudrait faire connaître et punir les auteurs féditieux qui confacreraient dans leurs ouvrages l'efprit de révolte et le mépris des lois : mais *fi* les gens de lettres ne font pas coupables de ces excès ; *fi* c'eft le fanatifme même de leurs perfécuteurs qui a mis le poignard aux mains d'un parricide ; il faut avoir en horreur celui qui les calomnie.

Si les gens de lettres étaient féditieux, ils le feraient fans prétexte et fans intérêt ; mais *fi* ceux qui les accufent de fédition attentaient à l'autorité du fouverain ; ils auraient des prétextes qu'on a fouvent fait valoir, et des intérêts qu'on n'a jamais négligés.

Si un homme qui accufe les philofophes de vouloir faper les fondemens du trône et de haïr l'autorité, avait peint de couleurs odieufes une recherche des poffeffions des citoyens , fagement ordonnée par le fouverain ; s'il avait appelé cette recherche *un genre d'inquifition,* (a) *reffemblant à un dénombrement d'efcla-vage ; fi* ce même homme avait ofé envenimer par une ironie infolente et injufte, l'attention que fon roi a donnée à des effais d'agriculture ; *fi ,* diffi-mulant ce qu'il y a de louable dans ces attentions

_____

(a). Dans un difcours imprimé du fieur *le Franc de Pompignan.*

vraiment dignes d'un monarque, il n'y avait trouvé qu'une occasion de lui dire avec amertume : *Sire, les spéculations* (b) *des machines qu'on vous présente, des essais faits sous vos yeux, ne rendront pas nos champs moins incultes ; le parc de Versailles ne décide point de l'état de nos campagnes ;* cet homme après avoir insulté de la sorte à l'autorité, ne serait-il pas bien imprudent d'accuser des citoyens paisibles et soumis de haine pour l'autorité ?

Si un prince s'exagère les malheurs de ses peuples, qui n'ont pas besoin d'être exagérés pour être sentis ; il ne faut pas dire que ce sentiment de bonté du monarque suffit pour adoucir les malheurs de ses sujets, parce que la bonté des princes doit être agissante comme celle de la Divinité, et qu'une pareille maxime tendrait à la détourner d'agir ; mais heureusement nos princes ne se conduisent pas d'après les maximes de l'auteur du discours.

Si un homme dont l'intérêt guide toutes les démarches, veut flatter l'autorité après l'avoir publiquement insultée, il ne doit pas se permettre de passer sans intervalle au dernier degré de la flatterie ; parce que celui qu'il voudrait flatter, n'ayant point oublié l'insulte, verrait trop clairement que le changement dans le ton ne prouve autre chose qu'un changement dans les intérêts.

Si les gens de lettres sont divisés entre eux ; **il** faut regarder cette division comme une suite de la faiblesse humaine, et ne pas s'en prévaloir pour décrier la littérature : mais *si* ceux qui déchirent

(b) *Ibid.*

H 4

les gens de lettres font animés du même efprit que l'auteur du difcours ; *fi* ce déclamateur leur donne lui-même l'exemple de cette fureur, de quel front ofe-t-il la reprocher à fon fiècle ?

Si quelque homme de lettres s'élève contre ce que la naiffance et les dignités ont de plus éminent, en écrivant une fatire perfonnelle, un gouvernement modéré le punira, en proportionnant la peine à l'injure, et en eftimant l'injure avec équité ; mais *fi* quelques gens de lettres fuient le commerce des grands ; *s'ils* ne font pas de vils flatteurs ; *s'ils* jugent l'homme au travers de fon rang ; *s'ils* écrivent que tous les hommes font égaux ; il faudra eftimer ces fentimens en eux, ou ne pas les calomnier lorfqu'on ne peut y atteindre.

S'il ne faut pas afficher dans le fanctuaire des lettres l'anathême qui les profcrit, que doit-on dire d'un difcours à l'académie, qui n'eft qu'une fatire des lettres et de ceux qui les cultivent ?

Si les bibliothéques formées des ouvrages de notre fiècle, n'étaient qu'un recueil d'écrits fcandaleux, frivoles ou infolens, on pourrait y trouver la prière du déifte, le voyage de Provence, &c. et le difcours prononcé le 10 mars à l'académie françaife.

Si l'auteur de ce difcours n'était pas fort touché de l'honneur qu'on lui fefait en le recevant dans une compagnie refpectable, il pouvait cependant s'abaiffer aux expreffions de la reconnaiffance que les *Corneille* et les *Racine* ont employées ; il ne devait pas dire à fes confrères, pour tout remercîment, qu'il a été appelé par leurs fuffrages, ou il devait ajouter qu'il les avait déjà demandés fans les obtenir.

Si la mort de M. de *Maupertuis* a été fort édifiante, il ne faut pas en prendre occafion de décrier la vie de quelques philofophes qui pourront mourir auffi chrétiennement que lui.

Si M. de *Maupertuis* a défavoué les conféquences qu'on a voulu tirer de fes opinions métaphyfiques fur l'effence de la matière, et s'il s'eft juftifié comme il a pu fur le reproche d'irréligion, on peut croire qu'il n'avait pas prévu ces conféquences, et qu'il était tout à fait revenu des principes qu'on prétend qu'il avait affichés dans fa jeuneffe ; mais il ne faut pas donner fa juftification comme une formule que doivent fuivre tous ceux qui feront accufés de la forte ; il ne faut pas dire que celui qui croit une religion révélée croit tout, parce que les juifs, les luthériens, les calviniftes, les fociniens même croient à la révélation, prononcent ce mot fi décifif, et ont encore beaucoup de chofes à croire ; et fur-tout il ne faut pas communiquer à l'académie françaife cette obfervation théologique, fauffe et déplacée, comme trop importante pour la laiffer échapper.

Si M. de *Maupertuis* a été accufé de liberté de penfer, cet exemple même devait rendre l'auteur du difcours plus circonfpect dans fes jugemens, et plus retenu à former la même accufation.

Si la religion n'était pas affez refpectée dans quelques écrivains modernes, il faudrait travailler à les convaincre et à les éclairer ; mais il ne faut ni calomnier les gens de lettres qui la reſpectent ſans la prêcher, ni être la dupe de ceux qui la prêchent ſans la reſpecter.

Si l'auteur du diſcours prononcé à l'académie le 10 mars 1760, n'a pas prévu l'opinion qu'il a donnée de lui à beaucoup d'honnêtes gens, il eſt bien aveugle; mais s'il l'a prévue, *illi robur et æs triplex.*

LES POUR, LES QUE,

LES QUI, LES QUOI.

LES POUR.

Po u r vivre un peu joyeufement,
Croyez-moi , n'offenfez perfonne ;
C'eft un petit avis qu'on donne
Au fieur le Franc de Pompignan.

Pour plaire il faut que l'agrément
Tous vos préceptes affaifonne ;
Le fieur le Franc de Pompignan
Penfe-t-il donc être en forbonne ?

Pour inftruire il faut qu'on raifonne
Sans déclamer infolemment ,
Sans quoi plus d'un fifflet fredonne
Aux oreilles d'un Pompignan.

Pour prix d'un difcours impudent,
Digne des bords de la Garonne,
Paris offre cette couronne
Au fieur le Franc de Pompignan.

LES QUE.

Que Paul le Franc de Pompignan
Ait fait en pleine académie
Un discours très-impertinent,
Et qu'elle en soit tout endormie ;

*Qu'*il ait bu jusques à la lie
Le calice un peu dégoûtant
De vingt censures qu'on publie,
Et dont je suis assez content ;

Que pour comble de châtiment,
Quand le public le mortifie,
Un Fréron le béatifie,
Ce qui redouble son tourment ;

*Qu'*ailleurs un noir petit pédant,
Insulte à la philosophie,
Et qu'il serve de truchement
A Chaumeix qui se crucifie ;

Que l'orgueil et l'hypocrisie
Contre ces gens de jugement
Etalent une frénésie
Que l'on siffle unanimement ;

Que parmi nous à tout moment
Cinquante espèces de folie
Se succèdent rapidement,
Et qu'aucune ne soit jolie ;

*Qu'*un jésuite avec courtoisie
S'intrigue par-tout sourdement,
Et reproche un peu d'héréfie
Aux gens tenant le parlement ;

*Qu'*un janféniste ouvertement
Fronde la cour avec furie ;
Je conclus très-pertinemment
Qu'il faut que le fage s'en rie.

L E S   Q U I.

*Q*UI pilla jadis Métaftafe,
Et *qui* crut imiter Maron ;
Qui, bouffi d'oftentation,
Sur fes écrits eft en extafe ;

Qui fi longuement paraphrafe
David en dépit d'Apollon,
Prétendant paffer pour un vafe
Qu'on appelle d'élection ;

Qui parlant à fa nation,
Et l'infultant avec emphafe,
Penfe être au haut de l'Hélicon
Lorfqu'il barbotte dans la vafe ;

Qui dans plus d'une périphrafe
A fes maîtres fait la leçon,
Entre nous, je crois que fon nom
Commence en *V*, finit en *afe*.

L E S   Q U O I.

QUOI ! c'eſt le Franc de Pompignan,
Auteur de chanſons judaïques,
Barbouilleur du vieux teſtament,
Qui fait des diſcours ſatiriques ?

Quoi dans ces odes hébraïques
Qu'il tranſlata ſi triſtement,
A-t-il pris ces propos cauſtiques,
Qu'il débite ſi lourdement ?

Quoi verrait-on patiemment
Tant de pauvretés emphatiques ?
L'ennui, dans nos temps véridiques,
Ne ſe pardonne nullement.

Quoi Pompignan dans ſes répliques
M'ennuîra comme ci-devant ?
Nous le pourſuivrons très-gaîment
Pour ſes fatras mélancoliques,

LES CAR.

A MONSIEUR

LE FRANC DE POMPIGNAN.

Vous ne ceſſez point de calomnier la nation, *car* juſque dans l'éloge de feu monſeigneur le duc de Bourgogne , lorſqu'il ne s'agit que d'eſſuyer nos larmes , vous ne parlez à l'héritier du trône, au père affligé, au prince ſenſible et juſte , que de la fauſſe et aveugle philoſophie qui règne en France , de la raiſon égarée , des cœurs corrompus , des mains ſuſpectes , d'eſprits gâtés par des opinions dangereuſes ; vous dites que dans ce ſiècle on ne regarde la mort que comme le retour au néant , &c.

Vous avez tort ; *car* il eſt cruel de dire à la maiſon royale, que la France eſt pleine d'eſprits qui ont peu de reſpect pour la religion catholique , et d'inſinuer qu'ils en auront peu pour le trône. Il eſt barbare de peindre comme dangereux des gens de lettres qui ſont preſque tous ſans appui ; il eſt affreux de faire le métier de délateur, quand on s'érige en conſolateur , et de vouloir irriter des cœurs dont vous prétendez adoucir les regrets par vos phraſes.

On voit aſſez que vous cherchez à écarter les gens de lettres de l'éducation des enfans de France , *car* vous aſpirez à en être chargé vous-même, vous et monsieur votre frère ; *car* pour paraître à la cour en maître , vous priâtes M. *Dupré de St Maur* , qui vous recevait à l'académie , de vous comparer à *Moïse* , dans son beau discours, et monsieur votre frère à *Aaron ;* ce qu'il fit, et ce qu'il ne fera plus.

Ah, *Moïse* de Montauban ! vous n'aviez pas pris, dans les Tables de la loi votre prière du déiste , *car* elle n'y est pas. Cessez donc d'imputer des sentimens d'impiété à la nation , *car* vous avez ouvertement professé l'impiété.

Ce n'était pas ce que professait le professeur en droit votre grand père, professant à Cahors : c'était un homme sage que ce professeur ; s'il vivait encore, il vous dirait : Mon fils , soyez modeste , corrigez les vers de votre Didon, qui sont lâches, faibles, durs, secs , hérissés de solécismes.

Recitez les psaumes pénitentiaux , et ne les translatez point en vers plus durs et plus chargés d'épithètes que votre Didon ; ne soyez point hypocrite après avoir été impie , *car* c'est-là le mal. Demandez pardon à l'académie de l'avoir insultée, et sur-tout ennuyée, la seule fois que vous avez osé paraître devant elle. Ne donnez point de mémoire au roi, *car* il ne les lira pas ; et n'imaginez point de les faire imprimer par ordre du roi , *car* le roi n'en donnera pas l'ordre ; ne soyez point délateur , *car* c'est un vilain métier ; ne faites point le grand seigneur , *car* vous êtes d'une bonne bourgeoisie ; ne cabalez plus pour être intrus dans l'éducation de nos princes, *car* , comme vous dites dans votre épître à monseigneur le dauphin , elle ne sera pas confiée aux esprits gâtés, aux auteurs de la prière du déiste, ni

aux

aux têtes chaudes qui ont l'esprit froid ; n'insultez point les gens de lettres ; *car* ils vous diront des vérités.

Si vous présidez à la cour des aides de Cahors, ou à l'élection, ou au grenier à sel, n'imitez point ce juge de village dont parle *Horace*, qui portait le laticlave, et fesait parade de sa chaise curule ; *car* on en rit.

Ne dites plus au roi dans un libelle de supplique, qu'il *traite ses sujets comme des esclaves ; car* alors ce n'est plus une supplique, et il ne reste que le libelle ; et lorsqu'on est coupable d'un libelle si insensé, on a beau faire sa cour au père *Desmarets* jésuite, le père *Desmarets* jésuite ne vous fera jamais entrer dans le conseil ; *car* il n'y entrera pas lui-même.

LES AH, AH.

A MOISE LE FRANC DE POMPIGNAN.

*A*H, ah, *Moïse le franc de Pompignan*, vous êtes donc un plagiaire, et vous nous fesiez accroire que vous étiez un génie !

Ah, ah, vous avez donc pillé le père *Villermet* dans votre histoire de monseigneur le duc de Bourgogne, et vous vous portiez pour historiographe des enfans de France, écrivant de votre chef ! Vous avez cru que les biens des jésuites étaient déjà confisqués ; vous vous êtes pressé de vous emparer

Facéties. I

de leur ftyle. Vous êtes traducteur de *Villermet* après avoir été traducteur de *Métaftafe*, et vous n'en difiez mot !

Ah, *ah*, vous vous donniez pour un favori que la famille royale a prié de vouloir bien écrire l'hiftoire des enfans de France. Vous nous induifiez en erreur, en difant dans votre épître dédicatoire à monfeigneur le dauphin, et à madame la dauphine : *J'obéis à vos ordres ;* et il fe trouve que vous avez feulement ufé de la permiffion qu'ils ont daigné vous donner de leur dédier votre petite tranflation, permiffion qu'on accorde à qui la demande !

Il femble par votre épître dédicatoire que le roi et monfeigneur le dauphin vous aient dit : *M. le Franc de Pompignan, ayez la bonté d'apprendre à l'univers que nous ne confierons jamais nos enfans à des mains fufpectes, à des cœurs corrompus, à des efprits gâtés.*

Mais, *Moïfe le Franc*, qui jamais a voulu faire élever fes enfans par des efprits gâtés, et des cœurs corrompus, qui ont des mains fufpectes ? Vos mains ont, fans doute, un bon cœur ; mais ce n'eft pas affez pour élever nos princes.

Ah, *ah*, *Moïfe le Franc de Pompignan*, vous vouliez donc faire trembler toute la littérature ? Il y avait un jour un fanfaron qui donnait des coups de pied dans le cu à un pauvre diable, et celui-ci les recevait par refpect ; vint un brave qui donna des coups de pied au cu du fanfaron ; le pauvre diable fe retourne, et dit à fon batteur : *Ah*, *ah*, Monfieur, vous ne m'aviez pas dit que vous étiez un poltron ; et il roffa le fanfaron à fon tour, de quoi le prochain fut merveilleufement content : *Ah*, *ah* !

EXTRAIT

Des nouvelles à la main de la ville de Montauban en Querci, le premier juillet 1760.

LE mémoire de M. *le Franc* de Montauban, préfenté au roi, étant parvenu à Montauban, et chacun étant ftupéfait, les parens du fieur auteur du mémoire s'affemblèrent ; et ayant reconnu que ledit fieur inftruifait familièrement fa majefté de fes geftes, dits et écrits, qu'il parlait au roi des entretiens amiables que lui fieur *le Franc* avait eus avec M. d'*Agueffeau*, qu'il apprenait au roi qu'il avait eu une bibliothéque à Montauban, et de plus, qu'il fefait des vers ; ayant remarqué dans ledit écrit plufieurs autres paffages qui dénotaient une tête attaquée ; ils députèrent en pofte un avocat de ladite ville au fieur auteur, demeurant pour lors à Paris, et lui enjoignirent de s'informer exactement de fa fanté, et d'en faire un rapport juridique. Ledit avocat, accompagné d'un témoin irréprochable, alla à Paris, et fe tranfporta chez le malade : il le trouva debout, à la vérité, mais les yeux un peu égarés, et le pouls élevé. Le patient cria d'abord devant les deux députés : *Jeovah, Jupiter, Seigneur.* (a)

Je ne fuis qu'un avocat, répondit le voyageur ; je ne m'appelle point Jeovah. Avez-vous vu le roi, dit le malade ? Non, Monfieur, je viens vous voir.

(a) Prière du déifte compofée par ledit fieur.

I 2

Allez dire au roi de ma part, reprit le fieur malade,
qu'il relife mon mémoire, et portez-lui le catalogue
de ma bibliothéque. L'avocat lui confeilla de manger
de bons potages, de fe baigner et de fe coucher de
bonne heure. A ces mots le patient eut des convulfions, et dans l'accès il s'écria :

> Créateur de tous les êtres,
> Dans ton amour paternel,
> Pour nous former tu pénètres
> Dans l'ombre du fein maternel. (*b*)

Eh ! Monfieur, dit l'avocat, pourquoi me citez-
vous ces déteftables vers, quand je vous parle
raifon ? Le malade écuma à ce propos, et grinçant
les dents, il dit :

> Le cruel Amalec tombe (*c*)
> Sous le fer de Jofué ;
> L'orgueilleux Jabin fuccombe
> Sous le fer d'Abinoé.
> Iffacar a pris les armes :
> Zabulon court aux alarmes.

L'avocat verfa des larmes en voyant l'état lámen-
table du patient ; il retourna à Montauban faire fon
rapport juridique, et la famille étant certaine que
le malade était *mentis non compos*, fit interdire le fieur
le Franc de Pompignan, jufqu'à ce qu'un bon régime
pût rétablir la fanté d'icelui.

(*b*) Poëfies facrées dudit auteur, page 61.
(*c*) *Ibid.* page 87.

RELATION

*Du voyage de M. le marquis le Franc de Pompignan,
depuis Pompignan jusqu'à Fontainebleau, adressée
au procureur fiscal du village de Pompignan.*

Vous fûtes témoin de ma gloire, mon cher ami ;
vous étiez à côté de moi dans cette superbe pro-
cession, lorsque j'étais derrière un jeune jésuite.
Tous les bourdons du pays se fesaient entendre,
tous les paysans étaient mes gardes ; vous entendîtes
ce sermon, dans lequel il est dit que j'ai la jeunesse
de l'aigle, et que je suis assis près des astres, tandis
que l'envie gémit sous mes pieds. Vous savez combien ce sermon me coûta de soins ; je le refis jusqu'à
trois fois à l'aide de celui qui le prononça ; car
on ne parvient à la postérité qu'en corrigeant ses
ouvrages dans le temps présent.

Vous assistâtes à ce splendide repas de vingt-six
couverts, dont il sera parlé à jamais. Vous savez
que je me dérobai quelques jours après aux acclamations de la province ; je pris la poste pour la cour,
ma réputation me précédait par-tout. Je trouvai à
Cahors mon portrait en taille-douce, dans le cabaret :
il y avait au bas cinq petits vers qui fesaient une belle
allusion aux astres, auprès desquels je suis assis.

> Le Franc plane sur l'horizon ;
> Le ciel en rit, l'enfer en pleure.
> L'empyrée était le beau nom
> Que lui donna l'ami Pyron ;
> Et c'est à présent sa demeure.

Dès que j'arrivai à Limoges, je rencontrai le petit-fils de M. de *Pourceaugnac* ; il était inftruit de ma fête, il me dit qu'elle reffemblait parfaitement au repas bien trouffé que monfieur fon grand-père avait donné. Nous nous féparâmes à regret l'un de l'autre.

Quand j'arrivai à Orléans, je trouvai que la plupart des chanoines favaient déjà par cœur les endroits les plus remarquables de mon difcours. Je me hâtai d'arriver à Fontainebleau, et j'allai le lendemain au lever du roi, accompagné de M. *Fréron*, que j'avais mandé exprès ; dès que le roi nous vit, il nous adreffa gracieufement la parole à l'un et à l'autre : M. le marquis, me dit fa majefté, je fais que vous avez à Pompignan autant de réputation qu'en avait à Cahors votre grand-père le profeffeur. N'auriez-vous point fur vous ce beau fermon de votre façon qui a fait tant de bruit ? J'en préfentai alors des exemplaires au roi, à la reine, à M. le dauphin. Le roi fe fit lire à haute voix, par fon lecteur ordinaire, les endroits les plus remarquables : on voyait la joie répandue fur tous les vifages ; tout le monde me regardait en rétréciffant les yeux, en retirant doucement vers les joues les deux coins de la bouche, et en mettant les mains fur les côtés, ce qui eft le figne pathologique de la joie. En vérité, dit M. le dauphin, nous n'avons en France que M. le marquis de *Pompignan* qui écrive de ce ftyle.

Allez-vous fouvent à l'académie, me dit le roi ? Non, Sire, lui répondis-je. L'académie va donc chez vous ? reprit le roi. (c'était précifément le même difcours que *Louis XIV* avait tenu à *Defpréaux*)

Je répondis que l'académie n'eſt compoſée que de
libertins et de gens de mauvais goût, qui rendent
rarement juſtice au mérite ; et vous, dit le roi à
M. *Fréron*, n'êtes-vous pas de l'académie ? Pas
encore, répondit M. *Fréron*. Il eut alors l'honneur
de préſenter ſes feuilles à la famille royale, et je
reſtai à cauſer avec le roi. Sire, lui dis-je, vous
connaiſſez ma bibliothèque ? Oh tant ! dit le roi,
vous m'en avez tant parlé dans un de vos beaux
mémoires .... Comme nous en étions-là, le roi et
moi, la reine s'approcha, et me demanda ſi je n'avais
pas fait quelque nouveau pſaume judaïque ? J'eus
l'honneur de lui réciter ſur le champ le dernier que
j'ai compoſé, dont voici la plus belle ſtrophe :

> Quand les fiers Iſraélites
> Des rochers de Beth-Phégor,
> Dans les plaines moabites,
> S'avancèrent vers Achor ;
> Galgala ſaiſi de crainte,
> Abandonna ſon enceinte,
> Fuyant vers Samaraïm ;
> Et dans leurs rocs ſe cachèrent
> Les peuples qui trébuchèrent
> De Béthel à Séboïm.

Ce ne fut qu'un cri autour de moi, et je fus
reconduit avec des acclamations univerſelles, qui
reſſemblaient à celles de *Nicole* dans le Bourgeois
gentilhomme.

I 4

LETTRE

DE M. DE L'ECLUSE,

Chirurgien - dentiste , seigneur du Tilloy, près de Montargis, à M. son curé.

MONSIEUR MON CURÉ,

Vous savez que j'ai recrépi à mes dépens l'église du Tilloy, et que j'ai raccommodé les deux tiers de la tribune qui était pourrie, à peine m'en avez-vous remercié ; je ne m'en suis pas seulement remercié moi-même , cela n'a fait aucun bruit, tandis que M. *le Franc de Pompignan* de Montauban jouit d'une gloire immortelle.

Vous me direz que cette gloire, il se l'est donnée à lui-même, qu'il a tout arrangé , tout fait, jusqu'au sermon qu'on a prononcé à son honneur dans l'église de son village ; qu'il a fait imprimer ce sermon et la relation de cette belle fête , à Paris , chez *Barbou*, rue Saint-Jacques, aux grues ; que quand on veut passer à la postérité , il faut se donner beaucoup de peines , et que je ne m'en suis donné aucune ; vous avez craint, dites-vous, le sort des prédicateurs modernes que M. *le Franc de Pompignan* traite dans sa préface d'écrivains impertinens, comme il a traité

les académiciens de Paris de libertins , dans fon
difcours à l'académie. Mais, mon cher pafteur, on
n'exige pas d'un curé de campagne l'éloquence d'un
évêque du Puy.

Ne pouviez-vous pas vaincre ma modeftie, et me
forcer doucement à recevoir l'immortalité ? qui vous
empêchait de comparer l'églife du Tilloy (page 3) à
la fainte Cité de Jérufalem defcendant du ciel ? ne
vous était-il pas aifé de me louer moi préfent ? c'eft
ainfi qu'on en a ufé à Pompignan , immédiatement
avant d'implorer les lumières du Saint-Efprit et de la
vierge *Marie*. On a eu foin de mettre en marge :
M. le marquis de *Pompignan* préfent.

Quand je vous ai fait de doux reproches fur votre
négligence dans une affaire fi grave , vous m'avez
répondu que c'eft ma faute de n'avoir point pris
le titre de marquis , que mon grand-père n'était que
docteur en médecine de la faculté de Bourges, que
celui de M. de *Pompignan* était profeffeur en droit
canon à Cahors : vous ajoutez que votre paroiffe
eft trop près de Paris , et que ce qui eft grand et
admirable à deux cents lieues de la capitale , n'a
peut-être pas tant d'éclat dans fon voifinage.

Cependant , Monfieur, il m'eft bien dur de
n'avoir travaillé que pour DIEU, tandis que M. de
Pompignan reçoit fa récompenfe dans ce monde.

M. le marquis de *Pompignan* fait la defcription
de fa proceffion ; il y avait , dit-il , à la tête un jeune
jéfuite, (page 32) derrière lequel marchait immédiatement M. de *Pompignan* avec fon procureur fifcal.

Mais, Monfieur, n'avons-nous pas eu auffi une
proceffion , un procureur fifcal et un greffier? s'il

m'a manqué le derrière d'un jeune jéfuite , cela ne peut-il pas fe réparer ?

M. *le Franc* rapporte que M. l'abbé *la Cofte* officia d'une manière impofante ; n'avez-vous pas officié d'une manière édifiante ? Nous avons entendu parler d'un abbé *la Cofte* qui en impofait en effet ; c'était un affocié du fieur *Fréron* , et on fit même un paffe-droit à ce dernier pour avancer l'abbé *la Cofte* dans la marine ; je ne crois pas que ce foit le même dont M. de *Pompignan* nous parle.

Au refte , Monfieur , l'églife du Tilloy avait un très-grand avantage fur celle de Pompignan ; vous avez une facriftie , et M. de *Pompignan* avoue lui-même qu'il n'en a point , et que le prêtre , le diacre et le fous-diacre furent obligés de s'habiller dans fa bibliothéque ; cela eft un peu irrégulier ; mais auffi il a parlé de fa bibliothéque au roi ; il eft dit en marge (page 31) qu'un miniftre d'Etat a trouvé fa bibliothéque fort belle ; on y trouve une collection immenfe de tous les exemplaires qu'on a jamais tirés des cantiques hébraïques de M. de *Pompignan* , et de fon difcours à l'académie françaife ; tandis que les petits écrits badins où l'on fe moque un peu de M. de *Pompignan* font condamnés à être difperfés en feuilles volantes , abandonnés à leur mauvais fort fur toutes les cheminées de Paris , où il peut avoir la fatisfaction de les voir pour les immoler à fa gloire.

Il eft dit même , dans le fermon prononcé à Pompignan , ,, que DIEU donne à ce marquis la ,, jeuneffe et les ailes de l'aigle ; qu'il eft affis près ,, des aftres ; (page 14) que l'impie rampe à fes

,, pieds dans la boue, qu'il eſt admiré de l'univers,
,, et que ſon génie brille d'un éclat immortel. ,,

Voilà, Monſieur, la juſtice que ſe rend à lui-même
le marquis, tandis que je reſte inconnu au Tilloy.

On ajoute que M. le marquis eut ce jour-là une
table de vingt-ſix couverts ; (page 38) je vois que
la renommée eſt auſſi injuſte que la fortune ; nous
étions trente-deux le jour de la dédicace de votre
égliſe, et cela n'a pas ſeulement été remarqué dans
Montargis.

Enfin il eſt parlé de madame la marquiſe de
Pompignan, et on n'a pas dit un mot de madame de
l'*Ecluſe* ; on ſe prévaut même du jugement du ſieur
Fréron qui appelle cette partie du ſermon une
églogue en proſe ; (page 36) éloge qu'il donne auſſi
aux vers de M. de *Pompignan*.

Enfin M. de *Pompignan* jouit de tous les honneurs poſſibles, depuis ſon beau diſcours à l'académie
françaiſe ; la France ne parle que de lui, et je ſuis
oublié : je demande à meſſieurs de l'académie ſi cela
eſt juſte.

J'ai l'honneur d'être, &c.

HYMNE,

Chanté au village de Pompignan.

Sur l'air : *de Béchamel.*

Nous avons vu ce beau village
De Pompignan
Et ce marquis brillant et fage,
Modefte et grand,
De fes vertus premier garant;
Et vive le roi et Simon le Franc,
Son favori,
Son favori.

Il a recrépi fa chapelle
Et tous fes vers;
Il pourfuit avec un faint zèle
Les gens pervers.
Tout fon clergé s'en va chantant:
Et vive le roi et Simon le Franc,
Son favori,
Son favori.

En aumuffe un jeune jéfuite
Allait devant,
Gravement marchait à fa fuite
Sieur Pompignan
En beau fatin de préfident;
Et vive le roi et Simon le Franc,
Son favori,
Son favori.

Je fuis marquis, robin, poëte,
Mes chers amis;
Vous voyez que je fuis prophète
En mon pays.

A Paris c'eft tout autrement;
Et vive le roi et Simon le Franc,
Son favori,
Son favori.

J'ai fait un pfautier judaïque,
On n'en fait rien;
J'ai fait un beau panégyrique,
Et c'eft le mien :
De moi je fuis affez content;
Et vive le roi et Simon le Franc,
Son favori,
Son favori.

Je retourne à la cour en pofte
Charmer les grands.
Je protége l'abbé la Cofte
Et mes parens;
Je fuis fifflé par les méchans;
Et vive le roi et Simon le Franc,
Son favori,
Son favori.

Bientôt il revient à Verfaille
D'un air humain,
Aux ducs et pairs, à la canaille
Serrant la main,
Récitant fes vers dignement;
Et vive le roi et Simon le Franc,
Son favori,
Son favori.

LETTRE DE PARIS,

Du 28 février 1763.

Voici ce qui vient d'arriver au fujet du marquifat de Pompignan. On a porté à M. le garde des fceaux les lettres patentes à fceller ; il les a lues, et il a trouvé :

Que le roi, défirant reconnaître les fervices importans que la maifon de *le Franc* avait rendus à l'Etat depuis la fondation de la monarchie, foit dans la robe, foit dans l'épée, défirant récompenfer perfonnellement les fervices que M. *le Franc* avait rendus à fa patrie et à la religion, foit en qualité de magiftrat, et à la tête d'une cour fouveraine, foit en qualité d'homme de lettres, et nommément le foin qu'il a pris d'immortalifer la mémoire de M. le duc de Bourgogne par le bel éloge qu'il en a fait ; fa majefté, en attendant mieux, avait jugé à propos d'ériger en marquifat fa terre de Pompignan, n'entendant néanmoins fa majefté que ce fût-là une récompenfe, mais une faible marque de fatisfaction, &c.

M. le garde des fceaux a cru que la tête avait tourné au fecrétaire du roi qui avait rédigé ces patentes ; il l'a envoyé chercher : (ce fecrétaire du roi eft M. *Carpot*) M. de *Brou* lui a demandé s'il avait perdu l'efprit, difant que, quand ce feraient les *Montmorenci*, les *Châtillon*, les *la Trimouille*, il n'en eût pas mis davantage. Il eſt vrai, Monſeigneur, lui a dit M. *Carpot*, que c'eſt moi qui ai dreſſé les lettres, mais la formule m'en a été envoyée... Et par qui?... Par M. *le Franc ;* il y en avait bien davantage, mais j'en ai retranché les trois quarts..... Hé bien, lui a dit M̂. de *Brou*, retranchez l'autre quart, et nous verrons : Et vive le roi et *Simon le Franc*, ſon favori, ſon favori!

FRAGMENT

D'UNE

LETTRE SUR DIDON,

TRAGEDIE.

Plusieurs perfonnes ayant à l'envi rendu M. *le Franc de Pompignan* célèbre, et tout Paris parlant de lui, j'ai voulu le lire; j'ai trouvé fa Didon; je n'ai pu encore aller au-delà de la première fcène; mais j'efpère pourfuivre avec le temps : cette première fcène m'a paru un chef-d'œuvre. *Jarbe* déclare d'abord :

Que fes ambaffadeurs irrités et confus
Trop fouvent de la reine ont *fubi* les refus :
Qu'il *contient* cependant la fureur qui l'anime,
Que déguifant encor fon dépit *légitime*,
Pour la dernière fois en *proie* à fes hauteurs,
Il vient fous le *faux nom* de fes ambaffadeurs,
Au milieu de la cour d'une reine étrangère,
D'un refus obftiné pénétrer le myftère.
Que fait-il ? n'écouter qu'un tranfport amoureux,
Se découvrir lui-même, et déclarer fes feux.

Maderbal, officier de la reine étrangère, lui répond :

> Vos feux ! que dites-vous ? Ciel, quelle eſt ma ſurpriſe !

Ce *Maderbal* en effet peut être ſurpris , pour peu qu'il ſache la langue françaiſe , que des ambaſſadeurs *ſubiſſent* des refus , &c. que le prince *Jarbe*

> . . . . . . en *proie* à des hauteurs
> Vienne ſous le *faux nom* de ſes ambaſſadeurs.

Car ce *Maderbal* doit croire que ces ambaſſadeurs ont un faux nom , et que ce *Jarbe* prend les noms de trois ou quatre ambaſſadeurs à la fois. *Jarbe* lui réplique :

> Je pardonne ſans peine à ton étonnement ;
> Mais apprends aujourd'hui l'excès de mon tourment ;
> J'ai quitté malgré moi *les bords* de Géthulie.

C'eſt comme ſi on diſait , j'ai quitté *les bords* de Quercy , qui eſt au milieu des terres. Enſuite il apprend à cet officier

> Qu'il vient , peut-être épris d'une flamme trop vaine ,
> *Tenter* lui-même encor cette ſuperbe reine.

Apparemment que la tentation n'a pas réuſſi , car il ajoute :

> . . . . . Que ſes ſoldats et ſes vaiſſeaux
> Couvriront autour d'elle et la terre et les eaux.
> L'amour conduit mes pas, la haine peut les ſuivre , &c.

> *Maderbal*,

Maderbal, toujours étonné de ce qu'il entend, et fur-tout d'une haine qui va fuivre les pas de *Jarbe*, lui répond :

Non, je ne reviens point de ma furprife extrême.

Je fuis comme *Maderbal*, je ne reviens point de ma furprife, de lire de tels difcours et de tels vers : le ftyle eft un peu de Gafcogne.

> . . . . . *Je fus* (dit Jarbe) dans nos déferts
> Enfevelir la honte, et le poids de mes fers.

L'auteur, qui *fut* de Montauban à Paris donner cet ouvrage, fut affez mal confeillé ; je ferai ce que je pourrai pour achever la pièce : je fuis déjà édifié de fon épître dédicatoire, dans laquelle il fe compare, avec fa modeftie ordinaire, au cardinal de *Richelieu ;* et j'avoue qu'en fait de vers le gafcon peut s'égaler au poitevin. . . .

Facéties.   K

L A

PRIERE UNIVERSELLE,

Traduite de l'anglais de M. POPE,

PAR L'AUTEUR DU DISCOURS PRONONCÉ
LE 10 MARS 1760, A L'ACADEMIE
FRANÇAISE:

Adeò indulgent fibi latiùs ipfi.
JUVEN. fat. XIV.

Conforme à celle qui a paru en 1740, fous le nom de
Londres, chez Paul Vaillant, in-4º.

AVERTISSEMENT.

J'ai bien eu de la peine, dit le provincial de *Pascal*, *à trouver un Escobar : je ne sais ce qui est arrivé depuis peu qui fait que tout le monde le cherche.* La traduction de la *Prière universelle* de *Pope*, par M. *le Franc*, vient d'éprouver un sort semblable à celui de l'ouvrage du théologien jésuite. Un homme célèbre a dit un mot, et la prière du déiste est sortie de l'obscurité où elle était ensevelie. Elle était devenue rare, quoiqu'on en eût vendu fort peu, parce que l'auteur par modestie en avait racheté un grand nombre d'exemplaires; et elle est recherchée aujourd'hui, parce que les ouvrages de M. *le Franc* ont acquis beaucoup de célébrité depuis son *discours à l'académie*.

Nous avons donc pensé que le public recevrait avec plaisir une nouvelle édition de cette pièce : les notes et les critiques que nous y avons jointes pouvant servir pour prémunir les fidèles contre les principes de la *philosophie moderne* qu'on retrouve dans cette *prière*, et que M. *le Franc* a si bien combattus dans son *discours*. Nous espérons que l'auteur même nous saura gré de notre zèle, et que les personnes religieuses trouveront dans nos remarques un grand sujet d'édification.

On nous dira peut-être qu'il serait plus sûr, pour le bien de la religion, de ne point répandre un ouvrage libre que de l'imprimer même en le critiquant. A cela nous répondrons que, fi cette traduction était auffi belle que l'original, fi elle était même de la main de quelques-uns de nos grands maîtres, il ferait à craindre que nos obfervations, quelque folides qu'elles fuffent, ne tinffent pas contre les charmes de la poëfie, et que l'antidote ne fût moins puiffant que le poifon ; mais nos lecteurs verront aifément que l'ouvrage que nous leur préfentons n'eft rien moins que dangereux, et ne leur donnera pas des tentations bien fortes contre la foi. Si pour l'ordinaire des vers ne font pas des raifons, de mauvais vers font encore au-deffous des mauvaifes raifons.

Nous ne devons pas oublier d'avertir que cet ouvrage à fa naiffance ayant fcandalifé beaucoup de perfonnes, et fur-tout un illuftre magiftrat, M. *le Franc* en donna dans les journaux des favans (en feptembre 1741) une rétractation très-ample et très-chrétienne. Cet auteur a montré la même docilité en d'autres occafions : par exemple, en 1734, il avait écrit que *Virgile* était un mauvais modèle pour les caractères ; dans la préface de fon édition de 1753, il dit que cette expreffion qu'il avait employée eft dure, et ne convenait point à fon âge ni à fon peu d'expérience ; et il ajoute : *Je la rétracte aujourd'hui par refpect pour Virgile, en penfant toujours de même par refpect pour la vérité.*

LA
PRIERE UNIVERSELLE.

DEO OPTIMO, MAXIMO.

I.

O toi que la raifon, que l'inftinct même adore,
Souverain maître et créateur
De tout l'univers qui t'implore,
Jehovah, Jupiter, Seigneur!

NOTES.

Le titre feul de cette pièce annonce l'irréligion,
puifque le mot *univerfelle* fignifie que tout homme
peut adreffer cette prière à DIEU, quelque religion
qu'il profeffe. Si dès 1740, M. *le Franc* eût été lié
étroitement, comme il l'eft aujourd'hui, avec le pieux
auteur de l'*Apologie de la Saint-Barthelemi*, il aurait bien
compris que fi nous ne pouvons pas prier DIEU avec
des chrétiens hétérodoxes dans le même royaume,
à plus forte raifon ne pouvons-nous pas employer
avec les Turcs et les Guèbres la même formule de
prière.

Au refte, toute cette ftrophe ne reffemble que par
le dernier vers à l'original. Voici la traduction littérale:
*Père de tout, adoré dans tous les âges, dans tous les climats,
par le faint, par le fauvage, par le philofophe, Jehovah,
Jupiter ou* DIEU!

Il n'y a point là d'*inflinct qui adore ;* on n'y trouve
point cette expreffion fi faible et fi commune de
l'*univers qui l'implore.* On voit combien cette prétendue
traduction eft au-deffous de l'original.

I I.

Source , caufe première , Etre inintelligible ,
  Que je fuis borné devant toi !
  Ta bonté feule m'eft vifible ,
  Le refte eft un chaos pour moi.

N O T E S.

Ce mot *inintelligible* renferme beaucoup de yenin :
on dit d'une chofe obfcure et refpectable, des myftères
de la religion par exemple , qu'ils font *incompréhenfibles ;* mais un homme religieux ne dira point qu'ils
font *inintelligibles.* On dit avec vérité des fyftêmes des
athées qu'ils font *inintelligibles ,* et on les traiterait trop
favorablement en difant qu'ils font *incompréhenfibles ;*
même dans l'ufage ordinaire ces deux mots ne font
pas fynonymes : par exemple , la hardieffe de M. *le
Franc* à infulter des gens de lettres et l'académie eft
incompréhenfible , mais elle n'eft pas *inintelligible.* Il eft
d'autant plus difficile d'excufer l'emploi que le traducteur a fait ici de ce mot, qu'*incompréhenfible ,* qui
était le mot propre, fefait également le vers, et était
beaucoup plus conforme à l'original , *leaft under-
ftood , fi peu compris.*

Dans le refte de la ftrophe , la traduction préfente
encore des idées plus libres que celles de l'original.

Pope dit : *O* DIEU, *qui as borné toute mon intelligence à favoir que tu es bon, et que je fuis aveugle;* et M. *le Franc* lui fait dire :

> Ta bonté feule m'eft vifible,
> Le *refte* eft un *chaos* pour moi.

Ce mot *refte* eft fort indécent. Ce *refte* renferme beaucoup de chofes refpectables que le traducteur traite bien légèrement : c'eft toute l'économie de la religion, toutes les vérités qu'elle enfeigne aux hommes, qui feraient ce *chaos*, au dire du traducteur; car, comme on le voit, *Pope* ne dit rien de femblable.

I I I.

> Mais le bien et le mal, dans cette nuit obfcure,
> Dépendent de ma volonté;
> Et tu gouvernes la nature,
> Sans enchaîner ma liberté.

I V.

> N'écoutons feulement que notre confcience :
> Elle nous rend le bien plus cher
> Que le ciel qui le récompenfe,
> Le mal plus affreux que l'enfer. (*)

(*) C'eft le fens prefque littéral de l'anglais ; mais n'eft-ce point exiger trop de perfection dans les fentimens de l'homme ? Le traducteur avait cru d'abord pouvoir modifier ainfi cette penfée :

> Ma confcience eft libre, et ce guide févère
> Ne règle pas mes fentimens
> Par le défir feul du falaire,
> Ni par la crainte des tourmens.

Les perfonnes éclairées, et particulièrement les Anglais qu'on a confultés fur cet ouvrage, ont donné la préférence à la traduction exacte. *Note du traducteur.*

NOTES.

Toute critique littéraire ferait fuperflue fur des vers qui font fort au-deffous du médiocre :

N'écoutons feulement que notre confcience :

. . . .

Que le ciel qui le récompenfe.

Cette dernière expreffion eft impropre et équivo-que. Le ciel qui récompenfe le bien , fignifie plutôt le ciel rémunérateur du bien que le ciel qui eft la récompenfe des bonnes actions : or c'eft ce dernier fens qui eft celui de *Pope*.

V.

Empêche que mon cœur de tes dons efficaces
    Ne rejette les heureux fruits ;
    Recevoir , c'eft payer tes grâces ;
    Je t'obéis quand je jouis.

NOTES.

Il n'y a aucune efpèce de religion qui ait cru que recevoir les grâces de DIEU , c'eft les payer. Toutes ont établi un culte extérieur pour être l'expreffion de la reconnaiffance envers l'Etre fuprême. Au refte, en rétractant cette maxime qui eft une des plus libres de *la prière univerfelle* , il paraît que M. *le Franc* s'était réfervé le droit de fe conduire *vis-à-vis* de l'académie françaife, comme le déifte de *Pope* envers DIEU. S'il n'a point fait de remercîment , c'eft qu'il a cru, fans doute, qu'en *recevant* la grâce que lui fefait l'académie, il *l'avait payée*. M. *le Franc* tient encore un peu aux erreurs de fa jeuneffe.

V I.

Mais ceffons de penfer qu'imperceptible atome,
　　Notre terre borne ta loi :
　　N'es-tu fouverain que de l'homme ?
　　Tant d'autres mondes font à toi !

N O T E S.

Mais ceffons de penfer : ces mots fembleraient indiquer que l'auteur a dit précédemment quelque chofe dont il va fe rétracter ; mais ils ne font là (comme beaucoup d'autres dans cette pièce) que pour tenir lieu d'un certain nombre de fyllabes. Quand un poëte médiocre a befoin de ces fortes de chevilles, il devrait du moins tâcher qu'elles ne fuffent qu'inutiles, et qu'elles ne fiffent pas un fens faux. Je ne parle pas de la rime d'*atome* avec *homme* ; mais le tradacteur prête encore ici à fon original une impiété que *Pope* n'a pas eue dans l'efprit.

Pope ne parle point de la *loi*, mais de la *bonté* de D I E U, qu'il dit n'être pas bornée à la terre ; littéralement : *Que je ne refferre pas ta bonté dans les bornes étroites de ce globe ; que je ne te croie pas le* D I E U *de l'homme feul, tandis que mille mondes m'environnent.* Le traducteur lui fait dire : *Que la terre ne borne pas la loi de* D I E U : or, comme la religion chrétienne n'eft certainement faite que pour notre globe, fi l'on ne doit pas penfer que *notre terre borne la loi de* D I E U, on en peut conclure que la religion chrétienne n'eſt pas la loi de DIEU. Il n'y a pas d'autre moyen d'excuſer M. *le Franc* que de dire qu'il a mis *loi* à la place de *bonté*, parce que *bonté* ne rime pas avec *toi*. Mais c'eſt-là juſtifier la religion du traducteur aux dépens de ſes talens pour la poëſie; et quelque réconciliation qui ſe ſoit faite entre ſon eſprit et ſa dévotion, (*) on peut craindre que l'apologie ne ſoit pas de ſon goût.

V I I.

Faut-il qu'un vil mortel oſe venger DIEU même;
  Que tes foudres lui ſoient remis,
  Et qu'il prononce l'anathême
  Sur ceux qu'il croit tes ennemis ?

N O T E S.

Nous ne pouvons rien ajouter à la remarque de M. de *Silhouette* ſur cet endroit, dans les mélanges de littérature que nous avons de lui; il a fait voir que le traducteur a envenimé la penſée de l'auteur anglais; que dans l'original c'eſt de lui-même que le déiſte parle, en diſant que ſa main ne doit pas préſumer de lancer la foudre; au lieu que dans la traduction, le déiſte s'élève en général contre ceux qui prétendent prononcer l'anathême ſur d'autres hommes, ce qui, indiquant manifeſtement les miniſtres de la religion, devient hardi et ſcandaleux. Nous renvoyons nos

(*) Alluſion à un ouvrage ridicule de *Jean-George le Franc*, archevêque de Vienne, primat de ſept provinces; ce livre était intitulé : *Réconciliation de la dévotion avec l'eſprit*. On a dit que c'était la *réconciliation normande.*

lecteurs à l'ouvrage même que nous citons, pour ne pas répéter inutilement ce qu'on peut trouver ailleurs.

V I I I.

Si je marche avec toi, fais-moi la grâce entière
    De te fuivre jufqu'à la fin :
    Si je m'égare, ta lumière
    Doit me conduire au bon chemin.

I X.

Quelques biens qu'à mon cœur ta fageffe dénie,
    Ou que m'accorde ta bonté ;
    Sauve-moi du murmure impie
    Et de la folle vanité.

N O T E S.

Ce ne font pas-là des vers ; ce n'eft pas-là l'élégance, l'harmonie, les images, la fublimité de *Pope.* C'eft un écolier qui fe traîne languiffamment fur la trace d'un grand homme, et qui bronche à chaque pas ; qui lutte fans ceffe contre les difficultés et qui ne les furmonte pas ; qui croit avoir fait des vers lorfqu'il a compaffé laborieufement un certain nombre de fyllabes, et placé quelques rimes à leur fuite. *Sauve-moi du murmure impie* fignifie en français : *Ne permets pas que je fois l'objet du murmure ;* au lieu que *Pope* a dit, et fon traducteur a voulu dire : *Ne permets pas que je murmure.* Au refte, ces deux ftrophes font très-religieufes ; c'eft une prière qui fied dans la bouche d'un chrétien même. M. *le Franc* lui-même avait plus de raifon qu'un autre de demander cette grâce à DIEU. *Sauve-moi,* devait-il dire, *de la folle vanité ;* car c'eft un grand péché et un grand ridicule.

X.

Fais que de mon prochain je plaigne les fouffrances,
　　Toujours lent à le condamner ;
　　Et pardonne-moi mes offenfes ,
　　Pour mieux m'apprendre à pardonner.

N O T E S.

Cette ftrophe, comme les précédentes, ne renferme que des fentimens pieux et humains, et nous pouvons dire des inftructions que M. *le Franc* a bien perdues de vue. A entendre les anathêmes qu'il prononce, et les accufations qu'il intente , dans fon difcours , à beaucoup de perfonnes , on ferait tenté de croire qu'il a regardé comme une des propofitions irréligieufes de *Pope* cette belle maxime qu'*il faut être lent à condamner*. Il devait cependant penfer que c'eft un précepte de l'évangile : *Ne jugez point , et vous ne ferez point jugés ; ne condamnez point , et vous ne ferez point condamnés.* St *Luc*, chap. vi, v. 38.

X I.

Tout retrace aux mortels le néant de leur être ;
　　Mais ils font l'œuvre de tes mains :
　　Sois leur guide autant que leur maître,
　　Jufqu'au terme de leurs deftins.

N O T E S.

Tout retrace aux mortels le néant de leur être : rien n'eft fi vrai que cette maxime ; au milieu des richeffes, de la réputation, de la faveur, ce néant fe fait fentir.

Un homme qui fe croyait heureux peut voir en un inftant une fauffe démarche et le concours de quelques circonftances troubler tout le bonheur de fa vie. Un homme qui jouiffait de quelque confidération peut la voir s'éclipfer en un jour : alors feulement on rentre en foi-même, on reconnaît fon néant, et on s'écrie : *Vanité des Vanités.* Nos lecteurs nous pardonnerons cette petite digreffion morale.

Revenons à M. *le Franc.*

X I I.

Que le pain, que la paix foit ici mon partage :
    J'attends que ton augufte choix
    Des autres biens fixe l'ufage ;
    Tes volontés feront mes lois.

N O T E S.

Que le pain et la paix, dit *Pope*, *foient mon partage : quant à tout autre bien, tu fais s'il vaut mieux me l'accorder ou me le refufer ; que ta volonté foit faite.* On n'exprime pas cette penfée en français, en difant à DIEU : *Des autres biens fixe l'ufage.*

X I I I.

[Ton temple eft en tous lieux ; tu remplis la nature ;
    Tout l'univers eft ton autel.
    Rien ne vit, n'exifte, ne dure,
    Qui ne t'offre un culte éternel.

N O T E S.

Cette dernière ftrophe, qui eft une des plus fublimes de l'original, eft une de celles que le traducteur a le plus miférablement défigurées. La traduction littérale fuffit pour faire fentir la platitude et l'infidélité de celle de M. *le Franc*.

L'immenfité , dit *Pope* , *eft ton temple ; la terre , la mer et les cieux font ton autel ; que tous les êtres forment un chœur de louanges à ta gloire , et que de toutes les parties de la nature l'encens s'élève vers toi*.

Ici l'auteur a encore rendu fon original irréligieux fans néceffité. *Pope* dit que l'immenfité eft le temple de D I E U , idée grande et fublime , qui n'a rien d'oppofé à la religion ; et le traducteur , avec l'expreffion *en tous lieux*, rabaiffe la penfée des lecteurs à la terre , et leur donne à entendre que les temples conftruits par la main des hommes , ne font pas meilleurs pour honorer D I E U les uns que les autres , ni les églifes que les autres *lieux*. On peut croire même que depuis fa converfion , il a confervé encore quelque attachement à cette erreur ; car il faut bien qu'il ait cru que le temple de D I E U eft par-tout , et qu'il ait regardé l'académie comme une églife , puifqu'il y a fait un fi ennuyeux fermon.

N. B. Comme tout le monde n'a pas entre les mains le Journal des favans , où fe trouve la rétractation de M. *le Franc* dont il eft fait mention ci-deffus , (dans l'avertiffement) nous croyons que nos lecteurs feront bien aifes de trouver ici un petit extrait de cette pièce , que nous accompagnerons de quelques réflexions.

Voici en peu de mots l'apologie de M. *le Franc :*

1°. Il avait traduit la prière du déifte , parce que *certains anglais , avec lefquels il était dans une affez étroite liaifon*, l'en avaient *défié*.

2°.

2°. *Emporté par la chaleur du travail, il ne jugea de
sang froid de sa traduction* que long-temps après qu'elle
fut faite.

3°. *Il eut l'imprudence de livrer sa traduction* à ces
anglais.

4°. Lorfqu'il reprit le fang froid que la chaleur
de la compofition lui avait ôté, et qu'il jugea que
fon ouvrage pouvait être *fcandaleux*, il voulut retirer
la copie.

5°. *Il n'était plus temps ; les anglais*, avec qui il
était étroitement lié, *étaient déjà retournés à Londres*,
fans qu'il en eût rien fu.

6°. Il leur écrivit *pour les conjurer de ne la point
divulguer.*

7°. *Ils le lui promirent.*

8°. *Alors il oublia totalement la prière et la traduction ;
mais un imprimeur anglais n'y penfa que trop pour lui.*

A toute cette hiftoire, M. *le Franc* ajoute que *ce
ferait le lieu de réfuter les propofitions condamnables de la
prière univerfelle ; mais que ce qui eft vifible n'a pas befoin
d'être démontré ; qu'il les défavoue, quoiqu'elles ne foient
pas de lui, et qu'il les rétracterait, s'il avait eu le malheur
de les penfer un feul inftant ;* qu'elles font, fans doute,
échappées par enthoufiafme à M. *Pope*, fi recommandable par fes talens, et qui a le courage de profeffer
la religion catholique au milieu de Londres ; que les
paradoxes infenfés et les fyftêmes inconféquens d'une
malheureufe philofophie déshonorent les talens devant
les hommes, et les rendent criminels devant DIEU....
que la poëfie ne doit point être le langage de l'irréligion ; que, fi elle a rempli fes loifirs, il a du moins

Facéties. .L

l'avantage affez rare de ne l'avoir jamais avilie par rien de contraire aux bonnes mœurs, &c. &c., et qu'il eft avec refpect, &c. &c.

Nous nous permettrons ici quelques réflexions.

1°. Il paraît que le défi de ces anglais était de leur part un piége tendu pour furprendre la religion de M. le Franc, et nous nous étonnons moins de la haine que l'auteur du difcours témoigne contre les philo-fophes anglais, après en avoir éprouvé une auffi noire trahifon. Nous conjecturons qu'on l'aura auffi défié de faire un difcours malhonnête à l'académie, et nous l'exhortons à ne pas accepter déformais de fem-blables défis.

2°. M. le Franc, emporté par la chaleur du travail, n'avait pas fenti le venin de la prière de Pope dans une longue et laborieufe traduction ; il n'a entendu l'original et fa traduction que quelque temps après l'avoir faite : cet écrivain doit être un volcan lorf-qu'il compofe de tête, puifqu'il eft fi chaud lorfqu'il traduit.

Ceci peut faire comprendre comment il a mis tant d'emportement dans un difcours qu'il a fait attendre pendant plus de fix mois à l'académie. Si jamais il eft reçu dans quelque fociété littéraire, on lui confeille d'achever fon difcours trois ou quatre ans avant fa réception ; dans cet intervalle, il profitera des momens de fang froid qu'il a quelquefois, pour retrancher de fa harangue les chofes qui pourraient être inful-tantes pour fes confrères, et révoltantes pour le public.

3°. M. le Franc avait-là d'étranges amis : ils lui

promettent que fa traduction ne paraîtra pas, et ils la confient à un imprimeur ! C'eft, fans doute, ce qui lui fait dire que les Anglais n'ont point la *philofophie naturelle du droit des gens;* et il faut convenir que, fi M. *le Franc* n'a jamais fouffert des violences et des injuftices de leurs gens de guerre, il a bien à fe plaindre de leurs philofophes, et fur-tout de la perfidie de leurs imprimeurs.

4°. Il nous paraît que M. *le Franc* juge *Pope* bien favorablement, lorfqu'il dit que les propofitions condamnables de la prière univerfelle lui font échappées dans l'enthoufiafme ; mais pourquoi l'enthoufiafme, qui excufe *Pope* et fon traducteur, ne pourrait-il pas excufer auffi quelques-uns de ceux que M. *le Franc* traite fi durement dans fon difcours ? Croit-il être le feul en France qui foit emporté par la chaleur du moment, et à qui l'on puiffe pardonner les fougues de l'efprit et du génie ? Il y a peu d'ouvrages brûlables qui ne foient plus chauds que la traduction de la prière univerfelle.

5°. M. *le Franc* loue *Pope* du courage qu'il a eu de profeffer la religion catholique au milieu de Londres ; fur quoi nous ferons ce raifonnement : Ou l'auteur de la prière univerfelle était aux yeux de M. *le Franc* un catholique bien convaincu, ou il le regardait comme un homme penfant librement, laiffant apercevoir fon irréligion dans fes écrits, et rempliffant cependant les devoirs extérieurs de la religion. Dans le premier cas, on eft en droit d'exiger de M. *le Franc* qu'il ne juge pas plus rigoureufement ceux des *philofophes modernes* qui n'ont rien écrit de plus libre que l'*Effai fur l'homme* et la *Prière univerfelle.*

L 2

Dans le fecond cas, on lui repréfentera qu'en louant *Pope* incrédule et rempliffant quelques devoirs extérieurs de religion, il fait penfer que c'eft un zèle joué qui lui fait décrier avec tant de violence ceux qu'il accufe en France de la même diffimulation, puifqu'aux yeux d'un homme vraiment religieux, cette diffimulation eft auffi criminelle en Angleterre qu'en France.

6°. Quoique nous regardions comme fuffifante la juftification de M. *le Franc* contre le reproche d'irréligion qui lui a été intenté à l'occafion de la prière univerfelle, nous ne pouvons pas oublier de faire remarquer à nos lecteurs qu'on n'y trouve pas les mots décififs de religion révélée et de révélation, que l'auteur du difcours donne comme la marque diftinctive des juftifications non équivoques en cette matière. Mais on traiterait trop févèrement M. *le Franc*, fi on le jugeait d'après fes propres maximes.

CONCLUSION.

IL fuit de tout ce que l'on vient de dire, que l'auteur du difcours prononcé à l'académie françaife, le 10 mars 1760, avait traduit et envenimé, en 1740, la prière du déifte, compofée par *Pope*.

LETTRE

D'UN QUAKER (1)

A Jean-George le Franc de Pompignan , évêque du Puy en Vélai, &c. &c. digne frère de Simon le Franc de Pompignan.

AMI JEAN-GEORGE,

JE fuis venu de Philadelphie en la ville de Paris pour recueillir trois millions cinq cents mille livres, que les fermiers généraux payent tous les ans à nos frères de Penfilvanie et Mariland pour les nez de la France.

(1) Le frère de M. de *Pompignan* fe trouvait, par hafard, évêque du Puy en Vélai : il avait fait ces queftions fur l'incrédulité , où il prouve qu'il n'y a pas d'incrédules, et enfuite que les incrédules font dangereux. Il avait effayé de réconcilier la dévotion avec l'efprit , et ils n'ont jamais été plus brouillés que depuis fon livre. Il crut donc , en qualité d'évêque et de bel efprit, devoir défendre fon frère contre M. de *Voltaire* , et donner à fes brebis, dans une inftruction paftorale , des leçons de théologie et de bon goût. Cette inftruction lui attira les réponfes fuivantes de la part d'un quaker et d'un évêque fchifmatique. Pour l'en confoler, le cardinal de la *Roche-Aimon* , fi connu de toute l'Europe pour la profondeur de fes lumières en théologie, l'a fait archevêque de Vienne; et , en cette qualité, il a écrit à fes diocéfains de ne point foufcrire à cette nouvelle édition des *Oeuvres de M. de Voltaire* , dans laquelle il fe doutait qu'on aurait la malice de fe moquer un peu de lui.

L 3

L'ami *Chaubert*, honnête libraire, quai des Auguftins, lequel me devait quelques deniers, me dit qu'il
était dans l'impuiffance de me payer, attendu qu'il
avait imprimé une inftruction dite paftorale, de ta
façon, en trois cents huit pages, par *monfeigneur
Cortiat*, *fecrétaire*. Il m'offrit en payement une grande
cargaifon d'exemplaires, lefquels il affurait que je
pourrais vendre en Canada.

AMI JEAN-GEORGE,

J'ouvris ton livre; je fus fâché de voir comme
tu traites *Newton* et *Locke*, qu'un français plus jufte
que toi appelle les précepteurs du genre humain.
Peux-tu être affez barbare pour dire (page 33) qu'*on
ne trouve point d'idée pofitive de* DIEU *dans ce fage Locke*,
auteur du *Chriftianifme raifonnable*, et légiflateur d'une
province entière? pourquoi es-tu calomniateur? Ton
libraire, *Chaubert*, m'a certifié que tu avais travaillé
avec un homme qu'on appelle en France *abbé*, à
l'apologie de la révocation de l'édit de Nantes, et que,
dans cette apologie, tu dis que les Anglais *recueillent
le mépris des nations*. Ah! frère, cela n'eft pas bien:
nous ne fommes pas fi méprifables que tu le dis;
demande à nos amiraux.

De quoi t'avifes - tu, dans une inftruction dite
paftorale, adreffée aux laboureurs, vignerons et mer-
ciers du Puy en Vélai, de dire (page 38) que le
fyftême de la gravitation eft menacé de décadence?
Qu'a de commun la théorie des forces centripètes et
centrifuges avec la religion et avec les habitans du
Puy en Vélai? Vois combien il eft ridicule de parler
de ce qu'on n'entend point, et de vouloir faire le

bel-esprit chez *Chaubert*, quai des Auguftins, fous prétexte d'enfeigner ton catéchifme à tes payfans. Apprends, l'ami, que la théorie démontrée de la gravitation n'eft point un fyftême; que tous les corps gravitent les uns vers les autres en raifon directe de la maffe, et en raifon inverfe du quarré de la diftance; que c'eft une loi invariable de la nature, mathématiquement calculée; et fouviens-toi qu'on ne doit pas en parler dans une homélie : *Non erat hic locus.*

AMI JEAN-GEORGE,

Si tu calomnies la Grande-Bretagne, je ne fuis pas furpris que tu outrages les gens de ton pays; (page 18) tu as tort de remuer les cendres de *Fontenelle*, et de dire que fon *Hiftoire des oracles eft remplie de venin.* Cette hiftoire n'eft point de lui : elle eft du favant *Van-Dale; Fontenelle* n'a fait que l'embellir. Le fage miniftre *Bafnage*, le judicieux *du Marfais*, les meilleurs journaliftes; tous ont foutenu cette hiftoire que tu veux décrier.

Comme je t'écrivais ces chofes avec naïveté, je vis le carroffe d'une dame fort aimable s'arrêter devant la boutique de *Chaubert*. Eft-il vrai, dit-elle, que vous avez imprimé un mauvais livre, où le préfident de *Montefquieu*, le bienfaiteur des hommes, eft traité d'impie? voyons un peu ce livre. Elle fe fit donner ta paftorale; on lui avait indiqué la page; (page 208) elle lut et rendit l'ouvrage. Quel eft le poliffon qui a fait cette rapfodie, dit-elle? C'eft monfeigneur *Cortiat*, fecrétaire, répondit *Chaubert*. Je lui dis : Belle femme, qui es-tu? Elle m'apprit qu'elle était la bru du célèbre *Montesquieu*. Confole-toi, lui dis-je ; quiconque infulte tant de grands hommes eft sûr du mépris et de la haine du public.

Elle partit confolée ; je continuai à te feuilleter : tu parles (page 18) d'un *Perrault*, d'un *la Motte*, d'un *Terraffon*, et d'un *Boindin* auquel tu donnes l'épithète d'athée. Je demandai à *Chaubert* qui étaient ces gens-là, et fi *Boindin* a fait quelque écrit d'athéifme, comme ton frère, *Simon le Franc*, en a fait un de déifme. Il me dit que ce *Boindin* était un magiftrat, qui avait fait quelques comédies, et que ni lui ni *Terraffon*, ni *la Motte*, ni *Perrault*, n'avaient jamais rien écrit fur la religion. J'avoue que je me mis alors en colère, et que je dis : *Pox on the mad man* ; la pefte foit du... j'en demande pardon à DIEU, et je t'en demande pardon, mon cher frère.

AMI JEAN-GEORGE,

Tu vas de *Boindin* à *Salomon*, et tu affirmes (page 44) que l'auteur de l'Eccléfiafte a dit dans fon dernier chapitre : ,, Tout ce qui vient de la terre, ,, tout ce qui doit y retourner, eft vanité. Il n'y a ,, d'eftimable dans l'homme que fon ame, fortie immé- ,, diatement des mains de DIEU, faite pour retourner ,, vers lui, confiftant toute entière à le craindre et à ,, le fervir, et attendant de fon jugement la décifion ,, de fa deftinée. ,,

Tu n'as pas menti ; mais tu as dit la chofe qui n'eft pas. Ce paffage n'eft point dans l'Eccléfiafte : tu peux répondre, comme milord *Pierre* dans le conte du Tonneau, que, s'il n'y eft pas *totidem verbis*, il y eſt *totidem litteris ;* mais réponſe comique n'eſt pas raiſon valable : quand on cite l'Ecriture, il faut la citer fidèlement, et ne point mêler du *Pompignan* à *Salomon.*

Tu parles enſuite contre la religion naturelle : ah! mon frère, tu blaſphèmes ; ſaches que la religion naturelle eſt le commencement du chriſtianiſme, et que le vrai chriſtianiſme eſt la loi naturelle perfectionnée.

AMI JEAN-GEORGE,

Pardonne; mais je n'aime ni le galimatias, ni les contradictions : tu avoues (page 111) que DIEU ne punira perſonne pour avoir ignoré invinciblement l'évangile. Heureux les pécheurs qui n'auraient lu que ta paſtorale! ils ignoreraient l'évangile invinciblement, et ſeraient ſauvés. Et tu prétends (page 117) qu'il faut un prodige pour qu'un homme qui n'eſt pas de ta religion ne ſoit pas damné. Hélas! puiſque chez toi on ne peut être ſauvé ſans baptême; puiſque les pères de ton Egliſe ont cru que les petits enfans morts ſans baptême ſont la proie des flammes éternelles; puiſqu'un enfant mort-né eſt vraiſemblablement dans le cas d'une ignorance invincible, comment peux-tu te concilier avec toi-même?

AMI JEAN-GEORGE,

Tu paſſes de *Boindin* à *Moïſe.* Que ton livre ferait de tort à la religion s'il était lu! tu pouvais aiſément prouver la divine miſſion de *Moïſe,* et tu ne l'as pas fait; tu devais montrer pourquoi dans le Décalogue, dans le Lévitique, dans le Deutéronome, qui ſont la feule loi des Juifs, l'immortalité de l'ame, les peines et les récompenfes après la mort ne font jamais énoncées. Tu devais faire fentir que DIEU, gouvernant fon peuple immédiatement par lui-même, et le menant par des récompenfes et des punitions foudaines et temporelles, n'avait pas befoin de lui révéler le dogme de la vie future, qu'il réfervait pour la loi nouvelle.

Tu devais alléguer et étendre cette raifon pour confondre ceux qui préfèrent aux dogmes des Juifs ceux des Indiens, des Perfans, des Egyptiens, beaucoup plus anciens, et qui annonçaient une vie à venir. Quel fervice n'aurais-tu pas rendu en montrant que le *Tartaroth* des Egyptiens devint le Tartare et l'Adès des Grecs, et qu'enfin les Juifs eurent leur *Shéol*, mot équivoque, à la vérité, qui fignifie tantôt l'enfer, tantôt la foffe ; car la langue des Hébreux était ftérile et pauvre, comme tous les idiomes barbares ; le même mot fervait à plufieurs idées.

Tu devais réfuter les théologiens et les favans qui ont prétendu que le Pentateuque ne fut écrit que fous le roi *Ofias*; que *Moïfe* n'a pas pu prefcrire des règles aux rois, puifqu'ils n'exiftèrent point de fon temps; qu'il n'a pu donner à des villes les noms qu'elles n'eurent que long-temps après lui; qu'il n'a pu placer à l'Orient des villes qui étaient à l'Occident par rapport à *Moïfe* et à fon peuple vivant dans le défert. Tu devais favoir quelle langue parlaient alors les Juifs, comment on avait gravé fur la pierre tout le Pentateuque ; ce qui était une entreprife prodigieufe dans un défert où tout manquait. Tu

devais réfoudre mille difficultés de cette nature ; et
alors ton livre eût pu être utile comme celui de
notre favant évêque de Worcefter ; mais il faudrait
favoir l'hébreu comme lui.

Tu te bornes à dire que *Moïfe* fépara les eaux de
la mer à la vue de fix cents mille hommes ; le
moindre écolier le fait comme toi ; ton devoir était
de montrer comment les Juifs, defcendans de *Jacob*,
fe trouvaient, au bout de deux fiècles, au nombre de
fix cents mille combattans ; ce qui fait plus de deux
millions de perfonnes ; comment ils n'attaquèrent
pas les Egyptiens qui, au rapport de *Diodore de
Sicile*, n'ont pas été fous les *Ptolomée* plus de trois
millions d'ames, et qui ne paffent pas aujourd'hui
ce nombre.

De ces trois millions, qui pouvaient compofer fix
cents mille familles, tous les premiers nés avaient été
frappés de mort par l'ange du Seigneur ; l'Egypte
n'avait certainement pas, après cette perte, fix cents
mille combattans à oppofer aux Ifraélites. Tu nous
aurais appris pourquoi ils prirent la fuite, au lieu
de s'emparer de l'Egypte ; pourquoi en prenant la
fuite ils fe trouvèrent vis-à-vis de Memphis , au
lieu de côtoyer la Méditerranée : c'eft ce que notre
fameux *Taylor* a merveilleufement expliqué ; mais il
connaiffait parfaitement l'Arabie et l'Egypte.

Tu nous aurais enfeigné comment, en fefant un
long détour pour arriver entre Memphis et Baal-
Sephon, endroit où la mer s'ouvrit en leur faveur,
ils étaient pourfuivis par la cavalerie égyptienne,
tandis que tous les chevaux étaient morts dans la
cinquième plaie.

C'était un beau champ pour un homme profond, dans l'antiquité, de faire connaître les secrets de la magie, d'expliquer par quel art les mages de *Pharaon* égalèrent par leurs prestiges les miracles de *Moïse*, et comment ils changèrent en sang les eaux du Nil que *Moïse* avait déjà transformées en un fleuve de sang. C'est ce que le docteur *Stilling fleet* a su approfondir. Tu vois bien encore une fois que les Anglais ne sont pas si méprisables.

Tu aurais appris chez notre savant *Sherlock* la raison évidente pour laquelle DIEU fit arrêter le soleil dans sa carrière vers l'heure de midi, pour achever la défaite des Amorrhéens, et pourquoi presque tous les grands miracles de ce temps-là n'étaient opérés que pour exterminer les hommes; pourquoi, malgré tous ces miracles, le peuple juif fut malheureux et esclave si souvent et si long-temps.

Il était essentiel de réfuter ceux qui, pour prouver que le Pentateuque ne fut pas connu avant *Esdras*, avancent qu'aucun passage de ce Pentateuque ne se trouve cité, ni dans les prophètes, ni dans l'histoire des rois juifs; qu'il n'y est jamais parlé, ni du Berefith, ni du Veellé Shemot, ni du Vaïcra, ni du Veiedabber, ni de l'Addebarim. Tu prends ces noms pour des mots tirés du Grimoire; ce sont les titres de la Genèse, de l'Exode, du Lévitique, des Nombres, du Deutéronome.

Comment ces livres sacrés n'auraient-ils pas été mille fois cités, s'ils avaient été connus? C'est une difficulté à laquelle l'évêque de Sarum répond très-savamment.

Un devoir non moins indispensable était de

montrer que tous les livres facrés de la nation judaïque étaient néceffaires au monde entier; car comment DIEU aurait-il infpiré des livres inutiles? Et fi tous ces livres étaient néceffaires, comment y en a-t-il eu de perdus? comment y en aurait-il de falfifiés?

DIEU aurait-il voulu que l'évangile felon faint *Matthieu* dît au chap. II : JESUS habita à Nazareth, afin que cette parole du prophète fût accomplie : *Il s'appelera Nazaréen?* Et aurait-il voulu en même temps que cette parole ne fe trouvât dans aucun prophète?

On voit encore au chap. XXVII : *Alors s'accomplit ce qu'avait prédit Jérémie, en difant : Ils ont accepté trente pièces d'argent, &c. dont il achètera le champ du Potier.* Cela n'eft point dans *Jérémie* ; et cette difficulté eft encore admirablement bien éclaircie par notre docteur *Young*, qui a concilié parfaitement les deux généalogies qui femblent entièrement contradictoires. Permets que je te dife que tu devais imiter tous les grands hommes que je te cite, et qu'il valait mieux inftruire tes compatriotes que de les outrager.

Tu nous aurais, à l'exemple de notre évêque de Durham, donné la véritable intelligence de la prédiction de notre Sauveur, qui annonce que dans la génération alors vivante on verra venir le Fils de l'Homme dans les nuées avec une grande puiffance et une grande majefté : tu n'avais qu'à lire l'expofition de ce digne prélat; tu aurais vu dans quel fens cette grande prophétie s'eft accomplie, et ton ouvrage alors eût été en effet une inftruction. Mais tu examines fi *Boileau* était un verfificateur ou un poëte ; fi *Perrault* a pris avec raifon le parti des modernes ; tu parles de l'attraction ; tu tâches de décrier l'algèbre et la géométrie. Mon ami, tu devais parler de l'évangile.

Tu aurais enfuite expliqué les myftères; tu aurais fait voir comment JESUS-CHRIST, ayant dit : *Mon père eft plus grand que moi*, cependant il eft égal à lui; comment le St Efprit, étant égal au Père et au Fils, ne peut cependant engendrer, et pourquoi, au lieu d'être engendré, il procède ; fur quels fondemens l'Eglife grecque le crut toujours procédant du Père feul, et par quelle raifon l'Eglife romaine le crut, au dixième fièele, procédant du Père et du Fils tout enfemble.

De bonne foi, ces queftions ne font-elles pas plus importantes que ce que tu dis de *la Motte* et de *Terraffon*, et de la *Théorie de l'impôt*, roman de l'ami des hommes.

Crois-moi, lorfqu'on eft fuperficiel et ignorant, on ne doit pas fe hafarder d'écrire des paftorales.

AMI JEAN-GEORGE,

Je tombe fur un plaifant endroit de ta paftorale : (pages 258 et 259) tu prétends que la philofophie peut auffi exciter des guerres civiles. Va, tu lui fais trop d'honneur ; tu fais à qui ce privilége a été réfervé. Tu allègues en preuve que le comte de *Shaftesbury*, *l'un des héros du parti philofophifte*, et l'ami de *Locke*, entra dans des factions contre le confeil de *Charles II*, et fur cela tu prends *Locke* pour un conjuré. Tu fais d'étranges bévues, de terribles

blunders. Celui que tu appelles le *héros du parti philo-*
fophifte était le petit-fils du comte de *Shaftesbury.* Le
grand-père n'était qu'un politique; le petit-fils fut un
véritable philofophe, et paffa fa vie dans la retraite,
loin des fripons et des fanatiques. Pauvre homme!
voilà ce que c'eft que de parler au hafard, et de favoir
les chofes à demi. N'es-tu pas honteux d'avoir trompé
ainfi ton troupeau du Puy en Vélai?

AMI JEAN-GEORGE,

Voici un évêque, ton confrère, qui vient rendre à
Chaubert ta paftorale, que *Chaubert* lui avait vendue
douze francs : Je ne veux point, dit-il, de cet impertinent ouvrage ; il faut que mon confrère ait perdu
la tête. Quel amas de phrafes qui ne fignifient rien!
il ne dit que des injures. Cet homme fait tout ce qu'il
peut pour rendre ridicule ce qu'il veut faire refpecter.
J'aimerais mieux encore, je crois, (Dieu me pardonne !) les vers judaïques de fon frère aîné.
C'eft ainfi qu'a parlé ce digne prélat. Je me joins
à lui.

Adieu, JEAN-GEORGE.

SECONDE LETTRE

D'UN QUAKER.

AMI JEAN-GEORGE,

JE t'avais fait une petite correction fraternelle pour t'engager à réparer tes fautes; mais tu ne veux que les pallier, et tu les aggraves.

Je t'avais repréfenté quel excès d'injuftice et d'ignorance il y avait à dire que le grand philofophe *Locke n'admettait nulle part l'idée pofitive d'un Dieu;* je t'exhortais à lire les chapitres où il traite de DIEU pofitivement, dans fon admirable ouvrage de l'*Entendement humain* et dans fon *Chriftianifme raifonnable.*

Tu avais calomnié milord *Shaftesbury*, petit-fils du chancelier de ce nom; tu avais pris le petit-fils pour le grand-père, et cette bévue était le fruit de ta fingulière opinion, que les philofophes étaient auffi des féditieux. Tu devais une réparation authentique à fa famille, à la raifon et à l'hiftoire.

Tes compatriotes m'avaient averti que tu fefais de fcandaleux outrages à la mémoire des *Montefquieu*, des *Fontenelle* et d'autres grands hommes.

Chacun riait de te voir citer des mathématiciens et parler de vers dans ta paftorale aux gens du Puy en Vélai. Je t'avertis charitablement, et pour réponfe tu cries à l'impiété : ne valait-il pas mieux te corriger que de répondre à ton ami par des injures?

AMI

AMI JEAN-GEORGE,

Je t'ai charitablement indiqué ton devoir : puifque
tu avais la paffion de te faire imprimer au Puy en
Vélai, il fallait enfeigner les faintes écritures à tes
ouailles. Je t'apprenais quels font les meilleurs
commentateurs. Je te difais que fi tu voulais entrer
dans les détails, tu trouverais chez notre favant
évêque de Worchefter la réfutation de quelques
théologiens qui ont prétendu que le fecrétaire
Saphan rédigea le Pentateuque fous le roi *Ofias;* et
tu me réponds comme fi je t'avais dit que le fecrétaire *Saphan* compofa le livre; de bonne foi, cela
eft-il jufte?

Que n'as-tu lu la favante differtation du docteur
Sancroft contre *Newton* et contre *le Clerc?* Le premier
était un grand homme, le fecond était un vrai
favant; cependant ils ont pu fe tromper. *Newton,*
qui daigna s'amufer quelquefois à marcher dans ces
ténèbres de l'antiquité, a voulu prouver que *Samuel*
était le véritable auteur du Pentateuque. *Le Clerc*
le dit auffi; d'autres l'ont attribué à *Efdras.* Tu
aurais rendu fervice à la religion et aux lettres, en
approfondiffant cette matière. Cela était plus convenable que de parler de *Terraffon* et de *la Motte* à
meffieurs du Puy en Vélai, dans ta paftorale.

Que n'as-tu lu le profond ouvrage de l'évêque
Warburton? Il t'aurait montré pourquoi DIEU cacha
aux anciens Juifs le dogme de l'immortalité de l'ame,
et tu ne ferais pas réduit à citer St *Paul* mal à propos;
il t'aurait appris que St *Paul,* à l'exemple de fon
maître, annonçait et conftatait une vérité que les
premiers Juifs n'avaient pas connue. L'évangile

Facéties. M

prouve l'immortalité de l'ame ; il prouve que le Dieu
de Jacob eſt le Dieu des vivans ; mais il ne dit point
que *Moïſe* ait annoncé publiquement une vérité
réſervée à des temps plus ſacrés et plus heureux.
Ah ! mon frère , tu devais mieux t'inſtruire , et ne
pas priver notre ſainte loi du plus grand avantage
qu'elle ait ſur l'ancienne.

AMI JEAN-GEORGE,

Je t'avais appris qu'aucun uſage, aucune cérémonie
annoncée dans le Pentateuque n'eſt expreſſément
citée dans aucun livre hébreu poſtérieur , qu'on ne
trouve aucun verſet des cinq livres de *Moïſe* répété
dans les autres livres, et là deſſus tu me dis qu'il y
a dans le livre des Rois : *Gardez les cérémonies, les
préceptes, les ordonnances , ſelon qu'il eſt dit dans la loi de
Moïſe.* Mais ne vois-tu pas que ce n'eſt pas-là une
citation. Autre choſe eſt d'exhorter en général à
ſuivre la loi ; autre choſe eſt de citer préciſément
les paſſages de la loi. Tu vois bien que tu n'entends
pas l'état de la queſtion.

Qu'on nous diſe chez nous : Soyez fidèles à la
loi de la grande charte qui établit vos libertés , cela
ne s'appelle pas citer un article particulier de la
grande charte. Encore une fois, *Moïſe* a écrit ſes
lois, perſonne n'en doute ; mais puiſque tu voulais
prouver ce que nous connaiſſons tous, il fallait le
prouver mieux.

AMI JEAN-GEORGE,

Que tu avais un beau champ pour manifeſter la
puiſſance du Seigneur dans les plaies d'Egypte, et
dans le miraculeux paſſage de la mer Rouge ! Notre

évêque *Stillingfleet* entend mieux que toi le texte
facré ; tu viens nous dire que le *feul bétail* des
Egyptiens mourut de la pefte dans la cinquième
plaie. Les mots hébreux et chaldaïques répondent
précifément à ceux-ci ; *Tous les animaux* des Egyptiens
moururent ; et la Vulgate, que tu pouvais fuivre, dit
expreffément : *Omnia animantia.* Tous les chevaux
périrent donc ; tu as donc tort de dire qu'ils ne
furent pas compris dans la mortalité. Mais pour te
tirer d'affaire , tu devais lire le chevalier *Masham* , il
t'aurait appris que les rois d'Egypte étaient alliés
du roi de Nubie ; et même on prétend que les
Nubiens étaient tributaires , et que *Pharaon* put faire
venir en diligence de la cavalerie nubienne pour
réparer la perte de la fienne.

Voilà comme un commentateur habile réfout les
difficultés. Je fais qu'on veut éluder cette folution,
et que jamais la cavalerie nubienne n'aurait pu
arriver à temps ; que du fond de la prefqu'île
Méroé, frontière de la Nubie, il y a environ onze
cents mille pas jufqu'à Memphis , et qu'avant qu'on
eût pu raffembler les chevaux en Nubie , et les
conduire fi loin , on aurait perdu un temps trop
confidérable ; mais il faut obferver auffi que la cavalerie marche plus vîte qu'un peuple entier , compofé
de vieillards, de femmes et d'enfans ; que la multitude des Juifs, qui allait à plus de deux millions
de perfonnes , ne pouvait faire de longues traites ;
que probablement elle prit un long détour en allant
de la terre de Geffen vis-à-vis du lac Sirbon , et en
retournant du lac Sirbon au défert d'Ethan. Quand
ils furent dans ce défert qui eft précifément à la

pointe de la mer Rouge, ils retournèrent par l'Egypte dont ils fortaient ; et il eft dit expreffément qu'ils firent un long circuit : *Circumduxit per viam deferti.* Ils pafsèrent donc à la hauteur du grand Caire, d'Héliopolis et de Memphis. Or de Memphis à Baal-Séphon ou Clifma, qui eft précifément l'endroit où la mer s'ouvrit pour eux, il y a foixante mille pas. La fainte écriture ne nous dit point combien de temps les Juifs employèrent dans toute cette marche ; ainfi l'on eft bien reçu à fuppofer que le pharaon d'Egypte eut le temps de faire venir de la cavalerie étrangère.

Je t'ai donné tous les moyens d'acquérir quelque intelligence, tu n'en as fuivi aucun, et tu ne m'as pas feulement remercié.

AMI JEAN-GEORGE,

Je réfléchis avec douleur fur la fuperbe de certaines gens ; voilà l'origine des fauffes démarches, des mauvais vers, de la profe ampoulée qu'on donne hardiment au public. On veut paffer pour bel-efprit dans fon village et à Paris, et pour y parvenir il n'y a point de fottife qu'on ne faffe. Quand les fottifes font faites, on veut les foutenir par les calomnies, on perd la charité comme la raifon, on tombe d'abyme en abyme, ainfi que de ridicule en ridicule, on perd fon ame en fe fefant moquer de foi. Ah ! mon frère, que ne puis-je aider à te convertir, à te rendre modéré et modefte comme tu dois l'être, à te fauver des fifflets dans ce monde, et de la damnation dans l'autre !

Adieu, JEAN-GEORGE.

INSTRUCTION

PASTORALE

De l'humble évêque d'Alétopolis, à l'occasion de l'instruction pastorale de Jean-George, humble évêque du Puy.

MES CHERS FRERES,

M on confrère *Jean-George* du Puy a voulu vous instruire par un gros volume. Vous savez que la vérité est au fond du Puy, mais vous ne savez pas encore si *Jean-George* l'en a tirée. Vous vous êtes récriés d'abord en voyant les armoiries de *Jean-George* en taille rude à la tête de son ouvrage. Cet écusson représente un homme monté sur un quadrupède ; vous doutez si cet animal est la monture de *Balaam*, ou celle du chevalier que *Cervantes* a rendu fameux. L'un était un prophète, et l'autre un redresseur des torts ; vous ignorez qui des deux est le patron de mon cher confrère. Vous êtes étonnés que son humilité ne l'empêche pas de s'intituler *Monseigneur ;* mais il n'a pas craint que sa vertu se démentît dans son cœur par ce titre fastueux. Les pères de l'Eglise ne mettaient pas ces enseignes de la vanité à la tête de leurs ouvrages ; nous ne voyons

M 3

pas même que les évangiles aient été écrits par
monseigneur *Matthieu* et par monseigneur *Luc*. Mais
auffi , mes chers frères , confidérez que les ouvrages
de monseigneur *Jean-George* ne font pas paroles
d'évangile.

Il a foin de nous avertir que de plus il s'appelle
Pompignan ; nous avons vu à ce grand nom les fronts
les plus févères fe dérider , et la joie répandue fur
tous les vifages , jufqu'au moment où la lecture des
premières pages a changé abfolument toutes les
phyfionomies , et plongé les efprits dans un doux
repos. Et bientôt on a demandé dans la petite ville
du Puy s'il était vrai que monseigneur était auteur
à Paris , et on a demandé dans Paris fi cet évêque
avait imprimé au Puy un ouvrage.

J'avoue que tous nos confrères ont trouvé mauvais
qu'on proftituât ainfi la dignité du faint miniftère ;
que fous prétexte de faire un mandement dans un
petit diocèfe , on imprimât en effet un livre qui n'eft
pas fait pour ce diocèfe , et qu'on affectât de parler
de *Newton* et de *Locke* aux habitans du Puy en Vélai.
Nous en fommes d'autant plus furpris que les
ouvrages de ces Anglais ne font pas plus connus
des habitans du Vélai que de monseigneur. Enfin ,
nous avouons qu'après le péché mortel , ce qu'un
évêque doit le plus éviter , c'eft le ridicule.

Comme notre diocèfe eft extrêmement éloigné
du fien , nous nous fervons , à fon exemple , de la
voie de l'impreffion pour lui faire une correction
fraternelle , que tous les bons chrétiens fe doivent
les uns aux autres; devoir dont ils fe font fidèlement
acquittés dans tous les temps.

Ce n'eft pas que nous voulions contefter à *Jean-George* fes prétentions épifcopales au bel-efprit ; ce n'eft pas que nous ne fachions eftimer fon zèle ardent qui, dans la crainte d'omettre les chofes utiles, fe répand prefque toujours fur celles qui ne le font pas. Nous convenons de fon éloquence abondante qui n'eft jamais étouffée fous les penfées ; nous admirons fa charité chétienne qui devine les plus fecrets fentimens de tous fes contemporains, et qui les empoifonne, de peur que leurs fentimens n'empoifonnent le fiècle.

Mais, en rendant juftice à toutes les grandes qualités de *Jean-George*, nous tremblons, mes chers frères, qu'il n'ait fait une bévue dans fon inftruction paftorale, laquelle plufieurs malins d'entre vous difent n'être ni d'un homme inftruit ni d'un pafteur. Cette bévue confifte à regarder les plus grands génies comme des incrédules ; il met dans cette claffe *Montagne, Charon, Fontenelle* et tous les auteurs de nos jours, fans parler de la prière du déifte de monfieur fon frère aîné que DIEU abfolve.

C'eft une entreprife un peu trop forte d'écrire contre tout fon fiècle : et ce n'eft peut-être pas avoir un zèle felon la fcience, que de dire : Mes frères, tous les gens d'efprit et tous les favans penfent autrement que moi, tous fe moquent de moi ; croyez donc tout ce que je vais vous dire. Ce tour ne nous a pas paru affez habile.

On dit auffi qu'il y a dans l'in-4° de mon confrère *Jean-George* un long chapitre contre la tolérance, malgré la parole de JESUS-CHRIST et des apôtres, qui nous ordonne de nous fupporter les uns les autres. Mes frères, je vous exhorte, felon cette parole, à fupporter *Jean-George*. Vous avez beau dire que fon livre eft infupportable ; ce n'eft pas une raifon pour rompre les liens de la charité. Si fon ouvrage vous a paru trop gros, je dois vous dire, pour vous raffurer, que mon relieur m'a promis qu'il ferait fort plat quand il aurait été battu.

Nous demeurons donc unis à *Jean-George*, et même à *Jean-Jacques*, quoique nous penfions différemment d'eux fur quelques articles. Ce qui nous confole, c'eft qu'on nous affure de tous côtés que l'œuvre de notre confrère du Puy eft comme l'arche du Seigneur, elle eft fainte, elle eft expofée en public, et perfonne n'approche d'elle.

Bon foir, mes frères.

L'humble évêque d'Alétopolis.

A V I S

A T O U S

LES ORIENTAUX. (1)

Toutes les nations de l'Afie et de l'Afrique doivent être averties du danger qui les menace depuis long-temps. Il y a dans le fond de l'Europe, et fur-tout dans la ville de Rome, une fecte qui fe nomme les *chrétiens catholiques* : cette fecte envoie des efpions dans tout l'univers, tantôt fur des vaiffeaux marchands, tantôt fur des vaiffeaux armés en guerre. Elle a fubjugué une partie du vafte continent de l'Amérique, qui eft la quatrième partie du monde. Elle-même avoue qu'elle y maffacra dix fois douze cents mille habitans pour prévenir les révoltes contre fon pouvoir defpotique et contre fa religion. Il s'eft écoulé environ cent trente révolutions du foleil depuis que cette fecte, foi-difant catholique chrétienne, ayant trouvé le moyen de s'établir dans le Japon, autrement Nipon, elle voulut exterminer toutes les autres fectes, et caufa une des plus furieufes guerres civiles qui aient jamais défolé un royaume. Le Japon nagea dans le fang; et depuis cette affreufe époque, les habitans ont été obligés de fermer leur

---

(1) Cette efpèce de manifefte n'a jamais été imprimé ; il s'eft trouvé dans les papiers de l'auteur, et l'on ignore s'il en avait fait quelque ufage.

pays à tous les étrangers, de peur qu'il n'entre chez eux des chrétiens.

Les efpions appelés jéfuites, que le prêtre prince de Rome avait envoyés à la Chine, commençaient déjà à caufer du trouble dans ce vafte empire, lorfque l'empereur *Yontchin*, d'heureufe mémoire, renvoya tous ces dangereux hôtes à Macao, et maintint par leur banniffement la paix dans fon empire.

Ces mêmes jéfuites fe font foumis en Amérique un pays de quatre cents foixante milles de circonférence ; on dit qu'ils ont civilifé les habitans : ces peuples en effet font civils au point d'être efclaves des bonzes et fakirs catholiques, connus fous le nom de jéfuites.

Ces mêmes catholiques ont fait plus d'une tentative pour fubjuguer le royaume d'Abyffinie.

Le nom de catholique fignifie univerfel ; ce nom leur fuffit pour perfuader aux idiots qu'on doit dans tout l'univers croire à leurs dogmes, et fe foumettre à leur pouvoir ; ces dogmes font le comble de la démence : et ils difent que c'eft précifément ce qui convient au genre humain. Non-feulement ils annoncent trois dieux qui n'en font qu'un, mais ils difent qu'un de ces trois dieux a été pendu. Ils prétendent le reffufciter tous les jours avec des paroles ; ils le mettent dans un morceau de pain ; ils le mangent, et le rendent avec les autres excrémens. C'eft à cette doctrine qu'ils veulent que tous les hommes fe foumettent ; et quand ils font les plus forts, ils font mourir dans les tourmens tous ceux qui ofent oppofer leur raifon à cet excès de folie.

Ces tyrans extravagans fe vantent d'être def-
cendus d'un ancien peuple qu'on appelle hébreu,
juif, ou ifraélite. Ils perfécutent avec férocité ces
juifs dont ils fe difent les enfans : ils en font des
facrifices à leurs trois dieux, et fur-tout à celui qu'ils
changent en un morceau de pain, et pendant ces
facrifices de chair humaine, ils chantent les hymnes
compofées autrefois par ces mêmes juifs qu'ils
immolent. S'ils ont traité avec tant de barbarie toutes
les nations étrangères, ils ont exercé mutuellement
les mêmes fureurs contre toutes les petites fectes
dans lefquelles leur religion eft divifée. Il n'y a point
de province en Europe que la religion chrétienne
n'ait remplie de carnage. Cette barbare égorge chez
elle fes propres enfans de la même main qui a porté
la défolation aux extrémités du monde.

Il eft donc néceffaire qu'on faffe paffer ces excès
dans toutes les langues, et qu'on les dénonce à toutes
les nations.

LETTRE

PASTORALE

A M. L'ARCHEVEQUE D'AUSCH,

J. F. DE MONTILLET.

Il parut fous votre nom , Monfieur, en 1764 ,
une inftruction paftorale , qui n'eft malheureufement qu'un libelle diffamatoire. On s'élève dans cet
ouvrage contre le Recueil des affertions, confacré
par le parlement de Paris ; on y regarde les jéfuites
comme des martyrs , et les parlemens comme des
perfécuteurs ; (a) on y accufe d'injuftice l'édit
du roi qui bannit irrévocablement les jéfuites du
royaume. Cette inftruction paftorale a été brûlée
par la main du bourreau. Le roi fait réprimer les
attentats à fon autorité ; les parlemens favent les
punir. Mais les citoyens qui font attaqués avec tant
d'infolence dans ce libelle n'ont d'autre reffource
que celle de confondre les calomnies. Vous avez
ofé infulter des hommes vertueux , que vous n'êtes
pas à portée de connaître ; vous avez fur-tout indignement outragé un citoyen qui demeure à cent
cinquante lieues de vous : vous dites à vos diocéfains d'Aufch, que ce citoyen, officier du roi, et

---

(a) *Nos pères vous avaient appris à refpecter les jéfuites*, &c. pages 34 et
fuivantes du mandement de M. d'*Aufch*.

membre d'un corps à qui vous devez du refpect, (*b*) eft un vagabond et un fugitif du royaume, tandis qu'il réfide depuis quinze années dans fes terres, où il répand plus de bienfaits que vous ne faites dans votre diocèfe, quoique vous foyez plus riche que lui. Vous le traitez de mercenaire dans le temps même qu'il donnait des fecours généreux à votre neveu, dont les terres font voifines des fiennes : ainfi vous couronnez vos calomnies par la lâcheté et par l'ingratitude. Si c'eft un jéfuite qui eft l'auteur de votre brochure, comme on le croit, vous êtes bien à plaindre de l'avoir fignée; fi c'eft vous qui l'avez faite, ce qu'on ne croit pas, vous êtes plus à plaindre encore. Vous favez tout ce que vos parens et tout ce que des hommes d'honneur vous ont écrit fur le fcandale que vous avez donné, qui déshonorerait à jamais l'épifcopat, et qui le rendrait méprifable, s'il pouvait l'être. On a épuifé toutes les voies de l'honnêteté pour vous faire rentrer en vous-même. Il ne refte plus à une famille confidérable, fi infolemment outragée, qu'à dénoncer au public l'auteur du libelle, comme un fcélérat dont on dédaigne de fe venger, mais qu'on doit faire connaître. On ne veut pas foupçonner que vous ayez pu compofer ce tiffu d'infamies, dans lequel il y a quelque ombre d'érudition. Mais quel que foit fon abominable auteur, on ne lui répond qu'en fervant la religion qu'il déshonore, en continuant à faire du bien, et en priant D I E U qu'il convertiffe une ame fi perverfe et fi lâche ; s'il eft poffible pourtant qu'un calomniateur fe convertiffe.

(*b*) Pages 12, 13 et 14 du libelle.

OMER DE FLEURI

Etant entré, ont dit : (*)

MESSIEURS,

COMME je fuis chargé *par état*, (page 3) de vous propofer des thèfes de médecine, et qu'il s'agit de diffiper des nuages qui affaibliffent la fécurité, et de fouhaiter une folution à des craintes, votre fageffe qui préfide à vos démarches affurera un nouveau poids à ce que votre autorité pourra régler fur le fait de l'inoculation qui fe préfente naturellement fous deux afpects.

Et comme dans la petite vérole ordinaire (pag. 4) on s'en remet ordinairement à la prudence des malades et des médecins, vous fentez bien que dans l'inoculation où la tête eft beaucoup plus libre, il ne faut s'en remettre à la prudence de perfonne.

Mais, comme ce qui peut intéreffer la religion ne regarde en aucune manière le bien public, (p. 3) et que le bien public ne regarde pas la religion, il faut confulter la forbonne qui *par état* eft chargée de décider quand un chrétien doit être faigné et purgé, et la faculté de médecine chargée *par état* de favoir fi l'inoculation eft permife par le droit canon.

Ainfi, Meffieurs, vous qui êtes les meilleurs médecins et les meilleurs théologiens de l'Europe,

(*) Voyez le réquifitoire contre l'inoculation.

vous devez rendre un arrêt fur la petite vérole ,
ainfi que vous en avez rendu fur les catégories
d'*Ariſtote* , fur la circulation du fang , fur l'émétique
et fur le quinquina.

On fait que vous vous entendez *par état* à toutes
ces chofes comme en finances.

Puifque l'inoculation , Meſſieurs , réuſſit dans
toutes les nations voifines qui l'ont eſſayée; puifqu'elle a fauvé la vie à des étrangers qui raifonnent ;
il eſt juſte que vous profcriviez cette pratique ,
attendu qu'elle n'eſt pas enregiſtrée; et pour y parvenir , vous emploierez les décifions de la forbonne ,
qui vous dira que Sᵗ *Auguſtin* n'a pas connu l'inoculation , et la faculté de Paris qui eſt toujours de
l'avis des médecins étrangers.

Sur-tout , Meſſieurs , ne donnez point un temps
fixe aux falutaires et facrées facultés pour décider ,
parce que l'infertion utile de la petite vérole fera
toujours profcrite en attendant.

A l'égard de la groſſe fœur de la petite , meſſieurs
des enquêtes font exhortés à examiner fcrupuleu-
fement les pilules de *Keizer* , tant pour le bien
public que pour le bien particulier des jeunes
meſſieurs qui en ont befoin *par état;* la forbonne
ayant préalablement donné fon décret fur cette
matière théologique.

Nous efpérons que vous ordonnerez peine de
mort (que les facultés de médecine ont ordonnée
quelquefois dans de moindres cas) contre les enfans
de nos princes inoculés fans votre permiſſion , et
contre quiconque révoquera en doute votre fageſſe
et votre impartialité reconnues.

A WARBURTON.

Tu exerces ton infolence et tes fureurs fur les étrangers comme fur tes compatriotes. Tu voulais que ton nom fût par-tout en horreur ; tu as réuffi : après avoir commenté *Shakefpeare*, tu as commenté *Moïfe* ; tu as écrit une rapfodie en quatre gros volumes, pour montrer que DIEU n'a jamais enfeigné l'immortalité de l'ame pendant près de quatre mille ans ; et tandis qu'*Homère* l'annonce, tu veux qu'elle foit ignorée dans l'écriture fainte. Ce dogme eft celui de toutes les nations policées ; et tu prétends que les Juifs ne le connaiffaient pas.

Ayant mis ainfi le vrai Dieu au-deffous des faux dieux, tu feins de foutenir une religion que tu as violemment combattue ; tu crois expier ton fcandale en attaquant les fages ; tu penfes te laver en les couvrant de ton ordure ; tu crois écrafer d'une main la religion chrétienne et tous les littérateurs de l'autre : tel eft ton caractère. Ce mélange d'orgueil, d'envie et de témérité n'eft pas ordinaire. Il t'a effrayé toi-même ; tu t'es enveloppé dans les nuages de l'antiquité et dans l'obfcurité de ton ftyle ; tu as couvert d'un mafque ton affreux vifage. Voyons fi on peut faire tomber d'un feul coup ce mafque ridicule.

Tous les fages s'accordent à penfer que la légiflation des Juifs les rendait néceffairement les ennemis des nations.

Tu

Tu contredis cette opinion fi générale et fi vraie dans ton ftyle de *Billingfgate.* Voici tes paroles : ,, Je ne crois pas qu'il foit aifé d'entaffer , même ,, dans le plus fale égoût de l'irréligion , tant de ,, fauffetés , d'abfurdité et de malice.... Comment ,, peut-il foutenir à vifage découvert , et à la face ,, du foleil , que la loi mofaïque ordonnait aux Juifs ,, d'entreprendre de vaftes conquêtes , ou qu'elle ,, les y encourageait , puifqu'elle leur affignait un ,, diftrict très-borné ? &c. ,,

Je paffe fous filence les injures auffi groffières que lâches , dignes des porte-faix de Londres et de toi ; et je viens à ce que tu ofes appeler des raifons : elles font moins fortes que les injures.

Voyons d'abord s'il eft vrai qu'on ait promis aux Juifs un fi petit diftrict.

,, En ce jour , le Seigneur fit un pacte avec ,, *Abraham* , et lui dit : Je donnerai à ta femence la ,, terre depuis le fleuve d'Egypte jufqu'au grand ,, fleuve d'Euphrate. ,,

C'était promettre aux Juifs par ferment l'ifthme de Suez , une partie de l'Egypte , l'Arabie entière , tout ce qui fut depuis le royaume des Seleucides. Si c'eft-là un petit pays , il faut que les Juifs fuffent difficiles ; il eft vrai qu'ils ne l'ont pas poffédé , mais il ne leur a pas été moins promis.

Les Juifs renfermés dans le Canaan vécurent des fiècles fans connaître ces vaftes contrées , et ils n'eurent guère de notions de l'Euphrate et du Tigre que pour y être traînés en efclavage. Mais voici bien d'autres promeffes ; voyez *Ifaïe,* au chap. XLIX.

Facéties.   N

,, Le Seigneur a dit : J'étendrai mes mains fur
,, toutes les nations ; je lèverai mon figne fur les
,, peuples ; ils vous apporteront leurs fils dans leurs
,, bras , et leurs filles fur leurs épaules ; les rois
,, feront vos nourriciers , et leurs filles vos nour-
,, rices ; ils vous adoreront le vifage en terre , et ils
,, lécheront la poudre de vos pieds. ,,

N'eft - ce pas leur promettre évidemment qu'ils
feront les maîtres du monde , et que tous les rois
feront leurs efclaves ? Hé bien , *Warburton*, que dis-tu
de ce petit diftrict ?

Tu fais fur combien de paffages les Juifs fondaient
leur orgueil et leurs vaines efpérances ; mais ceux-ci
fuffifent pour démontrer que tu n'as pas même
entendu les livres faints contre lefquels tu as écrit.
Vois fi le fale égoût de l'irréligion n'eft pas celui dans
lequel tu barbotes.

Venons maintenant à la haine invétérée que les
Ifraélites avaient conçue contre toutes les nations.
Dis-moi fi on égorge les pères et les mères , les fils
et les filles , les enfans à la mamelle et les animaux
même fans haïr ? Tu hais , tu calomnies ; on te
détefte dans ton pays , et tu déteftes : mais fi tu
avais trempé dans le fang tes mains qui dégouttent
de fiel et d'encre , oferais-tu dire que tu aurais
affaffiné fans colère et fans haine ? Relis tous les
paffages où il eft ordonné aux Juifs de ne_pas laiffer
une ame en vie, et dis, fi tu en as le front , qu'il
ne leur était pas permis de haïr. Eft - il poffible
qu'un cœur tel que le tien fe trompe fi groffièrement
fur la haine ? C'eft un ufurier qui ne fait pas
compter.

Quoi ! ordonner qu'on ne mange pas dans le plat dont un étranger s'eſt ſervi, de ne pas toucher ſes habits, ce n'eſt pas ordonner l'averſion pour les étrangers ?

On me dira qu'il y a beaucoup d'honnêtes gens qui, ſans te montrer de colère ne veulent pas dîner avec toi, par la ſeule raiſon que ton pédantiſme les ennuie, et que ton inſolence les révolte ; mais ſois ſûr qu'ils te haïſſent, toi et tous les pédans barbares qui te reſſemblent.

Les Juifs, dis-tu, ne haïſſaient que l'idolâtrie, et non les idolâtres : plaiſante diſtinction !

Un jour un tigre raſſaſié de carnage rencontra des brebis qui prirent la fuite ; il courut après elles, et leur dit : Mes enfans, vous vous imaginez que je ne vous aime point ; vous avez tort ; c'eſt votre bêlement que je hais ; mais j'ai du goût pour vos perſonnes, et je vous chéris au point que je ne veux faire qu'une chair avec vous ; je m'unis à vous par la chair et le ſang. Je bois l'un, je mange l'autre pour vous incorporer à moi ; jugez ſi on peut aimer plus intimement.

Bon ſoir, *Warburton.*

CANONISATION

DE

SAINT CUCUFIN,

EN 1767.

CANONISATION

DE

SAINT CUCUFIN.

La canonisation de Saint Cucufin, frère d'Ascoli, par le pape Clément XIII; et son apparition au sieur Aveline, bourgeois de Troyes, mise en lumière par le sieur Aveline lui-même. A Troyes, chez monsieur ou madame Oudot, 1767.

IDÉES PRÉPARATOIRES.

*Romulus et Liber pater et cum Castore Pollux
Post ingentia facta, Deorum in templa recepti,
Dùm terras hominumque colunt genus, aspera bella
Componunt, agros assignant, oppida condunt,
Ploravère suis non respondere favorem
Speratum meritis. Diram qui contudit hydram,
Notaque fatali portenta labore subegit,
Comperit invidiam supremo fine domari, &c.*

Lorsque l'on vit Bacchus et l'invincible Alcide,
Et Pollux et Castor et le grand Romulus,
Secourir les humains par des soins assidus,
Venger sur les tyrans l'innocence timide,
Réprimer les brigands, pardonner aux vaincus,
Polir les nations dans l'enceinte des villes,
Protéger les beaux arts, donner des lois utiles,

Quel fut le prix des biens par leurs mains répandus ?
L'homme ingrat et méchant noirciffait leurs vertus.
Ils furent mordus tous par la dent de l'Envie ;
On fit de ces héros cent contes odieux ;
On les perfécuta tout le temps de leur vie :
Furent-ils enterrés , le monde en fit des dieux.

Il était bien vilain , fans doute , de donner des ridicules à *Triptolême* pour prix de fon blé ; de dire des fottifes de *Bacchus* lorfqu'on buvait fon vin , de reprocher à *Hercule* fes amourettes quand il nous délivrait de l'hydre, et qu'il nettoyait nos écuries. Mais auffi il eft bien beau de divinifer les *Hercules* malgré les *Euryfthées*.

L'antiquité n'a rien de fi honnête que d'avoir placé dans ce qu'on appelait le ciel , les grands hommes qui avaient fait du bien aux autres hommes. Les fages ne s'oppofaient point à ces apothéofes ; ils favaient bien que le fot peuple prend l'air et les nuages pour le ciel ; que chaque fphère qui roule dans l'efpace eft entourée de fon atmofphère ; que notre terre eft un ciel pour Vénus et pour Mars , comme Mars et Vénus font des cieux pour nous ; que *Jupiter* n'affemble point fon confeil fur le mont Olympe en Theffalie ; qu'un dieu ne vient point dans une nue, comme à notre opéra. Ils favaient bien que ni le corps d'*Hercule*, ni fon petit fimulacre léger qu'on appelait ame, vent, fouffle, manes, n'avaient point époufé *Hébé* , et ne buvaient point du nectar avec elle. Mais ces fages trouvaient fort bon qu'on élevât des autels au protecteur des opprimés ; c'était dire aux princes : *Faites comme lui , vous ferez comme lui.*

On a calomnié bien ridiculement, bien indignement l'antiquité. Nos plats livres nous difent continuellement que les anciens rendaient à la créature l'hommage qu'ils ne devaient qu'au créateur. Vous en avez menti, livres de préjugés, archives d'erreurs : depuis *Orphée* et *Homère* jufqu'à *Virgile*, depuis *Thalès* jufqu'à *Pline*, il n'y a pas un feul poëte, un feul philofophe qui ait admis plufieurs dieux fuprêmes. Le *Jehovah* des Phéniciens, adopté en Egypte, et enfuite en Paleftine, le *Zéus* des Grecs, le *Jupiter* des Latins, a toujours été conftamment, invariablement le dieu unique, le dieu maître, le dieu formateur, le fouverain des dieux fecondaires et des hommes : *Divum fator atque hominum rex.*

Il faut convenir que les anciens avaient plus de vénération pour leurs dieux fecondaires que nous pour les nôtres. On ne voit point qu'aucune impératrice fe foit appelée *Junon*, *Minerve*, *Latone*, *Vénus*, *Iris*, au lieu que nous prenons hardiment le nom de *Jean* et de *Matthieu*. *Chaumeix* porte infolemment le nom d'*Abraham*. J'ai connu un impuiffant qui s'appelait *Salomon*, mari de trois cents femmes et de fept cents concubines. Le plus vil coquin a fon nom de faint ; je voudrais bien favoir quel eft le nom de baptême de *Fréron*.

Les Latins, depuis *Numa* jufqu'à *Théodofe*, ont toujours défigné DIEU par le titre de *très-grand et très-bon ;* titre qu'ils n'ont jamais donné à aucun autre être. Jamais chez eux la divinité fuprême n'a eu d'affociés ; ce blafphême fut inconnu à toute l'antiquité.

Mais on adorait *Mars*, *Minerve*, *Junon*, *Apollon*, &c.

Oui, comme des génies inférieurs ; et, fi j'ofe le dire fans blafphême, comme les catholiques révèrent les faints. Les divinités fecondaires étaient aux yeux des païens précifément ce que font nos canonifés. Les Grecs et les Romains pratiquaient dans leurs erreurs ce que nous pratiquons fous l'empire de la vérité.

St *George*, armé de pied en cap, eft le dieu des batailles, comme l'étaient *Mars* et *Arès* chez les Grecs, à cela près que ce *Mars*, fi terriblement peint par *Homère*, infpirait encore plus de refpect que St *George* trop groffièrement chanté par nos légendaires. *Junon* était un autre perfonnage que Ste *Claire*; et *Mercure*, le dieu des arts, vaut bien St *Crépin* le dieu des cordonniers. *Diane* eut plus de réputation que St *Hubert*, quoiqu'il guériffe de la rage.

Il y eut des anges de la guerre et de la paix chez les Indiens, chez les Perfans, chez les Babyloniens. La nation juive ignorante et groffière, qui n'eut aucune doctrine ferme et conftante que depuis fa captivité à Babylone, n'apprit que des Chaldéens les noms de fes anges. (*a*) C'eft une vérité reconnue de tous ceux qui ont au moins une légère teinture de l'antiquité. Ce fut alors que les Juifs connurent *Michäel, Gabriel, Raphaël, Uriel*, &c. le nom même d'*Ifraël*; qui fignifie *voyant* DIEU, eft chaldéen : les hiftoriens juifs *Jofephe* et *Philon* l'avouent. Ce n'eft donc que dans des temps très-poftérieurs à la loi, qu'on trouve dans *Daniel*, (*b*) que l'ange *Gabriel*, fecouru par l'ange *Michäel*, combattit contre l'ange

(*a*) Tamuld de Jérufalem, *in rhoftra shana*.
(*b*) Chap. IX, v. 21 ; et chap. X, v. 13.

des Perfes, et qu'on lit dans l'épître de St *Jude* (*c*) que *Michaël* eut une grande conteftation avec le diable pour le corps de *Moïfe*.

Il eft conftant, en un mot, que tous les peuples policés, en adorant un feul DIEU, vénérèrent des dieux fecondaires, des demi-dieux. Exceptons-en les feuls Chinois qui, doués d'une fageffe fupérieure, ne firent jamais partager à perfonne le moindre écoulement de la Divinité.

Les chrétiens n'imitèrent que très-tard la Gréce et Rome, en plaçant des demi-dieux, des faints dans le ciel. Dans le commencement ils avaient en horreur les temples, les autels, les cierges, l'encens, les furplis, les chafubles, l'eau bénite des gentils : mais quand ils furent les maîtres, ils adoptèrent toutes ces anciennes inventions utiles, toutes ces cérémonies; et la vérité confacra des rites inventés par l'efprit de menfonge.

Polyeucte reproche à *Pauline* d'adorer des dieux

> Infenfibles et fourds, impuiffans, mutilés,
> De bois, de marbre et d'or, comme vous les voulez :

Mais qu'aurait dit *Pauline*, fi elle avait vu quelque temps après St *Roch*, St *Pancrace*, St *Fiacre*, en bois, en marbre, en métal ?

L'apparence eft la même dans l'un et dans l'autre cas. Jamais St *Fiacre* et St *Pancrace* n'ont été regardés chez les chrétiens comme les créateurs du monde. Jamais auffi on ne s'eft avifé chez les gentils d'offrir de l'encens à *Mercure*, à *Latone*, comme aux maîtres

(*c*) V. 9.

souverains des cieux, de la terre et du tonnerre. *Mercure* et *Latone* obéissaient à *Jupiter* ; on priait *Mercure* et *Latone* d'intercéder auprès de *Jupiter* : cela est si vrai, que *Lucien*, qui se moque également d'eux tous, fait présenter par *Mercure* les placets des hommes à *Jupiter*, son maître.

La juive *Esther*, dans une belle pièce de vers en dialogues, intitulée, je ne sais pourquoi, *tragédie*, dit à un roi de Perse, nommé *Assuérus*, qui n'a jamais existé :

Ce Dieu, maître absolu de la terre et des cieux,
N'est point tel que l'erreur le figure à vos yeux.
L'Eternel est son nom, le monde est son ouvrage ;
Il entend les soupirs de l'humble qu'on outrage,
Juge tous les mortels avec d'égales lois,
Et du haut de son trône interroge les rois.

Ces vers sont admirables ; presque personne ne devrait être assez hardi pour en faire après avoir lu ceux de *Racine* ; et les hommes grossiers que leur épaisse barbarie rend insensibles à ces beautés, ne méritent pas le nom d'hommes. Mais le prétendu *Assuérus* pouvait répondre à la prétendue *Esther* :

Vous êtes une impertinente de croire m'apprendre mon catéchisme ; je savais, avant que vous fussiez née, que DIEU est le maître absolu de notre petite terre, des planètes et des étoiles. Nous adorions *Jéhovah*, l'Eternel, plusieurs siècles avant que vos misérables Juifs vinssent de l'Arabie déserte commettre mille infames brigandages dans un coin de la Phénicie. Vous n'avez appris à lire et à écrire

que de nous et des Phéniciens nos difciples. Nous
n'avons jamais adoré qu'un feul DIEU; nous
n'avons jamais eu dans nos temples des fimulacres
de bœufs, de chérubins, de ferpens, comme vous
en aviez dans votre petit temple barbare de vingt
coudées de long, de large et de haut, où vous con-
ferviez dans un coffre un ferpent d'airain, quand un
de mes prédécefleurs détruifit votre ville d'Hersha-
laïm, et vous fit tous conduire, les mains derrière le
dos, fur les rivages de l'Euphrate. Il eft aufli ridicule
à vous, ma bonne, de penfer m'enfeigner DIEU,
qu'il ferait ridicule à moi de vous avoir époufée,
d'avoir vécu fix mois avec vous fans favoir qui vous
êtes ; d'avoir condamné tous les Juifs à la mort,
parce qu'un juif n'a pas fait la révérence à un de
mes vifirs, et d'avoir averti tous les Juifs par un
édit qu'on les égorgerait dans dix mois, pour leur
donner le temps d'échapper. Vous récitez de très-
beaux vers, mais vous n'avez pas le fens d'un oifon.
Je fais mieux vos propres livres que vous ét que
votre fat de *Mardochée;* je fais que quand vous habi-
tâtes autrefois en très-petit nombre dans un défert
de mon vafte empire, vous adorâtes (*d*) l'étoile
remphan et celle de moloch, &c. je fais que vous
n'avez jamais eu jufqu'à préfent de croyance fixe,
et que vous avez immolé vos propres enfans par le
plus abominable fanatifme. Si je daignais m'abaifler
jufqu'à citer vos auteurs, je vous dirais que votre
Ifaïe (*e*) vous reproche de facrifier vos fils et vos
filles à vos dieux dans des torrens, fous des rochers.

(*d*) *Amos*, chap. V, v. 26, cité Actes des apôtres, chap. VI, v. 42.
(*e*) Chap. LVII, v. 5.

Il vous fied bien, bégueule juive, d'ofer enfeigner votre maître !

Saints à faire.

IL eſt démontré que tous les peuples policés ont adoré un DIEU formateur du monde, et que pluſieurs peuples ont compoſé une cour à ce Dieu qui n'en a pas befoin. Dans cette cour ils ont placé les grands hommes pour avoir des protecteurs auprès du maître.

Divus Trajanus, *Divus Antoninus* ne fignifiaient à la lettre que Sᵗ *Antonin*, Sᵗ *Trajan*. Ces faints étaient propoſés pour modèles aux empereurs ; modèles bien peu imités ! Si nous avions Sᵗ *Bertrand du Guefclin*, Sᵗ *Bayard*, Sᵗ *Montmorenci*, et fur-tout Sᵗ *Henri IV*, je ne vois pas qu'une telle apothéofe fût fi déplacée.

Pourquoi n'aurions-nous pas Sᵗ *l'Hofpital* ? Ce chancelier fut fi modéré dans un temps de fureurs ; il fit des lois fi fages, malgré les horribles démences de la cour !

J'adrefferais encore volontiers un *oremus* à Sᵗ de *Thou* qui fut le magiſtrat le plus intègre, ainfi que le meilleur hiſtorien.

Le maréchal de *Turenne* eſt furement en paradis, puifqu'il s'était fait catholique. Le maréchal de *Catinat* y eſt auffi, fans doute. L'un eſt mort pour la patrie ; l'autre, après avoir gagné des batailles, a fouffert la difgrâce et la pauvreté fans fe plaindre. Si on leur dreffe des autels, je promets de les invoquer.

Oh ! me difent les banquiers en cour de Rome, on n'a pas des faints comme on veut ; cela coûte fort cher. En voilà huit que vous propofez ; c'eft une affaire de huit cents mille écus pour la chambre apoftolique, à trois cents mille francs la pièce ; encore c'eft marché donné. Il n'y a guère eu que les *Samuel Bernard* et les *Pâris Montmartel* qui aient été en état de faire des faints ; mais ils n'ont pas employé leur argent à ces œuvres pies.

Je réponds à ces meffieurs que je ne prétends point avoir des apothéofes pour de l'argent ; que c'eft une véritable fimonie ; que je veux révérer, *Henri IV*, *Turenne*, *Catinat*, de *Thou*, le chancelier de *l'Hofpital* d'un culte de dulie fans qu'il m'en coûte rien ; et que je n'acheterai jamais le paradis ni pour moi ni pour perfonne.

Quels ont été les premiers faints dans le chriftianifme ? des hommes charitables, des martyrs. Qui les fit révérer ? le confentement du peuple fans aucun frais : or je foutiens que *Henri IV* eft un vrai martyr ; il partait pour aller faire le bonheur de l'Europe, lorfqu'il fut martyrifé par le fanatifme ; et quant au confentement du peuple, il eft déjà tout obtenu ; en voici la marque évidente. Le jour que l'évêque du Puy en Vélai prononça dans Saint-Denis une oraifon funèbre, ceux qui ne purent l'entendre, foit parce qu'ils étaient trop loin, foit parce qu'ils étaient durs d'oreille, fe levèrent de leurs places, allèrent voir le tombeau de *Henri IV*. Ils fe mirent à genoux, ils l'arrosèrent de leurs larmes, ils lui adrefsèrent des vœux attendriffans. Que manque-t-il à une telle confécration ? c'eft celle des cœurs; c'eſt la voix de l'amour qui a parlé.

On veut aujourd'hui cent ans révolus pour faire un ſaint, afin de donner le temps de mourir à tous les témoins de ſes ſottiſes. Il y a plus de cent cinquante ans que *Henri IV* fut martyriſé. Mais que tous les objets et tous les témoins de ſes faibleſſes reparaiſſent, qu'ils dépoſent contre lui, je l'adorerai encore. Je dirai à *Coriſande d'Andouin*, à *Charlotte des Eſſarts*, à la belle *Gabrielle* et à tant d'autres : Oui, Meſdames, il vous a careſſées; mais il a ſauvé la France au combat d'Arques et à la bataille d'Ivri; il a été juſte, clément et bienfeſant; il a eu la bonté de *Titus* et la valeur de *Céſar*. Voilà mon ſaint.

On me dira qu'il faut auſſi des ſaintes; c'eſt à quoi je ſuis très-déterminé. Qui m'empêchera de mettre dans la gloire *Marguerite d'Anjou*, laquelle donna douze batailles en perſonne contre les Anglais pour délivrer de priſon ſon imbécille mari? J'invoquerai notre pucelle d'Orléans, dont on a déjà fait l'office en vers de dix ſyllabes. Nous avons vingt braves dames qui méritent qu'on leur adreſſe des prières. Qui fêterons-nous en effet, ſi ce n'eſt les dames! elles doivent aſſurément être feſtoyées.

Canoniſation

Canonisation du frère Cucufin.

LE 12 octobre 1766, le pape *Clément XIII* canonisa solennellement frère *Cucufin d'Ascoli*, en son vivant frère lai chez les capucins : né dans la Marche d'Ancone, l'an de grâce 1540, mort le 12 octobre 1604. Le procès-verbal de la congrégation des rites porte : qu'il traversa plusieurs fois le ruisseau nommé Potenza sans se mouiller ; qu'étant invité à dîner chez le cardinal *Bernéri*, évêque d'Ascoli, il renversa par humilité un œuf frais sur sa barbe, et prit de la bouillie avec sa fourchette ; (*) que pour récompense la sainte Vierge lui apparut ; qu'il eut le don des miracles, au point qu'il rétablit une fois du vin gâté. Les révérends pères capucins ont obtenu qu'on changeât son nom de *Cucufin* en celui de *Séraphin*. Ils en ont célébré la fête solennelle dans tous les lieux où ils sont établis ; et où ne le font-ils pas ?

Pourrait-on croire qu'il en a coûté en superfluités à l'Europe catholique plus d'un million pour solenniser la fête d'un pauvre ? Les peuples se sont empressés de fournir aux capucins des subsistances qui auraient suffi à une grande armée, et qui l'auraient amollie. Cent sortes de vin, viandes de boucherie, volailles, gibiers, fruits, huiles, épiceries, cire, étoffes, ornemens en soie, en argent, en or, tout a été prodigué.

Il faut remarquer que sous le nom d'aumône les moines mendians imposent au peuple la taxe la plus accablante.

(*) Page 28 de la traduction.

Facéties.   O

Quand un pauvre cultivateur a payé au receveur de la province, en argent comptant, le tiers de fa récolte non encore vendue, les droits à fon feigneur, la dixme de fes gerbes à fon curé, que lui refte-t-il? prefque rien; et c'eft ce rien que les moines mendians demandent comme un tribut qu'on n'ofe jamais refufer. Ceux qui travaillent font donc condamnés à fournir de tout ceux qui ne travaillent pas. Les abeilles ont des bourdons; mais elles les tuent. Les moines autrefois cultivaient la terre; aujourd'hui ils la furchargent.

Nous fommes bien loin de vouloir qu'on tue les bourdons appelés *moines*; nous refpectons la piété et les autres vertus de *Cucufin*; mais nous voudrions des vertus utiles.

Il nous en coûte plus de vingt millions par an pour nos feuls moines en France. Or, quel bien ne feraient pas ces vingt millions répartis entre des familles de pauvres officiers, de pauvres cultivateurs?

Tous ces moines font très-défintéreffés; j'en tombe d'accord: mais n'y a-t-il rien de mieux à faire?

Quand tous les chrétiens répandus fur la furface de la terre couvriraient leurs barbes de jaunes d'œufs; quand ils prendraient tous de la bouillie avec des fourchettes, il n'en reviendrait aucun avantage à la fociété; mais que dans la victoire d'Ivri, *Henri IV* s'écrie de rang en rang: *Epargnez le fang français*; qu'il nourriffe le peuple même qu'il affiége; qu'il pardonne à ceux qui ont crié dans les chaires: *Affaffinez le béarnois au nom de* DIEU; qu'il paye exactement tous ceux qui lui ont vendu chèrement une foumiſſion due à tant de titres ; qu'il faſſe fleurir l'agriculture dans des campagnes auparavant défertes : ce font-là des vertus qui font au-deſſus de celles de *Cucufin* , et même de St *François*, ſi j'ofe le dire.

Nous avouons que St *François* avait une femme de neige, et que ce n'était pas à de telles figures que s'adreſſait le grand *Henri IV* ; mais enfin la neige de St *François* n'a rien produit : et il eſt venu de la belle *Gabrielle* un duc de *Vendôme*, qui feul a remis *Philippe V.* fur le trône d'Eſpagne. Les faints ont eu des faibleſſes ; ce n'eſt pas leurs faibleſſes qu'on révère. Et après tout, *Deodatus*, bâtard de St *Auguſtin*, a été moins utile au monde que la race des *Vendôme*.

Manière de fervir les faints.

QUE j'aime les faints ! que je voudrais les voir honorés, fervis, imités avec plus de zèle qu'on n'en montre dans nos temps déplorables ! nous en avons, Dieu merci, pour tous les jours de l'année ; mais les plus grands, fans contredit, font ceux pour lefquels on ferme les boutiques dans les villes, comme dans une fédition, et où on laiſſe la terre en friche pour courir au cabaret.

Serait-il ſi mal que les magiſtrats , chargés de la police d'un grand royaume, ordonnaſſent qu'après avoir fêté un faint par de belles antiennes latines, on l'imitât en travaillant, en cultivant la terre ?

Que fefait St *Cucufin* le jour que nous célébrons

sa fête ? Il bêchait le jardin des révérends pères capucins, il semait, il plantait, il cueillait des salades,
il n'allait point avec des filles boire du vin détestable
dans un bouchon, altérer sa santé, et perdre, pour
plaire à DIEU le peu de raison que DIEU lui avait
donné. Il semble, à voir la manière dont nous
honorons les saints, qu'ils aient tous été des
ivrognes.

Au reste, quand je propose d'imiter les saints en
travaillant après avoir prié DIEU, ce n'est qu'avec
une extrême défiance de mes idées. Je sais que les
commis des aides s'y opposent, et qu'ils ont tous en
vue l'honneur de DIEU et le bien de l'Etat. Ils prétendent que, si on débitait un peu moins de vin,
ils recevraient un peu moins de droits, et que tout
serait perdu. L'inconvénient serait grand, je l'avoue;
mais ne pourrait-on pas les apaiser en leur sesant
comprendre que, si on travaille tous les jours de
fête après le service divin, sans en excepter une
seule, les vignes seront mieux cultivées, les terres
mieux labourées, qu'on vendra plus de vin et plus
de grain, que les commis y gagneront, et que cette
véritable dévotion enrichira l'Etat ?

Apparition de faint Cucufin au fieur Aveline.

Le jour qu'on fefait à Troyes, dans notre cathé-
drale, le fervice de St *Cucufin*, je m'avifai de femer
pour la troifième fois mon champ dont les femailles
avaient été pourries par les pluies ; car je favais bien
qu'il ne faut pas que le blé pourriffe en terre pour
lever, *quoi qu'on die.* Le pain valait quatre fous et
demi la livre ; les pauvres, dans notre élection, ne
sèment et ne mangent que du blé noir, et font
accablés de tailles. Notre terrain eft fi mauvais,
malgré tout ce qu'a pu faire St *Loup* notre patron,
que la huitième partie tout au plus eft femée en
froment ; la faifon avançait, je n'avais pas un
moment à perdre : je femais donc mon champ fitué
derrière Saint-Nicier, avec mon femoir à cinq focs,
après avoir entendu la meffe, et chanté les antiennes
du faint du jour. Voilà-t-il pas auffitôt le révérend
gardien des capucins, affifté de quatre profès, qui
fe préfente à moi à une heure et un quart de relevée,
au fortir de table. Il était enflammé comme un
chérubin, et criait comme un diable : Théifte :
athéifte, janfénifte, ofes-tu outrager DIEU et
St *Cucufin*, au point de femer ton champ, au lieu de
dîner ? Je vais te déférer comme un impie à M. le
fubdélégué, à M. le directeur des aides, à monfeigneur l'intendant, et à monfeigneur l'évêque.
Difant ces mots, il fe met en devoir de brifer mon
femoir.

Alors St *Cucufin* lui-même defcendit du ciel dans
une nuée éclatante, qui s'étendait de l'empyrée

O 3

jufqu'au faubourg de Troyes; un jaune d'œuf et de la bouillie ornaient encore fa barbe. Frère *Ange*, dit-il au gardien, calme ton faint zèle, ne caffe point le femoir de ce bon homme; les pauvres manquent de pain dans ton pays; il travaille pour les pauvres après avoir affifté à la fainte meffe. C'eft une bonne œuvre, j'en ai conféré avec St *Loup*, patron de la ville; va dire de ma part à monfeigneur l'évêque qu'on ne peut mieux honorer les faints qu'en cultivant la terre.

Le gardien obéit, et monfeigneur s'adreffa lui-même aux magiftrats de la grande police pour faire enjoindre à nos concitoyens de labourer, ou femer, ou planter, ou provigner, ou paliffer, ou tondre, ou vendanger, ou cuver, ou blanchir, au lieu d'aller boire au cabaret les jours de fêtes après la fainte meffe.

Gloire à DIEU et à St *Cucufin*.

MANDEMENT

Du révérendiffime père en Dieu Alexis , archevêque de Novogorod la grande.

Deutera - ton - pia - nepfiou. (*a*)

MES FRERES,

Nous avons appris avec une grande édification que le dicaftère de la nation franke, nommé aujourd'hui le parlement des Français , aurait (*b*) fait brûler, il y a quelques femaines, (*c*) par fon juré bourreau , au pied de fon grand efcalier , la lettre circulaire de l'affemblée du clergé frank , comme fanatique et féditieufe , en préfence de *Dagobert-Etienne Ifabeau.*

Et, quoique nous ignorions quelle efpèce de faint eft ce *Dagobert*, nous, après avoir lu ladite lettre circulaire et les actes de l'affemblée générale dudit clergé, et après avoir invoqué les lumières du Saint-Efprit, déclarons qu'il a femblé bon au Saint-Efprit et à nous d'adhérer pleinement au jugement rendu

(*a*) Ce qui répond au 12 octobre des Franks.

(*b*) Les Franks fe fervent du fubjonctif au lieu de l'imparfait de l'indicatif, c'eft l'ancien vice d'une langue barbare , vice confervé dans les chancelleries et cours des plaids ; vice que les académies des Franks n'ont pu encore déraciner.

(*c*) Le vendredi 6 feptembre 1765.

par le fufdit dicaftère, lequel, dans tous les temps à nous connus, a foutenu et vengé les droits des rois franks et de la nation gallo-franke contre les ufurpations de l'Eglife héralde, gothe et lombarde, nommée par abus *Eglife romaine*, lefquels droits des rois franks et de la nation gallo-franke font les droits naturels de tous les rois et de toutes les nations.

Tout le fyftême de l'affemblée du clergé frank roule fur ces paroles de je ne fais quel pape tranfalpin nommé *Gelafe* :

Deux puiffances font établies pour gouverner les hommes, l'autorité facrée des pontifes (d) et celle des rois.

Mes frères, notre obéiffance aux lois de notre vafte empire, la vérité et l'humilité chrétienne, exigent que nous vous inftruifions fur la nature de ces *deux puiffances*, fur l'abus de ces mots inconnus dans toute notre Eglife, et que nous nous hâtions de vous prémunir contre ces erreurs pernicieufes, *nées dans les ténèbres de l'Occident*, comme difait notre grand patriarche *Photius*.

DES DEUX PUISSANCES.

Il faut d'abord, mes frères, favoir ce que c'eft que puiffance ; car, fi on ne définit les mots, on ne s'entend jamais ; et l'équivoque que les Grecs nomment *logomachie* eft l'origine de toutes difputes ; et les difputes ont produit le trouble dans tous les temps.

(d) Il faut remarquer que les évêques font nommés avant les rois, et que le mot *facrée* n'eft ici que pour eux, et non pas pour les rois, qui cependant font très-facrés.

Puiſſance chez les hommes ſignifie faculté convenue de faire des lois, et de les appuyer par la force.

Ainſi, depuis près de cinq mille ans, nos voiſins les empereurs de la Chine ont eu légitimement la puiſſance ; notre auguſte impératrice jouit du même droit ; le monarque frank a les mêmes prérogatives ; le roi d'Angleterre jouit du même pouvoir quand il eſt d'accord avec ſes états généraux, nommés *parlement*. Mais jamais chez aucun peuple de l'antiquité, ni à la Chine, ni dans l'empire romain d'orient ou d'occident, on n'entendit parler de deux puiſſances dans un Etat ; c'eſt une imagination pernicieuſe ; c'eſt une eſpèce de manichéiſme, qui, établiſſant deux principes, livrerait l'univers à la diſcorde.

Pendant les premiers ſiècles du chriſtianiſme, cette diſtinction ſéditieuſe de deux puiſſances fut abſolument ignorée, et par cela ſeul elle eſt condamnable. Il ſuffit d'avoir lu l'évangile pour ſavoir que le royaume de JESUS-CHRIST n'eſt point de ce monde, qu'il n'y a ni premier ni dernier ; que le fils de l'homme eſt venu *non pas pour être ſervi, mais pour ſervir*.

Ce ſont, mes frères, les propres paroles émanées de la bouche de notre divin Sauveur, paroles ſacrées dont le ſens clair et naturel ne pourra jamais être perverti ni par aucune uſurpation, ni par aucune citation tronquée et captieuſe d'un texte malignement interprété.

Notre ſeigneur JESUS-CHRIST donna une puiſſance à ſes diſciples ; quelle fut cette puiſſance ? celle de chaſſer les démons des corps des poſſédés, de manier les ſerpens impunément, de parler pluſieurs langues à la fois fans les avoir apprifes, de guérir les malades, ou par leur ombre, ou en leur impofant les mains.

Nos papes grecs, africains, égyptiens, qui fondèrent feuls l'Eglife chrétienne, qui feuls écrivaient dans les premiers fiècles, qui feuls furent appelés *pères de l'Eglife*, perdirent cette puiffance, et ne prétendirent point la remplacer par des honneurs, par un crédit, par des richeffes, par une ambition que la religion condamne, et que le monde abhorre.

Aucun évêque parmi nous ne s'intitula *prince ou comte* ; aucun ne prétendit d'autre puiffance que celle d'exhorter les pécheurs, et de prier DIEU pour eux. Quand quelque patriarche voulut abufer de fa place, et lutter contre le trône, il fut févèrement puni, et tout l'empire approuva fon châtiment.

On fait qu'il n'en fut pas ainfi dans l'Eglife d'occident ; elle ne s'était formée que très-long-temps après la nôtre ; nos Evangiles grecs, écrits dans Alexandrie et dans Antioche, furent à peine connus de ces barbares ; ils en firent enfin une affez mauvaife traduction dans le temps de la décadence de la langue latine ; mais d'ailleurs, comme nous l'avons déjà remarqué, il n'y eut aucun père de l'Eglife né à Rome.

Ils fuppléèrent à leur ignorance par des contes abfurdes, qu'ils firent croire aifément à des peuples auffi abfurdes qu'eux. Ne pouvant fe faire valoir par leur fcience, ils fuppofèrent que l'apôtre *Pierre*, dont la miffion était uniquement pour les Juifs, avait trahi fa vocation pour aller à Rome.

Voyez, mes frères, fur quels fondemens ils

bâtirent cette fable. Il y eut, difent-ils, dès le premier fiécle, un nommé *Abdias* qui prétendit être évêque fecret des premiers chrétiens à Babylone, quoiqu'il foit avéré que ce ne fut qu'au fecond fiècle qu'il y eut de véritables évêques attachés à un troupeau, et qu'on vit une hiérarchie certaine établie : cet *Abdias* paffa pour avoir écrit en hébreu une hiftoire des douze apôtres; et *Jule africain* l'a traduite depuis, ou du moins quelqu'un prit le nom de *Jule africain*.

C'eft cet *Abdias* qui le premier écrivit que *Pierre* avait fait le voyage de Syrie à Rome, qu'il rencontra, à la cour de *Néron*, *Simon* le magicien, avec lequel il fit affaut de miracles. Un jeune feigneur, parent de *Néron*, mourut. *Simon* et *Pierre* difputaient à qui lui rendrait la vie : *Simon* ne le reffufcita qu'à moitié; mais *Pierre* le reffufcita tout à fait et gagna le prix. *Simon* voulut prendre fa revanche; il envoya un chien à *Pierre* lui faire des complimens de fa part, et le défier à qui volerait le plus haut dans les airs en préfence de l'empereur. Le chien de *Simon* s'acquitta parfaitement de fa commiffion. *Pierre* auffitôt envoya fon chien chez *Simon* pour le complimenter à fon tour et pour accepter le défi : les deux champions comparurent; *Simon* vola; *Pierre* pria DIEU avec tant de larmes, que DIEU, touché de pitié, fit tomber *Simon*, qui fe caffa les jambes; et *Néron* irrité fit crucifier *Pierre*, la tête en bas. *Egéfippe* et *Marcel* racontent la même hiftoire; ce font-là les pères de l'Eglife de Rome.

Cette Eglife prétend que *Pierre* fut vingt-cinq ans évêque de la capitale, ce qui ne s'accorde nullement avec la chronologie; mais les latins ne s'effraient

pas pour fi peu de chofe ; ils ont eu le front d'affurer
que *Pierre* avait écrit une lettre de Babylone où il
était avec *Abdias ;* ce mot de Babylone fignifiait
Rome ; et voilà , en vérité , toute la preuve qu'ils
apportent du prétendu épifcopat de *Pierre.* Nous
favons que plufieurs pères adoptèrent ces contes
long - temps après ; mais nous favons auffi par
quelles raifons victorieufes *Spanheim* et *la Roque* les
ont réfutés. C'eft donc fur cette fable et fur un
paffage ou deux de l'évangile, interprétés d'une
étrange manière , que les latins ont établi l'empire
du pape , et fa domination fur tous les rois.

Jamais l'Eglife grecque ne fe fouilla par des
entreprifes fi criminelles ; elle fut toujours foumife
à fes fouverains, fuivant la parole de JESUS-CHRIST
même ; mais l'Eglife romaine s'emporta jufqu'à une
rebellion ouverte fur la fin du huitième fiècle ; et
enfin au commencement de l'année 800 , un pape,
nommé *Léon III,* ofa transférer l'empire d'Occident
à *Charlemagne.*

Dès ce moment quelle foule d'ufurpations, de
meurtres, de facriléges, de guerres civiles ! Eft-il un
royaume depuis le Danemarck jufqu'au Portugal,
dont les papes n'aient prétendu difpofer plus d'une
fois ? Qui ne fait que l'empereur *Henri IV* fut forcé
de demander pardon , pieds nus et à genoux , à
l'évêque de Rome, *Grégoire VII ;* qu'il mourut détrôné
et réduit à l'indigence ; que fon fils *Henri V* fit
déterrer le corps de fon père, comme celui d'un
excommunié ; et qu'ayant ofé enfin foutenir lui-
même fes droits contre Rome , il fut obligé de céder,
de peur d'être traité comme fon père ?

Les malheurs des empereurs *Frédéric Barberouſſe* et *Frédéric II* ſont connus de toute la terre. Sept rois de France excommuniés, deux morts aſſaſſinés, ſont d'effroyables exemples qui doivent inſtruire tous les princes. Un des meilleurs rois qu'aient eus les Franks eſt *Louis XII*. Que n'eſſuya-t-il pas de ce pape *Alexandre VI*, de ce vicaire de JESUS-CHRIST, qui, environné de ſa maîtreſſe et de ſes cinq bâtards, feſait mourir par le poiſon, par le poignard, ou par la corde, vingt ſeigneurs dont il raviſſait le patrimoine, et leur donnait encore l'abſolution à l'article de la mort ?

Nous feſons gloire de n'être pas d'une communion ſouillée de tant de crimes. D I E U nous préſerve ſur-tout de nous élever jamais contre la juriſprudence de notre chère patrie et contre le trône ! Nous regardons comme notre premier devoir d'être entièrement ſoumis à nos auguſtes ſouverains : ces ſeuls mots, *les deux puiſſances*, nous paraiſſent le cri de la rebellion.

Nous adhérons aux maximes du parlement de France, qui, comme notre ſénat, ne reconnaît qu'une puiſſance fondée ſur les lois. Nous plaignons les malheurs et les troubles inteſtins où la France a été plongée depuis plus de ſoixante ans par trois moines jéſuites. *Le Tellier*, *Doucin* et *Lallemand* fabriquèrent dans Paris, au collége de Louis le Grand, une bulle dans laquelle le pape devait condamner cent trois paſſages tirés pour la plupart de nos ſaints pères, et ſur-tout de St *Auguſtin l'africain*, et de St *Paul de Tarſis*, apôtre de J E S U S. Nous ſavons que l'évêque de Rome et ſon conſiſtoire, pour faire accroire qu'ils avaient jugé en connaiſſance de cauſe, retranchèrent deux propofitions condamnées, et réduifirent le tout à cent et un anathêmes.

Nous n'ignorons pas que le nonce qui fit recevoir cette bulle en France, malgré les cris de toute la nation indignée, prit pour maîtreffe une actrice de l'opéra, qu'on appela la *Conftitution*, et qu'il en eut une fille qu'on appela la *Légende*.

Nous favons que prefque toutes les affaires eccléfiaftiques fe font ainfi traitées, et que, quand le fcandale des mauvaifes mœurs ne s'eft pas joint aux mœurs de cette Eglife latine, le fanatifme, mille fois plus dangereux que les filles de l'opéra, a fait naître plus de troubles que tous les bâtards des papes et des nonces n'en ont jamais produit.

Nous avons été inftruits de tout le mal qui a réfulté de la déteftable invention des billets de confeffion, et de tout le bien qu'a fait la chrétienne et vigoureufe réfiftance du parlement de Paris. Quoique nous ne foyons pas de la communion de l'Eglife gallicane, cependant, en qualité de chrétien indépendant de l'ufurpation romaine, nous nous uniffons à cette Eglife gallicane pour l'exhorter à nous imiter, à foutenir fes libertés, et à ne pas fouffrir que jamais un évêque tranfalpin ofe déléguer des juges chez elle.

Puiffent fes évêques ne plus s'avilir jufqu'à s'intituler évêque par la grâce d'un évêque tranfalpin, ne plus payer en tribut à cet italien, la première année d'un revenu qu'ils ne tiennent que de la libéralité de leur monarque.

Grand DIEU! feriez-vous defcendu fur la terre, y auriez-vous vécu dans la pauvreté, l'auriez vous recommandée à vos apôtres, l'auraient-ils embraffée pour qu'un de leurs fucceffeurs traitât fes confrères en tributaires, et marchât fur les têtes des princes à qui vous obéiffiez, vous, ô mon DIEU, quand vous étiez en Judée ?

Nous reconnaiffons que le parlement de Paris, et tous ceux du pays des Franks, fe font toujours oppofés à ces innovations odieufes, à ces fimoniës tranfalpines, qui ont leur fource dans le fatal fyftême des *deux puiffances.*

Nous devons d'autant plus, mes frères, vous donner un préfervatif contre ces opinions déteftables, que nous fommes inftruits que nos feigneurs ruffes font dans la capitale des Franks de fréquens voyages ; ils pourraient nous apporter la mode des *deux puiffances* et des billets de confeffion, avec les autres modes.

Nous vous exhortons à ne vous laiffer féduire par aucune nouveauté, à demeurer fidèlement attachés à notre ancienne Eglife grecque, mère de la latine, et mère d'une fille dénaturée ; et dans cette efpérance nous vous donnons notre fainte bénédiction, au nom du Père qui a engendré le Fils, au nom du Fils qui n'a pas la puiffance d'engendrer, et au nom du Saint-Efprit qui procède uniquement du Père.

Le tout avec la permiffion de notre augufte impératrice *Catherine II*, fans laquelle nous ne pouvons ni ne devons donner aucune inftruction paftorale.

Signé, ALEXIS.

Permis d'imprimer. CHRISTOPHE BORKEROI, *lieutenant de police de Novogorod la grande.*

DISCOURS

AUX VELCHES,

PAR ANTOINE VADÉ,

FRERE DE GUILLAUME.

O Velches, mes compatriotes! si vous êtes supérieurs aux anciens Grecs et aux anciens Romains, ne mordez jamais le sein de vos nourrices, n'insultez jamais à vos maîtres, soyez modestes dans vos triomphes; voyez qui vous êtes et d'où vous venez.

Vous avez eu l'honneur, il est vrai, d'être subjugués par *Jules-Cesar* qui fit pendre tout votre parlement de Vannes, vendit le reste des habitans, fit couper les mains à ceux du Quercy, et vous gouverna ensuite fort doucement. Vous restâtes plus de cinq cents ans sous les lois de l'empire romain; vos druides qui vous traitaient en esclaves et en bêtes, qui vous brûlaient pieusement dans des paniers d'osiers, n'eurent plus le même crédit quand vous devîntes province de l'Empire; mais convenez que vous fûtes toujours un peu barbares.

Dans le cinquième siècle de votre ère vulgaire, des Vandales que vous avez appelés du nom sonore de *Bourgonsions* ou de *Bourguignons*, gens d'esprit d'ailleurs et fort propres, qui oignaient leurs cheveux

avec

PAR ANTOINE VADÉ. 225

avec du beurre fort, comme le dit *Sidonius Apollinaris*, *infundens acido comam butyro* : ces gens-là, dis-je, vous firent efclaves, depuis le territoire de votre ville de Vienne, jufques aux fources de votre rivière de Seine ; et c'eft un refte glorieux de ces temps illuftres, que des moines et des chanoines aient encore des ferfs dans ce pays. (*a*) Cette belle prérogative de l'efpèce humaine fubfifte parmi vous comme un témoignage de votre fageffe.

Une partie de vos autres provinces que vous appelâtes fi long-temps les provinces d'*Oc*, et que vous diftinguâtes fi noblement des provinces de *Oui*, furent envahies par les Vifigoths : et quant à vos provinces de *Oui*, elles vous furent prifes par un ficambre nommé *Hildovic* (*b*) dont les grands pères avaient été condamnés aux bêtes, à Trèves, par l'empereur *Conftantin*. Ce ficambre, honoré du titre de *patrice romain*, vous réduifit en fervitude avec une poignée de francs fortis des marais du Rhin, du Mein et de la Meufe. Les belles expéditions de ce grand homme furent d'affaffiner trois roitelets fes parens et fes amis, l'un vers le bourg de Boulogne-fur-mer, l'autre vers le village de Cambrai, et le troifième vers le village du Mans que vos chroniques appellent *villes ;* ce fut alors que la contrée des Velches porta le nom mélodieux de *Frankreich*, ancien nom de la France, en commémoration de fes vainqueurs ; et vous fûtes la première nation de l'univers, car vous aviez l'oriflamme à Saint-Denis.

(*a*) A Saint-Claude et dans d'autres feigneuries de moines, les citoyéns font encore gens de main-morte.
(*b*) *Clovis.*

Facéties.   P

Des pirates du Nord vinrent quelque temps après vous mettre à rançon, et vous prirent la province qu'on nomma depuis *Normandie*. Vous fûtes enfuite divifés en plufieurs petites nations fous différens maîtres; et chaque nation avait fes lois particulières comme fon jargon.

La moitié de votre pays appartint bientôt aux peuples de l'île appelée *Britain*, ou *England* dans leur idiome qui était alors auffi harmonieux que le vôtre. La Normandie, la Bretagne, l'Anjou, le Maine, le Poitou, la Saintonge, la Guienne, la Gafcogne, l'Angoumois, le Périgueux, le Rouergue, l'Auvergne furent long-temps entre les mains de cette nation des Angles, tandis que vous n'aviez ni Lyon, ni Marfeille, ni le Dauphiné, ni la Provence, ni le Languedoc.

Malgré cet état miférable, vos compilateurs, que vous prenez pour des hiftoriens, vous appellent fouvent *le premier peuple de l'univers*, et votre royaume *le premier royaume* : cela n'eft pas civil pour les autres nations. Vous êtes un peuple brillant et aimable; et fi vous joignez la modeftie à vos grâces, le refte de l'Europe fera fort content de vous.

Remerciez bien D I E U de ce que les divifions de la rofe rouge et de la rofe blanche vous délivrèrent des Angles, et remerciez-le fur-tout de ce que les guerres civiles d'Allemagne empêchèrent *Charles-Quint* d'engloutir votre pays, et d'en faire une province de l'Empire.

Vous avez eu un moment bien brillant fous *Louis XIV* ; mais n'allez pas pour cela vous croire supérieurs en tout aux anciens Romains et aux Grecs.

Songez que, pendant six cents ans, presque personne parmi vous , hors quelques - uns de vos nouveaux druides, ne sut ni lire ni écrire. Votre extrême ignorance vous livra au *flamen* de Rome et à ses consorts , comme des enfans que des pédagogues gouvernent et corrigent à leur gré. Vos contrats de mariage , quand vous fefiez des contrats , ce qui était rare , étaient écrits en mauvais latin par des clercs. Vous ignoriez ce que vous aviez stipulé ; et quand vous aviez eu des enfans, il venait un tonfuré de Rome qui vous prouvait que votre femme n'était point votre femme , qu'elle était votre coufine au feptième degré , que votre mariage était un facrilége , que vos enfans étaient bâtards , et que vous étiez damnés , si vous ne fefiez pas toucher à la chambre nommée *apoftolique* la moitié de votre bien fans délai ni remife.

Vos bafilois n'étaient pas mieux traités que vous : vous en avez eu neuf d'excommuniés , si je ne me trompe , par le ferviteur des ferviteurs de D I E U fous l'anneau du pêcheur. L'excommunication emportait néceffairement la confifcation de biens ; de forte que vos bafilois perdaient de droit leur couronne, dont le pêcheur romain fefait préfent , felon fon bon plaifir et fon équité , au premier de fes amis.

Vous me direz , mes chers Velches , que les peuples de l'île Britain ou England , et même les empereurs teutoniques , ont été encore plus maltraités que vous , et qu'ils étaient auffi ignorans : cela eft vrai , mais cela ne vous juftifie pas ; et si la nation britannique a été

affez abrutie pour être pendant quelque temps province feudataire d'un druide ultramontain, vous
m'avouerez qu'elle s'en eft bien vengée ; tâchez de
l'imiter fi vous pouvez.

Vous eûtes autrefois un roi qui, quoique malheureux dans tous fes deffeins et dans toutes fes expéditions, eft pourtant recommandable pour vous avoir
appris à lire et à écrire; il fit même venir d'Italie des
gens qui vous enfeignèrent le grec, et d'autres qui
vous apprirent à deffiner, et à tailler une figure en
pierre. Mais il fe paffa plus de cent années avant que
vous euffiez un bon peintre et un bon fculpteur; et
pour ceux qui apprirent le grec, et même l'hébreu,
on les brûla prefque tous, parce qu'ils étaient foup-
çonnés de lire l'original de quelques livres judaïques,
ce qui eft bien dangereux.

Je veux bien convenir avec vous, mes chers
Velches, que votre pays eft la première contrée de
l'univers ; cependant vous ne poffédez pas le plus
grand domaine dans la plus petite des quatre parties
du monde. Confidérez que l'Efpagne eft un peu plus
étendue, que l'Allemagne l'eft bien davantage, que la
Pologne et la Suède font plus grandes, et qu'il y a
des provinces en Ruffie, dont le pays des Velches ne
ferait pas la quatrième partie.

Je fouhaite que vous foyez le premier royaume de
l'univers par la fertilité de votre terrain ; mais de
grâce, fongez à vos quarante lieues de landes vers
Bordeaux, à cette partie de votre Champagne que
vous avez nommée fi noblement *pouilleufe*, à des provinces entières où le peuple ne fe nourrit que de
châtaignes, à d'autres où il n'a guère que du pain

d'avoine. Remarquez bien la défenfe qui vous eft faite de fortir les blés de votre pays, défenfe fondée néceffairement fur votre difette, et peut-être encore fur votre caractère qui vous porterait à vendre au plus vîte tout ce que vous avez, pour le racheter fort cher trois mois après ; femblables en cela à certains habitans de l'Amérique qui vendent leur lit le matin, oubliant qu'ils voudront fe coucher le foir.

D'ailleurs la dépenfe que la plus brillante partie de la nation fait en fine farine pour poudrer fes têtes, foit que vous foyez coiffés à l'oifeau royal, foit que vous portiez vos cheveux étalés comme *Clodion* et les confeillers de la cour ; cette dépenfe eft fi univerfelle, qu'on fait très-bien d'empêcher de porter à l'étranger une denrée dont vous faites un fi bel ufage.

Premier peuple de l'univers, fongez que vous avez dans votre royaume de Frankreich environ deux millions de perfonnes qui marchent en fabots fix mois de l'année, et qui font nus pieds les autres fix mois.

Etes-vous le premier peuple de l'univers pour le commerce et pour la marine ?.... hélas !

J'entends dire, mais je ne puis le croire, que vous êtes la feule nation du monde chez qui on achète le droit de juger les hommes, et même de les mener tuer à la guerre. On m'affure que vous faites paffer par cinquante mains l'argent du tréfor public ; et quand il eft arrivé à travers toutes ces filières, il fe trouve réduit tout au plus au cinquième.

Vous me répondrez que vous réuffiffez beaucoup à l'opéra comique ; j'en conviens : mais de bonne foi, votre opéra comique, ainfi que votre opéra férieux, ne vous vient-il pas d'Italie ?

Vous avez inventé quelques modes, je l'avoue, quoique vous preniez aujourd'hui prefque toutes celles des peuples de Britain : mais n'eft-ce pas un génois qui a découvert la quatrième partie du monde où vous poffédez enfin deux ou trois petites îles ? n'eft-ce pas un portugais qui vous a ouvert le chemin des Indes orientales, où vous venez de perdre vos pauvres comptoirs ?

Vous êtes peut-être le premier peuple du monde pour les inventions des arts ; cependant n'eft-ce pas *Jean Goya* de Melphi à qui l'on doit la bouffole ? n'eft-ce pas l'allemand *Swartz* qui donna le fecret de la poudre inflammable ? l'imprimerie dont vous faites tant d'ufage, n'eft-elle pas encore le fruit du travail ingénieux d'un allemand ?

Quand vous voulez lire des brochures nouvelles qui font de vous un peuple fi favant, vous vous fervez quelquefois de lunettes ? remerciez-en *François Spina*, fans lequel vous n'auriez jamais pu lire les petits caractères. Vous avez des télefcopes, remerciez-en *Jacques Metius* le hollandais, et *Galilei Galileo* le florentin.

Si vous vous divertiffez quelquefois avec des baromètres et des thermomètres, à qui en avez-vous l'obligation ? à *Torricelli* qui inventa les premiers, à *Drebellius* qui inventa les feconds.

Plufieurs d'entre vous étudient le vrai fyftême du monde planétaire ; c'eft un homme de la Pruffe polonaife qui devina ce fecret du Créateur. On vous aide dans vos calculs avec des logarithmes ; c'est au prodigieux travail de milord *Neper* et de ses associés que vous en avez l'obligation ; c'est *Guerik* de Magdebourg que vous devez remercier de la machine pneumatique.

C'est ce même *Galilée* dont je viens de vous parler, qui découvrit le premier les satellites de Jupiter, les taches du Soleil, et sa rotation sur son axe. Le hollandais *Huyghens* vit l'anneau de Saturne, un italien vit ses satellites, lorsque vous n'aperceviez rien encore.

Enfin, c'est le grand *Newton* qui vous a montré ce que c'est que la lumière, et qui vous a dévoilé la grande loi qui fait mouvoir les astres, et qui dirige les corps pesans vers le centre de la terre.

Premier peuple du monde, vous aimez à orner vos cabinets, vous y mettez de jolies estampes ; mais songez que le florentin *Finiguerra* est le père de cet art qui éternise ce que le pinceau ne peut conserver. Vous avez de belles pendules, c'est encore une invention du hollandais *Huyghens*.

Vous portez quelques brillans au doigt ; songez que c'est à Venise que l'on commença à les tailler, ainsi qu'à imiter les perles.

Vous vous regardez quelquefois au miroir ; c'est encore à Venise que vous devez les glaces.

Je voudrais donc que dans vos livres vous témoignassiez quelquefois un peu de reconnaissance pour vos voisins. Vous n'en usez pas, à la vérité, comme Rome qui met à l'inquisition tous ceux qui lui apportent une vérité de quelque genre que ce puisse être, et qui fait jeûner *Galilée* au pain et à l'eau, pour lui avoir appris que les planètes tournent autour

P 4

du foleil. Mais que faites-vous ? dès qu'une découverte utile illuftre une autre nation, vous la combattez,
et même très-long-temps. *Newton* fait voir aux hommes
étonnés les fept rayons primitifs et inaltérables de la
lumière ; vous niez l'expérience pendant vingt années,
au lieu de la faire. Il vous démontre la gravitation,
et vous lui oppofez pendant quarante ans le roman
impertinent des tourbillons de *Defcartes*. Vous ne
vous rendez enfin que quand l'Europe entière rit de
votre obftination.

La méthode de l'inoculation fauve ailleurs la
vie à des milliers d'hommes ; vous employez plus
de quarante années à tâcher de décrier cet ufage
falutaire. Si quelquefois en portant au tombeau vos
femmes, vos enfans morts de la petite vérole naturelle, vous fentez un moment de remords, (comme
vous avez un moment de douleur et de regrets) fi
vous vous repentez alors de n'avoir pas imité la
pratique des nations plus fages que vous et plus
hardies, fi vous vous promettez d'ofer faire ce qui
eft fi fimple chez elles, ce mouvement paffe bien
vîte ; le préjugé et la légèreté reprennent chez vous
leur empire ordinaire.

Vous ignorez, ou vous feignez d'ignorer, que
dans le relevé des hôpitaux de Londres, deftinés à la
petite vérole naturelle et artificielle, la quatrième
partie des hommes y meurt de la petite vérole ordinaire, et qu'à peine meurt-il une perfonne fur quatre
cents qui ont été inoculées.

Vous laiffez donc périr la quatrième partie de
vos concitoyens ; et quand vous êtes effrayés de ce

calcul qui vous déclare si imprudens et si coupables, que faites-vous ? vous consultez des licenciés fondés ou non fondés par *Robert Sorbon :* vous présentez des réquisitoires. C'est ainsi que vous soutîntes des thèses contre *Harvey*, quand il eut découvert la circulation du sang : c'est ainsi qu'on a rendu des arrêts par lesquels on condamnait aux galères ceux qui disputaient contre les catégories d'*Aristote*.

O premier peuple du monde, quand serez-vous raisonnable ? Vous êtes obligé de convenir de tout ce que j'ai l'honneur de vous dire. Vous me répondez que toutes vos sottises n'empêchent pas que made-moiselle *Duchap* ne vende ses ajustemens de femmes dans tout le Nord, et qu'on ne parle votre langue à Copenhague, à Stockholm et à Moscou. Je n'entrerai point dans l'importance du premier de ces avantages ; le second seul est le sujet de mon discours.

Vous vous applaudissez de voir votre langue presque aussi universelle que le furent autrefois le grec et le latin : à qui en êtes-vous redevables, je vous prie ? à une vingtaine de bons écrivains que vous avez presque tous ou négligés, ou persécutés, ou harcelés pendant leur vie. Vous devez sur-tout ce triomphe de votre langue dans les pays étrangers, à cette foule d'émigrans qui furent obligés de quitter leur patrie, vers l'an 1685. Les *Bayle*, les *le Clerc*, les *Basnage*, les *Bernard*, les *Rapin-Thoyras*, les *Beausobre*, les *Lenfant*, et tant d'autres, allèrent illustrer la Hollande et l'Allemagne ; le commerce des livres fut alors un des plus grands avantages des Provinces-Unies, et une perte pour vous. Ce sont les malheurs

234 DISCOURS AUX VELCHES,

de vos compatriotes qui ont étendu votre langue
chez tant de nations ; les *Racine*, les *Corneille*, les
Molière, les *Boileau*, les *Quinault*, les *la Fontaine*, et
vos bons écrivains en profe ont, fans doute, beaucoup
contribué à répandre ailleurs votre langue et votre
gloire : c'eft un grand avantage, mais il ne vous
donne pas le droit de croire l'emporter en tout fur
les Grecs et fur les Latins.

Ayez d'abord la bonté de confidérer que vous
n'avez aucun art, aucune fcience dont vous ne
deviez la connaiffance aux Grecs. Les noms mêmes
de ces fciences et de ces arts l'atteftent affez : la
logique, la dialectique, la géométrie, la métaphyfique, la poëfie, la géographie, la théologie même,
fi c'eft une fcience, tout vous annonce la fource où
vous avez puifé.

Il n'y a point de femme qui ne parle grec fans
s'en douter ; car fi elle dit qu'elle a vu une tragédie,
une comédie ; qu'on lui a récité une ode ; qu'un de
fes parens eft tombé en apoplexie, ou en paralyfie ;
qu'il a une efquinancie, un anthrax ; qu'un chirurgien l'a faignée à la veine céphalique ; qu'elle a été
à l'églife ; qu'un diacre a chanté les litanies ; fi elle
parle d'évêques, de prêtres, d'archidiacre, de pape,
de liturgie, d'antienne, d'euchariftie, de baptême,
de myftères, de décalogue, d'évangile, d'hiérarchie, &c. il eft bien certain qu'elle n'a pas prononcé
un feul mot qui ne foit grec.

Il eft vrai qu'on peut tirer prefque toutes fes
expreffions d'une langue étrangère, et en faire un
fi heureux ufage, que les difciples furpaffent enfin
les maîtres. Mais, lorfqu'avec le temps vous avez

compofé votre langue des débris du grec et du
latin mêlés avec vos anciens mots velches et tudef-
ques, parvîntes-vous alors à faire un langage affez
abondant, affez expreffif, affez harmonieux ? Votre
ftérilité n'eft-elle pas atteftée par ces mots fecs et
barbares, que vous employez à tout ? *Bout du pied*,
bout du doigt, *bout d'oreille*, *bout du nez*, *bout du fil*, *bout
du pont*, *&c.* tandis que les Grecs expriment toutes
ces différentes chofes par des termes énergiques et
pleins d'harmonie. On vous a déjà reproché de dire
un bras de rivière, *un bras de mer*, *un cu d'artichaut*, *un
cu de lampe*, *un cu de fac*. A peine vous permettez-vous
de parler d'un vrai cu devant des matrones refpectables ; et cependant vous n'employez point d'autre
expreffion pour fignifier des chofes auxquelles un
cu n'a nul rapport. *Jérôme Carré* vous a propofé le
mot d'*impaffe* pour vos rues fans iffue, ce mot eft
noble et fignificatif ; cependant, à votre honte,
votre almanach royal imprime toujours que l'un de
vous demeure dans le cu de fac de Menard, et l'autre
dans le cu des Blancs-manteaux. Fi ! n'avez-vous
pas de honte ? Les Romains appelaient ces chemins
fans iffue *angiportus* ; ils n'imaginaient point qu'un
cu pût reffembler à une rue.

Que dirai - je du mot *trou*, que vous appliquez
encore à tant et de fi nobles ufages ?

Ne trouvez-vous pas que les noms de vos portes,
de vos rues, de vos temples feraient un bel effet
dans un poëme épique ? On aime à voir *Hector* courir
du temple de Pallas à la porte de Scée, L'oreille eft
auffi flattée que l'imagination amufée, quand les
Grecs avancent de Ténédos aux rivages de Troye

fur les rives du Simoïs et du Scamandre ; mais, en vérité, pourrait-on peindre vos héros partant de l'églife de Saint-Pierre aux bœufs, ou de Saint-Jacques du haut pas, avançant fièrement par la rue du pet au diable, et par la rue trouffe-vache, s'embarquant fur la galiote de Saint-Cloud, et allant combattre dans la place de Long-Jumeau ?

Vos curieux confervent des mémoires innombrables depuis la mort de *Henri II* jufqu'à celle de *Henri IV*. Ce font des monumens de groffièreté enfantés par la rage d'écrire ; c'eft un amas de fatires fur des événemens affreux tranfmis à la poftérité dans le langage des halles : vous n'eûtes alors qu'un bon hiftorien, et il fut obligé d'écrire en latin.

Enfin vous avez nettoyé votre langue de cette rouille barbare, et de cette craffe bourgeoife ; vous avez fait quelques bons livres ; mais avez-vous alors furpaffé *Cicéron* et *Démofthènes* ? avez-vous mieux écrit que *Tite-Live*, *Tacite*, *Thucydide* et *Xénophon* ? quel auteur au-deffus du médiocre a écrit jufqu'ici vos annales ?

Sied-il bien à *Daniel* de dire dès la première page de fon hiftoire : „ Ce ne fut que fous le grand *Clovis* „ que les Français fe rendirent maîtres pour tou- „ jours de ces *grandes* provinces ? „ Certainement le grand *Clovis* ne s'en rendit pas maître *pour toujours*, puifque fes fucceffeurs perdirent tout le pays qui s'étend de Cologne à la Franche-Comté. Ce *Daniel* vous dit, d'après le romancier *Grégoire de Tours*, que les foldats de *Clovis*, après la bataille de Tolbiac, *s'écrièrent comme de concert :* „ Nous renonçons aux „ dieux mortels ; nous ne voulons plus adorer que

» l'immortel ; nous ne reconnaiffons plus d'autre
» Dieu que celui que le faint évêque *Rémi* nous
» prêche. »

En vérité, il n'eft pas poffible que toute une armée
de Francs ait prononcé *de concert* cette phrafe, et ces
antithèfes de mortel et d'immortel. Votre *Daniel*
reffemble à votre *la Motte* qui, dans une abréviation
d'*Homère*, fait dire une pointe à toute l'armée grecque,
et lui fait prononcer ce vers, quand *Achille* fe récon-
cilie avec *Agamemnon* :

Que ne vaincra-t-il point ? il s'eft vaincu lui-même.

Comment l'armée des Francs pouvait-elle renoncer à des dieux mortels ? adorait-elle des hommes ?
le *Thaut*, l'*Irminful*, l'*Odin*, la *Fridda*, que ces barbares révéraient, n'étaient-ils pas des immortels à
leurs yeux ? *Daniel* ne devait pas ignorer que tous
les peuples du Nord adoraient un DIEU fuprême
qui préfidait à toutes ces divinités fecondaires ; il
n'avait qu'à confulter l'ancien livre de l'*Edda*, cité
par le favant *Huet*, évêque d'Avranches ; il n'avait
qu'à lire ce que *Huet* dit expreffément dans fon traité
des mœurs des Germains : *Regnator omnium Deus :*
ce DIEU s'appelait *God* ou *Goth*, *Goth le bon ;* et on
ne peut affez admirer que des barbares euffent donné
à la Divinité un titre fi digne d'elle. *Daniel* ne devait
donc pas mettre une pareille fottife dans la bouche
de toute une armée, fottife convenable tout au plus
au *Pédagogue chrétien*. Mais en quelle langue, s'il
vous plaît, prêchait *Rémi* à ces Bructères et à ces
Sicambres ? il parlait en latin ou velche ; et les

Sicambres parlaient l'ancien tudefque. *Rémi* apparemment renouvela le miracle de la Pentecôte : *Et unufquifque intendebat linguam fuam.* Si vous examinez de près *Mézerai*, que de fables, que de confufion, et quel ftyle ! Méritez des *Tite-Live*, et vous en aurez.

Je veux croire que chez vous l'éloquence du barreau et de la chaire a été portée auffi loin qu'elle peut l'être. Les divifions de vos fermons en trois points, quand il n'y a rien à divifer, un *Ave* à la vierge *Marie*, qui précède ces divifions, un long difcours velche fur un texte latin qu'on accommode comme on peut à ce difcours, et enfin des lieux communs mille fois répétés, font des chefs-d'œuvre, fans doute ; les plaidoyers de vos avocats fur les coutumes du Hurepoix ou du Gatinois pafferont à la dernière poftérité ; mais je doute qu'ils faffent oublier l'éloquence grecque et romaine.

Je fuis bien loin de nier que *Pafcal*, *Boffuet*, *Fénélon*, aient été très-éloquens. C'eft lorfque ces génies parurent que vous cefsâtes d'être Velches, et que vous fûtes Français ; mais ne comparez pas les *Lettres provinciales* aux *Philippiques.* Confidérez d'abord que l'importance du fujet eft quelque chofe. Les noms de *Philippe* et de *Marc-Antoine* font un peu au-deffus des noms du père *Annat*, d'*Efcobar* et de *Tambourini*. Les intérêts de la Gréce et les guerres civiles de Rome font des objets plus confidérables que la grâce fuffifante qui ne fuffit pas, la grâce coopérante qui n'opère point, et la grâce efficace qui eft fans efficacité.

Le grand attrait des *Lettres provinciales* périt avec

les jéfuites ; mais les oraifons de *Demofthènes* et de *Cicéron* inftruifent encore l'Europe, quand les objets de ces harangues ne fubfiftent plus , quand les Grecs ne font que des efclaves, et que les Romains ne font plus que tonfurés.

Je fais , encore une fois, que les oraifons funèbres de *Boffuet* font belles, qu'il y a même du fublime ; mais entre nous qu'eft-ce qu'une oraifon funèbre ? un difcours d'appareil , une déclamation , un lieu commun , et fouvent une atteinte à la vérité. Faudra-t-il mettre ces harangues poëtiques à côté des difcours folides de *Cicéron* et de *Démofthènes* ?

Votre *Fénélon*, admirateur des anciens, et nourri de leurs ouvrages, alluma fa bougie à leurs flammes immortelles : vous n'oferez pas prétendre que fa *Calypfo*, abandonnée par *Télémaque*, approche de la *Didon* de *Virgile* : la froide et inutile paffion de ce *Télémaque* que *Mentor* jette d'un coup de poing dans la mer pour le guérir de fon amour , ne femble pas une invention des plus fublimes. Et oferez-vous dire que la profe de cet ouvrage foit comparable à la poëfie d'*Homère* et de *Virgile* ? O mes Velches ! qu'eft-ce qu'un poëme en profe , finon un aveu de fon impuiffance ? Ignorez-vous qu'il eft plus aifé de faire dix tomes de profe paffable que dix bons vers dans votre langue ; dans cette langue embarraffée d'articles, dépourvue d'inverfions, pauvre en termes poëtiques, ftérile en tours hardis, affervie à l'éternelle mono-tonie de la rime , et manquant pourtant de rimes dans les fujets nobles ?

Souvenez-vous enfin que lorfque *Louis XIV*, qu'on s'obftinait à reconnaître dans *Idoménée*, ne fut plus au monde, quand on eut oublié *Louvois* dont on reconnaissait le caractère dans celui de *Protésilas*, lorsqu'on n'envia plus la marquise *Scarron de Maintenon* qu'on avait comparée à la vieille *Astarbé*, alors le Télémaque perdit beaucoup de son prix. Mais le *Tu Marcellus eris* de l'Enéide sera toujours dans la mémoire des hommes ; on citera toujours avec attendrissement ces vers et tous ceux qui les précèdent :

> *Ter sese attollens cubitoque innixa levavit,*
> *Ter revoluta toro est ; oculisque errantibus, alto*
> *Quæsivit cælo lucem, ingemuitque repertâ.*

On a cité dans une traduction en prose de *Virgile*, (car il vous est impossible de le traduire en vers, et vous n'avez pas même encore réussi à rendre en prose le sens de l'auteur latin) on a cité, dis-je, une imitation de cet admirable discours de *Didon*.

> *Exoriare aliquis nostris ex ossibus ultor*
> *Qui face Dardanios ferroque sequare colonos.*
> *Nunc, olim, quòcumque dabunt se tempore vires,*
> *Littora littoribus contraria, fluctibus undas*
> *Imprecor, arma armi : pugnent ipsique nepotes.*

Voici la prétendue imitation de *Virgile*, qu'on donne pour une copie fidelle de ce grand tableau.

> Puisse après mon trépas s'élever de ma cendre
> Un feu qui sur la terre aille au loin se répandre !
> Excités par mes vœux puissent mes successeurs
> Jurer dès le berceau qu'ils seront mes vengeurs,
> Et du nom des Troyens ennemis implacables,
> Attaquer en tous lieux ces rivaux redoutables.

Que

Que l'univers en proie à ces deux nations ,
Soit le théâtre affreux de leurs diffentions ;
Que tout ferve à nourrir cette haine invincible ;
Qu'elle croiffe toujours jufqu'au moment terrible ;
Que l'un ou l'autre cède aux armes du vainqueur ;
Que fes derniers efforts fignalent fa fureur !

Voyez, je vous prie, combien cette copie prétendue
eft faible , vicieufe , forcée , languiffante.

Puiffe après mon trépas s'élever de ma cendre
Un feu qui fur la terre aille au loin fe répandre !

Que veut dire ce feu qui ira fe répandre au loin
fur la terre ? Retrouve-t-on dans ces vers hériffés de
chevilles le moindre mot qui rappelle les idées de
douleur , de terreur , de vengeance qui refpirent dans
ce vers frappant :

Exoriare aliquis noftris ex offibus ultor ?

Il s'agit d'un vengeur ; et le plat imitateur nous parle
d'un feu *qui ira au loin fe répandre.* Que ces rimes en
épithètes, *implacables*, *redoutables*, *invincibles*, *terribles*,
énervent la peinture de *Virgile !* Que toute épithète
qui n'ajoute rien au fens eft puérile !

Je ne fais pas de qui font ces vers ; mais je fais
que , quand on oppofe ainfi les rimailleries d'un poëte
velche aux plus beaux morceaux de l'antiquité, on
ne lui rend pas un bon office.

O Français ! je me fais un plaifir d'admirer avec
vous vos grands poëtes ; ce font eux principalement

Facéties.   Q

qui ont porté votre langue jufque fous le cercle
polaire, et qui ont forcé des italiens et des efpagnols
même à l'apprendre. Je commence par votre naïf et
aimable *la Fontaine*: la plupart de fes fables font prifes
chez *Efope* le phrygien, et chez *Phèdre* le romain. Il
y en a environ cinquante qui font des chefs-d'œuvre
pour le naturel, pour les grâces et pour la diction.
Ce genre même eft inconnu aux autres nations
modernes. J'aurais fouhaité, je l'avoue, que dans le
refte de fes fables cet homme unique eût été moins
négligé, qu'il eût parlé plus purement cette langue
qu'il a rendue fi familière aux peuples voifins, que
fon ftyle eût été plus châtié, plus précis; qu'en fur-
paffant de bien loin *Phèdre* en délicateffe, il l'eût
égalé dans la pureté de l'élocution. Je fuis fâché de
le voir débuter par une petite dédicace à un prince,
dans laquelle il lui dit :

> Et fi de t'agréer je n'emporte le prix,
> J'aurai du moins l'honneur de l'avoir entrepris.

Voilà un plaifant honneur, *d'entreprendre d'agréer*; et
qu'eft-ce que le *prix d'agréer* ? *Phèdre* ne parle point
ainfi. *Phèdre* ne fait point dire à la fourmi :

> Ni mon grenier, ni mon armoire,
> Ne fe remplit à babiller...

Le renard chez *Phèdre* dit :

> Ils font trop verds.....

et il n'ajoute point :

> et bons pour des goujats.

Je fuis affligé quand je vois :

> La cigale ayant chanté
> Tout l'été,

à qui la fourmi dit :

> Vous chantiez ! j'en fuis fort aife,
> Hé bien, danfez maintenant.

Le loup peut dire au chien d'attache qu'il ne voudrait pas de fes bons repas au prix de fa liberté ; mais ce loup me fait de la peine quand il ajoute :

> Je ne voudrais pas même à ce prix un tréfor :
> Cela dit, maître loup s'enfuit et court encor.

Un loup n'a jamais défiré l'or et l'argent.

L'homme qui fouffle dans fes doigts parce qu'il a froid, et fur fa foupe parce qu'elle eft trop chaude, a très-grande raifon : il ne mérite point du tout qu'on dife de lui :

> Arrière ceux dont la bouche
> Souffle le chaud et le froid.

C'eft abufer d'un proverbe trivial qui n'eft pas ici appliqué avec jufteffe ; mais ces petites taches n'empêcheront pas que les fables de *la Fontaine* ne foient un ouvrage immortel.

Ses contes font, fans doute, les meilleurs que nous ayons ; ce mérite, fi c'en eft un, eft inconnu à l'antiquité grecque et romaine. *La Fontaine*, en ce genre, a furpaffé *Rabelais*, et fouvent égalé la naïveté et la précifion qui fe rencontrent dans trois ou quatre ouvrages de *Marot ;* vous trouvez dans fes meilleurs contes, cette aménité, ce naturel de *Pafferat*, qui vivait fous *Henri III*, et qui nous a laiffé la métamorphofe du coucou ; ouvrage trop peu connu, qui ne fent en rien la groffièreté du temps, et qu'on croirait fait par *la Fontaine* même. Voici comme *Pafferat* finit le conte de ce malheureux jaloux qui, étant changé en coucou,

> S'envole au bois, au bois fe tient caché,
> Honteux d'avoir fa femme tant cherché ;
> Et néanmoins, quand le printemps renflamme
> Nos cœurs d'amour, il cherche encor fa femme,
> Parle aux paffans, et ne peut dire qu'*ou* ;
> Rien que ce mot ne retint le coucou
> D'humain parler : mais par œuvres il montre
> Qu'onc en oubli ne mit fa malencontre ;
> Se fouvenant qu'on vint pondre chez lui,
> Venge ce tort, et pond au nid d'autrui.
> Voilà comment fa douleur il allége.
> Heureux ceux-là qui ont ce privilége !

Voilà le ftyle fur lequel *la Fontaine* fe forma ; car tous vos poëtes du fiècle de *Louis XIV* ont commencé par imiter leurs prédéceffeurs. *Corneille* imita d'abord le ftyle de *Mairet*, et de *Rotrou* ; *Boileau* celui de *Regnier*.

Le grand défaut peut-être des contes de *la Fontaine*, eft qu'ils roulent prefque tous fur le même fujet. C'eft toujours une fille ou une femme dont on vient à bout. Le ftyle n'en eft pas toujours correct et élegant. Les négligences, les longueurs, les façons de parler proverbiales et communes le défigurent. Il paraît au-deffous de l'*Ariofte* dans les contes qu'il a empruntés de lui.

Non-feulement l'*Ariofte* a le mérite de l'invention ;
mais il a jeté ces petites aventures dans un long
poëme , où elles font racontées à propos. Le ftyle en
eft toujours pur ; aucune longueur , aucune faute
contre la langue, point d'ornemens étrangers ; enfin
il eft peintre, et très-grand peintre ; c'eft-là le premier
mérite de la poëfie , et c'eft ce que *la Fontaine* a
négligé. Voyez dans le *Joconde* de l'*Ariofte* ce jeune
grec qui vient trouver la *Fiametta* dans fon lit, tandis
qu'elle eft couchée entre le roi *Aftolphe* et *Joconde*.

> *Viene all'ufcio , e lo fpinge , e quel li cede ;*
> *Entra pian piano , và a tenton col piede.*
> *Fa lunghi i paffi , e fempre in quel di dietro*
> *Tutto fi ferma , e l'altro par che mova ,*
> *A guifa , che di dar tema nel vetro ;*
> *Non che'l terreno abbia a calcar , ma l'uova ;*
> *Et tien la mano innanzi fimil metro ,*
> *Va brancolando in fin che'l letto trova ;*
> *Et di la dove gle altri avean le piante ,*
> *Tacito fi caccio col capo inante.*

Il eft étrange que votre *Boileau* , dans fon jugement
fur le *Joconde* de l'*Ariofte* et fur celui de *la Fontaine* ,
reproche à l'auteur italien certaines familiarités ; il
ne fonge pas que c'eft un hôtelier qui parle ; chacun
doit garder fon caractère. L'*Ariofte* , en obfervant ce
coftume , ne laiffe échapper aucun mot qui ne foit
du tofcan le plus pur ; mérite prodigieux dans un
ouvrage de fi longue haleine , écrit tout entier en
ftances dont les rimes font redoublées.

C'eft trop vous parler peut-être de ce petit genre

Q 3

qui, tout petit qu'il eſt, contribue pourtant à la gloire des lettres ; *in tenui labor , at tenuis non gloria.*

Je m'étendrais ſur le mérite ſupérieur de votre théâtre, auquel il ne manque que d'être aſſez tragi- que , ſi ce ſujet n'avait pas été traité tant de fois.

J'imagine qu'*Euripide* ſerait honteux de ſa gloire, qu'il irait ſe cacher s'il voyait la Phèdre et l'Iphigénie de *Racine*. Les tragédies de *Racine* et pluſieurs ſcènes de *Corneille* font ce que vous avez de plus beau dans votre langue. Plus d'une ſcène de *Quinault* eſt admi- rable dans un genre que l'antiquité ne connut pas plus que celui des contes de *la Fontaine*. Votre *Molière* l'emporte ſur *Térence* et ſur *Plaute*. Je vous accorderai encore que l'art poëtique de *Boileau* eſt plus poëtique que celui d'*Horace ;* qu'il donna l'exemple avec le précepte , et que c'eſt une copie ſupérieure à ſon ori- ginal. Voilà votre gloire , ne la perdez pas.

C'eſt dans ces ſeuls genres que vous êtes ſupé- rieurs ; vous avez des rivaux ou des maîtres dans tous les autres. Vous avez même été ſi pénétrés du charme des vers , qu'aujourd'hui vos écrits ſur la phyſique et ſur la métaphyſique reſpirent malheu- reuſement la poëſie , et que , ne pouvant plus faire de vers comme on en feſait dans le ſiècle de *Louis XIV,* vous avez trouvé ſeulement le ſecret de gâter la proſe.

Vous êtes menacés d'un autre fléau. J'apprends qu'il s'élève parmi vous une ſecte de gens durs qui ſe diſent ſolides ; d'eſprits ſombres qui prétendent au jugement , parce qu'ils ſont dépourvus d'ima- gination ; d'hommes lettrés ennemis des lettres , qui veulent proſcrire la belle antiquité et la fable.

Gardez-vous bien de les croire, ô Français ! vous redeviendriez velches.

L'imagination, fille du ciel, bâtit autrefois en Grèce un temple de marbre transparent ; elle peignit de sa main sur les murs du temple la nature entière en tableaux allégoriques. On y vit *Jupiter* ; le maître des dieux et des hommes, faire éclore de son cerveau la déesse de la sagesse. Celle de la beauté est aussi sa fille ; mais ce n'est pas de son cerveau qu'elle a dû naître. Cette beauté est la mère de l'amour. Pour que cette beauté enchante les cœurs, il faut (vous le savez) qu'elle ne soit jamais sans les trois Grâces ; et quelles sont ces trois compagnes nécessaires de la beauté ? c'est *Aglaé* par qui tout brille, *Euphrosine* qui répand la douce joie dans les cœurs, *Thalie* qui jette des fleurs sur les pas de la déesse ; voilà ce que leurs trois noms signifient. Les Muses enseignent tous les beaux arts ; elles sont filles de *Mémoire*, et leur naissance vous apprend que sans la mémoire l'homme ne peut rien inventer, ne peut combiner deux idées.

Voilà donc ce que des barbares veulent détruire ; et que substitueront-ils à ces emblêmes divins ? les plaidoyers de *le Maître*, les enluminures et les chamillardes ? la harangue de maître *Etienne le Dain*, prononcée du côté du greffe ?

O Velches, si *Janus* au double front, représentant l'année qui finit et qui commence, a chez vous encore le nom grossier et inintelligible de *Janvier* ; si votre *Avril*, qui ne signifie rien, est chez les anciens le mois consacré à cette *Aphrodise*, à cette *Vénus*, au principe qui rajeunit la nature ; si les noms iroquois de *Vendredi* et de *Mercredi* rappellent encore l'idée

Q 4

de *Vénus* et de *Mercure;* fi tout le ciel, dans fes conf-
tellations, eft encore plein des fables de la Gréce;
refpectez vos maîtres, vous dis-je, à moins que vous
ne vouliez reffembler à ce favant velche qui prétendait que les douze patriarches, fils de *Jacob*, avaient
inventé les douze fignes du zodiaque; que le bélier
était celui d'*Ifaac;* les gémeaux, *Jacob* et *Efaü;* la vierge,
Rebecca; le verfeau, la cruche de *Rebecca;* et qu'on
avait falfifié les autres fignes.

Croyez, mes frères, que vous ne ferez pas mal
de vous en tenir aux belles inventions profanes de
vos prédéceffeurs.

AVERTISSEMENT

Tout le monde sait que *Guillaume* et *Antoine Vadé* étaient frères, et cependant d'esprit et de caractère très-différens. *Guillaume* était gai, plaisant et léger, ainsi que le témoignent ses opéra comiques, et qu'on le verra dans le Vadiana, qu'un de nos plus illustres académiciens rédige actuellement, dans le goût du Fontenelliana, et qui ne sera pas moins intéressant.

Antoine, au contraire, était grave, profond et sérieux, comme le prouve son discours aux Velches ; il n'aimait à s'occuper que de choses utiles. La gloire de la nation et le bien public l'intéressaient par-dessus tout ; il s'affligeait des abus qui empêchent l'un et l'autre, et plus encore de ce que ceux qui voulaient les réformer, ne commençaient pas par se réformer eux-mêmes. Il disait que quiconque veut corriger les autres doit se souvenir de l'oracle d'*Apollon*, et qu'il ne sied pas, lorsqu'on laisse brûler sa maison, de dire des injures à son voisin, parce que le feu prend à la sienne.

On ajoute même qu'il travaillait depuis plusieurs années à un grand ouvrage sur les dangers de la libre sortie des grains à l'étranger, dans lequel il prouvait invinciblement qu'il en doit être des blés du pays de Frankreich, comme il en était autrefois des figues d'Athènes, et qu'il vaut infiniment mieux pour les Velches mourir de faim fur les blés entaſſés par monceaux, que de fouffrir qu'ils foient achetés, payés et mangés par les étrangers.

On ne peut aſſez regretter la perte de cet ouvrage, qui était fort avancé lorſqu'*Antoine Vadé* eſt mort. Il ferait d'un grand fecours aujourd'hui pour défabufer certains efprits de travers, entichés des avantages de cette liberté, et qui croient qu'il ne peut y avoir aucun inconvénient à permettre qu'une nation s'enrichiſſe par le commerce des productions de fon fol ; mais malheureuſement Mlle *Catherine Vadé*, qui en a trouvé le manufcrit, ne fachant pas ce que c'était, en a fait des patrons de manchettes, et ne nous a donné que le difcours aux Velches.

C'eſt à l'occafion de ce difcours, qu'un de mes amis, qui l'a toujours été, comme il le dit lui-même, de la famille *Vadé*, m'a envoyé le récit fuivant d'une converfation à laquelle il s'eſt trouvé, et qui peut fervir de fupplément au difcours.

Les velches qui ne font pas velches ne feront point fâchés de voir ce fupplément, et peut-être infpirera-t-il à ceux qui le font encore le défir de ceffer de l'être.

Au refte, Mlle *Catherine Vadé* affure que fon coufin *Antoine* penfait 'que les Velches étaient les ennemis de la raifon et du mérite, les fanatiques, les fots, les intoléranś, les perfécuteurs et les calomniateurs ; que les philofophes, la bonne compagnie, les véritables gens de lettres, les artiftes, les gens aimables enfin, étaient les Français, et que c'était à eux à fe moquer des autres, quoiqu'ils ne fuffent pas les plus nombreux. Cette déclaration doit juftifier pleinement la mémoire de notre illuftre auteur, des reproches qu'on lui fefait de nous avoir dit nos vérités avec trop peu de ménagement.

SUPPLEMENT

DU

DISCOURS AUX VELCHES.

J'ai toujours été fort attaché à la famille des *Vadé*, er sur-tout à Mlle *Catherine Vadé*, chez qui je me trouvais avec quelques amis le jour que feu *Antoine Vadé* nous lut son discours aux Velches. ,, Vous ,, avez bien de l'humeur, mon cousin, lui dit ,, *Catherine*. Il est vrai que je suis en colère, ,, répondit *Antoine ;* je trouverai toujours un *cu de* ,, *sac* horriblement velche, et je ne m'apaiserai que ,, quand on aura substitué quelque mot français ,, honnête à cette expression grossière. Et comment ,, voulez-vous qu'une nation puisse subsister avec ,, honneur, quand on imprime *je croyois, j'octroyois,* ,, et qu'on prononce *je croyais, j'octroyais*? Comment ,, un étranger pourra-t-il deviner que le premier *o* ,, se prononce comme un *o*, et le second comme ,, un *a* ? pourquoi ne pas écrire comme on parle? ,, Cette contradiction ne se trouve ni dans l'espa- ,, gnol, ni dans l'italien, ni dans l'allemand; c'est ,, ce qui m'a le plus choqué : car il m'importe peu ,, que ce soit un allemand ou un chinois qui ait ,, inventé la poudre, et que je doive des remerci- ,, mens à *Goya* de Melphi ou à *Roger Bacon* pour ,, les lunettes que je porte sur le nez ; mais un ,, *cu de sac*, et tous ces termes populaires qui défi- ,, gurent une langue, me donnent un mortel ,, chagrin. ,,

Catherine Vadé, voyant qu'il s'échauffait, lui promit
que le gouvernement mettrait ordre à ces abus, et
qu'il ne se passerait pas trois cents ans avant qu'ils
fussent réformés. Cela consola le bon *Antoine*. Il était
comme l'abbé de *Saint-Pierre*, qui se croyait payé de
toutes ses peines, quand on lui laissait entrevoir
qu'un de ses projets pouvait être exécuté dans sept
ou huit siècles. *Jérôme Carré*, le voyant apaisé, lui
dit : ,, Mon cher *Antoine*, ne vous plaignez plus
,, que les belles inventions ne viennent pas de vos
,, compatriotes ; nous avons un excellent citoyen
,, qui a promis de dessaler l'eau de la mer; et quand
,, il n'y parviendrait pas, il serait toujours beau de
,, le tenter. Un autre a inventé un carrosse suspendu
,, par l'impériale, ce qui sera aussi commode qu'a-
,, gréable. Un grand naturaliste est venu à bout, au
,, commencement du siècle, de faire une paire de
,, gants avec de la toile d'araignée. Ce n'est qu'avec
,, le temps que les arts se perfectionnent. ,, Le visage
d'*Antoine*, à ce discours, parut resplendir d'une joie
douce et sereine, car il aimait tendrement sa patrie;
et s'il était un peu fâché contre des auteurs trop
préoccupés qui appelaient leur nation *la première nation
de l'univers*, c'était par la crainte que les autres
nations ne fussent choquées de cette petite rodo-
montade.

Ce fut alors que toute la compagnie traita cette
grande question. ,, lequel vaut le mieux, de l'esprit
,, inventif, ou de l'esprit aimable ? ,, M. *Laffichard*,
dont le nom est si connu dans la république des
lettres, ami de tout temps, comme moi, de la
famille *Vadé*, soutint que le génie de l'invention est

le premier de tous, et que celui qui a trouvé le secret de faire des épingles est infiniment au-deſſus de tous ceux qui ont fait parmi nous de jolies chanſons, et même des opéra. Mlle *Vadé*, au contraire, prétendit que celle qui attachait une épingle avec grâce l'emportait infiniment ſur l'inventeur. Ces opinions furent débattues avec toute la ſagacité et toute la profondeur qu'elles méritaient : et je ſuis bien fâché de n'avoir retenu qu'une faible partie des raiſons de *Catherine*. ,, Celui qui ſait plaire, diſait-elle, eſt au-deſſus ,, d'*Archimède*. Imaginez une ville d'inventeurs ; l'un ,, fera une machine pneumatique, l'autre cherchera ,, les propriétés d'une courbe ; celui-ci fera un chariot ,, à roues et à voiles, celui-là inventera le vertu- ,, gadin pour les dames ; ils ne converſeront avec ,, perſonne, ils ne s'entendront pas même entre ,, eux : la ville des inventeurs ſera la plus triſte du ,, monde entier. Auprès de cette ville d'atteliers, ,, placez-en une où l'on ne cherche que le plaiſir ; ,, qu'arrivera-t-il à la longue ? tous les habitans de ,, la première ſe réfugieront dans la ſeconde. ,,

Catherine appuya cette ſuppoſition de raiſonnemens ſi fins et de tours ſi délicats, que toute la compagnie fut de ſon avis. Ce ſuccès l'enhardit ; et voyant qu'*Antoine* était de bonne humeur, elle tourna la converſation ſur des choſes plus ſérieuſes, ,, Vous ,, vous déſolez, dit-elle, mon pauvre *Antoine*, de ,, ce qu'on appelle une partie de la Champagne, où ,, vous êtes né, *pouilleuſe*. Ah ! le mot eſt ignoble et ,, odieux, dit *Antoine*. Vous avez raiſon, mon ,, couſin ; mais quel eſt le pays qui n'ait pas des ,, terrains rebelles et incultivables ? Vous vous

,, plaignez des landes de Bordeaux ; mais fachez
,, qu'on va les défricher, et qu'une compagnie s'y
,, eft déjà ruinée. Vous vous affligez que dans
,, certaines provinces vos compatriotes portent des
,, fabots, ils auront des fouliers avant qu'il foit
,, peu ; ils ne payeront pas même le trop bu, et
,, ils auront foif impunément ; c'eft à quoi l'on
,, travaille dès à préfent avec une application mer-
,, veilleufe. Eft-il poffible ? dit *Antoine* avec tranf-
,, port. Il n'y a rien de plus vrai, dit *Catherine ;*
,, prenez donc courage ; et que votre efprit ne foit
,, plus abattu parce que les Cimbres font venus
,, autrefois à Dijon, les Vifigoths à Touloufe, et les
,, Normands à Rouen, comme les Maures font
,, venus en Efpagne. Tous les peuples ont éprouvé
,, des révolutions ; mais la nation avec laquelle on
,, aime le mieux vivre eft celle qui mérite la préfé-
,, rence. ,,

Je pris la liberté de parler à mon tour dans cette
favante affemblée. Je voulus prouver que chaque
peuple fur la terre avait été conquérant ou conquis,
ou abfurde, ou induftrieux, ou ignorant, felon
qu'il avait fuivi plus ou moins certains principes
que j'expliquai fort au long ; et je m'aperçus même,
en les approfondiffant, que j'ennuyais beaucoup la
compagnie. Heureufement je fus interrompu par
Jérôme Carré : ,, J'avais, dit-il, il y a quelques
,, années, une coufine fort jolie qui voulait m'épou-
,, fer ; on me demanda fept mille et deux cents
,, livres, que je devais envoyer par-delà les monts,
,, pour impétrer la liberté d'aimer loyalement ma
,, coufine : je manquai cette grande affaire, faute de

,, cinq cents écus. Mon frère, qui n'avait rien,
,, ayant obtenu un petit bénéfice, s'eſt ruiné en
,, empruntant d'un juif de quoi payer auſſi par-
,, delà les monts la première année de ſon revenu.
,, Ces abus, mon cher, ſont inſupportables; il ne
,, s'agit point ici de philoſophie et de théologie; il
,, eſt queſtion d'argent comptant, et je n'entends pas
,, raillerie là-deſſus. ,,

M. *Laffichard*, à ce propos, rêva profondément,
ſelon ſa coutume, et ſe laiſſant aller enſuite à ſon
enthouſiaſme : ,, Hé bien ! dit-il, nous cherchons
,, quelle eſt la première nation de l'univers; c'eſt
,, celle-là, ſans doute, qui a forcé long-temps toutes
,, les autres à lui apporter leur argent, et qui n'en
,, donne à perſonne. ,,

Alors on calcula combien de temps cet abus
durerait, et l'on trouva, par l'évaluation des proba-
bilités, que les ridicules qui ne coûtent rien augmen-
teraient toujours, et que les ridicules pour leſquels
il faut payer diminueraient bien vîte. On établit
enfin qu'il y a entre les nations, comme entre les
particuliers, une compenſation de grandeur et de
faibleſſe, de ſcience et d'ignorance, de bons et
de mauvais uſages, d'induſtrie et de nonchalance,
d'eſprit et d'abſurdité, qui les rend toutes à la longue
à peu-près égales.

Le réſultat de cette ſavante converſation fut qu'on
devait donner le nom de *francs* aux pillards, le nom
de *velches* aux pillés et aux ſots, et celui de *français*
à tous les gens aimables.

PREMIERE

PREMIERE ANECDOTE

SUR BELISAIRE.

JE vous connais , vous êtes un fcélérat. Vous voudriez que tous les hommes aimaffent un DIEU père de tous les hommes. Vous vous êtes imaginé , fur la parole de St *Ambroife* , qu'un jeune *Valentinien* qui n'avait pas été baptifé n'en avait pas moins été fauvé. Vous avez eu l'infolence de croire avec St *Jérôme* que plufieurs païens ont vécu faintement. Il eft vrai que tout damné que vous êtes, vous n'avez pas ofé aller fi loin que St *Jean Chryfoftome* , qui , dans une de fes homélies, (*a*) dit que les préceptes de JESUS-CHRIST font fi légers que plufieurs ont été au-delà par la feule raifon. *Præcepta ejus adeò levia funt ut multi philofophicâ tantùm ratione excefferint.*

Vous avez même attiré à vous St *Auguftin* , fans fonger combien de fois il s'eft rétracté. On voit bien que vous êtes de fon avis, quand il dit: (*b*) *Depuis le commencement du genre humain tous ceux qui ont cru en un feul* DIEU, *et qui ont entendu fa voix felon leur pouvoir, qui ont vécu avec piété et juftice felon fes préceptes , en quelque endroit et en quelque temps qu'ils aient vécu , ils ont été , fans doute , fauvés par lui.*

(*a*) IIIe Homélie fur la Ier épître de St *Paul* aux Corinthiens.
(*b*) Dans fa XLIXme épitre à DEO GRATIAS.

Facéties.   R

Mais ce qu'il y a de pis, déiste et athée que vous êtes, c'est qu'il semble que vous ayez copié mot pour mot St *Paul* dans son épître aux Romains : *Gloire, honneur et gloire à quiconque fait le bien ; premiérement aux Juifs, et puis aux Gentils ; car lorsque les Gentils, qui n'ont point la loi, font naturellement ce que la loi commande, n'ayant point notre loi, ils font leur loi à eux-mêmes.* Et, après ces paroles, il reproche aux Juifs de Rome l'usure, l'adultère et le sacrilége.

Enfin, détestable enfant de Bélial, vous avez osé prononcer de vous-même ces paroles impies sous le nom de *Bélisaire* : *Ce qui m'attache le plus à ma religion, c'est qu'elle me rend meilleur et plus humain. S'il fallait qu'elle me rendît farouche, dur et impitoyable, je l'abandonnerais, et je dirais à* D I E U, *dans la fatale alternative d'être incrédule ou méchant : Je fais le choix qui t'offense le moins.* J'ai vu d'indignes femmes de bien, des militaires trop instruits, de vils magistrats qui ne connaissent que l'équité, des gens de lettres malheureusement plus remplis de goût et de sentiment que de théologie, admirer avec attendrissement tes sottes paroles et tout ce qui les suit.

Malheureux ! vous apprendrez ce que c'est que de choquer l'opinion des licenciés de ma licence ; vous, et tous vos damnés de philosophes, vous voudriez bien que *Confucius* et *Socrate* ne fussent pas éternellement en enfer ; vous seriez fâchés que le primat d'Angleterre ne fût pas sauvé aussi-bien que le primat des Gaules. Cette impiété mérite une punition exemplaire. Apprenez votre catéchisme. Sachez que nous damnons tout le monde, quand nous sommes sur les bancs ; c'est-là notre plaisir.

Nous comptons environ fix cents millions d'habitans fur la terre. A trois générations par fiècle, cela fait environ deux milliars; et en ne comptant feulement que depuis quatre mille années, le calcul nous donne quatre-vingts milliars de damnés, fans compter tout ce qui l'a été auparavant, et tout ce qui doit l'être après. Il eft vrai que fur ces quatre-vingts milliars, il faut ôter deux ou trois mille élus, qui font le beau petit nombre, mais c'eft une bagatelle; et il eft bien doux de pouvoir fe dire en fortant de table : Mes amis, réjouiffons-nous, nous avons au moins quatre-vingts milliars de nos frères dont les ames toutes fpirituelles font pour jamais à la broche, en attendant qu'on retrouve leurs corps pour les faire rôtir avec elles.

Apprenez, monfieur le réprouvé, que votre grand *Henri IV*, que vous aimez tant, eft damné pour avoir fait tout le bien dont il fut capable; et que *Ravaillac*, purgé par le facrement de pénitence, jouit de la gloire éternelle ; voilà la vraie religion. Où eft le temps où je vous aurais fait cuire avec *Jean Hus* et *Jérôme de Prague*, avec *Arnaud de Breffe*, avec le confeiller *du Bourg*, et avec tous les infames qui n'étaient pas de notre avis dans ces fiècles du bon fens où nous étions les maîtres de l'opinion des hommes, de leur bourfe, et quelquefois de leur vie ?

Qui proférait ces douces paroles ? c'était un moine fortant de fa licence; à qui les adreffait-il? c'était à un académicien de la première académie de France. Cette fcène fe paffait chez un magiftrat, homme de lettres que le licencié était venu folliciter

pour un procès, dans lequel il était accusé de
simonie. Et dans quel temps se tenait cette confé-
rence à laquelle j'affistai ? c'était après boire ; car
nous avions dîné avec le magistrat, et le moine
avec les valets de chambre ; et le moine était fort
échauffé.

Mon révérend père, lui dit l'académicien, pardonnez-moi, je suis un homme du monde qui n'ai
jamais lu les ouvrages de vos docteurs. J'ai fait
parler un vieux soldat romain comme aurait parlé
notre *du Guesclin*, notre chevalier *Bayard* ou notre
Turenne. Vous savez qu'à nous autres gens du
siècle il nous échappe bien des sottises ; mais vous
les corrigez ; et un mot d'un seul de vos bacheliers
répare toutes nos fautes. Mais comme *Bélisaire* n'a
pas dit un seul mot du bénéfice que vous demandez,
et qu'il n'a point sollicité contre vous, j'espère que
vous vous apaiserez, et que vous voudrez bien pardonner à un pauvre ignorant qui a fait le mal sans
malice.

A d'autres, dit le moine, vous êtes une troupe
de coquins qui ne cessez de prêcher la bienfesance,
la douceur, l'indulgence, et qui poussez la méchanceté jusqu'à vouloir que DIEU soit bon. En vérité
nous ne vous passerons pas vos petites conspirations.
Vous avez à faire au révérend père *Hayer*, à l'abbé
Dinouard et à moi, et nous verrons comment vous
vous en tirerez. Nous savons que dans le siècle
où la raison, que nous avions par-tout proscrite,
commençait à renaître dans nos climats septentrio-
naux, ce fut *Erasme* qui renouvela cette erreur dan-
gereuse, *Erasme* qui était tenté de dire *Sancte Socrates*,

ora pro nobis, *Erafme* à qui on éleva une ftatue. *Le Vayer*, le précepteur de *Monfieur*, et même de *Louis XIV*, recueillit tous ces blafphêmes dans fon livre de la *Vertu des païens*. Il eut l'infolence d'imprimer que des marauds tels que *Confucius*, *Socrate*, *Caton*, *Epictète*, *Titus*, *Trajan*, les *Antonins*, *Julien*, avaient fait quelques actions vertueufes. Nous ne pûmes le brûler ni lui ni fon livre, parce qu'il était confeiller d'Etat. Mais vous qui n'êtes qu'académicien, je vous réponds que vous ne ferez pas épargné.

Le magiftrat prit alors la parole, et demanda grâce pour le coupable. Point de grâce, dit le moine, l'Ecriture le défend. *Orabat fceleftus ille veniam quam non erat confecuturus* : le fcélérat demandait un pardon qu'il ne devait pas obtenir. *Oportet aliquem mori pro populo*. Toute l'académie penfe comme lui, il faut qu'il foit puni avec l'académie.

Ah! frère *Triboulet*, dit le magiftrat, (car *Triboulet* eft le nom du docteur) ce que vous avancez là eft bien chrétien, mais n'eft pas tout à fait jufte. Voudriez-vous que la forbonne entière répondît pour vous, comme le père *Bauni* fe rendait pleige pour la bonne mère, et comme toute la fociété de JESUS était pleige pour le père *Bauni* ? Il ne faut jamais accufer un corps des erreurs des particuliers. Voudriez-vous abolir aujourd'hui la forbonne, parce qu'un grand nombre de fes membres adhérèrent au plaidoyer du docteur *Jean Petit*, cordelier, en faveur de l'affaffinat du duc d'Orléans ? parce que trente-fix docteurs de forbonne, avec frère *Martin*, inquifiteur pour la foi, condamnèrent la *Pucelle d'Orléans* à être brûlée vive pour avoir fecouru fon roi et fa

patrie ? parce que foixante et onze docteurs de forbonne déclarèrent *Henri III* déchu du trône ; parce
que quatre - vingts docteurs , excommunièrent au
premier novembre 1592 , les bourgeois de Paris, qui
avaient ofé préfenter requête pour l'admiffion de
Henri IV dans fa capitale , et qu'ils défendirent qu'on
priât D I E U pour ce *mauvais prince* ? Voudriez - vous,
frère *Triboulet* , être puni aujourd'hui du crime de
vos pères ? L'ame de quelqu'un de ces fages maîtres
a-t-elle paffé dans la vôtre *per modum traducis*? Un
peu d'équité, frère. Si vous êtes coupable de fimonie,
comme votre partie adverfe vous en accufe, la cour
vous fera mettre au pilori : mais vous y ferez feul,
et les moines de votre couvent (puifqu'il y a encore
des moines) ne feront pas condamnés avec vous.
Chacun répond de fes faits ; et, comme l'a dit un
certain philofophe, il ne faut pas purger les petits-
fils pour la maladie de leur grand père. Chacun
pour foi, et D I E U pour tous. Il n'y a que le loup
qui dife à l'agneau : Si ce n'eft toi, c'eft donc
ton frère.

Allez, refpectez l'académie compofée des premiers
hommes de l'Etat et de la littérature. Laiffez *Bélifaire*
parler en brave foldat et en bon citoyen ; n'infultez
point un excellent écrivain ; continuez à faire de
mauvais livres , et laiffez - nous les bons. Frère
Triboulet fortit, la queue entre les jambes ; et fon
adverfaire refta la tête haute.

Quand le magiftrat et le philofophe, ou plutôt
quand les deux philofophes purent parler en liberté :
N'admirez-vous pas ce moine ? dit le magiftrat ; il y a
quelques jours qu'il était entièrement de votre avis.

Savez-vous pourquoi il a fi cruellement changé ?
c'eſt qu'il eſt bleſſé de votre réputation. Hélas ! dit
l'homme de lettres, tout le monde penſe comme
moi dans le fond de ſon cœur; et je n'ai fait que
développer l'opinion générale. Il y a des pays où
perſonne n'oſe établir publiquement ce que tout le
monde penſe en ſecret. Il y en a d'autres où le ſecret
n'eſt plus gardé. L'auguſte impératrice de Ruſſie
vient d'établir la tolérance dans deux mille lieues
de pays. Elle a écrit de ſa propre main, *malheur aux
perſécuteurs*. Elle a fait grâce à l'évêque de Roſtou,
condamné par le ſynode pour avoir ſoutenu l'opinion
des *deux puiſſances*, et pour n'avoir pas ſu que l'autorité eccléſiaſtique n'eſt qu'une autorité de perſuaſion;
que c'eſt la puiſſance de la vérité, et non la puiſſance
de la force. Elle permet qu'on liſe les lettres qu'elle a
écrites ſur ce ſujet important. Comme les choſes
changent ſelon les temps ! dit le magiſtrat. Confor-
mons-nous au temps, dit l'homme de lettres.

SECONDE ANECDOTE

SUR BELISAIRE.

FRÈRE *Triboulet*, de l'ordre de frère *Montepulciano*, de frère *Jacques Clément*, de frère *Ridicous*, (a) &c. &c. et de plus docteur de forbonne, chargé de rédiger la cenfure de la fille aînée du roi , appelée *le concile perpétuel des Gaules*, contre *Bélifaire*, s'en retournait à fon couvent tout penfif. Il rencontra dans la rue des Maçons la petite *Fanchon* dont il eft le directeur, fille du cabaretier qui a l'honneur de fournir du vin pour le *prima menfis* de meffieurs les maîtres.

Le père de *Fanchon* eft un peu théologien , comme le font tous les cabaretiers du quartier de la forbonne. *Fanchon* eft jolie, et frère *Triboulet* entra pour . . . boire un coup.

Quand *Triboulet* eut bien bu , il fe mit à feuilleter les livres d'un habitué de paroiffe , frère du cabaretier, homme curieux, qui pofsède une bibliothéque affez bien fournie.

Il confulta tous les paffages par lefquels on prouve évidemment que tous ceux qui n'avaient pas demeuré dans le quartier de la forbonne , comme, par exemple, les Chinois, les Indiens, les Scythes, les Grecs, les Romains, les Germains, les Africains, les Américains, les blancs, les noirs, les jaunes,

(a) Confultez les mémoires de l'*Etoilë*, et vous verrez ce qui arriva en place de Grève à ce pauvre frère *Ridicous.*

les rouges, les têtes à laine, les têtes à cheveux, les mentons barbus, les mentons imberbes, étaient tous damnés fans miféricorde, comme cela eft jufte, et qu'il n'y a qu'une ame atroce et abominable qui puiffe jamais penfer que DIEU ait pu avoir pitié d'un feul de ces bonnes gens.

Il compilait, compilait, compilait, quoique ce ne foit plus la mode de compiler, et *Fanchon* lui donnait de temps en temps de petits foufflets fur fes groffes joues ; et frère *Triboulet* écrivait; et *Fanchon* chantait, lorfqu'ils entendirent dans la rue la voix du docteur *Tamponet*, et de frère *Bonhomme* cordelier à la grand'manche, et du grand couvent, qui argumentaient vivement l'un contre l'autre, et qui ameutaient les paffans. *Fanchon* mit la tête à la fenêtre ; elle eft fort connue de ces deux docteurs, et ils entrèrent auffi pour... boire.

Pourquoi fefiez-vous tant de bruit dans la rue ? dit *Fanchon*. C'eft que nous ne fommes pas d'accord, dit frère *Bonhomme*. Eft - ce que vous avez jamais été d'accord en forbonne ? dit *Fanchon*. Non, dit *Tamponet*, mais nous donnons toujours des décrets ; et nous fixons à la pluralité des voix ce que l'univers doit penfer. Et fi l'univers s'en moque, ou n'en fait rien ? dit *Fanchon*. Tant pis pour l'univers, dit *Tamponet*. Mais de quoi diable vous mêlez-vous ? dit *Fanchon*. Comment, ma petite! dit frère *Triboulet* ; il s'agit de favoir fi le cabaretier qui logeait dans ta maifon il y a deux mille ans a pu être fauvé ou non. Cela ne me fait rien, dit *Fanchon* ; ni à moi non plus, dit *Tamponet* ; mais certainement nous donnerons un décret.

Frère *Triboulet* lut alors tous les paffages qui appuyaient l'opinion , que D I E U n'a jamais pu faire grâce qu'à ceux qui ont pris leurs degrés en forbonne , ou à ceux qui penfaient comme s'ils avaient pris leurs degrés ; et *Fanchon* riait, et frère *Triboulet* la laiffait rire. *Tamponet* était entièrement de l'avis du jacobin ; mais le cordelier *Bonhomme* était un peu plus indulgent. Il penfait que D I E U pouvait à toute force faire grâce à un homme de bien qui aurait le malheur d'ignorer notre théologie , foit en lui dépê-chant un ange , foit en lui envoyant un cordelier pour l'inftruire.

Cela eft impoffible , s'écria *Triboulet ;* car tous les grands hommes de l'antiquité étaient des paillards. D I E U aurait pu , je l'avoue , leur envoyer des corde-liers ; mais certainement il ne leur aurait jamais député des anges.

Et pour vous prouver , frère *Bonhomme* , par vos propres docteurs , que tous les héros de l'antiquité font damnés fans exception , lifez ce qu'un de vos plus grands docteurs féraphiques déclare expreffé-ment dans un livre que mademoifelle *Fanchon* m'a prêté. Voici les paroles de l'auteur :

> Le cordelier , plein d'une fainte horreur,
> Baife à genoux l'ergot de fon feigneur;
> Puis d'un air morne il jette au loin la vue
> Sur cette vafte et brûlante étendue,
> Séjour de feu qu'habitent pour jamais
> L'affreufe mort, les tourmens, les forfaits ;
> Trône éternel où fied l'efprit immonde ,
> Abyme immenfe où s'engloutit le monde;

Sépulcre où gît la docte antiquité,
Esprit, amour, savoir, grâce, beauté,
Et cette foule immortelle, innombrable
D'enfans du ciel créés tous pour le diable.
Tu sais, lecteur, qu'en ces feux dévorans
Les meilleurs rois sont avec les tyrans.
Nous y plaçons Antonin, Marc-Aurèle,
Ce bon Trajan, des princes le modèle,
Ce doux Titus, l'amour de l'univers,
Les deux Caton, ces fléaux des pervers,
Ce Scipion maître de son courage,
Lui qui vainquit et l'amour et Carthage ;
Vous y grillez, sage et docte Platon,
Divin Homère, éloquent Cicéron,
Et vous, Socrate, enfant de la sagesse,
Martyr de DIEU dans la profane Grèce,
Juste Aristide, et vertueux Solon,
Tous malheureux morts sans confession.

Tamponet écoutait ce passage avec des larmes de joie : cher frère *Triboulet*, dans quel père de l'Eglise as-tu trouvé cette brave décision ? Cela est de l'abbé *Tritême*, répondit *Triboulet* ; et pour vous le prouver *à posteriori*, d'une manière invincible, voici la déclaration expresse du modeste traducteur au chapitre XVI de sa *Moëlle théologique*.

Cette prière est de l'abbé Tritême,
Non pas de moi, car mon œil effronté
Ne peut percer jusqu'à la cour suprême ;
Je n'aurais pas tant de témérité.

Frère *Bonhomme* prit le livre pour le convaincre par ses propres yeux, et ayant lu quelques pages avec beaucoup d'édification : ah ah ! dit-il au jacobin, vous ne vous vantiez pas de tout. C'est un corde- lier en enfer qui parle ; mais vous aviez oublié qu'il y rencontre St *Dominique*, et que ce faint est damné pour avoir été perfécuteur, ce qui est bien pis que d'avoir été païen.

Frère *Triboulet* piqué lui reprocha beaucoup de bonnes aventures de cordelier. *Bonhomme* ne demeura pas en refte; il reprocha aux jacobins de croire à l'immaculation en forbonne, et d'avoir obtenu des papes une permiffion de n'y pas croire dans leur cou- vent. La querelle s'échauffa, ils allaient fe gourmer. *Fanchon* les apaifa en leur donnant à chacun un gros baifer. *Tamponet* leur remontra qu'ils ne devaient dire des injures qu'aux profanes, et leur cita ces deux vers qu'il dit avoir lus autrefois dans les ouvrages d'un licencié nommé *Molière :*

> N'apprêtons point à rire aux hommes
> En nous difant nos vérités.

Enfin, ils minutèrent tous trois le décret, qui fut enfuite figné par tous les fages maîtres.

» Nous, affemblés extraordinairement dans la
» ville des Facéties, et dans les mêmes écoles où
» nous recommandâmes en nombre de foixante et
» onze à tous les fujets, de garder leur ferment de
» fidélité à leur roi *Henri III*, et en l'année 1592,
» recommandâmes pareillement de prier DIEU pour
» *Henri IV*, &c. &c.

» Animés du même efprit qui nous guide tou-
» jours, nous donnons à tous les diables un nommé

,, *Bélifaire*, général d'armée en fon vivant d'un
,, nommé *Juſlinien;* lequel *Bélifaire* outre-paſſant ſes
,, pouvoirs, aurait méchamment et proditoirement
,, conſeillé audit *Juſlinien* d'être bon et indulgent,
,, et aurait inſinué avec malice que DIEU était
,, miſéricordieux ; condamnons cette propoſition
,, comme blaſphématoire, impie, hérétique, ſentant
,, l'héréſie : défendons ſous peine de damnation
,, éternelle, ſelon le droit que nous en avons, de
,, lire ledit livre ſentant l'héréſie, et enjoignons à
,, tous les fidèles de nous rapporter les exemplaires
,, dudit livre, leſquels ne valaient précédemment
,, qu'un écu, et que nous revendrons un louis d'or
,, avec le décret ci-joint. ,,

A peine ce décret fut-il ſigné, qu'on apprit que
tous les jéſuites avaient été chaſſés d'Eſpagne ; et ce
fut une ſi grande joie dans Paris, qu'on ne penſa
plus à la ſorbonne.

LETTRE

DE

L'ARCHEVEQUE DE CANTORBERI,

A L'ARCHEVEQUE DE PARIS.

J'AI reçu, Milord, votre mandement contre le grand *Bélisaire*, général d'armée de *Justinien*, et contre M. *Marmontel* de l'académie françaife, avec vos armoiries placées en deux endroits, furmontées d'un grand chapeau, et accompagnées de deux pendans de quinze houpes chacun, le tout figné *Chriſtophe*, par monfeigneur *la Touche*, avec paraphe.

Nous ne donnons nous autres de mandemens que fur nos fermiers; et je vous avoue, Milord, que j'aurais défiré un peu plus d'humilité chrétienne dans votre affaire. Je ne vois pas d'ailleurs pourquoi vous affectez d'annoncer dans votre titre, que vous condamnez M. *Marmontel de l'académie françaife*.

Si ceux qui ont rédigé votre mandement ont trouvé qu'un général d'armée de *Justinien* ne s'expliquait pas en théologien congru de votre communion, il me femble qu'il fallait vous contenter de le dire fans compromettre un corps refpectable, compofé de princes du fang, de cardinaux, de prélats comme vous, de ducs et pairs, de maréchaux de France,

de magiftrats et des gens de lettres les plus illuftres.
Je penfe que l'académie françaife n'a rien à démêler
avec vos difputes théologiques.

Permettez-moi encore de vous dire que fi nous
donnions des mandemens dans de pareilles occafions, nous les ferions nous-mêmes.

J'ai été fâché que votre mandataire ait condamné
cette propofition de ce grand capitaine *Bélifaire*: DIEU
eft terrible aux méchans, je le crois, mais je fuis bon.

Je vous affure, Milord, que fi notre roi, qui eft
le chef de notre Eglife, difait : *Je fuis bon*, nous ne
ferions point de mandement contre lui. *Je fuis bon*,
veut dire, ce femble, par tout pays, j'ai le cœur
bon, j'aime le bien, j'aime la juftice, je veux que
mes fujets foient heureux. Je ne vois point du tout
qu'on doive être damné pour avoir le cœur bon.
Le roi de France (à ce que j'entends dire à tout
le monde) eft très-bon, et fi bon qu'il vous a pardonné des défobéiffances réitérées qui ont troublé
la France, et que toute l'Europe n'a pas regardées
comme une marque d'un efprit bien fait. Vous êtes,
fans doute, affez *bon* pour vous en repentir.

Nous ne voyons pas que *Bélifaire* foit digne de
l'enfer pour avoir dit qu'il était un bon homme.
Vous prétendez que cette bonté eft une héréfie, parce
que St *Pierre*, dans fa première épître, ch. V, v. 5,
a dit que DIEU *réfifte aux fuperbes*. Mais celui qui a
fait votre mandement n'a guère penfé à ce qu'il
écrivait. D I E U réfifte, je le veux; la réfiftance fied
bien à D I E U; mais à qui réfifte-t-il felon *Pierre* ?
lifez, de grâce, ce qui précède, et vous verrez qu'il

réfiste aux prêtres qui paiſſent mal leur troupeau, et ſur-tout aux jeunes qui ne ſont pas ſoumis aux vieillards. *Inſpirez-vous*, dit-il, *l'humilité les uns aux autres, car* DIEU *réſiſte aux ſuperbes.*

Or, je vous demande quel rapport il y a entre cette réfiſtance de DIEU et la bonté de *Béliſaire?* Il eſt utile de recommander l'humilité, mais il faut auſſi recommander le ſens commun.

On eſt bien étonné que votre mandataire ait critiqué cette expreſſion humaine et naïve de *Béliſaire: Eſt-il beſoin qu'il y ait tant de réprouvés?* Non-ſeulement vous ne voulez pas que *Béliſaire* ſoit bon, mais vous voulez auſſi que le DIEU de miſéricorde ne ſoit pas bon. Quel plaiſir aurez-vous, s'il vous plaît, quand tout le monde ſera damné? Nous ne ſommes point ſi impitoyables dans notre île. Notre prédéceſſeur le grand *Tillotſon*, reconnu pour le prédicateur de l'Europe le plus ſenſé et le moins déclamateur, a parlé comme *Béliſaire* dans preſque tous ſes ſermons. Vous me permettrez ici de prendre ſon parti. Soyez damnés ſi vous le voulez, Milord, vous et votre mandataire ; j'y conſens de tout mon cœur ; mais je vous avertis que je ne veux point l'être, et que je ſouhaiterais auſſi que mes amis ne le fuſſent point ; il faut avoir un peu de charité.

J'aurais bien d'autres choſes à dire à votre mandataire ; je lui recommanderais ſur-tout d'être moins ennuyeux. L'ennui eſt toujours mortel pour les mandemens ; c'eſt un point eſſentiel auquel on ne prend pas aſſez garde dans votre pays.

Sur ce, mon cher confrère, je vous recommande

à

à la *bonté* divine , quoique le mot de *bon* vous faſſe tant de peine.

Votre *bon* confrère l'archevêque de Cantorbéri.

P O S T - S C R I P T U M.

QUAND vous écrirez à l'évêque de Rome, faites-lui je vous prie, mes complimens ; j'ai toujours beaucoup de conſidération pour lui en qualité de frère. On me mande qu'il a eſſuyé , depuis peu , quelques petits déſagrémens ; qu'un cheval de Naples a donné un terrible coup de pied à ſa mule ; qu'une barque de Veniſe a ſerré de près la barque de Saint-Pierre ; et qu'un fromage du Parmeſan lui a donné une indigeſtion violente : j'en ſuis fâché. On dit que c'eſt un *bon homme*, pardonnez-moi ce mot. J'ai fort connu ſon père dans mon voyage d'Italie ; c'était un *bon* banquier ; mais il paraît que le fils n'entend pas ſon compte.

LA PROPHETIE

DE

LA SORBONNE,

De l'an 1530, tirée des manufcrits de M. BALUZE, *tome I*er, *page 117.*

Au *Prima Menfis* tu boiras
D'affez mauvais vin largement.
En mauvais latin parleras
Et en français pareillement.
Pour et contre clabauderas
Sur l'un et l'autre teftament.
Vingt fois de parti changeras
Pour quelques écus feulement. (*a*)
Henri quatre tu maudiras
Quatre fois folennellement. (*b*)
La mémoire tu béniras
Du bienheureux Jacques Clément. (*c*)

(*a*) On a encore à Londres les quittances des docteurs de forbonne, confultés le 2 juillet en 1530, fur le divorce de *Henri VIII*, par *Thomas Krouk*, agent de ce tyran, qui délivra l'argent aux docteurs.

(*b*) Il y eut quatre principaux libelles de la forbonne, appelés décrets, qui méritaient le dernier fupplice. Le plus violent eft du 7 mai 1590. On y déclare excommunié et damné le grand *Henri IV*, ainfi que tous fes fujets fidèles.

(*c*) Le moine *Jacques Clément*, étudiant en forbonne, ne voulut entreprendre fon faint parricide, que lorfque foixante et onze docteurs eurent déclaré unanimement le trône vacant, et les fujets déliés du ferment de fidélité, le 7 janvier 1589.

La bulle humblement recevras
L'ayant rejetée hautement. (*d*)
Les décrets que griffonneras
Seront fifflés publiquement. (*e*)
Les jéfuites remplaceras
Et les pafferas mêmement.
A la fin comme eux tu feras
Chaffé très-vraifemblablement. (*f*)

EPITRE

Ecrite de Conftantinople aux frères.

Nos frères , qui êtes répandus fur la terre, et non difperfés , qui habitez les îles de (*) Niphon et celles des Caffitérides, qui êtes unis dans les mêmes fentimens fans vous les être communiqués , adorateurs d'un feul DIEU , pieux fans fuperftition , religieux fans cérémonies , zélés fans enthoufiafme , recevez ce témoignage de notre union et de notre amitié; nous aimons tous les hommes, mais nous vous chériffons par-deffus les autres , et nous offrons avec vous nos purs hommages au DIEU de tous les globes, de tous les temps et de tous les êtres.

(*d*) On fait que la forbonne appela de la bulle *Unigenitus* au futur concile , en 1718 , et la reçut enfuite comme règle de foi.

(*e*) C'eft ce qui vient d'arriver à la cenfure de *Bélifaire* , et ce qui déformais arrivera toujours.

(*f*) *Amen !*

(*) Le Japon et l'Angleterre.

Nos cruels ennemis les brames , les fakirs , les bonzes, les talapoins , les derviches , les marabous , ne cessent d'élever contre nous leurs voix discordantes ; divisés entre eux dans leurs fables , ils semblent réunis contre notre vérité simple et auguste. Ces aveugles qui se battent à tâtons sont tous armés contre nous qui marchons paisiblement à la lumière.

Ils ne savent pas quelles sont nos forces. Nous remplissons toute la terre. Les temples ne pourraient nous contenir , et notre temple est l'univers. Nous étions avant qu'aucune de ces sectes eût pris naissance. Nous sommes encore tels que furent nos premiers pères sortis des mains de l'Eternel ; nous lui offrons, comme eux, des vœux simples dans l'innocence et dans la paix. Notre religion réelle a vu naître et mourir mille cultes fantastiques , ceux de *Zoroastre* , d'*Osiris* , de *Zalmoxis* , d'*Orphée* , de *Numa* , d'*Odin* et de tant d'autres. Nous subsistons toujours les mêmes au milieu des sectaires de *Fo* , de *Brama* , de *Xaca* , de *Vitsnou* , de *Mahomet*. Ils nous appellent *impies* , et nous leur répondons en adorant DIEU avec piété.

Nous gémissons de voir que ceux qui croient que *Mahomet* a mis la moitié de la lune dans sa manche, soient toujours secrètement disposés à empaler ceux qui pensent que *Mahomet* n'y en mit que le quart.

Nous n'envions point les richesses des mosquées , que les imans tremblent toujours de perdre ; au contraire , nous souhaitons qu'ils jouissent tous d'une vie douce et commode , qui leur inspire des mœurs faciles et indulgentes.

Le muphti n'a que huit mille fequins dè revenu, nous voudrions qu'il en eût davantage pour foutenir fa dignité, pourvu qu'il n'en abufe pas.

Suppofé que les Etats du grand lama foient bien gouvernés, que les arts et le commerce y fleuriffent, que la tolérance y foit établie, nous pardonnons aux peuples du Tibet de croire que le grand lama a tou-jours raifon quand il dit que deux et deux font cinq. Nous leur pardonnons de le croire immortel, quand ils le voient enterrer. Mais s'il était encore fur la terre un peuple ennemi de tous les peuples, qui pensât que DIEU, le père commun de tous les hommes, le tira par bonté du fertile pays de l'Inde, pour le conduire dans les fables de Rohoba, et pour lui ordonner d'exter-miner tous les habitans du pays voifin, nous décla-rons cette nation de voleurs la nation la plus abominable du globe, et nous déteftons fes fuperfti-tions facriléges autant que nous plaignons les igni-coles chaffés injuftement de leur pays par *Omar*.

S'il était encore un petit peuple qui s'imaginât que DIEU n'a fait le foleil, la lune et les étoiles que pour lui, que les habitans des autres globes n'ont été occupés qu'à lui fournir de la lumière, du pain, du vin et de la rofée, et qu'il a été créé pour mettre de l'argent à ufure, nous pourrions permettre à cette troupe de fanatiques imbécilles de nous vendre quel-quefois des cafetans et des dolimans; mais nous aurions pour lui le mépris qu'il mérite.

S'il était quelque autre peuple à qui on eût fait accroire que ce qui a été vrai eft devenu faux; s'il penfe que l'eau du Gange eft abfolument néceffaire pour être réuni à l'Etre des êtres; s'il fe profterne

S 3

devant des offemens de morts et devant quelques haillons; fi fes fakirs ont établi un tribunal qui con- damne à expirer dans les flammes ceux qui ont douté un moment de quelques opinions des fakirs; fi un tel peuple exifte, nous verfons fur lui des larmes. Nous apprenons avec confolation que déjà plufieurs nations ont adopté un culte plus raifonnable; qu'elles adreffent leurs hommages au DIEU fuprême, fans adorer la jument *Borak*, qui porta *Mahomet* au troi- fième ciel; que ces peuples mangent hardiment du cochon et des anguilles, fans croire offenfer le créateur. Nous les exhortons à perfectionner de plus en plus la pureté de leur culte.

Nous favons que nos ennemis crient, depuis des fiècles, qu'il faut tromper le peuple; mais nous croyons que le plus bas peuple eft capable de con- naître la vérité. Pourquoi les mêmes hommes à qui on ne peut faire accroire qu'un fequin en vaut deux croiraient-ils que le dieu *Sommonacodom* a coupé toute une forêt en jouant au cerf-volant?

Serait-il fi difficile d'accoutumer les bachas et les charbonniers, les fultans et les fendeurs de bois qui font tous également hommes, à fe contenter de croire un DIEU infini, éternel, jufte, miféricordieux, récompenfant au-delà du mérite, et puniffant févère- ment le vice fans colère et fans tyrannie?

Quel eft l'homme dont la raifon puiffe fe foulever, quand on lui recommande l'adoration de l'Etre fuprême, l'amour du prochain et de la juftice?

Quel encouragement aura-t-on de plus à la vertu, quand on s'égorgera pour favoir fi la mère du dieu

Fo accoucha par l'oreille ou par le nez ? en fera-t-on meilleur père, meilleur fils, meilleur citoyen ?

On diftribue au peuple du Tibet les reliques de la chaife percée du dalaï-lama; on les enchâffe dans de l'ivoire; les faintes femmes les portent à leur cou; ne pourrait-on pas, à toute force, fe rendre agréable à DIEU par une vie pure, fans être paré de ces beaux ornemens, qui après tout font étrangers à la morale ?

Nous ne prétendons point offenfer les lamas, les bonzes, les talapoins, les derviches, à DIEU ne plaife! mais nous penfons que, fi on en fefait des chaudronniers, des cardeurs de laine, des maçons, des charpentiers, ils feraient bien plus utiles au genre humain; car enfin nous avons un befoin continuel de bons ouvriers, et nous n'avons pas un befoin fi marqué d'une multitude innombrable de lamas et de fakirs.

Priez DIEU pour eux et pour nous.

Donné à Conflantinople le 10ᵉ de la lune de Sheval, l'an de l'hégire 1215.

INSTRUCTION

Du gardien des capucins de Raguſe à frère Pédiculoſo,
partant pour la Terre-Sainte.

I.

LA première choſe que vous ferez, frère *Pédiculoſo*, fera d'aller voir le paradis terreſtre où DIEU créa *Adam* et *Eve*, ſi connus des anciens Grecs et des premiers Romains, des Perſes, des Egyptiens, des Syriens, qu'aucun auteur de ces nations n'en a jamais parlé. Il vous fera très-aiſé de trouver le paradis terreſtre : car il eſt à la ſource de l'Euphrate, du Tigre, de l'Araxe et du Nil ; et, quoique les ſources du Nil et de l'Euphrate ſoient à mille lieues l'une de l'autre, c'eſt une difficulté qui ne doit nullement vous embarraſſer. Vous n'aurez qu'à demander le chemin aux capucins qui ſont à Jéruſalem, vous ne pourrez vous égarer.

II.

N'oubliez pas de manger du fruit de l'arbre de la ſcience du bien et du mal ; car vous nous paraiſſez un peu ignorant et malin. Quand vous en aurez mangé, vous ſerez un très-ſavant et très-honnête homme. L'arbre de la ſcience eſt un peu vermoulu, ſes racines ſont faites des œuvres des rabbins, des ouvrages du pape *Grégoire le grand*, des œuvres d'*Albert le grand*, de Sᵗ *Thomas*, de Sᵗ *Bonaventure*, de

St *Bernard*, de l'abbé *Tritême*, de *Luther*, de *Calvin*, du révérend père *Garaffe*, de *Bellarmin*, de *Suarès*, de *Sanchès*, du docteur *Tourneli* et du docteur *Tamponet*. L'écorce eft rude ; les feuilles piquent comme l'ortie ; le fruit eft amer comme chicotin ; il porte au cerveau comme l'opium ; on s'endort quand on en a un peu trop pris, et on endort les autres ; mais dès qu'on eft réveillé, on porte la tête haute, on regarde les gens du haut en bas. On acquiert un fens nouveau qui eft fort au-deffus du fens commun. On parle d'une manière inintelligible, qui tantôt vous procure de bonnes aumônes, et tantôt cent coups de bâton. Vous nous répondrez peut-être qu'il eft dit expreffé-ment dans le Béreshit ou Genèfe : *Le même jour que vous en aurez mangé vous mourrez très-certainement.* (a) Allez, notre cher frère, il n'y a rien à craindre. *Adam* en mangea, et vécut encore neuf cents trente ans.

I I I.

A l'égard du ferpent, qui était *la bête des champs la plus fubtile*, il eft enchaîné, comme vous favez, dans la haute Egypte ; plufieurs miffionnaires l'ont vu. *Bochart* vous dira quelle langue il parlait, et quel air il fiffla pour tenter *Eve* ; mais prenez bien garde d'être fifflé. Vous expliquerez enfuite quel eft le bœuf qui garda la porte du jardin : car vous favez que *chérub* en hébreu et en chaldéen fignifie un bœuf, et que c'eft pour cela qu'*Ezéchiel* dit que le roi de Tyr eft un chérub. Que de chérubs, ô ciel, nous avons dans ce monde ! Lifez fur cela St *Ambroife*, l'abbé *Rupert* et fur-tout le chérub dom *Calmet*.

(a) Genèfe, chap. II, v. 17.

I V.

Examinez bien le figne que le feigneur mit à *Caïn*. Obfervez fi c'était fur la joue ou fur l'épaule. Il méritait bien d'être fleurdelifé pour avoir tué fon frère ; mais comme *Romulus*, *Richard III*, *Louis XI*, &c. &c. en ont fait autant, nous voyons bien que vous n'infifterez pas fur un fratricide pardonné, tandis que toute la race eft damnée pour une pomme.

V.

Vous prétendez pouffer jufqu'à la ville d'Hénoch que *Caïn* bâtit dans la terre de Nod ; informez-vous foigneufement du nombre de maçons, de charpentiers, de menuifiers, de forgerons, de ferruriers, de drapiers, de bonnetiers, de cordonniers, de teinturiers, de cardeurs de laine, de laboureurs, de bergers, de manœuvres, d'exploiteurs de mines de fer ou de cuivre, de juges, de greffiers qu'il employa, lorfqu'il n'y avait encore que quatre ou cinq perfonnes fur la terre.

Hénoch eft enterré dans cette ville que bâtit *Caïn*, fon aïeul ; mais il vit encore ; fachez où il eft, demandez-lui des nouvelles de fa fanté, et faites-lui nos complimens.

V I.

De là vous pafferez entre les jambes des géans qui font nés des anges et des filles des hommes, (*b*) et vous leur préfenterez les vampires du révérend père dom *Calmet* ; mais fur-tout parlez-leur poliment ; car ils n'entendent pas raillerie.

(*b*) Genèfe, chap. VI, v. 4.

V I I.

Vous comptez aller enfuite fur le mont Ararat, voir les reftes de l'arche qui font de bois de Gopher. Vérifiez les mefures de l'arche données fur les lieux par l'illuftre M. *le Pelletier*. Mefurez exactement la montagne, mefurez enfuite celle de Pichincha au Pérou, et le mont Saint-Gothard. Supputez avec *Whifton* et *Woodward* combien il fallut d'océans pour couvrir tout cela, et pour s'élever quinze coudées au-deffus. Examinez tous les animaux purs et impurs qui entrèrent dans l'arche ; et en revenant, ne vous arrêtez pas fur des charognes, comme le corbeau.

Vous aurez auffi la bonté de nous rapporter l'original du texte hébreu qui place le déluge en l'an de la création 1656 ; l'original famaritain qui le met en 2309 ; le texte des Septante qui le met en 2262. Accordez les trois textes enfemble, et faites un compte jufte d'après l'abbé *Pluche*.

V I I I.

Saluez de notre part notre père *Noé*, qui planta la vigne. Les grecs et les Afiatiques eurent le malheur de ne connaître jamais fa perfonne ; mais les Juifs ont été affez heureux pour defcendre de lui. Demandez à voir, dans fes archives, le pacte que DIEU fit avec lui et avec les bêtes. Nous fommes fâchés qu'il fe foit enivré ; ne l'imitez pas.

Prenez fur-tout un mémoire exact du temps où *Gomer*, petit-fils de *Japhet*, vint régner dans l'Europe qu'il trouva très-peuplée. C'eft un point d'hiftoire avéré.

I X.

Demandez ce qu'eft devenu *Caïnam*, fils d'*Arphaxad*, fi célèbre dans les Septante, et dont la Vulgate ne parle pas. Priez-le de vous conduire à la tour de Babel. Voyez fi les reftes de cette tour s'accordent avec les mefures que le révérend père *Kirker* en a données. Confultez *Paul Orofe*, *Grégoire de Tours* et *Paul Lucas*.

De la tour de Babel vous irez à Ur en Chaldée, et vous demanderez aux defcendans d'*Abraham*, le potier, pourquoi il quitta ce beau pays pour aller acheter un tombeau à Hébron et du blé à Memphis ; pourquoi il donna deux fois fa femme pour fa fœur, ce qu'il gagna au jufte à ce manége. Sachez fur-tout de quel fard elle fe fervait pour paraître belle à l'âge de quatre-vingt-dix ans. Sachez fi elle employait l'eau rofe ou l'eau de lavande pour ne pas fentir le gouffet quand elle arriva à pied, ou fur fon âne, à la cour du roi d'Egypte et à celle du roi de Gérar : car toutes ces chofes font néceffaires à falut.

Vous favez que le Seigneur fit un pacte (*c*) avec *Abraham*, par lequel il lui donna tout le pays depuis le fleuve d'Egypte jufqu'à l'Euphrate. Sachez bien précifément pourquoi ce pacte n'a pas été exécuté.

X.

Chemin fefant vous irez à Sodome. Demandez des nouvelles des deux anges qui vinrent voir *Loth*, et auxquels il prépara un bon fouper. Sachez quel âge ils avaient quand les Sodomites voulurent leur faire des fottifes, et fi les deux filles de *Loth* étaient

(*c*) Chap. XV.

pucelles lorfque le bon homme *Loth* pria les Sodomites de coucher avec fes deux filles , au lieu de
coucher avec ces deux anges. Toute cette hiftoire eft
encore très-néceffaire à falut. De Sodome vous irez à
Gabaa , et vous vous informerez du nom du lévite
auquel les bons benjamites firent la même civilité que
les fodomites avaient faite aux anges.

X I.

Quand vous ferez en Egypte , informez-vous d'où
venait la cavalerie que le pharaon envoya dans la
mer rouge à la pourfuite des Hébreux ; car tous
les animaux ayant péri dans la fixième et feptième
plaie , les impies prétendent que le pharaon n'avait
plus de cavalerie. Relifez les *Mille et une nuits* , et tout
l'Exode dont *Hérodote* , *Thucydide* , *Xénophon* , *Polybe* ,
Tite-Live font une mention fi particulière , ainfi que
tous les auteurs égyptiens.

X I I.

Nous ne vous parlons pas des exploits de *Jofué* ,
fucceffeur de *Mofé* , et de la lune qui s'arrêta fur
Aïalon en plein midi , quand le foleil s'arrêta fur
Gabaon : ce font de ces chofes qui arrivent tous les
jours, et qui ne méritent qu'une légère attention.

Mais ce qui eft très-utile pour la morale , et qui
doit infiniment contribuer à rendre nos mœurs plus
honnêtes et plus douces , c'eft l'hiftoire des rois
juifs. Il faut abfolument fuppûter combien ils com-
mirent d'affaffinats. Il y a des pères de l'Eglife qui
en comptent cinq cents quatre-vingts ; d'autres , neuf
cents foixante et dix ; il eft important de ne s'y pas

tromper. Souvenez-vous fur-tout que nous n'entendons ici que les affaffinats des parens : car pour les autres ils font innombrables. Rien ne fera plus édifiant qu'une notice exacte des affaffins et des affaffinés au nom du Seigneur. Cela peut fervir de texte à tous les fermons de cour fur l'amour du prochain.

X I I I.

Quand de l'hiftoire des rois vous pafferez aux prophètes, vous goûterez et vous ferez goûter des joies ineffables. N'oubliez pas le foufflet donné par le prophète *Sédékias* au prophète *Michée*. Ce n'eft pas feulement un foufflet probable comme celui du jéfuite dont parle *Pafcal*, c'eft un foufflet avéré par le Saint-Efprit, dont on peut tirer de fortes conféquences pour les joues des fidèles.

Lorfque vous ferez à *Ezéchiel*, c'eft-là que votre ame fe dilatera plus que jamais. Vous verrez d'abord, chapitre Ier, quatre animaux à mufles de lion, de bœuf, d'aigle et d'homme; une roue à quatre faces femblable à l'eau de la mer, chaque face ayant plus d'yeux qu'*Argus*, et les quatre parties de la roue marchant à la fois. Vous favez qu'enfuite le prophète mangea, par ordre de DIEU, un livre tout entier de parchemin. Demandez foigneufement à tous les prophètes que vous rencontrerez ce qui était écrit dans ce livre. Ce n'eft pas tout, le Seigneur donne des cordes au prophète pour le lier. (*d*) Tout lié qu'il eft, il trace le plan de Jérufalem fur une brique; puis il fe couche fur le côté gauche pendant trois

(*d*) *Ezéchiel*, chap. III.

cent quatre-vingt-dix jours , et enfuite pendant quarante jours fur le côté droit.

X I V.

Si vous déjeûnez avec *Ezéchiel* , prenez garde,
notre cher frère , n'altérez point fon texte , comme
vous avez déjà fait ; c'eft un des péchés contre le
Saint-Efprit. Vous avez ofé dire que D I E U ordonna
au prophète de faire cuire fon pain avec de la bouze
de vache ; ce n'eft point cela , il s'agit de mieux.
Lifez la Vulgate , *Ezéchiel* , chap. IV , v. 1 2. ,, *Comedes*
,, *illud , et ftercore quod egreditur de homine operies illud*
,, *in oculis eorum.* Tu le mangeras, tu le couvriras de
,, la merde qui fort du corps de l'homme. ,, Le prophète en mangea , et il s'écria : ,, *Pouah ! Pouah !*
,, *pouah ! Domine Deus meus , ecce anima mea non eft*
,, *polluta.* Pouah ! pouah ! pouah ! Seigneur mon
,, D I E U ! je n'ai jamais fait de pareil déjeûné. ,,
Et le Seigneur , par accommodement, lui dit : ,, Je
,, te donne de la fiente de bœuf au lieu de merde
,, d'homme. ,,

Confervez toujours la pureté du texte , notre cher
frère , et ne l'altérez point pour un étron.

Si le déjeûné d'*Ezéchiel* eft un peu puant , le
dîné des Ifraélites , dont il parle , eft un peu anthropo-
phage. (e) ,, Les pères mangeront leurs enfans et les
,, enfans mangeront leurs pères. ,, Paffe encore que
les pères mangent les enfans qui font dodus et ten-
dres ; mais que les enfans mangent leurs pères qui
font coriaces , cela eft-il de la nouvelle cuifine ?

(e) Chap. V , v. 12.

X V.

Il y a une grande difpute entre les doctes fur le XXXIXme chapitre de ce même *Ezéchiel.* Il s'agit de favoir fi c'eft aux Juifs ou aux bêtes que le Seigneur promet de donner le fang des princes à boire et la chair des guerriers à manger. Nous croyons que c'eft aux uns et aux autres. Le verfet 17 eft incontefta-blement pour les bêtes ; mais les verfets 18, 19 et fuivans font pour les Juifs : „ Vous mangerez le „ cheval et le cavalier. „ Non-feulement le cheval, comme les Scythes qui étaient dans l'armée du roi de Perfe ; mais encore le cavalier, comme de dignes Juifs ; donc ce qui précède les regarde auffi. Voyez à quoi fert l'intelligence des Ecritures !

X V I.

Les paffages les plus effentiels d'*Ezéchiel*, les plus conformes à la morale, à l'honnêteté publique, les plus capables d'infpirer la pudeur aux jeunes garçons et aux jeunes filles, font ceux où le Seigneur parle d'*Oolla* et de fa fœur *Ooliba.* On ne peut trop répéter ces textes admirables.

Le Seigneur dit à *Oolla :* (f) „ Vous êtes devenue „ grande, vos tetons fe font enflés, votre poil a „ pointé. *Grandis effecta es, ubera tua intumuerunt,* „ *pilus tuus germinavit.* Le temps des amans eft venu; „ je me fuis étendu fur vous ; j'ai couvert votre „ ignominie ; je vous ai donné des robes de toutes „ couleurs, des fouliers d'hyacinthe, des bracelets, „ des colliers, des pendans d'oreilles... Mais, ayant „ confiance en votre beauté, vous avez forniqué

(f) Chap. XVI.

pour

» pour votre compte , vous vous êtes proſtituée à
» tous les paſſans , vous avez bâti un bordel......
» *ædificaſti tibi lupanar :* vous avez forniqué dans
» les carrefours.... On donne de l'argent à toutes
» les putains , et c'eſt vous qui en avez donné à vos
» amans ; *omnibus meretricibus dantur mercedes , tu autem*
» *dediſti mercedes cunctis amatoribus tuis , &c.*.....Ainſi
» vous avez fait le contraire des fornicantes , &c.

Sa ſœur *Ooliba* a fait encore pis : (*g*) » elle s'eſt
» abandonnée avec fureur à ceux dont les mem-
» bres ſont comme des membres d'ânes , et dont la
» ſemence eſt comme la ſemence des chevaux ; *et*
» *inſanivit libidine ſuper concubitum eorum quorum carnes*
» *ſunt ut carnes aſinorum , et ſicut fluxus equorum fluxus*
» *eorum.* » Le terme de ſemence eſt beaucoup plus
expreſſif dans l'hébreu. Nous ne ſavons ſi vous
devez le rendre par le mot énergique qui eſt en uſage
à la cour , chez les dames , en de certaines occaſions.
C'eſt ce que nous laiſſons abſolument à votre diſ-
crétion.

Après un examen honnête de ces belles choſes ,
nous vous conſeillons de paſſer légèrement ſur
Jérémie qui court tout nu dans Jéruſalem chargé
d'un bât ; mais nous vous prions de ne point paſſer
ſous ſilence le prophète *Oſée* à qui » le Seigneur
» ordonne (*h*) de prendre une femme de fornica-
» tion , et de ſe faire des enfans de fornication , parce
» que la terre fornicante forniquera du Seigneur.
» Et *Oſée* prit donc *Gomer* , fille d'*Ebalaïm.* » Quelque
temps après » le Seigneur (*i*) lui ordonne de cou-
» cher avec une femme adultère , et il achète une

(*g*) Chap. XXIII.   (*h*) *Oſée* , chap. I.   (*i*) Chap. III.

Facéties.   T

,, femme déjà adultère pour quinze pièces d'argent
,, et une mesure et demie d'orge. ,,

Rien ne contribuera plus, notre cher frère, *à former
l'esprit et le cœur* de la jeuneffe que de favans com-
mentaires fur ces textes. Ne manquez pas d'évaluer
les quinze pièces d'argent données à cette femme.
Nous croyons que cela monte au moins à fept livres
dix fous. Les capucins, comme vous favez, ont des
filles à meilleur marché.

X V I I.

Nous vous parlerons peu du nouveau teftament.
Vous concilierez les deux généalogies ; c'eft la chofe
du monde la plus aifée ; car l'une ne reffemble point
du tout à l'autre : il eft évident que c'eft-là le myftère. Le bon *Calmet* dit naïvement à propos des deux
généalogies de *Melchifédech* : *Comme le menfonge fe trahit
toujours par lui-même, les uns racontent fa généalogie d'une
manière, les autres d'une autre.* Il avoue donc, dira-t-on,
que cette différence énorme de deux généalogies eft
la preuve évidente d'un puant menfonge. Oui pour
Melchifédech, mais non pas pour J E S U S - C H R I S T :
car *Melchifédech* n'était qu'un homme ; mais J E S U S-
CHRIST était homme et DIEU ; donc il lui fallait deux
généalogies.

X V I I I.

Vous direz comment *Marie* et *Jofeph* emmenèrent
leur enfant en Egypte, felon *Matthieu*, et comment,
felon *Luc*, la famille refta à Bethléem. Vous expliquerez toutes les autres contradictions qui font
néceffaires à falut. Il y a de très-belles chofes à dire

sur l'eau changée en vin aux noces de Cana, pour des gens qui étaient déjà ivres : car *Jean*, le seul qui en parle, dit expressément qu'ils étaient ivres, *et cum inebriati fuerint*, dit la Vulgate.

Lisez sur-tout les *Questions de Zapata*, (*) docteur de Salamanque, sur le massacre des innocens par *Hérode;* sur l'étoile des trois rois; sur le figuier séché pour n'avoir pas porté de figues, *quand ce n'était pas le temps des figues*, comme dit le texte. Ceux qui sont d'excellens jambons à Bayonne et en Vestphalie s'étonnent qu'on ait envoyé le diable dans le corps de deux mille cochons, et qu'on les ait noyés dans un lac. Ils disent que, si on leur avait donné ces cochons au lieu de les noyer, ils y auraient gagné plus de vingt mille florins de Hollande, s'ils avaient été gras. Etes-vous du sentiment du révérend père *le Moine*, qui dit que JESUS-CHRIST devait avoir une dent contre le diable, et qu'il fit fort bien de le noyer, puisque le diable l'avait emporté sur le haut d'une montagne ?

X I X.

Quand vous aurez mis toutes ces choses dans le jour qu'elles méritent, nous vous recommandons avec la plus vive instance de justifier *Luc*, lequel, ayant écrit le dernier après tous les autres évangélistes, étant mieux informé que tous ses confrères, et ayant tout examiné diligemment depuis le commencement, comme il le dit, doit être un auteur très-respectable. Ce respectable *Luc* assure que lorsque *Marie* fut prête d'accoucher, *César Auguste*, qui apparemment s'en doutait, ordonna, pour remplir les

(*) 2e vol. de la Philosophie.

T 2

prophéties, qu'on fît un dénombrement de toute la terre, et *Quirinus*, gouverneur de Syrie, publia cet édit en Judée. Les impies, qui ont le malheur d'être favans, vous diront qu'il n'y a pas un mot de vrai; que jamais *Augufte* ne donna un édit fi extravagant; que *Quirinus* ne fut gouverneur de Syrie que dix ans après les couches de *Marie*; et que ce *Luc* était probablement un gredin qui, ayant entendu dire qu'il s'était fait un cens des citoyens romains fous *Augufte*, et que *Quirinus* avait été gouverneur de Syrie après *Varus*, confond toutes les époques et tous les événemens; qu'il parle comme un provincial ignorant de ce qui s'eft paffé à la cour, et qu'il a encore le petit amour propre de dire qu'il eft plus inftruit que les autres.

C'eft ainfi que s'expriment les impies; mais ne croyez que les pies; parlez toujours en pie. Lifez fur-tout fur cet article les *Queftions* du frère *Zapata*, elles vous éclairciront cette difficulté comme toutes les autres.

Il n'y a peut-être pas un verfet qui ne puiffe embarraffer un capucin; mais avec la grâce de DIEU on explique tout.

X X.

Ne manquez pas de nous avertir fi vous rencontrez dans votre chemin quelques-uns de ces fcélérats qui ne font qu'un cas médiocre de la tranffubftantiation, de l'afcenfion, de l'affomption, de l'annonciation, de l'inquifition; et qui fe contentent de croire un DIEU, de le fervir en efprit et en vérité, et d'être juftes. Vous reconnaîtrez aifément

ces monſtres. Ils ſe bornent à être bons ſujets,
bons fils, bons maris, bons pères. Ils font l'aumône
aux véritables pauvres et jamais aux capucins. Le
révérend père *Hayer*, récollet, doit ſe joindre à nous
pour les exterminer. Il n'y a de vraie religion que
celle qui procure des millions au pape, et d'amples
aumônes aux capucins. Je me recommande à vos
prières et à celles du petit peuple qui habite dans
votre ſainte barbe.

POT POURRI.

§. I.

*B*RIOCHÉ fut le père de *Polichinelle*, non pas ſon
propre père, mais père de génie. Le père de *Brioché*
était *Guillot Gorju*, qui fut fils de *Giles*, qui fut fils
de *Gros-René*, qui tirait ſon origine du prince des
fots et de la mère ſotte; c'eſt ainſi que l'écrit l'auteur
de l'almanach de la foire. M. *Parfait*, écrivain non
moins digne de foi, donne pour père à *Brioché*
Tabarin, à *Tabarin Gros-Guillaume*, à *Gros-Guillaume*
Jean Boudin; mais en remontant toujours au prince
des fots. Si ces deux hiſtoriens ſe contrediſent, c'eſt
une preuve de la vérité du fait pour le père *Daniel*
qui les concilie avec une merveilleuſe ſagacité, et qui
détruit par-là le pyrrhoniſme de l'hiſtoire.

§. II.

Comme je finiſſais ce premier paragraphe des
cahiers de *Merri Hiſſing* dans mon cabinet, dont la

fenêtre donne fur la rue Saint-Antoine, j'ai vu paſſer
les ſyndics des apothicaires , qui allaient ſaiſir des
drogues et du verd-de-gris que les jéſuites de la
rue Saint-Antoine vendaient en contrebande ; mon
voiſin M. *Huſſon*, qui eſt une bonne tête, eſt venu
chez moi, et m'a dit : Mon ami, vous riez de voir
les jéſuites vilipendés ; vous êtes bien aiſe de ſavoir
qu'ils ſont convaincus d'un parricide en Portugal,
et d'une rebellion au Paraguai ; le cri public qui
s'élève en France contre eux, la haine qu'on leur
porte, les opprobres multipliés dont ils ſont couverts, ſemblent être pour vous une conſolation;
mais ſachez que, s'ils ſont perdus, comme tous les
honnêtes gens le déſirent, vous n'y gagnerez rien;
vous ſerez accablé par la faction des janſéniſtes.
Ce ſont des enthouſiaſtes féroces, des ames de
bronze, pires que les presbytériens qui renverſèrent
le trône de *Charles I.* Songez que les fanatiques ſont
plus dangereux que les fripons. On ne peut jamais
faire entendre raiſon à un énergumène; les fripons
l'entendent.

Je diſputai long-temps contre M. *Huſſon;* je lui
dis enfin : Monſieur, conſolez-vous, peut-être que
les janſéniſtes ſeront un jour auſſi adroits que les
jéſuites; je tâchai de l'adoucir ; mais c'eſt une tête
de fer qu'on ne fait jamais changer de ſentiment.

§. I I I.

Brioché, voyant que *Polichinelle* était boſſu par
devant et par derrière, lui voulut apprendre à lire
et à écrire. *Polichinelle* au bout de deux ans épela
aſſez paſſablement, mais il ne put jamais parvenir

à se servir d'une plume. Un des écrivains de sa vie remarque qu'il essaya un jour d'écrire son nom, mais que personne ne put le lire.

Brioché était fort pauvre ; sa femme et lui n'avaient pas de quoi nourrir *Polichinelle*, encore moins de quoi lui faire apprendre un métier. *Polichinelle* leur dit : Mon père et ma mère , je suis bossu, et j'ai de la mémoire ; trois ou quatre de mes amis et moi, nous pouvons établir des marionnettes ; je gagnerai quelque argent ; les hommes ont toujours aimé les marionnettes ; il y a quelquefois de la perte à en vendre de nouvelles ; mais aussi il y a de grands profits.

Monsieur et madame *Brioché* admirèrent le bon sens du jeune homme ; la troupe se forma , et elle alla établir ses petits tréteaux dans une bourgade suisse , sur le chemin d'Appenzel à Milan.

C'était justement dans ce village que les charlatans d'Orviète avaient établi le magasin de leur orviétan. Ils aperçurent qu'insensiblement la canaille allait aux marionnettes , et qu'ils vendaient dans le pays la moitié moins de savonnettes et d'onguent pour la brûlure. Ils accusèrent *Polichinelle* de plusieurs mauvais déportemens , et portèrent leurs plaintes devant le magistrat. La requête disait que c'était un ivrogne dangereux, qu'un jour il avait donné cent coups de pied dans le ventre , en plein marché, à des paysans qui vendaient des nèfles.

On prétendit aussi qu'il avait molesté un marchand de coqs-d'inde ; enfin ils l'accusèrent d'être sorcier. M. *Parfait*, dans son *Histoire du théâtre*, prétend qu'il fut avalé par un crapaud ; mais le père

T 4

Daniel penfe , ou du moins , parle autrement. On ne fait ce que devint *Brioché*. Comme il n'était que le père putatif de *Polichinelle* , l'hiftorien n'a pas jugé à propos de nous dire de fes nouvelles.

§. IV.

Feu M. *du Marfais* affurait que le plus grand des abus était la vénalité des charges. C'eſt un grand malheur pour l'Etat , difait-il , qu'un homme de mérite , fans fortune , ne puiffe parvenir à rien. Que de talens enterrés , et que de fots en place ! Quelle déteftable politique d'avoir éteint l'émulation ! M. *du Marfais*, fans y penfer , plaidait fa propre caufe ; il a été réduit à enfeigner le latin , et il aurait rendu de grands fervices à l'Etat , s'il avait été employé. Je connais des barbouilleurs de papier qui euffent enrichi une province , s'ils avaient été à la place de ceux qui l'ont volée ; mais pour avoir cette place , il faut être fils d'un riche qui vous laiffe de quoi acheter une charge , un office , et ce qu'on appelle *une dignité*.

Du Marfais affurait qu'un *Montagne* , un *Charron*, un *Defcartes* , un *Gaffendi* , un *Bayle* , n'euffent jamais condamné aux galères des écoliers foutenans thèfe contre la philofophie d'*Ariflote* , ni n'auraient fait brûler le curé *Urbain Grandier* , le curé *Gaufrédi* , et qu'ils n'euffent point , &c. &c.

§. V.

Il n'y a pas long-temps que le chevalier *Roginante*, gentilhomme ferrarois , qui voulait faire une collection de tableaux de l'école flamande , alla faire des emplettes dans Amfterdam. Il marchanda un affez beau Chrift chez le fieur *Vandergru*. Eft-il poffible, dit le ferrarois au batave, que vous, qui n'êtes pas chrétien (car vous êtes hollandais) vous ayez chez vous un Jéfus ? Je fuis chrétien et catholique, répondit M. *Vandergru*, fans fe fâcher; et il vendit fon tableau affez cher. Vous croyez donc JESUS-CHRIST Dieu, lui dit *Roginante* ? Affurément, dit *Vandergru*.

Un autre curieux logeait à la porte attenante; c'étâit un focinien; il lui vendit une fainte famille. Que penfez-vous de l'enfant ? dit le ferrarois. Je penfe, répondit l'autre, que ce fut la créature la plus parfaitè que DIEU ait mife fur la terre.

De là le ferrarois alla chez *Moïfe Manfebo* qui n'avait que de beaux payfages, et point de fainte famille. *Roginante* lui demanda pourquoi on ne trouvait pas chez lui de pareils fujets? C'eft, dit-il, que nous avons cette famille en exécration.

Roginante paffa chez un fameux anabaptifte qui avait les plus jolis enfans du monde; il leur demanda dans quelle églife ils avaient été baptifés ? Fi donc ! Monfieur, lui dirent les enfans, grâces à DIEU, nous ne fommes point encore baptifés.

Roginante n'était pas au milieu de la rue, qu'il avait déjà vu une douzaine de fectes entièrement oppofées les unes aux autres. Son compagnon de voyage, M. *Sacrito*, lui dit: Enfuyons-nous vîte, voilà l'heure de la bourfe ; tous ces gens-ci vont s'égorger, fans doute, felon l'antique ufage, puifqu'ils penfent tous diverfement ; et la populace nous affommera pour être fujets du pape.

Ils furent bien étonnés, quand ils virent tous ces

bonnes gens-là fortir de leurs maifons avec leurs
commis, fe faluer civilement, et aller à la bourfe
de compagnie. Il y avait ce jour-là, de compte fait,
cinquante-trois religions fur la place, en comptant
les arméniens et les janféniftes. On fit pour cinquante-trois millions d'affaires le plus paifiblement
du monde, et le ferrarois retourna dans fon pays,
où il trouva plus d'*Agnus Dei* que de lettres de
change.

On voit tous les jours la même fcène à Londres,
à Hambourg, à Dantzick, à Venife même, &c. Mais
ce que j'ai vu de plus édifiant, c'eft à Conftantinople.

J'eus l'honneur d'affifter, il y a cinquante ans, à
l'inftallation d'un patriarche grec, par le fultan
Achmet III, dont Dieu veuille avoir l'ame! Il donna
à ce prêtre chrétien l'anneau et le bâton fait en forme
de béquille. Il y eut enfuite une proceffion de chrétiens dans la rue Cléobule ; deux janiffaires marchèrent
à la tête de la proceffion. J'eus le plaifir de communier
publiquement dans l'églife patriarchale, et il ne tint
qu'à moi d'obtenir un canonicat.

J'avoue qu'à mon retour à Marfeille, je fus fort
étonné de ne point y trouver de mofquée. J'en
marquai ma furprife à monfieur l'intendant et à
monfieur l'évêque. Je leur dis que cela était fort
incivil, et que, fi les chrétiens avaient des églifes
chez les mufulmans, on pouvait au moins faire aux
Turcs la galanterie de quelques chapelles. Ils me
promirent tous deux qu'ils en écriraient en cour ;
mais l'affaire en demeure là, à caufe de la conftitution *Unigenitus*.

O mes frères les jésuites ! vous n'avez pas été tolérans, et on ne l'est pas pour vous. Consolez-vous, d'autres à leur tour deviendront persécuteurs, et à leur tour ils seront abhorrés.

§. VI

Je contais ces choses il y a quelques jours à M. de *Boucacous*, languedocien très-chaud, et huguenot très-zélé. *Cavalisque*, me dit-il, on nous traite donc en France comme les Turcs ! on leur refuse des mosquées, et on ne nous accorde point de temples ! Pour des mosquées, lui dis-je, les Turcs ne nous en ont encore point demandé ; et j'ose me flatter qu'ils en obtiendront quand ils voudront, parce qu'ils sont nos bons alliés ; mais je doute fort qu'on rétablisse vos temples, malgré toute la politesse dont nous nous piquons ; la raison en est que vous êtes un peu nos ennemis. Vos ennemis ! s'écria M. de *Boucacous*, nous qui sommes les plus ardens serviteurs du roi ! Vous êtes fort ardens, lui répliquai-je, et si ardens, que vous avez fait neuf guerres civiles, sans compter les massacres des Cévènes. Mais, dit-il, si nous avons fait des guerres civiles, c'est que vous nous cuisiez en place publique ; on se lasse à la longue d'être brûlé ; il n'y a patience de saint qui puisse y tenir : qu'on nous laisse en repos, et je vous jure que nous serons des sujets très-fidèles.

C'est précisément ce qu'on fait, lui dis-je ; on ferme les yeux sur vous, on vous laisse faire votre commerce, vous avez une liberté assez honnête. Voilà une plaisante liberté ! dit M. de *Boucacous* ;

nous ne pouvons nous affembler en pleine campagne quatre ou cinq mille feulement, avec des pfaumes à quatre parties, que fur le champ il ne vienne un régiment de dragons, qui nous fait rentrer chacun chez nous. Eſt-ce-là vivre? eſt-ce-là être libre?

Alors je lui parlai ainſi : il n'y a aucun pays dans le monde où l'on puiſſe s'attrouper ſans l'ordre du ſouverain ; tout attroupement eſt contre les lois. Servez DIEU à votre mode dans vos maiſons ; n'étourdiſſez perſonne par des hurlemens que vous appelez *muſique*. Penſez-vous que DIEU ſoit bien content de vous quand vous chantez ſes comman-demens ſur l'air de *Réveillez-vous*, *belle endormie*, et quand vous dites avec les Juifs, en parlant d'un peuple voiſin :

> Heureux qui doit te détruire à jamais !
> Qui, t'arrachant les enfans des mamelles,
> Ecraſera leurs têtes infidelles !

DIEU veut-il abſolument qu'on écraſe les cervelles des petits enfans ? cela eſt-il humain ? De plus, DIEU aime-t-il tant les mauvais vers et la mauvaiſe muſique ?

M. de *Boucacous* m'interrompit, et me demanda ſi le latin de cuiſine de nos pſaumes valait mieux ? Non, ſans doute, lui dis-je ; je conviens même qu'il y a un peu de ſtérilité d'imagination à ne prier DIEU que dans une traduction très-vicieuſe de vieux can-tiques d'un peuple que nous abhorrons ; nous ſommes tous juifs à vêpres, comme nous ſommes tous païens à l'opéra.

Ce qui me déplaît feulement, c'eft que les *Méta-morphofes d'Ovide* font, par la malice du démon, bien mieux écrites, et plus agréables que les cantiques juifs; car il faut avouer que cette montagne de Sion, et ces gueules de bafilic, et ces collines qui fautent comme des béliers, et toutes ces répétitions faftidieu-fes, ne valent ni la poëfie grecque, ni la latine, ni la françaife. Le froid petit *Racine* a beau faire, cet enfant dénaturé n'empêchera pas, profanement parlant, que fon père ne foit un meilleur poëte que *David*.

Mais enfin, nous fommes la religion dominante chez nous; il ne vous eft pas permis de vous attrouper en Angleterre; pourquoi voudriez-vous avoir cette liberté en France? Faites ce qu'il vous plaira dans vos maifons, et j'ai parole de monfieur le gouverneur et de monfieur l'intendant, qu'en étant fages, vous ferez tranquilles; l'imprudence feule fit et fera les perféutions. Je trouve très-mauvais que vos mariages, l'état de vos enfans, le droit d'héritage, fouffrent la moindre difficulté. Il n'eft pas jufte de vous faigner et de vous purger, parce que vos pères ont été malades; mais que voulez-vous? ce monde eft un grand *Bedlam*, où des fous enchaînent d'autres fous.

§. VII.

Les compagnons de *Polichinelle* réduits à la men-dicité, qui était leur état naturel, s'affocièrent avec quelques bohêmes, et coururent de village en vil-lage. Ils arrivèrent dans une petite ville, et logèrent dans un quatrième étage, où ils fe mirent à com-pofer des drogues dont la vente les aida quelque temps à fubfifter. Ils guérirent même de la gale l'épagneul d'une dame de confidération; les voifins crièrent au prodige; mais, malgré toute leur induf-trie, la troupe ne fit pas fortune.

Ils fe lamentaient de leur obfcurité et de leur mifère, lorfqu'un jour ils entendirent un bruit fur leur tête, comme celui d'une brouette qu'on roule fur le plancher. Ils montèrent au cinquième étage, et y trouvèrent un petit homme qui fefait des marionnettes pour fon compte; il s'appelait le fieur *Bienfait*; il avait tout jufte le génie qu'il fallait pour fon art.

On n'entendait pas un mot de ce qu'il difait, mais il avait un galimatias fort convenable; et il ne fefait pas mal fes bamboches. Un compagnon qui excellait auffi en galimatias, lui parla ainfi :

Nous croyons que vous êtes deftiné à relever nos marionnettes; car nous avons lu dans *Noftradamus* ces propres paroles, *nelle chi li po rate icfus res fait en bi*, lefquelles prifes à rebours font évidemment: *Bienfait reffufcitera Polichinelle*. Le nôtre a été avalé par un crapaud, mais nous avons retrouvé fon chapeau, fa boffe et fa pratique. Vous fournirez le fil d'archal. Je crois d'ailleurs qu'il vous fera aifé de lui faire une mouftache toute femblable à celle qu'il avait; et quand nous ferons unis enfemble, il eft à croire que nous aurons beaucoup de fuccès. Nous ferons valoir *Polichinelle* par *Noftradamus*, et *Noftradamus* par *Polichinelle*.

Le fieur *Bienfait* accepta la propofition. On lui demanda ce qu'il voulait pour fa peine? Je veux, dit-il, beaucoup d'honneurs et beaucoup d'argent.

Nous n'avons rien de cela , dit l'orateur de la troupe,
mais avec le temps on a de tout. Le fieur *Bienfait*
fe lia donc avec les bohêmes , et tous enfemble
allèrent à Milan établir leur théâtre, fous la protection de madame *Carminetta*. On afficha que le même
Polichinelle qui avait été mangé par un crapaud du
village du canton d'Appenzel, reparaîtrait fur le
théâtre de Milan , et qu'il danferait avec madame
Gigogne. Tous les vendeurs d'orviétan eurent beau s'y
oppofer ; le fieur *Bienfait* , qui avait auffi le fecret de
l'orviétan , foutint que le fien était le meilleur ; il en
vendit beaucoup aux femmes qui étaient folles de
Polichinelle, et il devint fi riche, qu'il fe mit à la tête
de la troupe.

Dès qu'il eut ce qu'il voulait (et que tout le
monde veut) des honneurs et du bien, il fut très-
ingrat envers madame *Carminetta*. Il acheta une belle
maifon vis-à-vis celle de fa bienfaitrice, et il trouva
le fecret de la faire payer par fes affociés. On ne le vit
plus faire fa cour à madame *Carminetta ;* au contraire,
il voulut qu'elle vînt déjeûner chez lui; et un jour
qu'elle daigna y venir , il lui fit fermer la porte au
nez , &c.

§. V I I I.

N'ayant rien entendu au précédent chapitre de
Merri Hiffing , je me tranfportai chez mon ami
M. *Huffon* , pour lui en demander l'explication.
Il me dit que c'était une profonde allégorie fur le
père *la Valette* , marchand banqueroutier d'Amérique ;
mais que d'ailleurs il y avait long-temps qu'il ne
s'embarraffait plus de ces fottifes , qu'il n'allait
jamais aux marionnettes, qu'on jouait ce jour-là

Polyeucte, et qu'il voulait l'entendre. Je l'accompagnai à la comédie.

M. *Huſſon*, pendant le premier acte, branlait toujours la tête. Je lui demandai dans l'entr'acte pourquoi ſa tête branlait tant ? J'avoue, dit-il, que je ſuis indigné contre ce ſot *Polyeucte* et contre cet impudent *Néarque*. Que diriez-vous d'un gendre de monſieur le gouverneur de Paris, qui ſerait huguenot, et qui, accompagnant ſon beau-père le jour de pâque à Notre-Dame, irait mettre en pièces le ciboire et le calice, et donner des coups de pied dans le ventre à monſieur l'archevêque et aux chanoines ? Serait-il bien juſtifié, en nous diſant que nous ſommes des idolâtres ? qu'il l'a entendu dire au ſieur *Lubolier*, (*) prédicant d'Amſterdam, et au ſieur *Morfyé*, (**) compilateur à Berlin, auteur de la *Bibliothèque germanique*, qui le tenait du prédicant *Urieju* ? (***) C'eſt-là le fidèle portrait de la conduite de *Polyeucte*. Peut-on s'intéreſſer à ce plat fanatique, ſéduit par le fanatique *Néarque* ?

M. *Huſſon* me diſait ainſi ſon avis amicalement dans les entr'actes. Il ſe mit à rire, quand il vit *Polyeucte* réſigner ſa femme à ſon rival, et il la trouva un peu bourgeoiſe, quand elle dit à ſon amant qu'elle va dans ſa chambre, au lieu d'aller avec lui à l'égliſe.

Adieu, trop vertueux objet, et trop charmant;

Adieu, trop généreux et trop parfait amant;

Je vais ſeule en ma chambre enfermer mes regrets.

Mais il admira la ſcène où elle demande à ſon amant la grâce de ſon mari.

(*) *Boullier.*   (**) *Formey.*   (***) *Juriou.*

Il

Il y a là, dit-il, un gouverneur d'Arménie qui eſt bien le plus lâche, le plus bas des hommes; ce père de Pauline avoue même qu'il a les ſentimens d'un coquin.

> Polyeucte eſt ici l'appui de ma famille;
> Mais, ſi par ſon trépas l'autre épouſait ma fille,
> J'acquerrais bien par là de plus puiſſans appuis,
> Qui me mettraient plus haut cent fois que je ne ſuis.

Un procureur au châtelet ne pourrait guère ni penſer, ni s'exprimer autrement. Il y a de bonnes ames qui avalent tout cela; je ne ſuis pas du nombre. Si ces pauvretés peuvent entrer dans une tragédie du pays des Gaules, il faut brûler l'Oedipe des Grecs.

M. *Huſſon* eſt un rude homme : j'ai fait ce que j'ai pu pour l'adoucir; mais je n'ai pu en venir à bout. Il a perſiſté dans ſon avis, et moi dans le mien.

§. IX.

Nous avons laiſſé le ſieur *Bienfait* fort riche et fort inſolent. Il fit tant par ſes menées, qu'il fut reconnu pour entrepreneur d'un grand nombre de marionnettes. Dès qu'il fut revêtu de cette dignité, il fit promener *Polichinelle* dans toutes les villes, et afficha que tout le monde ſerait tenu de l'appeler *Monſieur*, ſans quoi il ne jouerait point. C'eſt de là que, dans toutes les repréſentations des marionnettes, il ne répond jamais à ſon compère que quand le compère l'appelle monſieur *Polichinelle*. Peu à peu, *Polichinelle* devint ſi important, qu'on ne donna plus

Facéties. V

aucun fpectacle fans lui payer une rétribution,
comme les opéra des provinces en payent une à
l'opéra de Paris.

Un jour, un de fes domeftiques, receveur des
billets et ouvreur des loges, ayant été caffé aux gages,
fe fouleva contre *Bienfait*, et inftitua d'autres marionnettes, qui décrièrent toutes les danfes de Mme *Gigogne*
et tous les tours de paffe-paffe de *Bienfait*. Il retrancha
plus de cinquante ingrédiens qui entraient dans
l'orviétan, compofa le fien de cinq à fix drogues;
et, le vendant beaucoup meilleur marché, il enleva
une infinité de pratiques à *Bienfait*; ce qui excita un
furieux procès, et on fe battit long-temps à la porte
des marionnettes, dans le préau de la foire.

§. X.

M. *Huffon* me parlait hier de fes voyages : en
effet, il a paffé plufieurs années dans les Echelles du
Levant; il eft allé en Perfe; il a demeuré long-temps
dans les Indes, et a vu toute l'Europe. J'ai remarqué,
me difait-il, qu'il y a un nombre prodigieux de juifs
qui attendent le Meffie, et qui fe feraient empaler
plutôt que de convenir qu'il eft venu. J'ai vu mille
turcs perfuadés que *Mahomet* avait mis la moitié de
la lune dans fa manche. Le petit peuple, d'un bout
du monde à l'autre, croit fermement les chofes les
plus abfurdes. Cependant, qu'un philofophe ait un
écu à partager avec le plus imbécille de ces malheureux, en qui la raifon humaine eft fi horriblement
obfcurcie, il eft fûr que, s'il y a un fou à gagner,
l'imbécille l'emportera fur le philofophe. Comment
des taupes, fi aveugles fur le plus grand des intérêts,

font-elles lynx fur les plus petits? Pourquoi le
même juif qui vous égorge le vendredi, ne vou-
drait-il pas voler un liard le jour du fabbat? Cette
contradiction de l'efpèce humaine mérite qu'on
l'examine.

N'eft-ce pas, dis-je à M. *Huffon*, que les hommes
font fuperftitieux par coutume, et coquins par
inftinct? J'y rêverai, me dit-il; cette idée me paraît
affez bonne.

§. X I.

Polichinelle, depuis l'aventure de l'ouvreur de
loges, a effuyé bien des difgraces. Les Anglais, qui
font raifonneurs et fombres, lui ont préféré
Shakefpeare; mais ailleurs fes farces ont été fort en
vogue; et, fans l'opéra comique, fon théâtre était le
premier des théâtres. Il a eu de grandes querelles
avec *Scaramouche* et *Arlequin*, et on ne fait pas encore
qui l'emportera. Mais.....

§. X I I.

Mais, mon cher Monfieur, difais-je, comment
peut-on être à la fois fi barbare et fi drôle? Comment
dans l'hiftoire d'un peuple, trouve-t-on à la fois la
Saint-Barthelemi et les contes de *la Fontaine*, &c.?
eft-ce l'effet du climat? eft-ce l'effet des lois?

Le genre humain, répondit M. *Huffon*, eft capable
de tout. *Néron* pleura quand il fallut figner l'arrêt
de mort d'un criminel, joua des farces, et affaffina
fa mère. Les finges font des tours extrêmement
plaifans, et étouffent leurs petits. Rien n'eft plus
doux, plus timide qu'une levrette; mais elle déchire

un lièvre, et baigne fon long mufeau dans fon
fang.

Vous devriez, lui dis-je, nous faire un beau
livre qui développât toutes ces contradictions. Ce
livre eft tout fait, dit-il; vous n'avez qu'à regarder
une girouette; elle tourne tantôt au doux foufle du
zéphyr, tantôt au vent violent du nord; voilà
l'homme.

§. XIII.

Rien n'eft fouvent plus convenable que d'aimer
fa coufine. On peut aufli aimer fa nièce; mais il en
coûte dix-huit mille livres, payables à Rome, pour
époufer une coufine, et quatre-vingts mille francs pour
coucher avec fa nièce en légitime mariage.

Je fuppofe quarante nièces par an mariées avec
leurs oncles, et deux cents coufins et coufines
conjoints; cela fait en facremens fix millions huit
cents mille livres par an qui fortent du royaume.
Ajoutez-y environ fix cents mille francs pour ce qu'on
appelle les *annates des terres de France*, que le roi
de France donne à des français en bénéfices;
joignez-y encore quelques menus frais; c'eft environ
huit millions quatre cents mille livres que nous
donnons-libéralement au faint père par chacun an.
Nous exagérons peut-être un peu; mais on conviendra que, fi nous avons beaucoup de coufines et
de nièces jolies, et fi la mortalité fe met parmi les
bénéficiers, la fomme peut aller au double. Le
fardeau ferait lourd, tandis que nous avons des
vaiffeaux à conftruire, des armées et des rentiers à
payer.

Je m'étonne que dans l'énorme quantité de livres, dont les auteurs ont gouverné l'Etat depuis vingt ans, aucun n'ait penſé à réformer ces abus. J'ai prié un docteur de ſorbonne, de mes amis, de me dire dans quel endroit de l'Ecriture on trouve que la France doive payer à Rome la ſomme ſuſdite : il n'a jamais pu le trouver. J'en ai parlé à un jéſuite ; il m'a répondu que cet impôt fut mis par St *Pierre* ſur les Gaules, dès la première année qu'il vint à Rome ; et comme je doutais que St *Pierre* eût fait ce voyage, il m'en a convaincu, en me diſant qu'on voit encore à Rome les clefs du paradis, qu'il portait toujours à ſa ceinture. Il eſt vrai, m'a-t-il dit, que nul auteur canonique ne parle de ce voyage de ce *Simon Barjone ;* mais nous avons une belle lettre de lui, datée de Babylone : or, certainement Babylone veut dire Rome ; donc vous devez de l'argent au pape quand vous épouſez vos couſines. J'avoue que jai été frappé de la force de cet argument.

§. XIV.

J'ai un vieux parent qui a ſervi le roi cinquante-deux ans : il s'eſt retiré dans la haute Alſace, où il a une petite terre qu'il cultive, dans le diocèſe de Porentru. Il voulut un jour faire donner le dernier labour à ſon champ ; la faiſon avançait, l'ouvrage preſſait. Ses valets refuſèrent le ſervice, et dirent pour raiſon que c'était la fête de Ste *Barbe*, la ſainte la plus fêtée à Porentru. Hé ! mes amis, leur dit mon parent, vous avez été à la meſſe en l'honneur de *Barbe ;* vous avez rendu à *Barbe* ce qui lui appartient ; rendez-moi ce que vous me devez : cultivez mon champ au lieu d'aller au cabaret. Ste Barbe ordonne-t-elle qu'on s'enivre pour lui faire honneur, et que je manque de blé cette année? Le maître valet lui dit : Monfieur, vous voyez bien que je ferais damné fi je travaillais dans un jour fi faint. Ste Barbe eft la plus grande fainte du paradis ; elle grava le figne de la croix fur une colonne de marbre avec le bout du doigt; et du même doigt et du même figne, elle fit tomber toutes les dents d'un chien qui lui avait mordu les feffes : je ne travaillerai point le jour de Ste Barbe.

Mon parent envoya chercher des laboureurs luthériens, et fon champ fut cultivé. L'évêque de Porentru l'excommunia. Mon parent en appela comme d'abus : le procès n'eft pas encore jugé. Perfonne affurément n'eft plus perfuadé que mon parent qu'il faut honorer les faints; mais il prétend auffi qu'il faut cultiver la terre.

Je fuppofe en France environ cinq millions d'ouvriers, foit manœuvres, foit artifans, qui gagnent chacun, l'un portant l'autre, vingt fous par jour, et qu'on force faintement de ne rien gagner pendant trente jours de l'année, indépendamment des dimanches : cela fait cent cinquante millions de moins dans la circulation, et cent cinquante millions de moins en main d'œuvre. Quelle prodigieufe fupériorité ne doivent point avoir fur nous les royaumes voifins, qui n'ont ni Ste Barbe ni d'évêque de Porentru? On répondait à cette objection que les cabarets, ouverts les faints jours de fête, produifent beaucoup aux fermes générales. Mon parent en convenait; mais il prétendait que c'eft un léger dédommagement, et que d'ailleurs, fi on peut travailler après la meſſe, on peut aller au cabaret après le travail. Il ſoutient que cette affaire eſt purement de police, et point du tout épiſcopale; il ſoutient qu'il vaut encore mieux labourer que de s'enivrer. J'ai bien peur qu'il ne perde ſon procès.

§. XV.

Il y a quelques années qu'en paſſant par la Bourgogne avec M. *Evrard*, que vous connaiſſez tous, nous vîmes un vaſte palais, dont une partie commençait à s'élever. Je demandai à quel prince il appartenait. Un maçon me répondit que c'était à monſeigneur l'abbé de Cîteaux; que le marché avait été fait à dix-ſept cents mille livres, mais que probablement il en coûterait bien davantage.

Je bénis DIEU, qui avait mis ſon ſerviteur en état d'élever un ſi beau monument, et de répandre tant d'argent dans le pays. Vous moquez-vous? dit M. *Evrard*; n'eſt-il pas abominable que l'oiſiveté ſoit récompenſée par deux cents cinquante mille livres de rente, et que la vigilance d'un pauvre curé de campagne ſoit punie par une portion congrue de cent écus? Cette inégalité n'eſt-elle pas la choſe du monde la plus injuſte et la plus odieuſe? Qu'en reviendra-t-il à l'Etat, quand un moine ſera logé dans un palais de deux millions? Vingt familles de pauvres officiers, qui partageraient ces deux millions, auraient chacune un bien honnête, et donneraient au roi de nouveaux officiers. Les petits moines, qui ſont aujourd'hui les ſujets inutiles d'un de leurs moines élu par eux, deviendraient des

V 4

membres de l'Etat, au lieu qu'ils ne font que des chancres qui le rongent.

Je répondis à M. *Evrard* : Vous allez trop loin et trop vîte ; ce que vous dites arrivera certainement dans deux ou trois cents ans ; ayez patience. Et c'eft précifément, répondit-il, parce que la chofe n'arrivera que dans deux ou trois fiècles, que je perds toute patience ; je fuis las de tous les abus que je vois : il me femble que je marche dans les déferts de la Lybie, où notre fang eft fucé par des infectes, quand les lions ne nous dévorent pas.

J'avais, continua-t-il, une fœur affez imbécille pour être janféniste de bonne foi, et non par efprit de parti. La belle aventure des billets de confeffion la fit mourir de défefpoir. Mon frère avait un procès qu'il avait gagné en première inftance ; fa fortune en dépendait. Je ne fais comment il eft arrivé que les juges ont ceffé de rendre la juftice, et mon frère a été ruiné. J'ai un vieil oncle criblé de bleffures, qui fefait paffer fes meubles et fa vaiffelle d'une province à une autre ; des commis alertes ont faifi le tout fur un petit manque de formalité ; mon oncle n'a pu payer les trois vingtièmes, et il eft mort en prifon.

M. *Evrard* me conta des aventures de cette efpèce pendant deux heures entières. Je lui dis : Mon cher monfieur *Evrard*, j'en ai effuyé plus que vous ; les hommes font ainfi faits d'un bout du monde à l'autre ; nous nous imaginons que les abus ne règnent que chez nous ; nous fommes tous deux comme *Aftolphe* et *Joconde*, qui penfaient d'abord qu'il n'y avait que leurs femmes d'infidelles ; ils fe mirent à voyager,

et ils trouvèrent par-tout des gens de leur confrérie.
Oui, dit M. *Evrard*, mais ils eurent le plaifir de
rendre par-tout ce qu'on avait eu la bonté de leur
prêter chez eux.

Tâchez, lui dis-je, d'être feulement pendant trois
ans directeur de.... ou de.... ou de.... ou de...
et vous vous vengerez avec ufure.

M. *Evrard* me crut : c'eft à préfent l'homme de
France qui vole le roi, l'Etat et les particuliers, de la
manière la plus dégagée et la plus noble, qui fait la
meilleure chère, et qui juge le plus fièrement d'une
pièce nouvelle.

S A Ü L,

D R A M E,

Traduit de l'Anglais de M. HUT.

AVIS.

M. *Huet*, membre du parlement d'Angleterre, était petit neveu de M. *Huet*, évêque d'Avranches. Les Anglais, au lieu de *Huet* avec un *e* ouvert, prononcent *Hut*; ce fut lui qui, en 1728, composa le petit livre très-curieux : *The man after the heart of* GOD, *l'homme felon le cœur de* DIEU. Indigné d'avoir entendu un prédicateur comparer à *David* le roi *George II*, qui n'avait ni affaffiné perfonne, ni fait brûler fes prifonniers français dans des fours à brique, il fit une juftice éclatante de ce roitelet juif.

PERSONNAGES.

SAUL, fils de *Cis*, et premier roi juif.

DAVID, fils de *Jessé*, gendre de *Saül*, et second roi.

AGAG, roi des Amalécites.

SAMUEL, prophète et juge en Israël.

MICHOL, épouse de *David*, et fille de *Saül*.

ABIGAIL, veuve de *Nabal*, et seconde épouse de *David*.

BETZABÉE, femme d'*Urie*, et concubine de *David*.

LA PYTHONISSE, fameuse forcière en Israël.

JOAB, général des hordes de *David*, et son confident.

URIE, mari de *Betzabée*, et officier de *David*.

BAZA, ancien confident de *Saül*.

ABIEZER, vieil officier de *Saül*.

ADONIAS, fils de *David* et d'*Agith* la dix-septième femme.

SALOMON, fils adultérin de *David* et de *Betzabée*.

NATHAN, prince et prophète en Israël.

GAG ou GAD, prophète et chapelain ordinaire de *David*.

ABISAG, de Sunam, jeune sunamite.

EBIND, capitaine de *David*.

ABIAR, officier de *David*.

YESEZ, inspecteur-général des troupes de *David*.

Les prêtres de *Samuël*.

Les capitaines de *David*.

Un clerc de la tréforerie.

Un meffager.

La populace juive.

PREMIER ACTE.

La fcène eft à Calgala.

DEUXIEME ACTE.

La fcène eft fur la colline d'Achila.

TROISIEME ACTE.

La fcène eft à Siceleg.

QUATRIEME ACTE.

La fcène eft à Hébron.

CINQUIEME ACTE.

La fcène eft à Hérus-chalaïm.

On n'a pas obfervé dans cette efpèce de tragi-comédie l'unité d'action, de lieu et de temps. On a cru avec l'illuftre la Motte devoir fe fouftraire à ces règles. Tout fe paffe dans l'intervalle de deux ou trois générations pour rendre l'action plus tragique par le nombre des morts, felon l'efprit juif, tandis que parmi nous l'unité de temps ne peut s'étendre qu'à vingt-quatre heures et l'unité de lieu dans l'enceinte d'un palais.

SAÜL,

DRAME.

ACTE PREMIER.

SCENE PREMIERE.

SAUL, BAZA.

BAZA.

O grand Saül ! le plus puiffant des rois ; vous qui régnez fur les trois lacs dans l'efpace de plus de cinq cents ftades ; vous vainqueur du généreux Agag , roi d'Amalec , dont les capitaines étaient montés fur les plus puiffans ânes , ainfi que les cinquante fils d'Amalec ; vous qu'Adonaï fit triompher à la fois de Dagon et de Béelzébuth ; vous qui , fans doute, mettrez fous vos lois toute la terre , comme on vous l'a promis tant de fois , faut-il que vous vous abandonniez à votre douleur dans de fi nobles triomphes et de fi grandes efpérances ?

SAUL.

O mon cher Baza ! heureux mille fois celui qui conduit en paix les troupeaux bêlans de Benjamin , et preffe le doux raifin de la vallée d'Engaddy ! Hélas ! je cherchais les âneffes de mon père , je trouvai un royaume ; depuis ce jour je n'ai connu que la douleur. Plût à Dieu au contraire que j'euffe cherché un royaume , et trouvé des âneffes ! j'aurais fait un meilleur marché.

B A Z A.

Eſt-ce le prophète Samuël, eſt-ce votre gendre David qui vous cauſent ces mortels chagrins ?

S A U L.

L'un et l'autre. Samuël, tu le ſais, m'oignit malgré lui ; il fit ce qu'il put pour empêcher le peuple de choiſir un prince, et dès que je fus élu, il devint le plus cruel de tous mes ennemis.

B A Z A

Vous deviez bien vous y attendre ; il était prêtre, et vous étiez guerrier ; il gouvernait avant vous ; on hait toujours ſon ſucceſſeur.

S A U L.

Eh ! pouvait-il eſpérer de gouverner plus long-temps ? il avait aſſocié à ſon pouvoir ſes indignes enfans, également corrompus et corrupteurs, qui vendaient publiquement la juſtice : toute la nation s'éleva contre ce gouvernement ſacerdotal. On tira un roi au ſort : les dés ſacrés annoncèrent la volonté du ciel ; le peuple la ratifia, et Samuël frémit : ce n'eſt pas aſſez de haïr en moi un prince choiſi par le ciel, il hait encore le prophète ; car il ſait que, comme lui, j'ai le nom de voyant ; que j'ai prophétiſé comme lui ; et ce nouveau proverbe répandu dans Iſraël : Saül eſt auſſi au rang des prophètes, n'offenſe que trop ſes oreilles ſuperbes : on le reſpecte encore ; pour mon malheur il eſt prêtre, il eſt dangereux.

B A Z A.

N'eſt-ce pas lui qui ſoulève contre vous votre gendre David ?

S A U L.

Il n'eſt que trop vrai, et je tremble qu'il ne cabale pour donner ma couronne à ce rebelle.

BAZA.

BAZA.

Votre alteffe royale eft trop bien affermie par fes victoires, et le roi Agag, votre illuftre prifonnier, vous eft ici un sûr garant de la fidélité de votre peuple, également enchanté de votre victoire et de votre clémence : voici qu'on l'amène devant votre alteffe royale.

SCENE II.

SAUL, BAZA, AGAG, Soldats.

AGAG.

Doux et puiffant vainqueur, modèle des princes, qui favez vaincre et pardonner, je me jette à vos facrés genoux, daignez ordonner vous-même ce que je dois donner pour ma rançon ; je ferai déformais un voifin, un allié fidèle, un vaffal foumis ; je ne vois plus en vous qu'un bienfaiteur et un maître : je vous dois la vie, je vous devrai encore la liberté : j'admirerai, j'aimerai en vous l'image du Dieu qui punit et pardonne.

SAUL.

Illuftre prince, que le malheur rend encore plus grand, je n'ai fait que mon devoir en fauvant vos jours : les rois doivent refpecter leurs femblables : qui fe venge après la victoire eft indigne de vaincre : je ne mets point votre perfonne à rançon, elle eft d'un prix ineftimable : foyez libre ; les tributs que vous payerez à Ifraël feront moins des marques de foumiffion que d'amitié : c'eft ainfi que les rois doivent traiter enfemble.

AGAG.

O vertu ! ô grandeur de courage ! que vous êtes puiffantes fur mon cœur ! Je vivrai, je mourrai le fujet du grand Saül, et tous mes Etats font à lui.

Facéties.   X

S C E N E   I I I.

Les perfonnages précédens ; SAMUEL, prêtres.

S A U L.

SAMUEL , quelles nouvelles m'apportez-vous ? venez-vous de la part de Dieu, de celle du peuple, ou de la vôtre ?

S A M U E L.

De la part de Dieu.

S A U L.

Qu'ordonne-t-il ?

S A M U E L.

Il m'ordonne de vous dire qu'il s'eft repenti de vous avoir fait régner.

S A U L.

Dieu fe repentir ! Il n'y a que ceux qui font des fautes qui fe repentent ; fa fageffe éternelle ne peut être imprudente. Dieu ne peut faire des fautes.

S A M U E L.

Il peut fe repentir d'avoir mis fur le trône ceux qui en commettent.

S A U L.

Eh ! quel homme n'en commet pas ? parlez, de quoi fuis-je coupable ?

S A M U E L.

D'avoir pardonné à un roi.

A G A G.

Comment! la plus belle des vertus ferait regardée chez vous comme un crime ?

SAMUEL à *Agag*.

Tais-toi, ne blafphême point. (*à Saül*) Saül, ci-devant roi des Juifs, Dieu ne vous avait-il pas ordonné par ma bouche d'égorger tous les Amalécites, fans épargner ni les femmes, ni les filles, ni les enfans à la mamelle ?

AGAG.

Ton Dieu t'avait ordonné cela ! tu t'es trompé, tu voulais dire ton diable.

SAMUEL à *fes prêtres*.

Préparez-vous à m'obéir : et vous, Saül, avez-vous obéi à Dieu ?

SAUL.

Je n'ai pas cru qu'un tel ordre fût pofitif ; j'ai penfé que la bonté était le premier attribut de l'Etre fuprême, qu'un cœur compatiffant ne pouvait lui déplaire.

SAMUEL.

Vous vous êtes trompé, homme infidèle : Dieu vous réprouve, votre fceptre paffera dans d'autres mains.

BAZA à *Saül*.

Quelle infolence ! Seigneur, permettez-moi de punir ce prêtre barbare.

SAUL.

Gardez-vous en bien ; ne voyez-vous pas qu'il eft fuivi de tout le peuple, et que nous ferions lapidés, fi je réfiftais ; car en effet, j'avais promis....

BAZA.

Vous aviez promis une chofe abominable !

SAUL.

N'importe ; les Juifs font plus abominables encore ; ils prendront la défenfe de Samuel contre moi.

BAZA à *part*.

Ah ! malheureux prince, tu n'as de courage qu'à la tête des armées !

X 2

S A U L.

Hé bien donc, Prêtres! que faut-il que je fasse ?

S A M U E L.

Je vais te montrer comment on obéit au Seigneur : (*à fes prêtres.*) ô Prêtres facrés ! enfans de Lévi, déployez ici votre zèle ; qu'on apporte une table, qu'on étende fur cette table ce roi, dont le prépuce eft un crime devant le Seigneur. (*Les prêtres lient Agag fur la table.*)

A G A G.

Que voulez-vous de moi, impitoyables monftres !

S A U L.

Augufte Samuel, au nom du Seigneur !

S A M U E L.

Ne l'invoquez pas, vous en êtes indigne ; demeurez ici, il vous l'ordonne ; foyez témoin du facrifice qui peut-être expiera votre crime.

A G A G *à Samuel.*

Ainfi donc, vous m'allez donner la mort : ô mort, que vous êtes amère !

S A M U E L.

Oui, tu es gras, et ton holocaufte en fera plus agréable au Seigneur.

A G A G.

Hélas ! Saül, que je te plains d'être foumis à de pareils monftres !

S A M U E L *à Agag.*

Ecoute, tu vas mourir ; veux-tu être juif ; veux-tu te faire circoncire ?

A G A G.

Et fi j'étais affez faible pour être de ta religion, me donnerais-tu la vie ?

SAMUEL.

Non, tu auras la fatisfaction de mourir juif, et c'eft bien affez.

AGAG.

Frappez donc, bourreaux!

SAMUEL.

Donnez-moi cette hache, au nom du Seigneur; et tandis que je couperai un bras, coupez une jambe, et ainfi de fuite morceau par morceau. (*Ils frappent tous enfemble au nom d'Adonaï.*)

AGAG.

O mort! ô tourmens! ô barbares!

SAUL.

Faut-il que je fois témoin d'une abomination fi horrible?

BAZA.

Dieu vous punira de l'avoir foufferte.

SAMUEL *aux prêtres.*

Emportez ce corps et cette table : qu'on brûle les reftes de cet infidèle, et que fes chairs fervent à nourrir nos ferviteurs : (*à Saül*) et vous, Prince, apprenez à jamais qu'obéiffance vaut mieux que facrifice.

SAUL, *fe jetant dans un fauteuil.*

Je me meurs ; je ne pourrai furvivre à tant d'horreurs et à tant de honte.

S C E N E   I V.

SAUL, BAZA, un meſſager.

LE MESSAGER.

Seigneur, penſez à votre ſureté; David approche en armes; il eſt ſuivi de cinq cents brigands qu'il a ramaſſés; vous n'avez ici qu'une garde faible.

BAZA.

Hé bien, Seigneur, vous le voyez: David et Samuel étaient d'intelligence: vous êtes trahi de tous côtés, mais je vous ferai fidèle juſqu'à la mort : quel parti prenez vous ?

SAUL.

Celui de combattre et de mourir.

Fin du premier acte.

ACTE II.

SCENE PREMIERE.

DAVID, MICHOL.

MICHOL.

IMPITOYABLE époux, prétends-tu attenter à la vie de mon père, de ton bienfaiteur, de celui qui, t'ayant d'abord pris pour son joueur de harpe, te fit bientôt après son écuyer, qui enfin t'a mis dans mes bras?

DAVID.

Il eſt vrai, ma chère Michol, que je lui dois le bonheur de poſſéder vos charmes; il m'en a coûté aſſez cher : il me fallut apporter à votre père deux cents prépuces de Phi-liſtins pour préſent de noces : deux cents prépuces ne ſe trouvent pas ſi aiſément : je fus obligé de tuer deux cents hommes pour venir à bout de cette entrepriſe; et je n'avais pas la mâchoire d'âne de Samſon : mais eût-il fallut combattre toutes les forces de Babylone et d'Egypte, je l'aurais fait pour vous mériter; je vous adorais et je vous adore.

MICHOL.

Et pour preuve de ton amour, tu en veux aux jours de mon père !

DAVID.

Dieu m'en préſerve ! je ne veux que lui ſuccéder : vous ſavez que j'ai reſpecté ſa vie, et que lorſque je le rencontrai dans une caverne, je ne lui coupai que le bout de fon manteau.; la vie du père de ma chère Michol me fera toujours précieufe.

MICHOL.

Pourquoi donc te joindre à fes ennemis? Pourquoi te fouiller du crime horrible de rebellion, et te rendre par-là même fi indigne du trône où tu afpires ? Pourquoi d'un côté te joindre à Samuel, notre ennemi domeftique, et de l'autre au roi de Geth , Akis, notre ennemi déclaré ?

DAVID.

Ma noble époufe, ne me condamnez pas fans m'entendre : vous favez qu'un jour, dans le village de Bethléem, Samuel répandit de l'huile fur ma tête : ainfi je fuis roi ; et vous êtes la femme d'un roi : fi je me fuis joint aux ennemis de la nation, fi j'ai fait du mal à mes concitoyens, j'en ai fait davantage à ces ennemis mêmes. Il eft vrai que j'ai engagé ma foi au roi de Geth, le généreux Akis : j'ai raffemblé cinq cents malfaiteurs perdus de dettes, et de débauches, mais tous bons foldats; Akis nous a reçus , nous a comblés de bienfaits, il m'a traité comme fon fils , il a eu en moi une entière confiance; mais je n'ai jamais oublié que je fuis juif; ayant des commiffions du roi Akis, pour aller ravager vos terres, j'ai très-fouvent ravagé les fiennes : j'allais dans les villages les plus éloignés, je tuais tout fans miféricorde, je ne pardonnais ni au fexe ni à l'âge, afin d'être pur devant le Seigneur, et afin qu'il ne fe trouvât perfonne qui pût me déceler auprès du roi Akis; je lui amenais les bœufs, les ânes, les moutons, les chèvres des inno-cens agriculteurs que j'avais égorgés , et je lui difais, par un falutaire menfonge, que c'étaient les bœufs, les ânes, les moutons et les chèvres des Juifs; quand je trouvais

quelque réfiftance, je fefais fcier en deux, par le milieu
du corps, ces infolens rebelles, ou je les écrafais fous les
dents de leur herfe, ou je les fefais rôtir dans des fours
à briques. Voyez fi c'eft aimer fa patrie, fi c'eft être
bon ifraélite.

MICHOL.

Ainfi, cruel, tu as également répandu le fang de tes
frères et celui de tes alliés : tu as donc trahi également
ces deux bienfaiteurs; rien ne t'eft facré; tu trahiras ainfi
ta chère Michol qui brûle pour toi d'un fi malheureux
amour.

DAVID.

Non, je le jure par la verge d'Aaron, par la racine de
Jeffé, que je vous ferai toujours fidèle.

SCENE II.

DAVID, MICHOL, ABIGAIL.

ABIGAIL, en embraffant David.

Mon cher, mon tendre époux, maître de mon cœur
et de ma vie, venez, fortez avec moi de ces lieux dangereux; Saül arme contre vous, et Akis vous attend.

MICHOL.

Qu'entends-je! fon époux! Quoi! monftre de perfidie,
vous me jurez un amour éternel, et vous avez pris une
autre femme! quelle eft donc cette infolente rivale?

DAVID.

Je fuis confondu.

ABIGAIL.

Augufte et aimable fille d'un grand roi, ne vous mettez
pas en colère contre votre fervante; un héros tel que

David a befoin de plufieurs femmes; et moi je fuis une
jeune veuve qui ai befoin d'un mari; vous êtes obligée
d'être toujours auprès du roï, votre père; il faut que
David ait une compagne dans fes voyages et dans fes
travaux; ne m'enviez pas cet honneur; je vous ferai
toujours foumife.

M I C H O L.

Elle eft civile et accorte du moins; elle n'eft pas comme
ces concubines impertinentes qui vont toujours bravant
la maîtreffe de la maifon : monftre, où as-tu fait cette
acquifition ?

D A V I D.

Puifqu'il faut vous dire la vérité, ma chère Michol,
j'étais à la tête de mes brigands, et ufant du droit de la
guerre, j'ordonnai à Nabal, mari d'Abigail, de m'apporter tout ce qu'il avait : Nabal était un brutal qui ne
favait pas les ufages du monde, il me refufa infolemment:
Abigail eft née douce, honnête et tendre; elle vola tout
ce qu'elle put à fon mari pour me l'apporter; au bout de
huit jours le brutal mourut....

M I C H O L.

Je m'en doutais bien.

D A V I D.

Et j'époufai la veuve.

M I C H O L.

Ainfi Abigail eft mon égale : çà, dis-moi en confcience,
brigand trop cher, combien as-tu de femmes ?

D A V I D.

Je n'en ai que dix-huit en vous comptant : ce n'eft pas
trop pour un brave homme.

M I C H O L.

Dix-huit femmes, fcélérat! Hé, que fais-tu de tout cela?

DAVID.

Je leur donne ce que je peux de tout ce que j'ai pillé.

MICHOL.

Les voilà bien entretenues ! tu es comme les oiseaux de proie qui apportent à leurs femelles des colombes à dévorer : encore n'ont-ils qu'une compagne ; et il en faut dix-huit au fils de Jeffé.

DAVID.

Vous ne vous apercevrez jamais, ma chère Michol, que vous ayez des compagnes.

MICHOL.

Va, tu promets plus que tu ne peux tenir : écoute, quoique tu en aies dix-huit, je te pardonne ; fi je n'avais qu'une rivale, je ferais plus difficile : cependant tu me le payeras.

ABIGAIL.

Augufte reine, fi toutes les autres penfent comme moi, vous aurez dix-fept efclaves de plus auprès de vous.

SCENE III.

DAVID, MICHOL, ABIGAIL, ABIAR.

ABIAR.

Mon maître, que faites-vous ici entre deux femmes ? Saül avance de l'Occident, et Akis de l'Orient ; de quel côté voulez-vous marcher ?

DAVID.

Du côté d'Akis, fans balancer.

MICHOL.

Quoi ! malheureux, contre ton roi, contre mon père !

D A V I D.

Il le faut bien ; il y a plus à gagner avec Akis qu'avec Saül : confolez-vous , Michol ; adieu , Abigail.

A B I G A I L.

Non, je ne te quitte pas.

D A V I D.

Reftez, vous dis-je ; ceci n'eft pas une affaire de femme ; chaque chofe a fon temps , je vais combattre ; priez Dieu pour moi.

S C E N E I V.

M I C H O L, A B I G A I L.

A B I G A I L.

PROTEGEZ-MOI, noble fille de Saül ; je crois une telle action digne de votre grand cœur. David a encore époufé une nouvelle femme ce matin : réuniffons-nous toutes deux contre nos rivales.

M I C H O L.

Quoi ! ce matin même ! l'impudent ! et comment fe nomme-t-elle ?

A B I G A I L.

Alchinoam ; c'eft une des plus dévergondées coquines qui foient dans toute la race de Jacob.

M I C H O L.

C'eft une vilaine race que cette race de Jacob ; je fuis fâchée d'en être ; mais, par Dieu, puifque mon mari nous traite fi indignement, je le traiterai de même, et je vais de ce pas en époufer un autre.

A B I G A I L.

Allez, allez, Madame, je vous promets bien d'en faire autant dès que je ferai mécontente de lui.

SCENE V.

MICHOL, ABIGAIL, le meffager EBIND.

EBIND.

Ah princeffe! votre Jonathas, favez-vous?

MICHOL.

Quoi donc! mon frère Jonathas!...

EBIND.

Eft condamné à mort, dévoué au Seigneur, à l'anathême.

ABIGAIL.

Jonathas qui aimait tant votre mari!

MICHOL.

Il n'eft plus! on lui a arraché la vie!

EBIND.

Non, Madame, il eft en parfaite fanté: le roi votre père, en marchant au point du jour contre Akis, a rencontré un petit corps de Philiftins; et, comme nous étions dix contre un, nous avons donné deffus avec courage. Saül, pour augmenter les forces du foldat, qui était à jeun, a ordonné que perfonne ne mangeât de la journée, et a juré qu'il immolerait au Seigneur le premier qui déjeûnerait: Jonathas, qui ignorait cet ordre prudent, a trouvé un rayon de miel, et en a avalé la largeur de mon pouce; Saül, comme de raifon, l'a condamné à mourir; il favait ce qu'il en coûte de manquer à fa parole; l'aventure d'Agag l'effrayait, il craignait Samuel; enfin Jonathas allait être offert en victime; toute l'armée s'eft foulevée contre ce parricide; Jonathas eft fauvé, et l'armée s'eft mife à manger et à boire; et, au lieu de perdre Jonathas, nous avons été défaits de Samuel; il eft mort d'apoplexie.

MICHOL.

Tant mieux, c'était un vilain homme.

ABIGAIL.

Dieu soit béni.

EBIND.

Le roi Saül vient suivi de tous les siens ; je crois qu'il va tenir conseil dans cette chenevière, pour savoir comment il s'y prendra pour attaquer Akis et les Philistins.

SCÈNE VI.

MICHOL, ABIGAIL, SAUL, BAZA, capitaines.

MICHOL.

Mon père, faudra-t-il trembler tous les jours pour votre vie, pour celle de mes frères, et essuyer les infidélités de mon mari ?

SAUL.

Votre frère et votre mari sont des rebelles : comment ! manger du miel un jour de bataille ! il est bien heureux que l'armée ait pris son parti ; mais votre mari est cent fois plus méchant que lui ; je jure que je le traiterai comme Samuel a traité Agag.

ABIGAIL à Michol.

Ah ! Madame, comme il roule les yeux ! comme il grince les dents ! fuyons au plus vîte ; votre père est fou, ou je me trompe.

MICHOL.

Il est quelquefois possédé du diable.

SAUL.

Ma fille, qui est cette drôlesse-là ?

MICHOL.

C'eſt une des femmes de votre gendre David que vous avez autrefois tant aimé.

SAUL.

Elle eſt aſſez jolie: je la prendrai pour moi au ſortir de la bataille.

ABIGAIL.

Ah! le méchant homme! on voit bien qu'il eſt réprouvé.

MICHOL.

Mon père, je vois que votre mal vous prend; ſi David était ici, il vous jouerait de la harpe; car vous ſavez que la harpe eſt un ſpécifique contre les vapeurs hypocondriaques.

SAUL.

Taiſez-vous, vous êtes une ſotte; je ſais mieux que vous ce que j'ai à faire.

ABIGAIL.

Ah, Madame, comme il eſt méchant! il eſt plus fou que jamais; retirons-nous au plus vîte.

MICHOL.

C'eſt cette malheureuſe boucherie d'Agag qui lui a donné des vapeurs; dérobons-nous à ſa furie.

SCENE VII.

SAUL, BAZA.

SAUL.

MES capitaines, allez m'attendre; Baza, demeurez: vous me voyez dans un mortel embarras; j'ai mes vapeurs, il faut combattre, nous avons de puiſſans ennemis, ils ſont derrière la montagne de Gelboé; je voudrais bien ſavoir quelle ſera l'iſſue de cette bataille.

B A Z A.

Eh, Seigneur ! il n'y a rien de plus aifé ; n'êtes-vous pas prophète tout comme un autre ? n'avez-vous pas même des vapeurs qui font un véritable avant-coureur des prophéties?

S A U L.

Il eſt vrai ; mais depuis quelque temps le Seigneur ne me répond plus ; je ne fais ce que j'ai : as-tu fait venir la pythoniſſe d'Endor ?

B A Z A.

Oui , mon maître ; mais croyez-vous que le Seigneur lui réponde plutôt qu'à vous ?

S A U L.

Oui, fans doute, car elle a un eſprit de Python.

B A Z A.

Un eſprit de Python, mon maître ! quelle eſpèce eſt-ce-là ?

S A U L.

Ma foi , je n'en fais rien ; mais on dit que c'eſt une femme fort habile : j'aurais envie de confulter l'ombre de Samuel.

B A Z A.

Vous feriez bien mieux de vous mettre à la tête de vos troupes : comment confulte-t-on une ombre ?

S A U L.

La pythoniſſe les fait fortir de la terre, et l'on voit à leur mine fi l'on fera heureux ou malheureux.

B A Z A.

Il a perdu l'eſprit ! Seigneur , au nom de Dieu, ne vous amuſez point à toutes ces fottifes, et allons mettre vos troupes en bataille.

S A U L.

Reſte ici ; il faut abfolument que nous voyions une ombre : voilà la pythoniſſe qui arrive : garde-toi de me faire reconnaître ; elle me prend pour un capitaine de mon armée.

SCENE

SCENE VIII.

SAUL, BAZA, LA PYTHONISSE
arrivant avec un balai entre les jambes.

LA PYTHONISSE.

Quel mortel veut arracher les secrets du destin à l'abyme qui les couvre ? qui de vous deux s'adresse à moi pour connaître l'avenir ?

.BAZA, *montrant Saül.*

C'est mon capitaine : ne devrais-tu pas le savoir, puisque tu es sorcière ?

LA PYTHONISSE *à Saül.*

C'est donc pour vous que je forcerai la nature à interrompre le cours de ses lois éternelles ? combien me donnerez-vous ?

SAUL.

Un écu : et te voilà payée d'avance, vieille sorcière.

LA PYTHONISSE.

Vous en aurez pour votre argent. Les magiciens de Pharaon n'étaient auprès de moi que des ignorans ; ils se bornaient à changer en sang les eaux du Nil, je vais en faire davantage ; et premièrement, je commande au soleil de paraître.

BAZA.

En plein midi ! quel miracle !

LA PYTHONISSE.

Je vois quelque chose sur la terre.

SAUL.

N'est-ce pas une ombre ?

Facéties.

LA PYTHONISSE.

Oui, une ombre.

SAUL.

Comment est-elle faite ?

LA PYTHONISSE.

Comme une ombre.

SAUL.

N'a-t-elle pas une grande barbe ?

LA PYTHONISSE.

Oui, un grand manteau et une grande barbe.

SAUL.

Une barbe blanche ?

LA PYTHONISSE.

Blanche comme de la neige.

SAUL.

Justement, c'est l'ombre de Samuel ; elle doit avoir
l'air bien méchant !

LA PYTHONISSE.

Oh ! l'on ne change jamais de caractère ; elle vous
menace, elle vous fait des yeux horribles.

SAUL.

Ah ! je suis perdu.

BAZA.

Eh, Seigneur ! pouvez-vous vous amuser à ces fadai-
ses ? N'entendez-vous pas le son des trompettes ? les
Philistins approchent.

SAUL.

Allons donc ; mais le cœur ne me dit rien de bon.

LA PYTHONISSE.

Au moins j'ai son argent ; mais voilà un sot capitaine.

Fin du second acte.

ACTE III.

SCENE PREMIERE.

D A V I D et ſes capitaines.

D A V I D.

Saul a donc été tué, mes amis ? ſon fils Jonathas auſſi ?
et je ſuis roi d'une petite partie du pays légitimement ?

J O A B.

Oui, Milord ; votre alteſſe royale a très-bien fait de
faire pendre celui qui vous a apporté la nouvelle de la
mort de Saül ; car il n'eſt jamais permis de dire qu'un
roi eſt mort : cet acte de juſtice vous conciliera tous les
eſprits ; il fera voir qu'au fond vous aimiez votre beau
père, et que vous êtes un bon homme.

D A V I D.

Oui, mais Saül laiſſe des enfans : Isboſeth ſon fils
règne déjà ſur pluſieurs tribus ; comment faire ?

J O A B.

Ne vous mettez point en peine ; je connais deux
coquins qui doivent aſſaſſiner Isboſeth, s'ils ne l'ont
déjà fait ; vous les ferez pendre tous deux, et vous
régnerez ſur Juda et Iſraël.

D A V I D.

Dites-moi un peu, vous autres, Saül a-t-il laiſſé
beaucoup d'argent ? ſerai-je bien riche ?

A B I E Z E R.

Hélas ! nous n'avons pas le fou ; vous favez qu'il y a deux ans, quand Saül fut élu roi, nous n'avions pas de quoi acheter des armes ; il n'y avait que deux fabres dans tout l'Etat, encore étaient-ils tout rouillés : les Philiftins, dont nous avons prefque tous été les efclaves, ne nous laifsèrent pas dans nos chaumières feulement un morceau de fer pour raccommoder nos charrues ; aufſi nos charrues nous font-elles fort inutiles dans un mauvais pays pierreux, hériffé de montagnes pelées, où il n'y a que quelques oliviers avec un peu de raifins : nous n'avions pris au roi Agag que des bœufs, des chèvres et des moutons, parce que c'était-là tout ce qu'il avait ; je ne crois pas que nous puiffions trouver dix écus dans toute la Judée ; il y a quelques ufuriers qui rognent les efpèces à Tyr et à Damas, mais ils fe feraient empaler plutôt que de vous prêter un denier.

D A V I D.

S'eft-on emparé du petit village de Salem et de fon château ?

J O A B.

Oui, Milord.

A B I E Z E R.

J'en fuis fâché ; cette violence peut décrier notre nouveau gouvernement. Salem appartient de tout temps aux Jébuféens, avec qui nous ne fommes point en guerre ; c'eft un lieu faint, car Melchifédech était autrefois roi de ce village.

D A V I D.

Il n'y a point de Melchifédech qui tienne ; j'en ferai une bonne forterefſe ; je l'appellerai Hérus-Chalaïm ; ce fera le lieu de ma réfidence ; nos enfans feront

multipliés comme le fable de la mer, et nous régne-
rons fur le monde entier.

J O A B.

Eh, Seigneur, vous n'y penfez pas ! cet endroit eft
une efpèce de défert, où il n'y a que des cailloux à
deux lieües à la ronde. On y manque d'eau, il n'y a
qu'un petit malheureux torrent de Cédron qui eft à
fec fix mois de l'année : que n'allons-nous plutôt fur
les grands chemins de Tyr, vers Damas, vers Babylone?
il y aurait là de beaux coups à faire.

D A V I D.

Oui, mais tous les peuples de ce pays-là font puiffans, nous rifquerions de nous faire pendre ; enfin le
Seigneur m'a donné Hérus-Chalaïm, j'y demeurerai et
j'y louerai le Seigneur.

UN MESSAGER.

Milord, deux de vos ferviteurs viennent d'affaffiner
Isbofeth qui avait l'infolence de vouloir fuccéder à
fon père, et de vous difputer le trône ; on l'a jeté par
les fenètres, il nage dans fon fang ; les tribus qui lui
obéiffaient ont fait ferment de vous obéir ; et l'on vous
amène fa fœur Michol, votre femme, qui vous avait abandonné, et qui vénait de fe marier à Phaltiel, fils de Saïs.

D A V I D.

On aurait mieux fait de la laifferavec lui ; que veut-on
que je faffe de cette bégueule-là ? Allez, mon cher Joab,
qu'on l'enferme ; allez, mes amis, allez faifir tout ce
que poffédait Isbofeth, apportez-le moi, nous le par-
tagerons : vous, Joab, ne manquez pas de faire pendre
ceux qui m'ont délivré d'Isbofeth, et qui m'ont rendu
ce fignalé fervice ; marchez tous devant le Seigneur
avec confiance ; j'ai ici quelques petites affaires un peu

preffées ; je vous rejoindrai dans peu de temps pour rendre tous enfemble des actions de grâces au dieu des armées qui a donné la force à mon bras, et qui a mis fous mes pieds le bafilic et le dragon.

Tous les capitaines enfemble.

(*a*) Houfah ! houfah ! longue vie à David, notre bon roi, l'oint du Seigneur, le père de fon peuple.

(*ils fortent.*)

D A V I D *à un des fiens.*

Faites entrer Betzabée.

S C E N E I I.

D A V I D , B E T Z A B É E.

D A V I D.

M A chère Betzabée, je ne veux plus aimer que vous: vos dents font comme un mouton qui fort du lavoir ; votre gorge eft comme une grappe de raifin, votre nez comme la tour du mont Liban ; le royaume que le Seigneur m'a donné ne vaut pas un de vos embraffemens : Michol, Abigail, et toutes mes autres femmes, font dignes tout au plus d'être vos fervantes.

B E T Z A B É E.

Hélas, Milord ! vous en difiez ce matin autant à la jeune Abigail.

D A V I D.

Il eft vrai, elle peut me plaire un moment ; mais vous êtes ma maîtreffe de toutes les heures ; je vous donnerai des robes, des vaches, des chèvres, des moutons, car pour de l'argent je n'en ai point encore ; mais vous

(*a*) C'eft le cri de joie de la populace anglaife ; les Hébreux criaient *allek eudi ah !* et par corruption *hi ha y ah.*

en aurez quand j'en aurai volé dans mes courſes ſur les grands chemins, ſoit vers le pays des Phéniciens, ſoit vers Damas, ſoit vers Tyr. Qu'avez-vous, ma chère Betzabée, vous pleurez ?

BETZABÉE.

Hélas, oui, Milord !

DAVID.

Quelqu'une de mes femmes ou de mes concubines a-t-elle oſé vous maltraiter ?

BETZABÉE.

Non.

DAVID.

Quel eſt donc votre chagrin ?

BETZABÉE.

Milord, je ſuis groſſe ; mon mari Urie n'a pas couché avec moi depuis un mois ; et s'il s'aperçoit de ma groſ-ſeſſe, je crains d'être battue.

DAVID.

Eh ! que ne l'avez-vous fait coucher avec vous ?

BETZABÉE.

Hélas ! j'ai fait ce que j'ai pu ; mais il me dit qu'il veut toujours reſter auprès de vous : vous ſavez qu'il vous eſt tendrement attaché ; c'eſt un des meilleurs officiers de votre armée ; il veille auprès de votre perſonne quand les autres dorment ; il ſe met au-devant de vous quand les autres lâchent le pied ; s'il fait quelque bon butin, il vous l'apporte : enfin il vous préfère à moi.

DAVID.

Voilà une inſupportable chenille ; rien n'eſt ſi odieux que ces gens empreſſés qui veulent toujours rendre ſer-vice ſans en être priés : allez, allez, je vous déferai

Y 4

bientôt de cet importun : qu'on me donne une table
et des tablettes pour écrire.

B E T Z A B É E.

Milord, pour des tables vous favez qu'il n'y en a
point ici ; mais voici mes tablettes avec un poinçon,
vous pouvez écrire fur mes genoux.

D A V I D.

Allons, écrivons : ›› Appui de ma couronne, comme
›› moi ferviteur de Dieu, notre féal Urie vous rendra
›› cette miffive : marchez avec lui fi tôt cette préfente
›› reçue contre le corps des Philiftins, qui eft au bout
›› de la vallée d'Hébron ; placez le féal Urie au pre-
›› mier rang, abandonnez-le dès qu'on aura tiré la pre-
›› mière flèche, de façon qu'il foit tué par les ennemis ;
›› et s'il n'eft pas frappé par devant ayez foin de le faire
›› affaffiner par derrière ; le tout pour le befoin de l'Etat :
›› Dieu vous ait en fa fainte garde. Votre bon rói
›› David. ››

B E T Z A B É E.

Eh ! bon Dieu ! vous voulez faire tuer mon pauvre
mari ?

D A V I D.

Ma chère enfant, ce font de ces petites févérités auxquelles on eft quelquefois obligé de fe prêter ; c'eft un
petit mal pour un grand bien, uniquement dans l'intention d'éviter le fcandale.

B E T Z A B É E.

Hélas ! votre fervante n'a rien à répliquer; foit fait
felon votre parole !

D A V I D.

Qu'on m'appelle le bon homme Urie.

BETZABÉE.

Hélas ! que voulez-vous lui dire ? pourrai-je foutenir
fa préfence ?

DAVID.

Ne vous troublez pas. (*à Urie qui entre.*) Tenez, mon
cher Urie, portez cette lettre à mon capitaine Joab, et
méritez toujours les bonnes grâces de l'oint du Seigneur.

URIE.

J'obéis avec joie à fes commandemens ; mes pieds,
mon bras, ma vie font à fon fervice ; je voudrais
mourir pour lui prouver mon zèle.

DAVID *en l'embraffant.*

Vous ferez exaucé, mon cher Urie.

URIE.

Adieu, ma chère Betzabée, foyez toujours auffi attachée que moi à notre maître.

BETZABÉE.

C'eft ce que je fais, mon bon mari.

DAVID.

Demeurez ici, ma bien aimée, je fuis obligé d'aller
donner des ordres à peu-près femblables pour le bien
du royaume ; je reviens à vous dans un moment.

BETZABÉE.

Non, cher amant, je ne vous quitte pas.

DAVID.

Ah ! je veux bien que les femmes foient maîtreffes
au lit : mais par-tout ailleurs je veux qu'elles obéiffent.

Fin du troifième acte.

A C T E   I V.

S C E N E   P R E M I E R E.

B E T Z A B É E , A B I G A I L.

A B I G A I L.

Betzabée, Betzabée ; c'eſt donc ainſi que vous m'enlevez le cœur de Monſeigneur ?

B E T Z A B É E.

Vous voyez que je ne vous enlève rien , puiſqu'il me quitte, et que je ne peux l'arrêter.

A B I G A I L.

Vous ne l'arrêtez que trop, perfide, dans les filets de votre méchanceté : tout Iſraël dit que vous êtes groſſe de lui.

B E T Z A B É E.

Hé bien, quand cela ferait, Madame, eſt-ce à vous à me le reprocher ; n'en avez-vous pas fait autant ?

A B I G A I L.

Cela eſt bien différent , Madame ; j'ai l'honneur d'être ſon épouſe.

B E T Z A B É E.

Voilà un plaiſant mariage ; on ſait que vous avez empoiſonné Nabal votre mari pour épouſer David , lorſqu'il n'était encore que capitaine.

A B I G A I L.

Point de reproches, Madame, s'il vous plaît : vous

en feriez bien autant du bon homme Urie pour devenir reine ; mais fachez que je vais tout lui découvrir.

BETZABÉE.

Je vous en défie.

ABIGAIL.

C'eft-à-dire que la chofe eft déjà faite.

BETZABÉE.

Quoi qu'il en foit, je ferai votre reine, et je vous
apprendrai à me refpecter.

ABIGAIL.

Moi, vous refpecter, Madame !

BETZABÉE.

Oui, Madame.

ABIGAIL.

Ah, Madame, la Judée produira du froment au
lieu de feigle, et on aura des chevaux au lieu d'ânes
pour monter, avant que je fois réduite à cette ignominie : il appartient bien à une femme comme vous
de faire l'impertinente avec moi.

BETZABÉE.

Si je m'en croyais, une paire de foufflets.....

ABIGAIL.

Ne vous en avifez pas, Madame, j'ai le bras bon et
je vous rofferais d'une manière.....

SCENE II.

DAVID, BETZABÉE, ABIGAIL.

DAVID.

Paix-la donc, paix-là : êtes-vous folles, vous autres ? Il est bien question de vous quereller, quand l'horreur des horreurs est sur ma maison.

BETZABÉE.

Quoi donc, mon cher amant ! qu'est-il arrivé ?

ABIGAIL.

Mon cher mari, y a-t-il quelque nouveau malheur ?

DAVID.

Voilà-t-il pas que mon fils Ammon, que vous connaissez, s'est avisé de violer sa sœur Thamar, et l'a ensuite chassée de sa chambre à grands coups de pied dans le cu.

ABIGAIL.

Quoi donc, n'est-ce que cela ? je croyais à votre air effaré qu'il vous avait volé votre argent.

DAVID.

Ce n'est pas tout ; mon autre fils Absalon, quand il a vu cette tracasserie, s'est mis à tuer mon fils Ammon ; je me suis fâché contre mon fils Absalon, il s'est révolté contre moi, m'a chassé de ma ville de Hérus-Chalaïm, et me voilà sur le pavé.

BETZABÉE.

Oh ! ce sont des choses sérieuses cela !

ABIGAIL.

La vilaine famille que la famille de David. Tu n'as donc plus rien, brigand ? ton fils est oint à ta place ?

DAVID.

Hélas oui ! et pour preuve qu'il eſt oint, il a couché ſur la terraſſe du fort avec toutes mes femmes
l'une après l'autre.

ABIGAIL.

O ciel ! que n'étais-je là ? j'aurais bien mieux aimé
coucher avec ton fils Abſalon qu'avec toi, vilain voleur
que j'abandonne à jamais : il a des cheveux qui lui vont
juſqu'à la ceinture, et dont il vend des rognures pour
deux cents écus par an au moins : il eſt jeune, il eſt
aimable, et tu n'es qu'un barbare débauché qui te
moques de Dieu, des hommes et des femmes : va, je
renonce déſormais à toi, et je me donne à ton fils
Abſalon, ou au premier philiſtin que je rencontrerai.
(*à Betzabée en lui feſant la révérence.*) Adieu, Madame.

BETZABÉE.

Votre ſervante, Madame.

SCENE III.

DAVID, BETZABÉE.

DAVID.

Voila donc cette Abigail que j'avais crue ſi douce !
Ah ! qui compte ſur une femme compte ſur le vent : et
vous, ma chère Betzabée, m'abandonnerez-vous auſſi ?

BETZABÉE.

Hélas ! c'eſt ainſi que finiſſent tous les mariages de
cette eſpèce : que vouiez-vous que je devienne ſi votre
fils Abſalon règne ? et ſi Urie, mon mari, fait que vous
avez voulu l'aſſaſſiner, vous voilà perdu et moi auſſi !

D A V I D.

Ne craignez rien ; Urie eft dépêché ; mon ami Joab eft expéditif.

B E T Z A B É E.

Quoi ! mon pauvre mari eft donc affaffiné ; hi, hi, hi, (*elle pleure.*) oh, hi, ha.

D A V I D.

Quoi ! vous pleurez le bon homme ?

B E T Z A B É E.

Je ne peux m'en empêcher.

D A V I D.

La fotte chofe que les femmes ; elles fouhaitent la mort de leurs maris, elles la demandent ; et quand elles l'ont obtenue, elles fe mettent à pleurer.

B E T Z A B É E.

Pardonnez cette petite cérémonie.

S C E N E I V.

DAVID, BETZABÉE, JOAB.

D A V I D.

Hé bien, Joab, en quel état font les chofes ? qu'eft devenu ce coquin d'Abfalon ?

J O A B.

Par Sabaoth ! je l'ai envoyé avec Urie ; je l'ai trouvé qui pendait à un arbre par les cheveux, et je l'ai bravement percé de trois dards.

D A V I D.

Ah ! Abfalon, mon fils ! hi, hi, ho, ho, hi.

BETZABÉE.

Voilà-t-il pas que vous pleurez votre fils, comme j'ai pleuré mon mari : chacun a fa faibleffe.

DAVID.

On ne peut pas dompter tout à fait la nature, quelque juif qu'on foit ; mais cela paffe, et le train des affaires emporte bien vîte ailleurs.

SCENE V.

Les perfonnages précédens, et le prophète NATHAN.

BETZABÉE.

Eh ! voilà Nathan, le voyant, Dieu me pardonne ! que vient-il faire ici ?

NATHAN.

Sire, écoutez et jugez : il y avait un riche qui poffédait cent brebis, et il y avait un pauvre qui n'en avait qu'une ; le riche a pris la brebis et a tué le pauvre ; que faut-il faire du riche ?

DAVID.

Certainement il faut qu'il rende quatre brebis.

NATHAN.

Sire, vous êtes le riche, Urie était le pauvre, et Betzabée eft la brebis.

BETZABÉE.

Moi, brebis !

DAVID.

Ah ! j'ai péché, j'ai péché, j'ai péché.

N A T H A N.

Bon , puifque vous l'avouez, le Seigneur va transférer votre péché : c'eft bien affez qu'Abfalon ait couché
avec toutes vos femmes : époufez la belle Betzabée ; un
des fils que vous aurez d'elle régnera fur tout Ifraël :
je le nommerai Aimable , et les enfans des femmes légi-
times et honnêtes feront maffacrés.

B E T Z A B É E.

Par Adonaï, tu es un charmant prophète ! viens çà,
que je t'embraffe.

D A V I D,

Eh ! là , là , doucement : qu'on donne à boire au prophète ; réjouiffons-nous nous autres ; allons , puifque
tout va bien , je veux faire des chanfons gaillardes ;
qu'on me donne ma harpe.　　　　(*il joue de la harpe.*)

Chers Hébreux par le ciel envoyés , (*b*)
Dans le fang vous baignerez vos pieds ;
　　Et vos chiens s'engraifferont
　　De ce fang qu'ils lécheront.

Ayez foin, mes chers amis, (*c*)
De prendre tous les petits
　　Encore à la mamelle ,
Vous écraferez leur cervelle
Contre le mur de l'infidelle ;
Et vos chiens s'engraifferont
De ce fang qu'ils lécheront.

(*b*) *Ut intingatur pes tuus in fanguine , lingua canum tuorum ex inimicis
ab ipfo.*
　(*c*) *Beatus qui tenebit et allidet parvulos ad petram.*

BETZABÉE.

BETZABÉE.

Sont-ce-là vos chanſons gaillardes?

DAVID *en chantant et danſant.*

Et vos chiens s'engraiſſeront
De ce ſang qu'ils lécheront.

BETZABÉE.

Finiſſez donc vos airs de corps-de-garde; cela eſt abominable : il n'y a point de ſauvage qui voulût chanter de
telles horreurs : les bouchers des peuples de Gog et de
Magog en auraient honte.

DAVID *toujours ſautant.*

Et les chiens s'engraiſſeront
De ce ſang qu'ils lécheront.

BETZABÉE.

Je m'en vais, ſi vous continuez à chanter ainſi, et à
ſauter comme un ivrogne : vous montrez tout ce que vous
portez : fi! quelles manières !

DAVID.

Je danſerai, oui je danſerai ; je ferai encore plus mépri-
ſable, je danſerai devant des ſervantes ; je montrerai tout
ce que je porte, et ce me ſera gloire devant les filles. (*d*)

JOAB.

A préſent que vous avez bien danſé, il faudrait mettre ordre à vos affaires.

DAVID.

Oui, vous avez raiſon ; il y a temps pour tout :
retournons à Hérus-Chalaïm.

JOAB.

Vous aurez toujours la guerre ; il faudrait avoir quelque argent de réſerve, et ſavoir combien vous avez de

(*d*) Preſque toutes les paroles que les acteurs prononcent ſont tirées
des livres judaïques, ſoit chroniques, ſoit paralipomènes, ſoit pſaumes.

Facéties.　　　　　　　　　　　　　　Z

fujets qui puiffent marcher en campagne, et combien il en reftera pour la culture des terres.

DAVID.

Le confeil eft très-fenfé : allons, Betzabée, allons régner, m'amour. *(il danfe, il chante.)*

Et les chiens s'engraifferont
De ce fang qu'ils lécheront.

Fin du quatrième acte.

ACTE V.

SCENE PREMIERE.

DAVID *assis devant une table*, ses officiers *autour de lui.*

DAVID.

Six cents quatre-vingt-quatorze schellings et demi d'une part, et de l'autre cent treize un quart, font huit cents schellings trois quarts : c'est donc là tout ce qu'on a trouvé dans mon trésor ; il n'y a pas là de quoi payer une journée à mes gens.

UN CLERC DE LA TRÉSORERIE.

Milord, le temps est dur.

DAVID.

Et vous l'êtes encore bien davantage : il me faut de l'argent, entendez-vous ?

JOAB.

Milord, votre altesse est volée comme tous les autres rois ; les gens de l'échiquier, les fournisseurs de l'armée pillent tout ; ils font bonne chère à nos dépens, et le soldat meurt de faim.

DAVID.

Je les ferai scier en deux ; (*e*) en effet, aujourd'hui nous avons fait la plus mauvaise chère du monde.

_____

(*e*) C'est ainsi que le saint roi *David* en usait avec tous ses prisonniers, excepté quand il les fesait cuire dans des fours.

J O A B.

Cela n'empêche pas que ces fripons-là ne vous comptent tous les jours pour votre table trente bœufs gras, cent moutons gras, autant de cerfs, de chevreuils, de bœufs sauvages et de chapons; trente tonneaux de fleur de farine et soixante tonneaux de farine ordinaire.

D A V I D.

Arrêtez donc, vous voulez rire; il y aurait là de quoi nourrir six mois toute la cour du roi d'Assyrie et toute celle du roi des Indes.

J O A B.

Rien n'est pourtant plus vrai, car cela est écrit dans vos livres.

D A V I D.

Quoi! tandis que je n'ai pas de quoi payer mon boucher?

J O A B.

C'est qu'on vole votre altesse royale, comme j'ai déjà eu l'honneur de vous le dire.

D A V I D.

Combien crois-tu que je doive avoir d'argent comptant entre les mains de mon contrôleur général?

J O A B.

Milord, vos livres font foi que vous avez cent huit mille talens d'or, deux millions vingt-quatre mille talens d'argent et dix mille dragmes d'or; ce qui fait au juste, au plus bas prix du change, un milliar trois cents vingt millions cinquante mille livres sterling.

D A V I D.

Tu es fou, je pense: toute la terre ne pourrait fournir le quart de ces richesses: comment veux-tu que j'aie amassé ce trésor dans un aussi petit pays qui n'a jamais fait le moindre commerce?

JOAB.

Je n'en fais rien; je ne fuis pas financier.

DAVID.

Vous ne me dites que des fottifes tous tant que vous êtes; je faurai mon compte avant qu'il foit peu; et vous, Yesès, a-t-on fait le dénombrement du peuple?

YESÈS.

Oui, Milord; vous avez onze cents mille hommes d'Ifraël, et quatre cents foixante-dix mille de Juda, d'enrôlés pour marcher contre vos ennemis.

DAVID.

Comment! j'aurais quinze cents foixante-dix mille hommes fous les armes? cela eft difficile dans un pays qui jufqu'à préfent n'a pu nourrir trente mille ames: à ce compte, en prenant un foldat par dix perfonnes, cela ferait quinze millions fix cents foixante-dix mille fujets dans mon empire: celui de Babylone n'en a pas tant.

JOAB.

C'eft-là le miracle.

DAVID.

Ah, que de balivernes! je veux favoir abfolument combien j'ai de fujets; on ne m'en fera pas accroire; je ne crois pas que nous foyons trente mille.

UN OFFICIER.

Voilà votre chapelain ordinaire, le révérend docteur Gag, qui vient de la part du feigneur parler à votre alteffe royale.

DAVID.

On ne peut pas prendre plus mal fon temps; mais qu'il entre.

Z 3

S C E N E I I.

Les perfonnages précédens; le docteur GAG.

D A V I D.

QUE voulez-vous, docteur Gag?

G A G.

Je viens vous dire que vous avez commis un grand péché.

D A V I D.

Comment! en quoi, s'il vous plaît?

G A G.

En fefant faire le dénombrement du peuple.

D A V I D.

Que veux-tu donc dire, fou que tu es? Y a-t-il une opération plus fage et plus utile que de favoir le nombre de fes fujets? un berger n'eft-il pas obligé de favoir le compte de fes moutons?

G A G.

Tout cela eft bel et bon; mais DIEU vous donne à choifir de la famine, de la guerre, ou de la pefte.

D A V I D.

Prophète de malheur, je veux au moins que tu puiffes être puni de ta belle miffion : j'aurais beau faire choix de la famine, vous autres prêtres vous faites toujours bonne chère; fi je prends la guerre, vous n'y allez pas : je choifis la pefte; j'efpère que tu l'auras, et que tu crèveras comme tu le mérites.

GAG.

DIEU foit béni! (*il s'en va criant la pefte ; et tout le monde crie , la pefte , la pefte.*)

JOAB.

Je ne comprends rien à tout cela : comment la pefte, pour avoir fait fon compte ?

SCENE III.

Les perfonnages précédens, BETZABÉE, SALOMON.

BETZABÉE.

HÉ, Milord! il faut que vous ayez le diable dans le corps pour choifir la pefte ; il eft mort fur le champ foixante-dix mille perfonnes, et je crois que j'ai déjà le charbon : je tremble pour moi et pour mon fils Salomon que je vous amène.

DAVID.

J'ai pis que le charbon, je fuis las de tout ceci : il faut donc que j'aie plus de peftiférés que de fujets. Ecoutez, je deviens vieux, vous n'êtes plus belle, j'ai toujours froid aux pieds, il me faudrait une fille de quinze ans pour me réchauffer.

JOAB.

Parbleu , Milord, j'en connais une qui fera votre fait; elle s'appelle Abifag de Sunam.

DAVID.

Qu'on me l'amène , qu'on me l'amène ; qu'elle m'échauffe.

BETZABÉE.

En vérité , vous êtes un vilain débauché : fi ! à votre âge, que voulez-vous faire d'une petite fille ?

Z 4

J O A B.

Milord, la voilà qui vient, je vous la préfente.

D A V I D.

Viens çà, petite fille, me réchaufferas-tu bien?

A B I S A G.

Oui-dà, Milord, j'en ai bien réchauffé d'autres.

B E T Z A B É E.

Voilà donc comme tu m'abandonnes ; tu ne m'aimes
plus ! et que deviendra mon fils Salomon à qui tu avais
promis ton héritage ?

D A V I D.

Oh, je tiendrai ma parole ; c'eft un petit garçon
qui eft tout à fait felon mon cœur, il aime déjà les femmes comme un fou : approche, petit drôle, que je t'embraffe : je te fais roi, entends-tu ?

S A L O M O N.

Milord, j'aime bien mieux apprendre à régner fous
vous.

D A V I D.

Voilà une jolie réponfe ; je fuis très-content de lui :
va, tu régneras bientôt, mon enfant ; car je fens que
je m'affaiblis ; les femmes ont ruiné ma fanté ; mais
tu auras encore un plus beau férail que moi.

S A L O M O N.

J'efpère m'en tirer à mon honneur.

B E T Z A B É E.

Que mon fils a d'efprit ! je voudrais qu'il fût déjà
fur le trône.

SCENE IV.

Les perfonnages précédens, ADONIAS.

ADONIAS.

Mon père, je viens me jeter à vos pieds.

DAVID.

Ce garçon-là ne m'a jamais plu.

ADONIAS.

Mon père, j'ai deux grâces à vous demander ; la première , c'eft de vouloir bien me nommer votre fucceffeur, attendu que je fuis le fils d'une princeffe , et que Salomon eft le fruit d'une bourgeoife adultère, auquel il n'eft dû par la loi qu'une penfion alimentaire , tout au plus : ne violez pas en fa faveur les lois de toutes les nations.

BETZABÉE.

Ce petit ourfin-là mériterait bien qu'on le jetât par la fenêtre.

DAVID.

Vous avez raifon ; quelle eft l'autre grâce que tu veux, petit miférable ?

ADONIAS.

Milord, c'eft la jeune Abifag de Sunam qui ne vous fert à rien ; je l'aime éperdument , et je vous prie de me la donner par teftament.

DAVID.

Ce coquin-là me fera mourir de chagrin : je fens que je m'affaiblis , je n'en puis plus : réchauffez-moi un peu , Abifag.   (*Adonias fort.*)

ABISAG *lui prenant la main.*

Je fais ce que je peux, mais vous êtes froid comme glace.

DAVID.

Je fens que je me meurs; qu'on me mette fur mon lit de repos.

SALOMON *fe jetant à fes pieds.*

O roi! vivez long-temps.

BETZABÉE.

Puiffe-t-il mourir tout à l'heure, le vilain ladre, et nous laiffer régner en paix!

DAVID.

Ma dernière heure arrive, il faut faire mon teftament, et pardonner en bon juif à tous mes ennemis: Salomon, je vous fais roi juif; fouvenez-vous d'être clément et doux; ne manquez pas, dès que j'aurai les yeux fermés, d'affaffiner mon fils Adonias, quand même il embrafferait les cornes de l'autel.

SALOMON.

Quelle fageffe! quelle bonté d'am e! mon père je n'y manquerai pas fur ma parole.

DAVID.

Voyez-vous ce Joab qui m'a fervi dans mes guerres, et à qui je dois ma couronne? je vous prie, au nom du Seigneur, de le faire affaffiner auffi, car il a mis du fang dans mes fouliers.

JOAB.

Comment, monftre! je t'étranglerai de mes mains; va, va, je ferai bien caffer ton teftament, et ton Salomon verra quel homme je fuis.

SALOMON.

Eft-ce tout, mon cher père? n'avez-vous plus perfonne à expédier?

D A V I D.

J'ai la mémoire mauvaise : attendez ; il y a encore un certain Semei qui m'a dit autrefois des sottises ; nous nous raccommodâmes ; je lui jurai, par le Dieu vivant, que je lui pardonnerais ; il m'a très-bien servi, il est de mon conseil privé ; vous êtes sage, ne manquez pas de le faire tuer en traître.

S A L O M O N.

Votre volonté sera exécutée, mon cher père.

D A V I D.

Va, tu seras le plus sage des rois, et le Seigneur te donnera mille femmes pour récompense : je me meurs ! que je t'embrasse encore ! adieu.

B E T Z A B É E.

Dieu merci, nous en voilà défaits.

U N   O F F I C I E R.

Allons vîte enterrer notre bon roi David.

Tous ensemble.

Notre bon roi David, le modèle des princes, l'homme selon le cœur du Seigneur.

A B I S A G.

Que deviendrai-je, moi ? qui réchaufferai-je ?

S A L O M O N.

Viens çà, viens çà, tu seras plus contente de moi que de mon bon homme de père.

Fin du cinquième et dernier acte.

AU REVEREND PERE EN DIEU,

MESSIRE

JEAN DE BEAUVAIS,

Créé par le feu roi , Louis XV , évêque de Senez.

MON REVEREND PERE EN DIEU, (1)

J'ASSISTAI ces jours paffés au fervice que fit le curé de Neuilli. ,, Ouailles, dit-il , fouhaitons la vie ,, éternelle à notre bon roi, qui ne demanda que ,, la paix après avoir gagné deux batailles en ,, perfonne , qui fit l'aumône aux pauvres , qui ,, aurait payé toutes fes dettes s'il avait eu de ,, l'argent, qui fonda l'école-militaire , qui a bâti le

---

(1) *Jean de Beauvais* , après avoir infulté à la vérité et à la raifon dans fon oraifon funèbre , comme c'eft l'ufage, infulta de plus à la mémoire du roi fon bienfaiteur. Il comptait avoir un meilleur évêché, et il fe trompa. On voyait alors des hommes qui avaient flatté *Louis XV* pendant fa vie , et qu'il avait comblés de biens , déchirer fa mémoire, et témoigner de fa mort une joie indécente. Les gens qu'on appelle philofophes , et que ce prince, trompé par la calomnie, avait plus laiffé perfécuter qu'il ne les avait encouragés , furent alors les feuls qui lui rendirent quelque juftice. (*) On leur reproche d'ofer juger les rois pendant qu'ils règnent , mais ils favent les refpecter , et durant leur vie et même lorfqu'ils ont ceffé de régner : ils favent qu'il y a autant de baffeffe à infulter un pouvoir qui n'eft plus , qu'à flatter la main qu'on craint , ou dont on efpère.

(*) Voyez fon éloge , *Mélanges littéraires* , tome I.

» beau pont de Neuilli, fur lequel vous vous pro-
» menez ; et qui avait un valet de garde-robe,
» auquel je dois ma cure. »

Cette oraifon funèbre me plut beaucoup, parce
qu'elle ne prétendait à rien, qu'elle partait du cœur,
et fur-tout qu'elle était courte.

J'ai affifté depuis à la vôtre. Je ne vous dis point
qu'elle parut longue ; mais l'affemblée ne trouva pas
bon que vous commençaffiez par parler de vous :
Quand j'annonçai il y a peu de temps la divine parole….

Tout le monde convint qu'il ne fallait pas débuter, dans l'éloge d'un roi, par celui de *meffire Jean
de Beauvais.* Nous aimons la parole divine ; l'égoïfme
la profane.

Vous dites que D I E U feul *pofsède l'immortalité ;* et
nos ames, mon révérend père, et nos ames ! ne
paffent-elles pas pour être immortelles auffi ? On
aurait fouhaité que vous euffiez dit : D I E U *qui pofsède
et qui donne l'immortalité.* Car enfin, le diable, comme
vous favez, le diable qui nous infpire tant de paffions, le diable qui eft par-tout, a la réputation
d'être immortel.

Vous vous comparez à *Jérémie,* mon révérend
père ; *Jérémie* vit d'abord à quatorze ans *une verge
veillante et une marmite bouillante.* (a) Dans un âge plus
mûr, il fut accufé d'avoir trahi fon roi pour le
roi de Babylone. Qu'avez-vous de commun avec
Jérémie ? Auriez-vous manqué à votre roi comme
ce juif ? Avez-vous vu comme lui une verge veillante
et une marmite bouillante ?

(a) *Jérémie*, chap. I, v. 11, 12 et 13.

Vous comparez une augufte princeffe, qui a quitté la cour pour un couvent, à la fille de *Jephté*, à qui fon père coupa la tête. Vous comparez *Louis XV* à *Joas*, qu'*Athalie* fit poignarder; mais jamais le feu roi ne fut poignardé par fa grand'mère, et jamais il ne coupa le cou de fa fille. Il faut que les comparaifons foient juftes, même dans une oraifon funèbre.

Le cri public vous a obligé de changer l'endroit où vous reprochiez au feu roi d'avoir chaffé les jéfuites. Vous ne deviez pas comparer cette fociété à *Jonas*, que des idolâtres jetèrent dans la mer pour apaifer une tempête. Les rois de France, d'Efpagne, de Naples, de Portugal, le fouverain de Rome, ne font point des idolâtres. Les déclamateurs devraient, dans ce fiècle de raifon, fe garder de toutes ces comparaifons puériles.

Vous dites que *les anciens parlemens fe font laiffé entraîner par l'impulfion des circonftances au-delà de leur premier but.* L'impulfion des bienféances et de votre génie ne devait pas vous entraîner dans de pareilles phrafes.

Quelle impulfion étrange vous force à vous déchaîner contre le dix-huitième fiècle de notre ère vulgaire? *Il était donc réfervé*, dites-vous, *au dix-huitième fiècle, d'attaquer à la fois les principes de l'honneur, de la juftice, de la vertu, de l'honnêteté naturelle.* Et vous proclamez le fucceffeur de *Louis XV*, le reftaurateur des mœurs! vous auriez dû l'appeler le confervateur. Car enfin, M. de *Beauvais*, dans quel temps a-t-on vu plus de princeffes renommées par des mœurs

plus pures ? Dans quel pays a-t-on vu mourir tant
de ministres des finances dans une pauvreté si res-
pectée ? Avez-vous su quels hommes étaient messieurs
d'*Argenson* ! L'un, étant ministre, a écrit en faveur
du peuple ; l'autre a laissé une mémoire chère à tous
les gens de guerre. Vous avez lu l'histoire ; y avez-
vous rencontré beaucoup de personnages qui aient
soutenu ce qu'on appelle si lâchement une disgrâce
avec plus de *grandeur et d'honnêteté naturelle*, que
certains ministres dont je ne vous dirai point le
nom ?

Dans quel temps les libéralités, cette pierre de
touche de la vraie grandeur d'ame, ont-elles été
plus abondantes ?

Mille actions généreuses, qui se multiplient tous
les jours, auraient dû vous avertir de respecter un
peu plus votre siècle et le feu roi, votre bienfaiteur,
dont vous avez fait (permettez-moi de vous le dire)
une satire un peu grossière.

Vous vous écriez : *Il n'y aura plus d'hypocrites,
parce qu'il n'y aura plus de vertu.* Il est vrai que le roi
régnant n'a point d'hypocrites dans son conseil ;
mais vous en plaignez-vous ? L'infame superstition
est la mère de l'hypocrisie ; et la vertu est la fille de
la religion sage, éclairée et indulgente. Comment
avez-vous la naïveté de regretter l'hypocrisie ?

Vous vous servez du mot de *vice*, en parlant des
sentimens du dernier roi. Ah ! Monsieur, employons
le mot propre. L'amour est une faiblesse ; l'ingratitude
envers son bienfaiteur est un vice : ce sont-là les
principes de l'honnêteté naturelle. Pour insulter ainsi

son siècle et son maître, il faudrait être prodigieusement supérieur à l'un et à l'autre. Mais alors on ne les insulterait pas. (*b*)

A propos , je n'ai lu ni dans *Boffuet* ni dans *Fléchier* que les ames des rois *palpitaffent* au jugement de DIEU. Ayez la complaisance de me dire comment une ame palpite? c'est apparemment comme une verge qui veille.

Votre très-humble serviteur,

B., académicien.

(*b*) Nous avons depuis environ deux ans un livre intitulé : *De la Félicité publique* , livre qui répond à son titre , composé par un homme d'une grande naissance , et très-supérieur à cette naissance. L'auteur prouve invinciblement que les mœurs , ainsi que les arts , se font perfectionnés dans ce siècle , depuis Pétersbourg jusqu'à Cadix ; et que jamais les hommes n'ont été plus instruits et plus heureux. Cela n'empêche pas qu'il n'y ait quelques crimes. On a vu des *Brinvilliers* et des *Voisins* dans le grand siècle de *Louis XIV ;* nous avons vu dans le nôtre quelques injustices abominables , commises avec le glaive de la justice. Ce sont des orages passagers au milieu des beaux jours. Jamais la société n'a été plus aimable et plus remplie de sentimens d'honneur. Jamais les belles-lettres n'ont plus influé sur les mœurs. S'il se trouve quelques misérables , comme un abbé *Sabotier* , qui commente *Spinosa* , et qui prêche la religion catholique , apostolique et romaine , qui recommande la chasteté dans un dictionnaire de trois siècles , et qui fasse des vers infames dans un b..... au sortir du cachot, qui écrive des libelles pour de l'argent , en attendant un bénéfice , &c. de telles horreurs ne sont pas comptées. Un crapaud qu'on rencontre dans les jardins de Versailles , ou de Saint-Cloud , ne diminue pas le prix de ces chefs-d'œuvre de l'art.

Assemblez tous les sages de l'Europe , et demandez-leur quel temps ils préfèrent ; ils répondront : *Celui-ci.*

Messieurs les Parisiens , je vous demande bien pardon de vous dire que vous êtes heureux.

QUESTIONS

QUESTIONS

SUR

LES MIRACLES. (1)

PREMIERE LETTRE.

A M. le profeſſeur R......par un propoſant.

MONSIEUR,

J'AI lu votre livre ſur les miracles avec tant de fruit, que je vous demande de nouvelles inſtructions.

J'oſerais, Monſieur, pour mettre un peu d'ordre dans les grâces que je vous demande, diſtinguer pluſieurs ſortes de miracles dans notre divin Sauveur; ceux qu'il a faits par lui-même, et ceux qu'il a daigné opérer par ſes apôtres et par ſes ſaints.

Dans ceux qu'il a faits pendant ſa vie, je diſtin-guerais ceux qui marquent ſeulement ſa puiſſance

---

(1) Les premières lettres ſont d'un ton férieux : mais le pauvre *Néedham*, qui avait alors la folie de ſe croire appelé à convertir les incrédules, ayant voulu s'égayer en les réfutant, M. de *Voltaire* ſe crut autoriſé à ſuivre ſon exemple, malgré toute la dignité du ſujet.

Voyez, ſur *Néedham* et les anguilles, le volume de *Phyſique* de cette édition.

ou fa bonté, comme la vue rendue aux aveugles, et la vie aux morts ; ceux qui font des types, des allégories manifeftes ; enfin ceux qu'il promet de faire, et dans l'attente defquels le genre humain doit opérer fon falut avec crainte.

Des miracles de notre Seigneur JESUS-CHRIST, qui ont manifefté fa puiffance ou fa bonté.

JESUS n'était pas encore né, et il faut convenir qu'il fefait déjà les plus grands miracles, puifqu'il était DIEU, et conçu dans le fein d'une vierge.

Dès qu'il eft né dans une étable, les anges viennent du haut des fphères céleftes annoncer ce grand événement aux pafteurs de Bethléem. Une étoile nouvelle brille dans le ciel du côté de l'Orient ; cette étoile marche et conduit trois mages ou trois princes jufqu'à l'étable dans laquelle le maître du monde eft né. Ils lui offrent de l'encens, de la myrrhe et de l'or.

Voilà, fans doute, les miracles les plus authentiques, car ils éclatent dans le ciel et fur la terre ; ce font des aftres, des anges, des rois qui en font les miniftres. JESUS doit être reconnu dès fon enfance à tous ces prodiges. Ajoutons encore le miracle que le vieil *Hérode*, créé roi des Juifs par les Romains, attaqué dès-lors d'une maladie mortelle, ait été perfuadé que JESUS était roi, et que, pour le perdre, il ait fait maffacrer tous les enfans du pays. Ce grand maffacre d'enfans n'eft pas une chofe naturelle, et peut certainement être compté parmi les prodiges qui accompagnèrent la naissance et la circoncision de la seconde personne de la Trinité.

Une preuve non moins publique et non moins éclatante de sa divinité, c'est son baptême. C'est en présence d'une foule de peuple que JESUS sortant nu hors de l'eau, la troisième personne de la Trinité descend sur sa tête en colombe, que le ciel s'ouvre, et que DIEU le père s'écrie au peuple : *Celui-ci est mon fils bien-aimé, en qui je me suis complu, écoutez-le.*

Il est impossible de résister à des signes si divins, si publics, et devant lesquels tous les hommes durent se prosterner dans un silence d'adoration.

Aussi toute la terre reconnut, sans doute, ces miracles; *Pilate* même en rendit compte à l'empereur *Tibère*, après que l'homme-DIEU eut été supplicié, et *Tibère* voulut placer JESUS-CHRIST au rang des dieux; mais probablement JESUS ne souffrit pas ce mélange adultère du vrai Dieu et des dieux des gentils, et empêcha que *Tibère* n'accomplît ce qu'il réservait au pieux *Constantin*.

Tertullien lui-même, l'un des premiers pères de l'Eglise, nous certifie cette anecdote; et *Eusèbe* la confirme dans son Histoire ecclésiastique, livre II, chap. II. On nous objecte que *Tertullien* écrivait cent quatre-vingts ans après JESUS-CHRIST, qu'il pouvait se tromper, qu'il a toujours trop hasardé, qu'il s'abandonnait à son imagination africaine; qu'*Eusèbe* de Césarée, un siècle après lui, s'appuya sur un trop mauvais garant, qu'il n'affirme pas même ce point d'histoire; il se sert des mots *on dit.* Mais enfin, ou *Pilate* écrivit les lettres, ou les premiers chrétiens, disciples des apôtres, les ont forgées. S'ils ont fait de tels actes de faux, ils étaient donc à la fois imposteurs et superstitieux ; ils étaient donc les plus méprisables de tous les hommes : or comment des hommes si lâches étaient-ils si constans dans leur foi ? C'est en vain qu'on nous répond qu'ils étaient lâches et fourbes par la bassesse de leur état et de leur ame, et qu'ils étaient constans dans leur foi par leur fanatisme.

Grotius, Abadie, Houteville, et vous, Monsieur, vous montrez assez comment ces contraires ne peuvent subsister ensemble, quelles que soient les faiblesses et les contradictions de l'esprit humain. Non-seulement ces premiers chrétiens avaient vu, sans doute, les actes et les lettres de Pilate ; mais ils avaient vu les miracles des apôtres qui avaient constaté ceux de JESUS-CHRIST.

On insiste encore ; on nous dit : Les premiers chrétiens ont bien produit de fausses prédictions des sibylles ; ils ont forgé des vers grecs qui pèchent par la quantité ; ils ont imputé aux anciennes sibylles des vers acrostiches remplis de solécismes, que nous trouvons encore dans Justin, dans Clément d'Alexandrie, dans Lactance ; ils ont supposé des évangiles ; ils ont cité d'anciennes prophéties qui n'existaient pas ; ils ont cité des passages de nos quatre évangiles qui ne sont point dans ces évangiles ; ils ont forgé des lettres de Paul à Sénèque, et de Sénèque à Paul ; ils ont supposé même des lettres de JESUS-CHRIST ; ils ont interpolé des passages dans l'historien Josephe, pour faire accroire que ce Josephe non-seulement fit mention de JESUS, mais même le regarda comme le messie, quoique Josephe fût un pharifien obftiné ; ils ont forgé les conftitutions apoftoliques, et jufqu'au fymbole des apôtres. Il eft donc évident qu'ils n'étaient qu'une troupe de demi-juifs, d'égyptiens, de fyriens et de grecs factieux qui trompaient une vile populace par les plus infames impoftures. Ils n'avaient à combatire que des gentils abrutis par d'autres fables ; et les nouvelles fables des chrétiens l'emportèrent enfin fur les anciennes, quand ils eurent prêté de l'argent à *Conftance Chlore* et à *Conftantin*, fon fils. Voilà, dit-on, l'hiftoire naturelle de l'établiffement du chriftianifme ; fes fondemens font l'enthoufiafme, la fraude et l'argent.

C'eft ainfi que raifonnent les nombreux partifans de *Celfe*, de *Porphyre*, d'*Apollonius*, de *Simmaque*, de *Libanius*, de l'empereur *Julien*, de tous les philo-fophes jufqu'au temps des *Pomponace*, des *Cardan*, des *Machiavel*, des *Socin*, de milord *Herbert*, de *Montagne*, de *Charron*, de *Bacon*, du chevalier *Temple*, de *Locke*, de milord *Shaftesbury*, de *Bayle*, de *Voolafton*, de *Toland*, du *Tindal*, de *Collins*, de *Wolfton*, de milord *Bolingbroke*, de *Midleton*, de *Spinofa*, du conful *Maillet*, de *Boulainvilliers*, de *du Marfais*, de *Meftier*, de *la Métrie* et d'une foule prodigieufe de déiftes répandus aujourd'hui dans toute l'Europe, qui, comme les mufulmans, les Chinois et les anciens Parfis, croiraient infulter D I E U, s'ils lui fuppofaient un fils qui ait fait des miracles dans la Galilée.

On croit nous terraffer par l'appareil de ces armes brillantes ; mais ne nous décourageons pas. Voyons fi les chrétiens font coupables de ces crimes de faux dont on les accufe.

A a 3

Je ne parlerai ici que des faux évangiles. Ils étaient, dit-on, au nombre de cinquante. On en choisit quatre, vers le commencement du troisième siècle. Quatre suffisaient en effet; mais décida-t-on que tous les autres étaient supposés par des imposteurs ? Non ; plusieurs de ces évangiles étaient regardés comme des témoignages très-respectables : par exemple, *Tertullien*, dans son livre du Scorpion ; *Origène*, dans son commentaire sur St *Matthieu* ; St *Epiphane*, dans sa trentième leçon des hérésies des ébionites ; *Eustache*, dans son Examéron ; et beaucoup d'autres parlent avec un grand respect de l'évangile de St *Jacques*. Il est très-précieux en ce que c'est le seul où l'on trouve la mort de *Zacharie*, dont JESUS parle dans St *Matthieu*. Cet évangile sert d'introduction aux autres, et il n'a été probablement négligé que parce qu'il n'était pas assez étendu.

On n'a pas moins respecté celui de *Nicodème* ; les témoignages en sa faveur sont très-nombreux ; mais dans tous ces évangiles qui nous sont restés, il y a autant de miracles que dans les autres. Il est donc évident que tous ceux qui écrivirent des évangiles, étaient persuadés que JESUS avait fait un très-grand nombre de prodiges.

L'ancien livre même intitulé : *Sepher toldos Jeschut*, écrit par un juif contre JESUS-CHRIST dès le premier siècle, ne nie point qu'il ait opéré des miracles ; il prétend seulement que *Judas*, son adversaire, en fesait d'aussi grands, et il les attribue tous à la magie.

Les incrédules disent qu'il n'y a point de magie, que ces prodiges n'étaient crus que par des idiots ;

que les hommes d'Etat, les gens d'efprit, les philofophes s'en font toujours moqués; ils nous renvoient
au *credat judæus Apella* d'*Horace*, à toutes les marques
de mépris qu'on prodigua aux Juifs et aux premiers
chrétiens, regardés long-temps comme une fecte de
juifs; ils difent que, fi quelques philofophes en dif-
putant contre les chrétiens convinrent des miracles
de JESUS c'étaient des théurgites fanatiques qui
croyaient à la magie, qui ne regardaient JESUS que
comme un magicien, et qui, infatués des faux prodiges d'*Apollonius* de Thyane et de tant d'autres,
admettaient auffi les faux prodiges de JESUS. L'aveu
d'un fou fait à un autre fou, une abfurdité dite à
des gens abfurdes ne font pas des preuves pour les
efprits bien faits; en effet, les chrétiens fondés fur
l'hiftoire de la pythoniffe d'Endor, et fur celle des
enchanteurs d'Egypte, croyaient à la magie, comme
les païens; tous les pères de l'Eglife, qui penfaient
que l'ame eft une fubftance ignée, difaient que cette
fubftance peut être évoquée par des fortiléges : cette
erreur à été celle de tous les peuples.

Les incrédules vont encore plus loin; ils prétendent que jamais les vrais philofophes grecs et
romains n'accordèrent aux chrétiens leurs miracles,
et qu'ils leur difaient feulement : Si vous vous
vantez de vos prodiges, nos dieux en ont fait cent
fois davantage. Si vous avez quelques oracles en
Judée, l'Europe et l'Afie en font remplies. Si vous
avez eu quelques métamorphofes, nous en avons
mille; vos preftiges ne font qu'une faible imitation
des nôtres; nous avons été les premiers charlatans, et vous les derniers. C'eft-là, continuent nos

A a 4

adverfaires, le réfultat de toutes les difputes des païens et des chrétiens. Ils concluent en un mot qu'il n'y a jamais eu de miracles, et que la nature a toujours été la même.

Nous leur répondons qu'il ne faut pas juger de ce qui fe fefait autrefois par ce qu'on fait aujourd'hui ; les miracles étaient néceffaires à l'Eglife naiffante, ils ne le font pas à l'Eglife établie ; DIEU étant parmi les hommes devait agir en DIEU ; les miracles font pour lui des actions ordinaires ; le maître de la nature doit toujours être au-deffus de la nature. Ainfi, depuis qu'il fe choifit un peuple, toute fa conduite avec ce peuple fut miraculeufe ; et quand il voulut établir une nouvelle religion, il dut l'établir par de nouveaux miracles.

Loin que ces miracles rapportés par les Juifs et par les chrétiens aient été des imitations du paganifme, ce font au contraire les païens qui ont voulu imiter les miracles des Juifs et des chrétiens.

Nos adverfaires répliquent que les païens exiftaient long-temps avant les Juifs, que les royaumes de Chaldée, de l'Inde, de l'Egypte floriffaient avant que les Juifs habitaffent les déferts de Sin et d'Oreb ; que ces Juifs qui empruntèrent des Egyptiens la circoncifion et tant de cérémonies, et qui n'eurent des voyans, des prophètes, qu'après les voyans d'Egypte, empruntèrent auffi leurs miracles. Enfin ils font des Juifs un peuple très-nouveau. Ils auraient raifon fi on ne pouvait remonter qu'à *Moïfe* ; mais de *Moïfe*, nous remontons à *Abraham* et à *Noé* par une fuite continue de miracles.

Les incrédules ne fe rendent pas encore ; ils difent qu'il n'eft pas poffible que DIEU ait fait de plus grands miracles pour établir la religion juive dans un coin du monde, que pour établir le chriftianifme dans le monde entier. Selon eux, il eft indigne de DIEU de former un culte pour en donner un autre ; et fi le fecond culte vaut mieux que le premier, il eft encore indigne de DIEU de ne fortifier fon fecond culte que par de petites merveilles, après qu'il a fondé le premier fur les plus grands prodiges. Des poffédés délivrés, de l'eau changée en vin, n'approchent pas des plaies d'Egypte, de la mer Rouge entr'ouverte et fufpendue, et du foleil qui s'arrête.

Nous répondons avec tous les bons métaphy-ficiens : Il n'y a ni petits ni grands miracles, tous font égaux ; il eft auffi impoffible à l'homme et auffi aifé à DIEU de guérir d'un mot un paralytique, que d'arrêter le foleil ; et, fans examiner fi les prodiges chrétiens font plus grands que les prodiges mofaï-ques, il eft fûr que DIEU feul a pu opérer les uns et les autres.

Des miracles typiques.

J'APPELLE miracles typiques ceux qui font évidem-ment le type, le fymbole de quelque vérité morale. Le docteur *Wolflon* traite avec une indécence révol-tante les miracles du figuier féché, parce qu'il ne portait pas de figues quand ce n'était pas le temps des figues ; des diables envoyés dans un troupeau de deux mille cochons, dans un pays où il n'y avait point de cochons ; de l'enlèvement de JESUS par le diable fur une montagne, dont on découvre tous les royaumes de la terre ; de la transfiguration fur le Thabor, &c. mais presque tous les pères de l'Eglise ne nous avertiffent-ils pas du fens myftique que ces narrations renferment ?

Il eft ridicule, dit-on, de faire defcendre DIEU fur la terre pour chercher à manger des figues au mois de mars, et pour fécher un figuier qui ne porte point de figues hors du temps des figues. Mais fi cela n'eft dit que pour avertir les hommes qu'ils doivent en tout temps porter des fruits de juftice et de charité, alors il n'y a rien là que d'utile et de fage.

Les diables envoyés dans un troupeau de deux mille cochons, fignifient-ils autre chofe que la fouillure des péchés qui vous rabaiffent au rang des animaux immondes ? DIEU qui permet au démon de fe faifir de lui et de le tranfporter fur le haut d'une montagne, dont on voit tous les royaumes, ne nous donne-t-il pas une idée fenfible des illufions de l'ambition ? Si le diable tente DIEU, combien plus aifément tentera-t-il les hommes ?

J'ofe penfer que les miracles de cette efpèce, qui fcandalifent tant d'efprits, font femblables aux paraboles dont on fe fervait dans ces temps-là. On fait bien que le royaume des cieux n'eft pas un grain de moutarde ; que jamais roi n'envoya des courriers à fes voifins pour leur dire : *J'ai tué mes volailles, venez aux noces* ; que nul homme n'envoya un valet fur les grands chemins forcer les borgnes et les boiteux à venir fouper chez lui ; qu'on n'a jamais mis perfonne en prifon pour n'avoir pas eu fa robe nuptiale ; mais le fens de toutes ces paraboles eft une inftruction morale.

Me fera-t-il permis à cette occafion de réfuter l'opinion de ceux qui préfèrent les paffages de *Confucius*, de *Pythagore*, de *Zaleucus*, de *Solon*, de *Platon*, de *Cicéron*, d'*Epictète*, aux difcours de JESUS-CHRIST, qui leur paraiffent trop populaires et trop bas ? Tous ces philofophes écrivaient pour des philofophes, mais JESUS-CHRIST n'écrivit jamais. Il n'eft pas dit même qu'en qualité d'homme il ait daigné apprendre à écrire. Il parlait au peuple, et à quel peuple ? à celui de Capharnaüm et des bourgades de la Galilée. Il fe conformait donc au langage du peuple. Il était roi, mais il ne fe donnait pas pour roi. Il était DIEU, mais il ne s'annonçait pas pour DIEU. Il était pauvre, et il évangélifait les pauvres. Nos adverfaires ne peuvent pas fouffrir que les évangéliftes faffent dire à DIEU que le *blé doit pourrir pour germer ; qu'on ne met point de vin nouveau dans de vieilles futailles*, &c. Cela eft non-feulement bas, difent-ils, mais cela eft faux. Premièrement, les comparaifons prifes des chofes naturelles ne font pas baffes ; il n'eft rien de petit ni de grand aux yeux du maître de la nature. Secondement, ce qui eft faux en foi ne l'était pas dans l'opinion du peuple. On réplique que DIEU pouvait corriger ces préjugés, au lieu de s'y affervir. Et nous répliquons, à notre tour, que DIEU vint enfeigner la morale, et non la phyfique.

Des miracles promis par JESUS-CHRIST.

JESUS-CHRIST promet, dans St *Luc*, qu'il viendra dans les nuées avec une grande puiffance et une grande majeflé avant que la génération préfente

foit paffée. Dans St *Jean*, il promet le même
miracle. St *Paul* en conféquence dit aux Theffaloni-
ciens qu'ils iront enfemble au-devant de JESUS, au
milieu de l'air. Ce grand miracle, difent les incrédules,
ne s'accomplit pas plus que celui du tranfport des
montagnes, promis à quiconque aura un grain de foi.

Mais on répond que l'avénement de JESUS au
milieu des nuages eft réfervé pour la fin du monde,
qu'on croyait alors prochaine. Et à l'égard de la
promeffe de tranfporter les montagnes, c'eft une
expreffion qui marque que nous n'avons prefque
jamais une foi parfaite, comme la difficulté de
faire paffer un chameau par le trou d'une aiguille
prouve feulement la difficulté qu'un homme riche
foit fauvé.

De même, fi l'on prenait à la lettre la plupart des
expreffions hébraïques dont le nouveau teftament
eft rempli, on ferait expofé à fe fcandalifer : *Je ne*
fuis point venu apporter la paix, mais le glaive, eft un
difcours qui effraie les faibles. Ils difent que c'eft
annoncer une miffion deftructive et fanguinaire, que
ces paroles ont fervi d'excufe aux perfécuteurs et aux
maffacres pendant plus de quatorze fiècles ; et cette
idée eft un prétexte à bien des perfonnes pour haïr
la religion chrétienne. Mais quand on veut bien
confidérer que par ces paroles il faut entendre les
combats qui s'élèvent dans le cœur, et le glaive dont
on coupe les liens qui nous attachent au monde,
alors on s'édifie au lieu de fe révolter. Ainfi les
miracles de JESUS et fes paraboles font autant de
leçons.

Des miracles des apôtres.

ON demande comment les langues de feu defcendirent fur la tête des apôtres et des difciples dans un
galetas ? comment chaque apôtre, en ne parlant que
fa langue, parlait en même temps celle de plufieurs
peuples qui l'entendaient, chacun dans fon idiome ?
comment chaque auditeur, entendant prêcher dans
fa langue, pouvait dire que les apôtres étaient ivres
de vin nouveau, au mois de mai ? on peut bien,
dit-on, prendre pour un homme ivre, celui qui parle
fans fe faire entendre de perfonne, mais non celui
qui fe fait entendre de tout le monde.

Ces petites difficultés, tant de fois propofées, ne
doivent faire aucune peine; car dès qu'on eft con-
venu que DIEU a fait des miracles pour fubftituer le
chriftianifme au judaïfme, on ne doit pas incidenter
fur la manière dont DIEU les a opérés; il eft également le maître de la fin et des moyens. Si un médecin
vous guérit, lui reprochez-vous la manière dont il
s'y eft pris pour vous guérir ? Vous êtes étonnés, par
exemple, que les apôtres aient guéri des malades par
leur ombre ; vous dites que l'ombre n'eft que la
privation de la lumière, que le néant n'a point de
propriétés. Cette objection tombe dès que vous convenez de la puiffance des miracles. Elle n'aurait
quelque poids que dans ceux qui difent que DIEU
ne peut faire des miracles inutiles; et c'eft ce qu'il
faut examiner.

Les prodiges de JESUS et des apôtres paraiffent
inutiles à nos contradicteurs. Le monde, difent-ils,

n'en a pas été meilleur ; la religion chrétienne au contraire a rendu les hommes plus méchans, témoins les maſſacres des manichéens, des ariens, des athanaſiens, des Vaudois, des Albigeois ; témoins tant de fchiſmes ſanglans ; témoin enfin la Saint-Barthelemi ; mais c'eſt-là l'abus de la religion chrétienne, et non ſon inſtitution. En vain vous dites que l'arbre qui apporte toujours de tels fruits, eſt un arbre de mort : il eſt un arbre de vie pour le petit nombre des élus qui conſtituent l'Egliſe triomphante ; c'eſt donc en faveur de ce petit nombre des élus que tous les miracles ont été faits. S'ils ont été inutiles à la plus grande partie des hommes, qui eſt corrompue, ils ont été utiles aux ſaints. Mais fallait-il, dites-vous, que DIEU vînt ſur la terre, et qu'il mourût pour laiſſer preſque tous les hommes dans la perdition ? A cela je n'ai rien à répondre, ſinon ſoyez juſte, et vous ne ferez point réprouvé. Mais ſi j'avais été juſte ſans être racheté, ſerais-je réprouvé ? Ce n'eſt point à moi d'entrer dans les ſecrets de DIEU, et je ne puis que me recommander avec vous à ſa miſéricorde.

La mort d'*Ananie* et de *Saphire* vous ſcandaliſe ; vous êtes effrayé que *Pierre* faſſe un double miracle pour faire mourir ſubitement la femme après l'époux, qui ne ſont coupables que de n'avoir pas donné tout leur bien à l'Egliſe, et d'en avoir retenu quelques oboles pour leurs néceſſités preſſantes ſans l'avoir avoué ; vous oſez prétendre que ce miracle a été inventé pour forcer les pères de famille à ſe dépouiller de tout en faveur des prêtres : vous vous trompez, c'était un vœu fait à DIEU même : DIEU eſt le maître de punir les violateurs de ſermens.

Vous vous retranchez à dire que tous ces miracles ont été écrits plusieurs années après le temps où l'on pouvait les examiner, après les témoins morts ; que ces livres ne furent communiqués qu'aux initiés de la secte ; que les magistrats romains n'en eurent pendant cent cinquante ans aucune connaissance ; que l'erreur prit racine dans des caves et dans des greniers ignorés : je vous renvoie alors à l'empereur *Tibère*, qui délibéra sur la divinité de JESUS ; à l'empereur *Adrien*, qui mit dans son oratoire le portrait de JESUS ; à l'empereur *Philippe*, qui adora JESUS. Vous me niez ces faits : alors je vous renvoie à l'établissement de la religion chrétienne, qui est lui-même un grand miracle. Vous me niez encore que cet établissement soit miraculeux ; vous me dites que notre sainte religion ne s'est formée que, comme toutes les autres sectes, dans le fanatisme et dans l'obscurité, comme l'anabaptisme, le quakerisme, le moravisme, le piétisme, &c. alors je ne puis que vous plaindre ; vous me plaignez aussi. Qui de nous deux se trompe ? je produis mes titres qui remontent jusqu'à l'origine du monde, et vous n'avez pour vous que votre raison : j'ai aussi la mienne que je prie DIEU d'éclairer ; vous ne regardez le christianisme que comme une secte d'enthousiastes, semblable à celle des esséniens, des judaïtes, des thérapeutes, fondée d'abord sur le judaïsme, ensuite sur le platonisme, changeant d'articles de foi à chaque concile, s'occupant sans relâche de disputes d'autant plus dangereuses qu'elles sont inintelligibles, versant le sang pour ces vaines disputes, et ayant troublé toute la terre habitable depuis l'île d'Angleterre jusqu'aux îles du Japon.

Vous ne voyez dans tout cela que la démence humaine; et moi j'y vois la fageſſe divine, qui a conſervé cette religion malgré nos abus. Je vois, comme vous, le mal, et vous n'apercevez pas le bien; examinez avec moi, comme j'examine avec vous.

Des miracles après le temps des apôtres.

JESUS ayant la puiſſance de faire des miracles put la communiquer; s'il la communiqua aux apôtres, il put la donner aux diſciples. Les incrédules triomphent de voir que ce don s'affaiblit de ſiècle en ſiècle. Ils inſultent à la fraude pieuſe des hiſtoriens chrétiens, et ils diſent que, parmi tous les miracles dont nous ornons encore les premiers ſiècles, il n'y en a aucun de prouvé, aucun de vraiſemblable, aucun de conſtaté par les magiſtrats romains, ni dont leurs hiſtoriens romains aient fait mention. Au contraire, les archives de Rome, les monumens publics, les hiſtoires atteſtent les deux miracles de l'empereur *Veſpaſien* qui, étant ſur ſon tribunal dans Alexandrie, rendit publiquement la vue à un aveugle, et l'uſage de ſes membres à un paralytique. Si donc, diſent-ils, ces deux miracles ſi authentiques et ſi célèbres n'attirent aujourd'hui aucune croyance, quelle foi pourrons-nous ajouter aux prétendus prodiges des chrétiens? prodiges opérés dans la fange d'une populace ignorée, recueillis long-temps après, et accompagnés pour la plupart de circonſtances ridicules.

Que pouvons-nous penſer, diſent-ils, de la vie des pères du déſert, écrite par *Jérôme*? Ici c'eſt un

S* Pacôme,

St *Pacôme* qui, quand il veut voyager, fe fait porter par un crocodile ; là c'eft un St *Amon*, qui, s'étant dépouillé tout nu pour paffer un fleuve à la nage, eft tranfporté fubitement à l'autre bord, de peur d'être mouillé ; plus loin un corbeau apporte tous les jours une moitié de pain à l'hermite *Paul* pendant foixante années ; et quand l'hermite *Antoine* vient vifiter *Paul*, le corbeau apporte un pain entier.

Que dirons-nous des miracles rapportés dans les Actes des martyrs ? Sept vierges chrétiennes, par exemple, dont la plus jeune a foixante et dix ans, font condamnées par le magiftrat de la ville d'Ancire, à être les victimes de la lubricité des jeunes gens de la ville. Un faint cabaretier chrétien, inftruit du danger que courent ces vierges, prie DIEU de les faire mourir pour prévenir la perte de leur virginité ; DIEU l'exauce ; le juge d'Ancire les fait jeter dans un lac ; elles apparaiffent au cabaretier, et fe plaignent à lui d'être fur le point de fe voir mangées par les poiffons ; le cabaretier va pendant la nuit pêcher les fept vieilles ; un ange à cheval, précédé d'un flambeau célefte, le conduit au lac ; il enfevelit les vierges ; et, pour récompenfe, il reçoit la couronne du martyre.

Nos prétendus fages font des collections de cent miracles de cette nature ; ils nous infultent ; ils difent : (car il ne faut diffimuler aucune de leurs témérités) Si les Actes des martyrs portaient que ce cabaretier changea l'eau en vin, nous n'en croirions rien, quoique ce foit une opération de fon métier : pourquoi donc croirions-nous au miracle des noces de Cana, qui femble encore plus indigne de la

Facéties.   B b

majefté d'un DIEU que convenable à la profeffion d'un cabaretier ?

Cet argument dont s'eft fervi *Wolfton* ne me paraît, je l'avoue, qu'un blafphême ; car en quoi eft-il indigne de DIEU de fe prêter à la joie innocente des convives, dès qu'il daigne être à table avec eux ? et, s'il a bien voulu faire de tels miracles, pourquoi ne les opérera-t-il pas enfuite par les mains de fes élus ? Les prodiges de l'ancien et du nouveau Teftament, une fois admis, peuvent être répétés dans tous les fiècles ; et fi on n'en fait plus aujourd'hui, c'eft, comme on l'a dit tant de fois, que nous n'en avons plus befoin.

Grande objection des incrédules combattue.

LA dernière reffource de ceux qui n'écoutent que leur raifon trompeufe eft de nous dire que nous avons plus befoin de miracles que jamais. L'Eglife, difent-ils, eft réduite à l'état le plus déplorable.

Anéantie dans l'Afie et dans l'Afrique, efclave en Gréce, dans l'Illyrie, dans la Méfie, dans la Thrace, elle eft déchirée dans le refte de l'Europe, partagée en plus de vingt fectes qui fe combattent, et faignante encore des meurtres de fes enfans ; trop brillante dans quelques Etats, et trop avilie dans d'autres, elle eft plongée dans le luxe ou dans la fange. La molleffe la déshonore, l'incrédulité lui infulte ; elle eft un objet d'envie ou de pitié ; elle crie au ciel, rétabliffez-moi comme vous m'avez produite ; elle demande des miracles, comme *Rachel* demandait des enfans. Ces miracles, fans doute, n'étaient pas plus néceffaires quand JESUS enfeignait et perfuadait, qu'aujourd'hui que nos pafteurs enfeignent et ne perfuadent pas.

Tel eft le raifonnement de nos adverfaires. Il paraît fpécieux ; mais ne peut-on pas lui faire une réponfe folide ? JESUS fit des miracles dans les premiers fiècles pour établir la foi, il n'en fit jamais pour infpirer la charité : c'eft fur-tout de charité que nous avons befoin. Le grand miracle deftiné à produire cette vertu qui nous manque, eft de parler au cœur et de le toucher ; demandons ce prodige, et nous l'obtiendrons. Tant de fectes, tant de favans ne pourront jamais penfer d'une manière uniforme ; mais nous pourrons nous fupporter et même nous aimer.

Spinofa ne croyait à aucun miracle ; mais, dit-on, n'ayant que cinq cents florins, il les partagea avec un ami indigent qui les croyait tous. Hé bien, plaignons l'aveuglement de *Benoît Spinofa*, et imitons fa morale ; étant plus éclairés que lui, foyons plus vertueux.

Je ne regarde ce faible difcours que comme des queftions qu'un écolier fait à fon maître.

Je fuis, Monfieur, avec refpect, &c.

SECONDE LETTRE.

MONSIEUR,

ATTACHÉ comme vous à notre sainte religion par mon état et par mon cœur, instruit par vos leçons, désirant de vous imiter et incapable de vous atteindre, je vois avec douleur qu'on n'a pas soutenu la vérité de nos miracles avec autant de sagacité et de profondeur que vous. On a déclamé à la manière ordinaire (1) en supposant toujours ce qui est en question, en disant : *Les miracles de* JESUS *sont vrais, puisqu'ils sont rapportés dans les évangiles.* Mais on devait commencer par prouver ces évangiles, ou du moins renvoyer les lecteurs aux pères de l'Eglise qui les ont prouvés, et rapporter leurs raisons victorieuses.

Il faudrait être philosophe, théologien et savant, pour traiter à fond cette question. Vous réunissez ces trois caractères ; je m'adresse encore à vous pour savoir comment un philosophe doit admettre les miracles, et comment un théologien savant en prouve l'authenticité.

(1) Dans les *lettres de la plaine*, ouvrage que M. l'abbé *Cigorgne*, grand vicaire de Mâcon, opposa aux *lettres de la montagne* de *J. J. Rousseau*, écrites pour répondre aux *lettres de la campagne* de M. *Tronchin*. M. l'abbé *Cigorgne* est l'auteur des *Institutions newtoniennes :* et c'est lui qui le premier a osé enseigner dans l'université de Paris les vérités démontrées par *Newton*. Mais puisque le géomètre *Fatio* a bienvoulu faire des miracles, pourquoi trouverait-on mauvais qu'un autre géomètre ait la bonté d'y croire ?

Comment les philosophes peuvent admettre les miracles.

H OBBES , *Collins* , milord *Bolingbroke* demandent d'abord s'il eſt vraiſemblable que D I E U dérange le plan de l'univers ; ſi l'Etre éternel en feſant ſes lois ne les a pas faites éternelles ; ſi l'Etre immuable ne l'eſt pas dans ſes ouvrages ; s'il eſt vraiſemblable que l'Etre infini ait des vues particulières, et qu'ayant foumis toute la nature à une règle univerſelle, il la viole pour un feul canton dans ce petit globe ?

Si tout étant viſiblement enchaîné , un feul chaî-non de la chaîne univerſelle peut ſe déranger fans que la conſtitution de l'univers en fouffre ? Si, par exemple , la terre s'étant arrêtée pendant neuf à dix heures dans ſa courſe, et la lune dans la ſienne, pour favoriſer la défaite de quelques centaines d'Amor-rhéens, il n'était pas abſolument néceſſaire que tout le reſte du monde planétaire fût bouleverſé ?

Il eſt évident que, la terre et la lune s'arrêtant dans leur cours, l'heure des marées a dû changer ; les points de ces deux planètes , dirigés vers les points correſpondans des autres aſtres , ont dû avoir une nouvelle direction , ou toutes les autres planètes ont dû s'arrêter auſſi. Le mouvement de projectile et de gravitation ayant été ſuſpendu dans toutes les planètes , il faut que les comètes s'en ſoient reſſenties ; le tout pour tuer quelques malheureux déjà écraſés par une pluie de pierres ; tandis qu'il paraiſſait plus digne de la Sageſſe éternelle d'éclairer et de rendre heureux tous les hommes fans miracle, que d'en faire un si grand dans la seule vue de donner à *Josué* plus de temps pour massacrer quelques fuyards assommés.

C'est bien pis quand il s'agit de l'étoile nouvelle qui parut dans les cieux, et qui conduisit les mages d'Orient en Occident. Cette étoile ne pouvait être moindre que notre soleil qui surpasse la terre un million de fois en grosseur. Cette masse énorme, ajoutée à l'étendue, devait déranger le monde entier composé de ces soleils innombrables appelés étoiles, qui probablement sont entourés de planètes. Mais que dut-il arriver quand elle marcha dans l'espace malgré la loi qui retient toutes les étoiles fixes dans leur place? Les effets d'une telle marche sont inconcevables.

Voilà donc non-seulement notre monde planétaire bouleversé, mais tous les mondes possibles aussi; et pourquoi? pour que dans ce petit tas de boue appelé la terre, les papes s'emparassent enfin de Rome, que les bénédictins fussent trop riches, qu'*Anne Dubourg* fût pendu à Paris, et *Servet* brûlé vif à Genève.

Il en est de même de plusieurs autres miracles. La multiplication de trois poissons et de cinq pains nourrissent abondamment cinq mille personnes. Que chacun ait mangé la valeur de trois livres, cela compose la valeur de quinze mille livres de matière tirées du néant, et ajoutées à la masse commune. Ce sont-là, je crois, les plus fortes objections.

C'est à vous, Monsieur, de résoudre par une saine philosophie, sans contradiction et sans verbiage, ces difficultés philosophiques, et de montrer qu'il

eft égal à DIEU que les lois éternelles foient conti-
nuées ou fufpendues, que les Amorrhéens périffent
ou fe fauvent, et que cinq mille hommes jeûnent
ou repaiffent. DIEU a pu, parmi les mondes innombrables qu'il a formés, choifir cette planète, quoiqu'une des plus petites, pour y déranger fes lois;
et fi on prouve qu'il l'a fait, nous triomphons de
la vaine philofophie. Votre théologie et votre fcience
feront encore moins embarraffées à mettre dans un
jour lumineux l'authenticité de tous les miracles de
l'ancien et du nouveau Teftament.

Evidence des miracles de l'ancien Teftament.

ABADIE, en prouvant, comme il a fait, les
prodiges de Moïfe, eft peut-être tombé dans le
défaut fi commun à tous les auteurs, de fuppofer
toujours ce qu'on examine. Les incrédules recherchent fi Moïfe a exifté, fi un feul des écrivains
profanes a parlé de Moïfe avant que les Hébreux
euffent traduit leurs hiftoires en grec; fi l'homme
dont les Hébreux ont fait leur Moïfe n'était pas ce
Mifem des Arabes, tant célébré dans les vers orphi-
ques et dans les anciennes orgies de la Gréce, avant
que les nations euffent entendu parler de Moïfe.
Ils recherchent pourquoi Flavien Jofephe, en citant
les auteurs égyptiens qui ont parlé de fa nation,
n'en cite aucun qui ait dit un feul mot de Moïfe.
Ils croient que les livres qui lui font imputés n'ont
pu être écrits que fous les rois juifs, et ils fe
fondent, quoique mal à propos, fur des paffages
de ces mêmes livres.

Abadie, au lieu de fonder toutes ces profondeurs, tire fon grand argument de ce que *Moïfe* n'aurait jamais pu dire à fix cents trente mille combattans que la mer s'était ouverte pour eux , afin qu'ils puffent s'enfuir, fi ces fix cents trente mille hommes n'en avaient été témoins : et c'eft précifément ce qui eft en difpute. Les incrédules ne difent pas : *Moïfe* a trompé fix cents trente mille foldats qui ont cru voir ce qu'ils n'avaient pas vu ; ils difent : Il eft impoffible que *Moïfe* ait eu fix cents trente mille foldats, ce qui fuppoferait près de trois millions de perfonnes ; et il eft impoffible que foixante et dix hébreux , réfugiés en Egypte, aient produit trois millions d'habitans en deux cents quinze ans.

Il n'eft pas probable que, fi *Moïfe* avait eu trois millions de fuivans à fes ordres, et DIEU à leur tête , il fe fût enfui en lâche; il n'eft pas probable que, s'il a écrit, il ait écrit autrement que fur des pierres ; il eft dit que *Jofué* fit écrire tout le Deutéronome fur un autel de pierres brutes enduites de mortier ; il n'eft pas probable que le dépôt de ces pierres fe foit confervé , quand les Juifs furent efclaves après *Jofué;* il ne l'eft pas que *Moïfe* ait écrit, il ne l'eft pas même qu'il ait exifté : et d'ailleurs toute la théogonie des Juifs femble prife des Phéniciens auprès de qui la troupe juive eut très-tard un très-petit établiffement.

Il vous appartient, Monfieur , beaucoup plus qu'au docteur *Abadie* , de réfuter tous ces vains raifonnemens, et de montrer que , fi la nation juive eft beaucoup plus récente que les nations de Phénicie, de Chaldée, d'Egypte, la race juive remonte plus haut dans l'antiquité. Vous defcendrez d'*Adam* à *Abraham*, et d'*Abraham* à *Moïfe* ; vous ferez voir que DIEU s'eft manifefté par des miracles continuels à cette race chérie et réprouvée ; vous nous apprendrez par quels refforts fecrets de la Providence, les Juifs, toujours gouvernés par DIEU même, et commandant fi fouvent en maîtres à la nature entière, ont été pourtant le plus malheureux de tous les peuples, ainfi que le plus petit, le plus ignorant, le plus cruel et le plus abfurde ; comment il fut à la fois miraculeux par la protection et par la punition divine, par fa fplendeur fecrète, et par fon abrutiffement connu. On nous objecte fa groffièrèté ; mais la grandeur de fon DIEU en éclate davantage. On nous objecte que les lois de ce peuple ne lui parlaient point de l'immortalité de l'ame ; mais DIEU qui le gouvernait, le puniffait ou le récompenfait en cette vie par des effets miraculeux.

Qui mieux que vous pourra démontrer que DIEU, ayant choifi un peuple, devait le conduire autrement que les légiflateurs ordinaires, et que par conféquent tout devait être prodige fous la main de celui qui feul peut faire des prodiges ? Enfuite vous élevant de miracle en miracle, vous en viendrez au nouveau Teftament.

Des miracles du nouveau Teftament.

LES miracles du nouveau Teftament doivent, fans doute, être reconnus pour inconteftables, puifque les feuls livres qui en parlent font inconteftables.

Les faits les plus ordinaires n'obtiennent point de croyance, fi les témoignages ne font pas authentiques ; à plus forte raifon les faits prodigieux font-ils rejetés. Souvent même on les réprouve malgré les atteftations les plus formelles ; fouvent on dit qu'une chofe improbable en elle-même ne peut devenir probable par des hiftoires. Les incrédules prétendent qu'on doit plutôt croire que les hiftoriens ont erré, qu'on ne doit croire que la nature fe foit démentie. Il était plus aifé à un juif ou à un demi-juif de dire des fottifes, qu'aux aftres de changer leur cours. Je dois plutôt penfer que les Juifs avaient l'efprit bouché, que je ne dois penfer que le ciel fe foit ouvert. Tel eft leur téméraire langage.

Il faut donc au moins que les livres qui annoncent des chofes fi incroyables aient été examinés par les magiftrats, que les preuves de ces prodiges aient été dépofées dans les archives publiques, que les auteurs de ces livres ne fe foient jamais contredits fur la plus légère circonftance ; fans quoi ils font légitimement fufpects de tromper fur les plus graves. Il faut avoir cent fois plus d'attention, de fcrupule, de févérité dans l'examen d'une chofe à laquelle on dit le falut du genre humain attaché, que dans le plus grand procès criminel. Or il n'y a point d'accufation dans un procès qui ne foit déclarée calomnieufe, ou du moins fauffe, fi les témoins fe contredifent.

Comment donc, continuent nos adverfaires, pouvons-nous croire à ces évangiles qui fe contredifent continuellement ? *Matthieu* fait defcendre JESUS d'*Abraham* par quarante-deux générations, quoique dans fon compte il ne s'en trouve que quarante et une; et encore fe trompe-t-il en fefant *Jofias* père de *Jéchonias*.

Luc fait defcendre JESUS du même *Abraham* par cinquante-fix générations, et elles font abfolument différentes de celles que *Matthieu* rapporte. De plus, cette généalogie eft celle de *Jofeph*, qui n'eft pas le père de JESUS. Les incrédules demandent dans quel tribunal on déciderait de l'état d'un homme fur de telles preuves ?

Matthieu fait enfuir *Marie*, *Jofeph* et JESUS en Egypte après l'apparition de la nouvelle étoile, l'adoration des mages, et le maffacre des petits enfans. *Luc* ne parle ni du maffacre, ni des mages, ni de l'étoile, et maintient que JESUS refta conftamment dans la Paleftine. Y a-t-il, difent les réfractaires, une contradiction plus grande ?

Trois évangéliftes femblent formellement oppofés à *Jean*: *Matthieu*, *Marc* et *Luc* ne font vivre JESUS qu'environ trois mois après fon baptême, et *Jean* après ce même baptême le fait aller trois fois à Jérufalem pour faire la pâque, ce qui fuppofe au moins trois années.

On fait combien d'autres contradictions les incrédules reprochent aux auteurs facrés, mais ils ne fe bornent pas à ces reproches fi connus. Quand même, difent-ils, les quatre évangiles reçus feraient entièrement uniformes, quand même les quarante-fix autres qui furent rejetés avec le temps, dépoferaient des mêmes faits, quand même tous les auteurs de ces livres auraient été des témoins oculaires, nul homme fenfé ne doit fur leur parole croire des

prodiges inconcevables, à moins que ces prodiges,
qui choquent la raifon, n'aient été juridiquement
conftatés avec la publicité la plus authentique.

Or, difent-ils, ces prodiges n'ont point été conftatés, et ils choquent la raifon; car il ne leur femble
pas raifonnable que DIEU fe foit fait juif plutôt
que romain, qu'il foit né d'une femme vierge, que
DIEU ait un frère aîné nommé *Jacques*, que DIEU
ait été emporté fur une montagne par le diable, et
que DIEU enfin ait fait tant de miracles pour être
outragé, pour être fupplicié, pour rendre le monde
beaucoup plus méchant qu'il n'était auparavant,
pour amener fur la terre des guerres civiles de religion, dont on n'avait jamais entendu parler, pour
exterminer la moitié du genre humain, et pour foumettre l'autre à un tyran et à des moines.

Ils difent que ces miracles, fur lefquels autrefois
les moines en élevèrent tant d'autres pour nous
ravir notre liberté et nos biens, n'ont été écrits que
quatre-vingts ans après JESUS, dans le plus grand
fecret, par des hommes très-obfcurs, qui cachaient
leurs livres aux gentils avec le fcrupule le plus
religieux, et qui ne formèrent une fecte qu'à la
faveur du mépris qui les dérobait au refte des
hommes.

De plus, difent-ils, il eft avéré que les premiers
chrétiens forgèrent mille faux actes, et jufqu'à des
prophéties de fibylles, comme on l'a déjà dit. S'ils
font donc reconnus fauffaires fur tant de points,
ils doivent être reconnus fauffaires fur les autres.
Or les évangiles font les feuls monumens des miracles de JESUS, ces évangiles fi long-temps ignorés

fe contredifent, donc ces miracles font d'une fauffeté
palpable.

Ces objections, qu'il ne faut pas diffimuler, ont
paru fi fpécieufes qu'on y répond encore tous les
jours. Mais toujours répondre eft une preuve qu'on
a mal répondu : car fi on avait terraffé fon ennemi
du premier coup, on n'y reviendrait pas à tant de
fois.

On ne foutient plus aujourd'hui la donation de
Conftantin au pape *Sylveftre*, ni l'hiftoire de la papeffe
Jeanne, ni tant d'autres contes ; pourquoi ? c'eft
qu'ils ont été détruits par la raifon ; et que tout le
monde à la longue fe rend à la raifon, quand on la
montre. Mais il faut bien que la matière des miracles n'ait pas encore été éclaircie, puifqu'on agite
encore aujourd'hui cette queftion avec le plus grand
acharnement.

Je vous ai expofé, Monfieur, naïvement les
objections des incrédules qui me font frémir. Il ne
faut ni les diffimuler ni les affaiblir, parce qu'avec
le bouclier de la foi on repouffe tous les traits de
l'enfer. Que ces meffieurs lifent feulement les livres
de la primitive Eglife, les *Tertullien*, les *Origène*,
les *Irénée*, et ils feront bien étonnés. C'eft à vous,
Monfieur, de nous tenir lieu de tous ces grands
hommes.

Perfonne affurément n'eft plus en état que vous
de mettre fin à ces difputes, et de nous délivrer
d'un fi grand fcandale ; perfonne ne fera mieux voir
combien les miracles étaient néceffaires, à quel point
ils font évidens, quoiqu'on les combatte ; pourquoi
ils furent ignorés du fénat et des empereurs, ayant

été si publics ; pourquoi, lorsqu'ils furent plus connus des Romains, ils furent quelquefois attribués à la magie, dont toute la terre était infectée ; pourquoi il y avait tant de possédés ; comment les Juifs chassaient les diables avant JESUS-CHRIST ; comment les chrétiens eurent le même privilége qu'ils n'ont plus. Développez-nous ce qu'en disent *Tertullien, Origène, Clément Alexandrin, Irénée* ; ouvrez-nous les sources où vous puisez la vérité ; noyez l'incrédulité dans ces eaux salutaires, et raffermissez la foi chancelante des fidèles.

Le cœur me saigne quand je vois des hommes remplis de science, de bon sens et de probité, rejeter nos miracles, et dire qu'on peut remplir tous ses devoirs sans croire que *Jonas* ait vécu trois jours et trois nuits dans le ventre d'une baleine, lorsqu'il allait par mer à Ninive, qui est au milieu des terres. Cette mauvaise plaisanterie n'est pas digne de leur esprit, qui d'ailleurs mérite d'être éclairé. J'ai honte de vous en parler ; mais elle me fut répétée hier dans une si grande assemblée, que je ne peux m'empêcher de vous supplier d'émousser la pointe de ces discours frivoles par la force de vos raisons. Prêchez contre l'incrédulité, comme vous avez prêché contre le loup qui ravage mon cher pays du Gévaudan, dont je suis natif : vous aurez le même succès, et tous nos citoyens, bourgeois et habitans vous béniront, &c.

TROISIEME LETTRE.

MONSIEUR,

JE vous prie de venir à mon fecours contre un grand feigneur allemand qui a beaucoup d'efprit, de fcience et de vertu, et qui malheureufement n'eft pas encore perfuadé de la vérité des miracles opérés par notre divin Sauveur. Il me demandait hier pourquoi JESUS aurait fait ces miracles en Galilée? Je lui dis que c'était pour établir notre fainte religion à Berlin, dans la moitié de la Suiffe et chez les Hollandais.

Pourquoi donc, dit-il, les Hollandais ne furent-ils chrétiens qu'au bout de huit cents années? pourquoi donc n'a-t-il pas enfeigné lui-même cette religion? Elle confifte à croire le péché originel, et JESUS n'a pas fait la moindre mention du péché originel : à croire que DIEU a été homme, et JESUS n'a jamais dit qu'il était DIEU et homme tout enfemble : à croire que JESUS avait deux natures, et il n'a jamais dit qu'il eût deux natures : à croire qu'il eft né d'une vierge, et il n'a jamais dit qu'il fût né d'une vierge ; au contraire, il appelle fa mère *femme* ; il lui dit durement : *Femme, qu'y a-t-il entre vous et moi ?* à croire que DIEU eft né de *David*, et il fe trouve qu'il n'eft point né de *David* : à croire fa généalogie, et on lui en a fait deux qui fe contredifent abfolument.

Cette religion confifte encore dans certains rites, dont il n'a jamais dit un feul mot. Il eft clair par vos évangiles que JESUS naquit juif, vécut juif, mourut juif ; et je fuis fort étonné que vous ne foyez pas juif. Il accomplit tous les préceptes de la loi juive ; pourquoi les réprouvez-vous ?

On lui fait dire même dans un évangile : *Je ne fuis pas venu détruire la loi, mais l'accomplir.* Or, eft-ce accomplir la loi mofaïque que d'en avoir tous les rites en horreur ? Vous n'êtes point circoncis, vous mangez du porc, du lièvre et du boudin : en quel endroit de l'évangile JESUS vous a-t-il permis d'en manger ? Vous faites et vous croyez tout ce qui n'eft pas dans l'évangile : comment donc pouvez-vous dire qu'il eft votre règle ? Les apôtres de JESUS obfervaient la loi juive comme lui. *Pierre et Jean montèrent au temple à l'heure neuvième de l'oraifon :* (Actes des apôtres, ch. XVI) *Paul* alla judaïfer dans le temple pendant huit jours, felon le confeil de *Jacques.* Il dit à *Feftus,* je fuis pharifien. Aucun apôtre n'a dit : *Renoncez à la loi de Moïfe :* pourquoi donc les chrétiens y ont-ils entièrement renoncé dans la fuite des temps ?

Je lui répondis avec cette modération qui fied fi bien à la vérité ; et avec la modeftie convenable à ma médiocrité : Si DIEU n'a rien écrit, et fi dans les évangiles DIEU n'a point enfeigné expreffément la religion chrétienne, telle que nous l'obfervons aujourd'hui, fes apôtres y ont fupplée; s'ils n'ont pas tout dit, les pères de l'Eglife ont annoncé ce que les apôtres avaient préparé : enfin les conciles nous ont appris ce que les apôtres et les pères avaient

cru

cru ne devoir pas dire. Ce font les conciles, par exemple, qui nous ont enfeigné la confubftantia-lité, les deux natures dans une feule perfonne, et une feule perfonne avec deux volontés. Ils nous ont appris que la paternité n'appartient pas au fils, mais qu'il a la vertu productive, et que l'efprit ne l'a pas, parce que le Saint-Efprit procède et n'eft pas engendré ; et bien d'autres myftères encore, fur lefquels JESUS, les apôtres, les pères avaient gardé le filence : il faut que le jour vienne après l'aurore.

Laiffez là votre aurore, me répondit-il; une com-paraifon n'eft pas une raifon. Je fuis trop entouré de ténèbres. Je conviens que les objets principaux de votre foi ont été déterminés dans des conciles ; mais auffi d'autres conciles, non moins nombreux, ont admis une doctrine toute contraire. Il y a eu autant de conciles en faveur d'*Arius* ét d'*Eufèbe* qu'en faveur d'*Athanafe*.

Comment DIEU ferait-il venu mourir fur la terre par le plus grand et le plus infame des fupplices, pour ne pas annoncer lui - même fa volonté, pour laiffer ce foin à des conciles qui ne s'affembleraient qu'après plufieurs fiècles, qui fe contrediraient, qui s'anathématiferaient les uns les autres, et qui feraient verfer le fang par des foldats et par des bourreaux?

Quoi ! DIEU vient fur la terre ; il y naît d'une vierge ; il y habite trente-trois ans ; il périt du fup-plice des efclaves, pour nous enfeigner une nouvelle religion, et il ne nous l'enfeigne pas ! il ne nous apprend aucun de fes dogmes ! il ne nous commande

Facéties.   C c

aucun rite ! tout fe fait , tout s'établit , fe détruit, fe renouvelle avec le temps à Nicée , à Calcédoine, à Ephèfe , à Antioche, à Conftantinople , au milieu des intrigues les plus tumultueufes et des haines les plus implacables ! Ce n'eft enfin que les armes à la main qu'on foutient le pour et le contre de tous ces dogmes nouveaux.

DIEU , quand il était fur la terre, a fait la pâque en mangeant un agneau cuit dans des laitues , et la moitié de l'Europe , depuis plus de huit fiècles, croit faire la pâque en mangeant JESUS-CHRIST lui-même en chair et en os. Et la difpute fur cette façon de faire la pâque , a fait couler plus de fang que les querelles des maifons d'Autriche et de France , des Guelphes et des Gibelins , de la rofe blanche et de la rofe rouge n'en ont jamais répandu. Si les campagnes ont été couvertes de cadavres pendant ces guerres , les villes ont été hériffées d'échafauds pendant la paix. Il femble que les pha- rifiens , en affaffinant le Dieu des chrétiens fur la croix , aient appris à fes fuivans à s'affaffiner les uns les autres fous le glaive , fur la potence , fur la roue , dans les flammes. Perfécutés et perfécuteurs , martyrs et bourreaux tour à tour , également imbé- cilles , également furieux , ils tuent et ils meurent pour des argumens dont les prélats fe moquent, en recueillant les dépouilles des morts et l'argent comptant des vivans.

Je vis que ce feigneur s'échauffait ; je lui répondis humblement ce que j'ai dejà foumis à vos lumières dans ma feconde lettre , qu'il ne faut pas prendre l'abus pour la loi. JESUS-CHRIST, lui dis-je, n'a commandé ni le meurtre de *Jean Hus*, ni celui d'*Anne Dubourg*, ni celui de *Servet*, ni celui de *Jean Calas*; ni les guerres civiles, ni la Saint-Barthelemi.

Je vous avouerai, Monfieur, qu'il ne fut point du tout content de cette réponfe. Ce ferait, me dit-il, infulter à ma raifon et à mon malheur, de vouloir me perfuader qu'un tigre qui aurait dévoré tous mes parens, ne les aurait mangés que par abus, et non par la cruauté attachée à fa nature. Si la religion chrétienne n'avait fait périr qu'un petit nombre de citoyens, vous pourriez imputer ce crime à des caufes étrangères.

Mais que, pendant quatorze à quinze fiècles entiers, chaque année ait été marquée par des meurtres, fans compter les troubles affreux des familles, les cachots, les dragonades, les perfécutions de toute efpèce, pires peut-être que le meurtre même; que ces horreurs aient toujours été commifes au nom de la religion chrétienne, qu'il n'y ait d'exemple de ces abominations que chez elle feule; alors quelle autre qu'elle-même pouvons-nous en accufer? Tous ces affaffinats, de tant d'efpèces différentes, n'ont eu qu'elle pour fujet et pour objet; elle en a donc été la caufe. Si elle n'avait pas exifté, ces horreurs n'auraient pas fouillé la terre. Les dogmes ont amené les difputes, les difputes ont produit les factions, ces factions ont fait naître tous les crimes. Et vous ofez dire que DIEU eft le père d'une religion barbare, engraiffée de nos biens et teinte de notre fang, tandis qu'il lui était fi aifé de nous en donner une auffi douce que vràie, auffi indulgente que claire, auffi bienfefante que démontrée!

C c 2

Vous ne fauriez croire quel enthoufiafme d'humanité et de zèle échauffait les difcours de ce bon feigneur. Il m'attendrit ; mais il ne m'ébranla point : je lui dis que nos paffions, dont nous avons reçu le germe des mains de la nature, et que nous pouvons régler, ont fait autant de mal qu'il en reprochait au chriftianifme. Ah ! dit-il, les yeux mouillés de larmes, nos paffions ne font point divines ; mais vous prétendez que le chriftianifme eft divin. Etait-ce à lui d'être plus infenfé et plus barbare que nos paffions les plus funeftes ?

Je fus ému de ces paroles : hélas ! dis-je, nous avons tout fait fervir à notre perte, jufqu'à la religion même ; mais ce n'eft pas la faute de fa morale qui n'infpire que la douceur et la patience, qui n'enfeigne qu'à fouffrir, et non à perfécuter.

Non, reprit-il, ce n'eft pas la faute de fa morale ; c'eft celle du dogme ; c'eft ce dogme qui *divife en effet la femme et l'époux, le fils et le père, qui apporte le glaive et non la paix ;* voilà la fource malheureufe de tant de maux : *Socrate*, *Epictète*, l'empereur *Antonin*, ont enfeigné une morale pure, contre laquelle nul mortel ne s'eft jamais élevé ; mais fi, non contens de dire aux hommes, foyez juftes et réfignés à la Providence, ils avaient ajouté : Croyez qu'*Epictète* procède d'*Antonin*, ou bien qu'il procède d'*Antonin* et de *Socrate ;* croyez-le, ou vous périrez fur un échafaud, et vous ferez éternellement brûlés dans l'enfer : fi, dis-je, ces grands hommes avaient exigé une telle croyance, ils auraient mis les armes à la main de tous les hommes ; ils auraient perdu le genre humain, dont ils ont été les bienfaiteurs.

Par tout ce que me difait ce feigneur refpectable, je vis que fon ame eſt belle, qu'il déteſte la perfécution, qu'il aime les hommes, qu'il adore DIEU, et que ſa ſeule erreur eſt de ne pas croire ce que *Paul* appelle la folie de la croix, de ne pas dire avec *Auguſtin : Je le crois parce qu'il eſt abſurde ; je le crois parce qu'il eſt impoſſible.* Je plaignais ſon obſtination, et je reſpectais ſon caractère.

Il eſt aiſé de ramener au joug une ame criminelle et tremblante qui ne raiſonne point ; mais il eſt bien difficile de ſubjuguer un homme vertueux qui a des lumières. J'eſſayai de le dompter par ſa vertu même. Vous êtes juſte, vous êtes bienfeſant, lui dis-je ; les pauvres avec vous ceſſent d'être pauvres ; vous conciliez les querelles de vos voiſins ; l'innocence opprimée trouve en vous un ſûr appui : que n'exercez-vous le bien que vous faites au nom de JESUS qui l'a ordonné ? Voici, Monſieur, ce qu'il me répondit : Je m'unis à JESUS s'il me dit : *Aimez votre prochain ;* car alors il a dit ce que j'ai dans mon cœur ; il m'a prévenu ; mais je ne ſaurais ſouffrir qu'un auteur attribue à JESUS ſeul un précepte qui ſe trouve dans *Moïſe* comme dans *Confucius,* et dans tous les moraliſtes de l'antiquité. Je m'indigne de voir qu'on faſſe dire à JESUS : Je vous apporte un précepte nouveau ; je vous fais un commandement nouveau : (*a*) *c'eſt que vous vous aimiez mutuellement.* Le Lévitique avait promulgué ce précepte deux mille ans auparavant, d'une manière bien plus énergique, quoique moins naturelle : (*b*) *tu aimeras ton*

(*a*) *Jean*, chap. XIII.
(*b*) Lévitique, chap. XIX.

Cc 3

prochain comme toi-même; et c'était un des préceptes des Chaldéens. Cette faute groffière et impardonnable dans un auteur juif, fait foupçonner à beaucoup de favans que l'évangile attribué à *Jean* eft d'un chrétien platonicien, qui écrivit dans le commencement du fecond fiècle de notre ère, et qui connaiffait moins l'ancien Teftament que *Platon*, dans lequel il a pris prefque tout le premier chapitre.

Quoi qu'il en foit de cette fraude et de tant d'autres fraudes, j'adopte la faine morale par-tout où je la trouve : elle porte l'empreinte de DIEU même; car elle eft uniforme dans tous les temps et dans tous les lieux. Qu'a-t-elle befoin d'être foutenue par des preftiges, et par une métaphyfique incompréhenfible ? En ferai-je plus vertueux, quand je croirai que le fils a la puiffance d'engendrer, et que l'efprit procède fans avoir cette puiffance ? Ce galimatias théologique eft-il bien utile aux hommes ? y a-t-il aujourd'hui un efprit fenfé, qui penfe que le DIEU de l'univers nous demandera un jour fi le fils eft de même nature que le père, ou s'il eft de femblable nature ? qu'ont de commun ces vaines fubtilités avec nos devoirs ?

N'eft-il pas évident que la vertu vient de DIEU, et que les dogmes viennent des hommes qui ont voulu dominer ? Vous voulez être prédicant, prêchez la juftice, et rien de plus. Il nous faut des gens de bien, et non des fophiftes. On vous paye pour dire aux enfans : *Refpectez, aimez vos pères et mères; foyez foumis aux lois; ne faites jamais rien contre votre confcience; rendez votre femme heureufe; ne vous privez pas d'elle fur de vains caprices; élevez vos enfans dans l'amour du jufte et de l'honnête; aimez votre patrie; adorez un* DIEU *éternel et jufte; fachez que, puifqu'il eft jufte, il récom-penfera la vertu et punira le crime.* Voilà, continua-t-il, le fymbole de la raifon et de la juftice. En inftrui-fant la jeuneffe de ces devoirs, vous ne ferez pas, à la vérité, décorés de titres et d'ornemens faftueux; vous n'aurez pas un luxe méprifable et un pouvoir abhorré; mais vous aurez la confidération conve-nable à votre état, et vous ferez regardés comme de bons citoyens; ce qui eft le plus grand des avantages.

Je ne vous répète, Monfieur, qu'une très-faible partie de tout ce que me dit ce bon feigneur. Je vous conjure de l'éclairer; il mérite de l'être. Il eft vertueux, il adore fincèrement dans DIEU le père commun de tous les hommes, un père infiniment fage et infiniment tendre, qui ne préfère point le cadet à l'aîné, qui ne prive point de fon foleil le plus grand nombre de fes enfans, pour aveugler le plus petit à force de lumières; un père infiniment jufte, qui ne châtie que pour corriger, et qui récom-penfe au-delà de notre efpoir et de notre mérite. Ce bon feigneur met dans le gouvernement de fa maifon toutes ces maximes en pratique. Il femble qu'il imite le DIEU qu'il adore; vous lui donnerez tout ce qui lui manque.

J'ai fait tout ce que j'ai pu, et je n'ai point réuffi. Je lui ai demandé ce qu'il rifquait en foumettant fa raifon. Je rifque, m'a-t-il répondu, de mentir à DIEU et à moi-même, de dire je vous crois quand je ne vous crois point, et d'offenfer l'Etre des êtres qui m'a donné cette raifon. Je ne fuis pas dans le cas d'une ignorance invincible, mais dans celui d'une opinion invincible. Penfez-vous, a-t-il ajouté, que DIEU me punira pour n'avoir pas été de votre avis? Et qui vous a dit qu'il ne vous punira pas d'avoir réfifté au mien? Je vous ai parlé fuivant ma confcience; oferiez-vous jurer entre DIEU et moi que vous avez toujours parlé felon la vôtre? Vous m'avez dit que vous croyez que *Jonas* a été trois jours et trois nuits dans le ventre d'un poiffon; et moi je vous dis que je n'en crois rien.

Qui de nous deux eft plus près du doute? qui de nous deux dans le fecret de fon cœur a parlé avec plus de fincérité? Quand je paraîtrai devant DIEU à ma mort, j'y paraîtrai avec confiance; mais n'aurez-vous pas à trembler dans ce moment fatal, vous qui, pour le vain plaifir de me fubjuguer, m'avez voulu faire croire des chofes dont il eft impoffible que vous foyez convaincu?

Je voulais répliquer, car j'avais de bonnes raifons à dire, mais il ne voulut pas les écouter; il me quitta : je fentis que c'était de peur de fe mettre en colère et de me fâcher; je vis qu'il ne voulait dégrader ni fa raifon ni la mienne. Je fus touché de cette bonté pour moi, et de cet effort qu'il fefait contre les mouvemens d'une paffion fi commune.

Il faut qu'il croie que DIEU eft né dans le petit canton de la Judée; qu'il y a changé l'eau en vin; qu'il s'eft transfiguré fur le Thabor; qu'il a été tenté par le diable; qu'il a envoyé une légion de diables dans un troupeau de cochons; que l'âneffe de *Balaam* a parlé auffi-bien que le ferpent; que le foleil s'eft arrêté à midi fur Gabaon, et la lune fur Aïalon,

pour donner le temps aux bons Juifs de maſſacrer
une douzaine ou deux de pauvres innocens qu'une
pluie de groſſes pierres avait déjà aſſommés; que
dans l'Egypte, où il n'y avait point de cavalerie, le
pharaon, dont on ne dit pas le nom, pourſuivit
trois millions d'hébreux avec une nombreuſe cavalerie, après que l'ange du Seigneur avait tué toutes
les bêtes, &c. &c. &c. &c. &c. Il faut que ſa raiſon
ſoumiſe ait une foi vive pour tous ces myſtères;
ſans cela que lui ſervirait ſa vertu.

Je ſais, Monſieur, que cette énumération des
miracles qu'on doit croire peut effaroucher quelques
ames pieuſes, et paraître ridicule aux incrédules;
mais je n'ai point craint de les rapporter, parce
que ce ſont ceux qui excercent le plus notre foi.
Dès qu'on croit un miracle moins révoltant, on doit
croire tous les autres, quand c'eſt le même livre
qui nous les certifie.

Ayez la bonté, Monſieur, de m'apprendre ſi je
ne vais pas trop loin. Il y a des gens qui diſtinguent
les miracles dont on eſt d'accord, ceux qu'on nie,
ceux dont on eſt en doute. Pour moi, je les admets
tous, ainſi que vous-même. Je crois ſur-tout avec
vous le miracle éternel de la conſubſtantialité,
non-ſeulement parce qu'il eſt contraire à ma raiſon,
mais parce que je ne peux m'en former aucune idée;
et j'oſe dire que j'admettrais (DIEU me pardonne!)
le miracle de la tranſſubſtantiation, ſi le ſaint concile
de Nicée et le modéré St *Athanaſe* l'avaient enſeigné.

J'ai l'honneur d'être, &c.

AVERTISSEMENT.

,, M. le propofant ayant écrit ces trois lettres
,, à M. le profeffeur *R...* fon ami, ce profeffeur,
,, profondément pénétré de la candeur et de
,, la fincérité du propofant, communiqua ces
,, lettres à quelques perfonnes pieufes, fages et
,, tolérantes : elles parvinrent au fieur *Néedham*,
,, jéfuite irlandais, qui était alors à Genève,
,, et qui fervait de précepteur à un jeune irlan-
,, dais. *Néedham* fit imprimer les trois lettres,
,, pour avoir le mérite d'y répondre : on ne
,, fut pas d'abord que cette réponfe fût de lui,
,, et on lui répondit comme s'il était un pro-
,, feffeur en théologie. ,,

TEXTE

DE LA REPONSE DE NÉEDHAM

A M. LE PROPOSANT.

Avant de s'engager dans une difcuffion qui
demande un certain degré de fcience, on doit commencer par acquérir les connaiffances néceffaires. (*a*)
Si un philofophe m'objecte que les miracles ne font
pas vraifemblables parce que, felon lui, l'univers fe

(*a*) Acquérez-les donc.

gouverne comme une machine, sans cause première, (*b*) je réponds que le vraisemblable n'est pas toujours vrai, ni le vrai toujours vraisemblable. Selon vous, la morale, qui est bien peu de chose, (*c*) doit être assujettie à la physique..... La morale évangélique a donné une suite d'hommes vertueux dans tous les siècles qui ne valaient pas moins que monsieur le proposant des autres questions.... (*d*) La prolongation d'un jour ne demande pas autre chose que la simple suspension de la rotation de la terre autour de son axe... (*e*) Pour que monsieur le proposant puisse se proposer comme digne d'assister au conseil du Très-Haut, il lui conviendra très-fort de prendre d'avance quelques leçons d'astronomie... (*f*) C'est comme si l'on disait qu'il ne valait pas la peine d'avoir une législation en France, pour que deux cents maltotiers s'enrichissent aux dépens du peuple... (*g*) Les papes valent bien les *Tibère* et les *Néron*... (*h*) *Répondez*,

(*b*) Jésuite calomniateur, on n'a jamais rien dit de cela ; on a dit tout le contraire : que DIEU *gouverne l'univers son ouvrage par ses lois éternelles.* Pourquoi as-tu l'impudence d'accuser de nier une cause première ceux qui ne parlent que d'une cause première ? Tu devais savoir que cette arme rouillée dont tes pareils se sont tant de fois servis, est aujourd'hui aussi abhorrée qu'inutile.

(*c*) Jésuite calomniateur, comment es-tu assez abandonné pour dire de toi-même que la morale est peu de chose, ou pour imputer lâchement ce crime à ton adversaire qui ne prêche que la morale ?

(*d*) Et qui valaient un jésuite.

(*e*) On voit par les lettres suivantes quelle est l'ignorance de ce jésuite *Néedham*, qui oublie que la lune s'arrêta sur Aïalon.

(*f*) Apprends-la donc, maître *Néedham*, et sache que, pour que le soleil et la lune s'arrêtent dans leur cours, il est nécessaire qu'ils ne répondent plus aux mêmes étoiles ; un écolier de deux jours te l'apprendrait.

(*g*) Quelle pitié de comparer des lois éternelles, émanées de la Divinité, aux règlemens établis par les hommes ! (Voyez la septième lettre ci-après.)

(*h*) Je le crois bien.

dit *Salomon*, *à un insensé selon sa folie...* (*i*) Nos philosophes sont venus malheureusement plus de cent ans trop tard, ou pour réprimer la puissance exorbitante des papes, ou pour déclamer avec avantage contre l'intolérance des ecclésiastiques... (*k*)

Les insensés reviennent sans cesse à la quadrature du cercle... (*l*) Si les soi-disans philosophes avaient tant fait par leurs objections que d'écraser parfaitement la religion, et de la réduire dans l'esprit de tout homme sensé à l'état de la fable de *Mahomet...* (*m*) Au lieu donc de nous persécuter avec leurs doutes minutieux, et de s'accrocher aux mots et aux syllabes, en épluchant la Bible, ils nous mépriseraient trop pour se donner tant de peine... (*n*) La religion se

(*i*) Crois-moi, mon pauvre *Néedham*, pour raisonner extravagamment tu n'as pas besoin de te gêner; abandonne-toi à ton beau naturel.

(*k*) Non, *Néedham*, on ne viendra jamais ni trop tôt ni trop tard pour réprimer des usurpations qui durent encore, et pour déplorer des désastres dont la mémoire ne périra jamais. Il faut que tous les siècles se lèvent en jugement contre les siècles affreux qui ont vu les massacres des Albigeois, ceux de Mérindol, ceux de la Saint-Barthelemi, ceux d'Irlande et des Cévènes parce que, tant qu'il y aura des théologiens dans le monde, ces temps horribles peuvent renaître, parce que l'inquisition subsiste, parce que les convulsionnaires ont troublé depuis peu la France, parce que les billets de confession ont produit sous nos yeux un parricide. Apprends que les sages doivent en tout temps réprimer tes pareils.

(*l*) Pauvre *Néedham*, on ne répond plus aujourd'hui à ceux qui trouvent la quadrature du cercle, non plus qu'à ceux qui changent de la farine en anguilles.

(*m*) Que veut dire ce barbouilleur? traite-t-il de fable l'histoire de *Mahomet*? prétend-il que le Koran soit un recueil d'historiettes? Le Koran est, à la vérité, un amas de sentences morales, de préceptes, d'exhortations, de prières, de traits de l'ancien Testament, rapportés selon la tradition arabe. Le tout est composé sans ordre, sans liaison; il y règne beaucoup de fanatisme; il est plein d'erreurs physiques; mais ce n'est point ce que nous appelons une fable.

(*n*) Non, jésuite *Néedham*, je ne me fâcherai pas contre un bonze du Japon qui ne me persécutera pas. Je me fâcherai contre un bonze d'Europe qui voudra me susciter des persécutions, et je mépriserai un jésuite d'Irlande.

foutient toujours malgré la tempête. *Merces profundo pulchrior evenit. Per damna , per cædes , ab ipso ducit opes animumque ferro...* (*o*) Celui qui lui répond (au pro-pofant) par ce court imprimé eft qualifié par fes recherches, pour s'infcrire en faux contre la pré-tendue invincibilité de fes objections...:. (*p*) Je ne puis pardonner à fa fimplicité ni à celle de cette affemblée, (où l'efprit, dont il nous donne un échan-tillon fi beau, voltigeait librement aux dépens de nos pauvres croyans) qu'ils ignoraient tous que *Jonas* n'allait pas alors par *mer à Ninive* , mais qu'au contraire il s'était embarqué exprès dans un port de mer pour s'enfuir, et s'éloigner de plus en plus de cette ville méditerranée... (*q*) Et quoique nous femblions toucher de près à ce temps malheureux... (*r*) DIEU vous préferve , mes chers lecteurs, vous et votre poftérité, de la bête féroce du Gévaudan... (*s*) Les incrédules font nommés communément *efprits forts*... (*t*) Ces meffieurs prennent tout pour argent comptant, et croient tout, excepté la Bible.... (*u*) Cette dernière efpèce d'incrédulité, que fait le peuple dans cette fecte, ne mérite pas le pompeux titre d'efprit fort , car il n'en coûte rien pour rejeter une

(*o*) Courage, *Néedham*, prouve la religion par *Horace*.

(*p*) Tu es plaifamment qualifié.

(*q*) Le propre des gens qui ont tort eft de ne pas entendre raillerie.

(*r*) Ainfi donc le jéfuite *Néedham* croit que le monde va finir ; il eft fini en effet pour les jéfuites.

(*s*) Tu n'es pas au fait, mon ami ; notre profeffeur *Clop* avait prêché fur la bête du Gévaudan, et c'eft de quoi monfieur le propofant l'avait remercié dans fa feconde lettre. Tu prends toujours martre pour renard.

(*t*) Et des efprits faibles, et des efprits faux, et des efprits lourds, qu'en dirons-nous ?

(*u*) Oh que non ! mon ami, nous n'avons jamais cru à tes experiences.

fable manifeſte, telle que le Koran de *Mahomet*; et on ne peut pas s'arroger le caractère de hardi et de courageux en ce genre ſans riſquer ſon ame. Or, pour tout conclure en peu de mots, (et c'eſt préciſément là où j'ai voulu venir par une eſpèce de méthode ſocratique) une fable très-compliquée, qui eſt le produit d'un temps immenſe, qui dépend par une liaiſon néceſſaire dans ſes principes d'une ſuite de ſix mille ans, et de plus de deux cents générations; qui a été la fable univerſellement reçue de tant de différentes nations, (*x*) de tant de climats, de tant de ſiècles, de tant de génies différens, de la première claſſe en tout genre, et de tant de tempéramens; une fable enfin qui eſt ſoutenue par tant de preuves qui, nous venant de tous côtés, aboutiſſent ſans ſe croiſer au même point, par tant de marques de vérités dont la lumière augmente à raiſon de la réflexion multipliée, aſſez fortes pour enchaîner le déiſte ſavant dans un doute éternel, eſt une fable unique, une fable d'une eſpèce qu'on ne conçoit pas, qui n'a jamais exiſté ailleurs depuis la création du monde, et qui n'exiſtera jamais dans toute la ſuite des ſiècles, quand le monde durerait éternellement. (*)

(*x*) Tu ne ſais ce que tu dis, mon ami; je crois aux miracles de JESUS-CHRIST plus que toi; et ſi tu es un théologien irlandais, je ſuis un théologien ſuiſſe. Tu ſoutiens une bonne cauſe que perſonne ne te diſpute, mais par de bien mauvaiſes raiſons. Comment ne vois-tu pas qu'on en pourrait dire autant du mahométiſme? Il remonte à ſix mille ans comme le judaïſme; il eſt embraſſé par des nations qui diffèrent de mœurs et de génie, par des Africains, des Perſans, des Indiens, des Tartares, des Siriens, des Thraces, des Grecs; il s'appuie ſur des prophéties, et il y a peut-être en Turquie des *Néedhams*.

(*) Nous avons tranſcrit ce long paſſage pour donner au lecteur une idée de l'éloquence du jéſuite. Nous n'avons conſervé du reſte que ce qui eſt néceſſaire pour entendre les notes. (*Notes des éditeurs.*)

QUATRIEME LETTRE

Du proposant à M. le professeur. Remercîmens à ses extrêmes bontés.

Qu e je vous suis obligé, Monsieur, d'avoir daigné me fournir quelques-unes de vos armes pour combattre la nombreuse armée des incrédules ; c'est *Achille* qui prête son armure à *Patrocle;* mais on m'a dit que *Patrocle*, ayant été vaincu, je devais craindre de l'être aussi.

J'ai malheureusement répété votre leçon devant un jeune écolier de physique et d'astronomie ; je lui ai fait valoir d'abord la bonté, l'éloquence, la politesse, le savoir-vivre que vous avez employés pour m'instruire ; je lui ai exposé votre démonstration de la manière dont le soleil et la lune s'arrêtèrent en plein midi, pour donner le temps à *Josué* de massacrer ces Amorrhéens écrasés par une pluie de pierres. Voici ce que je lui ai dit : Monsieur le professeur prétend qu'il suffit, pour cette opération naturelle, que la terre se soit arrêtée huit à neuf heures dans sa rotation sur son axe, et que c'est-là tout le mystère.

L'écolier, Monsieur, qui n'a pas encore acquis toute votre politesse, en a eu cependant assez pour me dire qu'il n'était pas possible qu'un homme tel que vous eût dit une telle bêtise, et que vous possédez trop bien votre écriture sainte et l'astronomie, pour parler avec cette exceſſive ignorance. Les ſacrés cahiers affirment poſitivement que le ſoleil s'arrêta ſur Gabaon, et la lune ſur Aïalon, à l'heure de midi. Or, la lune ne pouvait ſuſpendre ſon cours, qui s'achève en un mois autour de la terre, ſans que la terre ſuſpendît ſa courſe annuelle ; car le ſoleil eſt mis pour la terre dans les ſacrés cahiers ; et l'auteur inſpiré ne ſavait pas que c'eſt la terre qui tourne.

Or, ſi la terre et la lune ſe ſont arrêtées, celle-ci, dans ſon période d'un mois, ſur Aïalon ; celle-là, dans ſon période d'un an, vis-à-vis Gabaon, il eſt abſolument néceſſaire que les points correſpondans de toutes les planètes aient changé pendant tout ce temps-là ; mais comme au bout de huit à neuf heures ils ſe retrouvèrent les mêmes, il fallait que toutes les planètes euſſent ſuſpendu leur courſe; cela eſt démontré en rigueur. (*a*)

Mais c'eſt un grand gain pour M. le profeſſeur; car le miracle eſt bien plus beau qu'il ne croyait, et il y a quatre miracles au lieu d'un. Non-ſeulement la terre et la lune s'arrêtèrent dans leur période menſtruel et annuel, mais auſſi dans leur rotation journalière; ce qui fait deux miracles : et non-ſeulement elles perdirent pendant huit ou neuf heures leur double mouvement, mais toutes les planètes perdirent le leur, troiſième miracle : et le mouvement de projectile et de gravitation fut ſuſpendu dans toute la nature, quatrième miracle.

Je lui parlai enſuite, Monſieur, de la comète que

_____

(*a*) La plupart des commentateurs prétendent que le ſoleil et la lune s'arrêtèrent un jour entier.

vous

vous fuppofez avoir conduit les trois mages à
Bethléem. Il me dit qu'il vous dénoncerait au confiftoire, pour avoir appelé *comète* ce que les facrés
cahiers appellent *étoile*, et qu'il n'eft pas loyal de
falfifier ainfi l'écriture fainte.

Je lui appris votre belle explication du miracle
des cinq mille pains et des trois mille poiffons qui
nourrirent cinq juifs. Pardon, je voulais dire des
cinq pains et des trois poiffons qui nourrirent cinq
mille juifs. Vous dites que DIEU changea les pierres
du voifinage en pains et en poiffons. Mais y penfez-
vous ? oubliez-vous que c'eft-là précifément ce que
propofait le diable, quand il dit à JESUS : Dites que
ces pierres deviennent pain ?

Il me demanda enfuite fi vous ne parliez pas du
grand miracle par lequel le vieil *Hérode*, qui était
malade de la maladie dont il mourut, fit égorger
tous les petits enfans du pays. Car, fans doute,
c'était une chofe très-miraculeufe qu'un vieillard
moribond, créé roi par les Romains, s'imaginât qu'il
était né un autre roi des Juifs, et fît maffacrer tous
les petits garçons pour envelopper le roi nouveau-né
dans cette boucherie. Il me demanda comment
vous expliquiez le filence de *Flavien Jofephe* fur cette
Saint-Barthelemi.

Je lui dis que vous ne vous mêliez pas de ces
bagatelles, mais que vous m'aviez dit des chofes
merveilleufes fur *Jonas*.

Quoi donc, dit-il, prétend-il que ce fut *Jonas* qui
avala la baleine ? Non, répondis-je, il s'eft contenté
de confondre férieufement une mauvaife plaifanterie,

Facéties.   D d

en avouant pourtant que le bon homme *Jonas* avait pris son plus long pour aller à Ninive.

Il est lui-même fort plaisant, répliqua l'écolier ; il devait examiner, avec les plus judicieux commentateurs, si *Jonas* fut avalé par une baleine, ou par un chien marin ; pour moi, je suis pour le chien marin : et je pense de plus avec le grand *Saint-Hilaire* que *Jonas* fut mangé jusqu'aux os, et qu'il ressuscita au bout de trois jours, comme de raison. Les miracles sont toujours plus grands que ne le croit monsieur le professeur : mais je vous prie de le consulter sur une autre petite difficulté.

Jonas prophétisa du temps du roitelet juif *Joas*, vers l'an 850, avant notre ère vulgaire. *Phul*, selon *Diodore* de Sicile, fonda Ninive en ce temps-là. Le divin historien qui a écrit l'histoire véridique de *Jonas* assure qu'il y avait dans cette ville six-vingts mille enfans qui ne savaient pas distinguer leur main droite de leur main gauche. (*b*) Cela fait, suivant les calculs de Breslau, d'Amsterdam, de Londres et de Paris, quatre millions quatre-vingts mille ames, sans compter les eunuques ; voilà une ville nouvelle honnêtement peuplée.

Demandez aussi à monsieur le professeur, si c'était une citrouille ou un lierre, dans lequel D I E U envoya un ver pour le faire sécher, afin d'ôter l'ombrage à *Jonas* qui dormait. En effet, rien ne ressemble plus

---

(*b*) On multiplie par trente-quatre les enfans nés dans l'année, car il n'y a qu'eux qui ne savent pas distinguer la main droite de la gauche. Ajoutez que le tiers de ces enfans meurt avant la fin de l'année, ce qui donne un tiers en sus d'habitans.

à un lierre qu'une citrouille, et l'un et l'autre donnent l'ombrage le plus épais.

Ne trouve-t-il pas bien plaifant que DIEU envoie un ver pour empêcher un pauvre diable de prophète de dormir à l'ombre? On m'affure que ce théologien a dit qu'il faut mettre ce ver avec la baleine: cet homme eft goguenard.

C'était au Molard que fe paffait ce petit entretien : on s'attroupa, la conversation s'anima au point qu'on fe mit à rire d'un bout de la ville à l'autre, et il n'y eut que monfieur le profeffeur qui ne rit point.

Quand on eut bien ri, le vieux capitaine que vous connaiffez fendit la preffe : vous favez qu'il n'a jamais connu de prêtres que l'aumônier de fon régiment. Il me dit : Mordieu, monfieur le propofant, allez dire à monfieur le profeffeur... (difpenfez-moi de répéter les termes indécens dont il fe fervit.) Ces bonnes gens voulurent, il y a quelque temps, faire mettre mon ami *Covelle* à genoux : s'ils avaient ofé faire cet outrage à notre liberté et à nos lois .... je.... dites-leur s'il vous plaît, que nous ne fommes plus au temps de *Jehan Chauvin*, picard, qui avait l'impertinence de précéder dans les cérémonies le magnifique confeil... Les temps font un peu changés; vous favez qu'un prédicant de village, qui a voulu excommunier M. *Rouffeau*, a été réprimandé par un roi héros et philofophe. Sachez que tous les efprits font à préfent l'exercice à la pruffienne, et qu'il ne refte aux théologiens d'autre reffource que d'être civils et modeftes.

Je m'acquitte, Monsieur, auprès de vous de la commiffion de monsieur le capitaine.

J'ai l'honneur d'être modeftement,

MONSIEUR,

Votre très-affectionné,

AVERTISSEMENT.

On apprit bientôt que le sieur *Needham* était l'auteur de la prétendue réponse d'un théologien, on sut qu'il n'était pas même théologien, et qu'il n'était que jésuite ; que c'était un de ces prêtres irlandais déguisés qui courent le monde, et qui vont secrètement prêcher le papisme en Angleterre : mais ce qui étonna davantage, c'est que ce prêtre déguisé était celui-là même qui plusieurs années auparavant se mêla de faire des expériences sur les insectes, et qui crut avoir découvert avec son microscope que de la farine de blé, délayée dans de l'eau, se changeait incontinent en de petits animaux ressemblans à des anguilles. Le fait était faux, comme un savant italien l'a démontré, et il était faux par une autre raison bien supérieure, c'est que le fait est impossible. Si des animaux naissaient sans germe, il n'y aurait plus de cause de la génération ; un homme pourrait naître d'une motte de terre tout aussi-bien qu'une anguille d'un morceau de pâte. Ce système ridicule mènerait d'ailleurs visiblement

à l'athéifme. Il arriva en effet que quelques
philofophes, croyant à l'expérience de *Néedham*
fans l'avoir vue , prétendirent que la matière
pouvait s'organifer d'elle-même ; et le microf-
cope de *Néedham* paffa pour être le laboratoire
des athées.

C'eft à cette transformation de farine en
anguilles qu'on fait allufion dans la plupart
des lettres fuivantes.

CINQUIEME LETTRE.

Du propofant à M. Néedham , jéfuite.

MONSIEUR,

Vraiment vous avez eu grand tort de vous déguifer fous le nom d'un théologien; et vous n'avez pas eu raifon de faire l'aftronome. On voit bien que vous vous fervez du quart de cercle comme du microf-cope. Vous vous étiez fait une petite réputation parmi les athées pour avoir fait des anguilles avec de la farine ; et de-là vous avez conclu que , fi de la farine produit des anguilles , tous les animaux, à commen-cer par l'homme, avaient pu naître à peu-près de la même façon. La feule difficulté qui reftait , était de favoir comment il y avait eu de la farine avant qu'il y eut des hommes. (a)

Vous avez cru que vos anguilles reffemblaient aux rats d'Egypte, qui étaient d'abord moitié rats et moitié fange , ainfi que quelques hommes qui fe mêlent d'écrire et d'injurier leur prochain.

D'athée que vous étiez , vous êtes devenu témoin de miracles. Apparemment que vous avez voulu faire pénitence; mais on voit, Monfieur , que vous n'êtes pas trop bon chrétien , et que vous n'avez pas plus appris la religion que la politeffe.

(a) Il faut favoir que le jéfuite *Néedham* a cru fermement qu'il avait fait des anguilles avec de la colle de farine de blé.

Un pauvre propofant fait humblement des queftions à un grave profeffeur, et vous vous jetez à la traverfe, comme l'avocat *Breniquet* qui répondait toujours à ce qu'on ne lui demandait pas. De quoi vous mêlez-vous? Je demandais de nouvelles inftructions à mon maître pour affermir les fidèles dans la croyance des miracles, et vous venez ébranler leur foi par les plus grandes abfurdités qu'on ait jamais dites.

On prétend pourtant que vous êtes anglais: ah, Monfieur! vous êtes anglais comme arlequin eft italien; il n'en eft pas moins balourd. Souvenez-vous de ce grec qui voyageait en Scythie, et dont tout le monde fe moquait: Meffieurs les Scythes, dit-il, vous devez me refpecter; je fuis du pays de *Platon;* un fcythe lui répondit: Parle comme *Platon,* fi tu veux qu'on t'écoute. Je vous pardonne d'être un ignorant, mais je ne vous pardonne pas d'être un homme très-groffier, qui a l'infolence de mêler dans cette querelle et de nommer des gens qui ne devaient pas s'y attendre; vous avez cru peut-être que votre obfcurité vous mettrait à l'abri: mais, croyez-moi, que le mépris auquel vous vous êtes attendu ne vous donne pas trop de fécurité.

SIXIEME LETTRE.

Laquelle n'est pas d'un proposant.

Notre ancien concitoyen ayant écrit sur les miracles , un jeune proposant a demandé des instructions à un professeur qui a le mot pour rire. M. *Needham* , qui n'est pas si plaisant, s'est cru sérieusement intéressé dans cette affaire. Il s'est imaginé qu'on parlait de lui sous le nom de JESUS-CHRIST. Ce M. *Needham* ne manque pas d'amour propre , comme vous voyez ; il est comme cet histrion qui , jouant devant *Auguste* , prenait pour lui les applaudissemens que l'on prodiguait à l'empereur.

Si on dit que JESUS-CHRIST a changé l'eau en vin , aussitôt M. *Needham* pense à sa farine qu'il a changée en anguilles, et il croit qu'il les faut faire cuire avec le vin des noces de Cana. *Istius farinæ homines sunt admodùm gloriosi* , comme dit saint *Jérôme*.

M. *Needham* crie comme une anguille qu'on écorche, contre un pauvre proposant de notre ville , qui ne savait pas que ce M. *Needham* fût au monde. Il est peut-être désagréable pour un homme comme lui, qui a fait des miracles , de voir qu'on écrit sur cette matière sans le citer.

C'est , selon lui, comme si , en parlant des grands capitaines , on oubliait le roi de Prusse. Je conseille donc à monsieur le professeur et à monsieur le proposant, de rendre plus de justice à M. *Needham* , et de parler toujours de fes anguilles quand ils citeront les miracles de l'ancien et du nouveau Teftament, et ceux de *Grégoire Thaumaturge*.

M. *Néehdam* eft certainement un homme prodigieux ; il eft plus propre que perfonne à faire des miracles , car il reffemble aux apôtres avant qu'ils euffent reçu le Saint-Efprit. DIEU opère toujours les grandes chofes par les mains des petits , et fur-tout des ignorans, pour mieux faire éclater fa fageffe.

Si M. *Néedham* n'a pas fu qu'on avait vu la lune s'arrêter fur Aïalon en plein midi, quand le foleil s'arrêta fur Gabaon, et s'il a dit des fottifes, il n'en eft que plus admirable. On voit qu'il raifonne précifément comme un homme infpiré. DIEU s'eft toujours proportionné au génie de ceux qu'il fait parler. *Amos* , qui était un bouvier, s'explique en bouvier ; *Matthieu* , qui avait été commis de la douane, compare fouvent le royaume des cieux à une bonne fomme d'argent mife à ufure. Et quand M. *Néedham* , pauvre d'efprit, s'abandonne aux impulfions de fon génie , il dit des pauvretés. Tout eft dans l'ordre.

J'ai peur que M. *Néedham* n'outrage le Saint-Efprit et ne trahiffe fa vocation , quand il confulte nos maîtres en Ifraël fur ce qu'il doit dire au propofant : c'eft fe défier de fon infpiration divine, que demander confeil à des hommes ; il peut me répondre que c'eft par humilité , et que *Moïfe* demandait le chemin au fils de *Jéthro* , quoiqu'il fût conduit par un nuage et par la colonne de feu. M. *Néedham* n'a pas , à la vérité, la colonne de feu, mais il a certainement le nuage : d'ailleurs à qui demander le chemin quand on voyage dans les espaces imaginaires ?

Qu'il s'en tienne à ses anguilles, puisqu'il est leur camarade en tant qu'elles rampent, s'il ne l'est pas en tant qu'elles frétillent. Que sur-tout l'envie de se transfigurer en serpent ne lui prenne plus : qu'il ne pense pas qu'il soit en droit de siffler parce qu'on le siffle, et de mordre au talon ceux qui peuvent lui écraser la tête. Qu'enfin il laisse la lune s'arrêter sur Aïalon, et qu'il ne se mêle plus d'aboyer à la lune.

SEPTIEME LETTRE.

De M. Covelle.

QUAND j'ai vu la guerre déclarée au sujet des miracles, j'ai voulu m'en mêler, et j'en ai plus de droit que personne, car j'ai fait moi-même un très-grand miracle ; c'en est un assurément que d'échapper à la main de certaines gens, et d'abolir un usage impertinent établi depuis deux siècles.

J'ai toujours pensé que les abus, quels qu'ils soient, ne doivent jamais jouir du droit de prescription. Une tyrannie d'un jour et une tyrannie de deux mille ans doivent également être détruites chez un peuple libre.

Rempli de ces idées patriotiques, j'ai donc voulu savoir de quoi on disputait dans ma ville ; j'ai appris qu'un irlandais papiste et prêtre s'avisait de vouloir faire parler de lui :

Mens ratione furens et multis pasta chimeris.

Je n'y ai pas fait d'abord beaucoup d'attention ; mais quand j'ai fu que ce papifte prenait le parti des noces de Cana, j'ai été entièrement de fon avis ; ce miracle me plaît fort ; nous voudrions, l'irlandais et moi, qu'il arrivât tous les jours.

A l'égard du diable qui entra dans le corps de deux mille cochons, et qui les noya dans le lac, cela paffe la raillerie, fur-tout s'ils étaient engraiffés. Un bon cochon gras vaut environ dix écus pata-gons ; cela fefait vingt mille écus de perte pour le marchand.

Pour peu qu'on fît aujourd'hui une centaine de miracles dans ce goût-là, nos rues baffes n'auraient qu'à fermer leurs boutiques. Ce maudit papifte irlandais eft tout propre à nous ruiner. Les miracles ne coûtent rien à qui n'a rien à perdre. Il ferait homme à nous faire avaler par les truites du lac Léman, comme *Jonas*, s'il était auffi puiffant en œuvres qu'il femble peu l'être.

Défions-nous, mes chers concitoyens, d'un papifte irlandais ; je fais qu'il fait déjà des miracles très-dangereux. Il a imité celui de la transfiguration, car étant irlandais il s'eft déguifé en génevois, étant prêtre il s'eft déguifé en homme, étant abfurde il a voulu qu'on le prît pour un raifonneur : j'ai eu la curiofité de le voir, et j'avoue que, quand je lui ai parlé, j'ai cru à la converfation que *Balaam* eut jadis avec fa monture. Mon avis eft qu'on le renvoie au trou de St Patrice, (a) dont il n'aurait jamais dû fortir. Il vient ici dire des injures à un propofant de

(a) Le trou Saint-Patrice eft très-fameux en Irlande ; c'eft par-là que ces meffieurs difent qu'on defcend en enfer.

mes parens. Je ne fouffrirai pas cette infolence; il aura
affaire à monfieur le capitaine et à moi. Ce méchant
homme a fait tout ce qu'il a pu pour empêcher mon
coufin le propofant d'être reçu dans la vénérable
compagnie ; et il a été caufe par fa transfiguration
que je me fuis mis en colère contre un profeffeur
orthodoxe qui aime la confubftantialité prefqu'autant que moi. Il ne faut quelquefois qu'un brouillon
abfurde pour mettre mal enfemble deux hommes de
mérite, et deux braves chrétiens tels que monfieur
le profeffeur et moi avons l'honneur de l'être.

Après tout, fi mon coufin le propofant eft refufé
par la vénérable compagnie, ce grand feigneur allemand qu'il a voulu convertir lui offre une place
de déifte dans fa maifon, avec trois cents écus de
gages. Notre irlandais, avec fes anguilles et fes brochures, n'en gagne pas peut-être davantage. Qu'il
foit prêtre, ou athée, ou déifte, ou papifte, qu'il
transfigure ou non de la farine en anguilles, ou des
anguilles en farine, peu m'importe : mais parbleu
je lui apprendrai à être poli.

HUITIEME LETTRE.

Ecrite par le propofant.

Nous foupâmes hier enfemble, M. le capitaine,
M. *Covelle*, M. le pafteur *P...* et moi; la converfation
roula toujours fur les miracles entre ces favans
hommes. Ventre - Servet, dit le capitaine un peu
échauffé, il n'y a qu'un fot qui puiffe croire certains

miracles , et qu'un fripon qui veuille les faire croire. M. *Covelle* prit ce difcours pour une démonftration, et M. le pafteur *P*...., qui eft fort doux , infinua modeftement au capitaine qu'il croyait aux miracles; auffi , Monfieur, lui répondit le capitaine , je vous tiens pour un fort honnête homme ; mais , dites-moi , je vous en prie, ce que vous entendez par miracle.

Cela eft tout fimple , dit le pafteur , c'eft un dérangement des lois de la nature entière en faveur de quelques perfonnes de mérite que D I E U a voulu diftinguer. Par exemple , *Jofuah* , homme jufte et très-clément , entend dire qu'il y a une petite ville nommée Jéricho , et auffitôt il forme le projet louable de la détruire de fond en comble , et de tuer tout , jufqu'aux enfans à la mamelle, pour l'édification du prochain. Il y avait une petite rivière à paffer pour arriver devant cette fuperbe bourgade ; la rivière n'a que quarante pieds de large , elle eft guéable en cent endroits; rien n'eût été fi facile et fi ordinaire que de la traverfer ; on aurait eu de l'eau à peine jufqu'à la ceinture ; ou fi on n'eût pas voulu fe mouiller , il fuffifait de quelques planches de fapin.

Mais pour gratifier *Jofuah* , pour empêcher qu'il ne fe mouille , et pour encourager fon peuple chéri qui fera bientôt efclave , le Seigneur change les lois mathématiques du mouvement , et la nature des fluides ; l'eau du Jourdain remonte vers fa fource, et la fainte horde judaïque a le plaifir de paffer le ruiffeau à pied fec.

Il en eft de même quand le Seigneur veut faire

fentir fa puiffance aux Philiftins ou Phéniciens :
c'était une chofe trop ordinaire que de leur donner
une mauvaife récolte, il eft bien plus beau d'envoyer trois cents renards au paillard *Samfon* qui les
attache par la queue, et qui leur met le feu au
derrière, moyennant quoi les moiffons phéniciennes
font brûlées. Le Seigneur change aujourd'hui de la
farine en anguilles entre les mains du prêtre papifte
Néedham.

Ainfi vous voyez que dans tous les temps le
Seigneur opère des chofes extraordinaires en faveur
de fes ferviteurs, et c'eft ce qui fait que votre fille eft
muette.

M. *Covelle* prit alors la parole, et dit : vous avez
expliqué merveilleufement des chofes merveilleufes,
et je ne les entends pas plus que vous. Mais le grand
point eft que perfonne ne touche à nos prérogatives.
Faites tant de miracles qu'il vous plaira, pourvu
que je vive libre et heureux. Je crains toujours ce
prêtre papifte qui eft ici ; il cabale furement contre
notre liberté, et il y a là anguille fous roche.

Le capitaine prit feu à ce difcours, et jura que, fi
les chofes étaient ainfi, ce papifte n'en ferait pas quitte
pour fes deux oreilles, quelques longues qu'elles
fuffent. Pour moi, je gardais le filence comme il
convient à un propofant devant un pafteur en pied.
Ce digne miniftre, qui fait un peu de mathématique,
reprit la parole, et s'exprima en ces termes :

Ne craignez rien de M. *Néedham*, il eft trop mal
informé des affaires du monde ; vous favez qu'il
ignore l'aventure de la lune et d'Aïalon. Alors il tira
fon étui de fa poche, et nous fit fur le papier une

très-belle figure ; il traça une tangente fur l'orbite de la lune, et tira des rayons vifuels de la terre aux autres planètes. M. *Covelle* ouvrait de grands yeux ; il demanda cette figure pour la montrer aux favans de fon cercle.

Vous voyez bien, difait le miniftre, que fi la lune perd fon mouvement de gravitation, elle doit fuivre cette tangente ; et que fi elle perd fon mouvement de projectile, elle doit tomber fuivant cette autre ligne. Oui, dit M. *Covelle*. Le capitaine s'attacha aux rayons vifuels, et nous conçûmes le miracle dans toute fa beauté. Nous fûmes tous d'accord, il ne fut plus queftion de miracles, et notre fouper fut le plus gai du monde.

Nous allions nous féparer, lorfqu'un ancien auditeur de nos amis entra tout effaré, et nous apprit que le prêtre aux anguilles eft un jéfuite. C'eft une chofe avérée, dit-il, et on en a les preuves. Quoi! m'écriai-je, un jéfuite transfiguré parmi nous, et précepteur d'un jeune homme? cela eft dangereux de bien des façons : il faut en avertir dès demain M. le premier fyndic.

Lui jéfuite ! dit le capitaine, cela ne fe peut pas, il eft trop abfurde. (*a*) Vous vous trompez, répliqua l'auditeur, fachez que les armées de moines font

_____

(*a*) Figurez-vous , mes chers concitoyens , que ce jéfuite *Néedham* a fait une parodie de la troifième lettre humble et foumife que j'écrivais fi refpectueufement à mon férieux maître *R*. . . . : c'eft affurément une chofe bien louable de défendre notre fainte religion chrétienne par une parodie ! Il eft beau que ce foit un jéfuite à qui nous en ayons l'obligation. C'eft un ennemi qui vient à notre fecours , en attendant que nous nous battions contre lui ; il a orné cette parodie d'un avis préliminaire dans lequel il dit :

comme

comme celles où vous avez fervi ; elles font compofées de principaux officiers qui font dans le fecret
de la compagnie, et de foldats imbécilles qui marchent fans favoir où, et qui fe battent fans favoir
pourquoi. Le grand nombre en tout genre eft celui
des ignorans, conduits par quelques gens habiles ;
et tous les moines reffemblent aux fujets du vieux
de la montagne ; mais vous favez, Dieu merci, que
les jéfuites ne font plus à craindre.

N'importe, dit le capitaine, il faut chaffer celui-ci,
ne fût-ce que pour le fcandale qu'il donne, et pour
l'ennui qu'il caufe.

Pour moi, je demandai fa grâce, attendu qu'il
m'avait dit de groffes injures, fans que j'euffe l'honneur de le connaître.

M. le miniftre P..... fut de mon avis, auffi-bien
que M. *Covelle ;* je partis le lendemain pour aller
auprès de ce bon feigneur allemand dont je fuis
l'aumônier, et chez qui je n'entendrai plus parler
de ces billevefées.

» Ceux qui n'ont pas vu l'original fur lequel cette parodie eft for-
» mée, comprendront facilement que je n'ai touché en rien à la forme,
» aux idées, pas même aux mots, &c.
Comprenez-vous, mes chers concitoyens, qu'on puiffe juger fi l'auteur
bouffon d'une parodie a copié l'original exactement fans qu'on ait vu
cet original ? N'eft-ce pas-là un nouveau miracle que ce jéfuite fuppofe
dans fes lecteurs ? vous voyez qu'il y a des jéfuites naïfs.
N. B. Saint *Patrik* eft le patron du jéfuite *Néedham.* Le premier miracle
que fit faint *Patrik* fut d'échauffer un four avec de la neige. *Néedham*
raifonne auffi conféquemment que le bon homme faint *Patrik.*

Facéties. E e

PARODIE

DE LA IIIᵐᵉ LETTRE DU PROPOSANT,

Par le fieur Néedham, irlandais, prêtre jéfuite, transformateur de farine en anguilles.

Il fait parler un patagon dans cette parodie ; et le patagon raifonne comme *Néedham.*

POST-SCRIPTUM.

Cette parodie ne fut imprimée qu'après le débit de la huitième lettre. Nous avons fidèlement fuivi l'ordre des temps dans la nouvelle édition de ces chofes merveilleufes. (*)

EPIGRAPHE.

Expedit vobis neminem videri bonum ;
Quafi aliena virtus exprobatio delictorum veftrorum fit, &c.

TACITE.

N. B. Applique-toi ces paroles, mon cher *Néedham.*

(*) Comme cette parodie eft exceffivement ennuyeufe, nous n'en rapportons que des extraits, afin que le lecteur ne foit pas privé des notes de monfieur le propofant. (*Note des éditeurs.*)

AVIS PRELIMINAIRE

DU JESUITE.

CEUX qui n'ont pas vu l'original fur lequel cette parodie eft formée, comprendront facilement qu'on n'a touché en rien à la forme, ni aux idées &c.... (*a*) Bientôt le monde, dénué en grande partie de ces fublimes vérités, verra clairement à qui appartient la *vefte enfanglantée* ; (*b*) et la nature corrompue, fe trouvant libre de tout frein, &c....

Monfieur, je vous prie de venir à mon fecours à la *terra del fuego*, contre un géant patagon d'une taille énorme.... (*c*) Votre morale confifte à croire que *je dois vous faire du bien*, et ma nature me pouffe à vous écerveler pour en faire mon repas, &c... (*d*)

NOTES

DE M. LE PROPOSANT.

(*a*) Eh ! comment veux-tu que ceux qui n'ont pas vu l'original jugent fi ta copie eft reffemblante ?

(*b*) A quoi vient ta vefte ? où as-tu vu que le *propofant ait propofé* de délivrer les hommes de tout frein ?

(*c*) Ce n'eft pas la peine de faire beaucoup de remarques fur cette parodie qui n'eft qu'un traveftiffement infipide.

(*d*) Oui , mais ce pauvre *Needham* , dans fa malheureufe parodie, ne voit pas qu'il détruit la morale que DIEU a gravée dans le cœur de tous les hommes. Il fait parler fon fot patagon contre la fociété , la loi naturelle et la vertu , au lieu que monfieur le comte avait pris le parti de la vertu , de la

Ee 2

Caractacus alla long-temps après combattre ces mêmes Romains... (*e*) Il femble que vos princes et vos légiflateurs, en affaffinant la fociété par leur morale... (*f*) Les prétendus droits de guerre, les fermiers généraux, les rapines... (*g*) Quand on écrit poliment contre la religion, on y répond de même.... (*h*) *Rifu inepto nihil ineptius.* (*i*)

loi naturelle, de la fociété, et par conféquent de DIEU même, et n'avait parlé que contre des impertinences fcolaftiques, qui font l'objet du mépris de tous les honnêtes gens.

(*e*) Il eft plaifant de faire citer l'hiftoire romaine à un patagon.

(*f*) Si tout cela valait la peine d'être réfuté, on dirait que *Needham* le patagon a grand tort d'imputer à la morale tous les crimes faits contre la morale; mais que monfieur le comte a eu très-grande raifon d'imputer aux dogmes et au déteftable efprit théologique, toutes les horreurs que les dogmes et les querelles fcolaftiques ont fait commettre.

On ferait voir combien il eft ridicule de comparer la raifon univerfelle, qui infpire toutes les vertus, à des dogmes particuliers dont il n'a jamais réfulté que du mal.

On pourrait dire encore qu'une parodie eft un écho qui ne peut parler de lui-même, qui ne fait que répéter, et qui répète mal.

(*g*) Il eft comique que ce patagon connaiffe les fermiers généraux de France. Il n'eft pas moins comique qu'il en parle à un irlandais, comme s'il y en avait en Iilande.

(*h*) Je te dirai donc poliment, que celui qui écrit que les animaux viennent fans germe, écrit contre DIEU.

(*i*) *Sed rifu conveniente nihil dulcius.*

NEUVIEME LETTRE

Ecrite par le jésuite des anguilles.

Tous les petits garçons de la ville frétillent autour de moi, et me demandent des miracles; je leur dis : *Race d'anguilles, vous n'en aurez point d'autres que ceux de mon père St Ignace et de mon patron St Patrice.* J'apprends que les impies se moquent de mon patron et de moi, dans la vénérable compagnie, au confistoire et chez les repasseuses ; cela ne m'ébranle point, *et contra fic argumentor.*

Monfieur le propofant croit tourner mon St *Patrice* en ridicule, parce qu'il chauffait un four avec de la neige ; il n'y a certainement qu'un damné d'hérétique comme lui, qui puiffe infulter ainfi aux prodiges que le Seigneur a toujours opérés par fes élus ; qu'il life ma differtation fur ce miracle, imprimée dans le Journal chrétien ; il verra qu'il eft trèspoffible que de la neige chauffe un four, quoique la chofe foit miraculeufe.

St *Patrice*, par exemple, ne pouvait-il pas faire bouillir la neige avant de l'employer ? On me répondra qu'alors il n'y a plus de neige, que c'eft feulement de l'eau chaude, et que fi on attendait pour avoir du pain que le four chauffât de cette façon, ou courrait rifque de mourir de faim. D'accord, mais c'eft en cela précifément que le miracle confifte.

On prétend que je me fuis transfiguré en laïque et en génevois, et que par cette métamorphofe j'ai

prétendu avilir le miracle de la transfiguration fur
le Thabor. A DIEU ne plaife ! j'ai une trop haute
opinion de ce miracle et de moi-même, et je veux
enfeigner à monfieur le propofant ce que c'eft que
ce miracle dont il parle avec une légèreté qu'on ne
me reprochera jamais.

La transfiguration eft, fans doute, ce que nous
avons de plus refpectable après la tranffubftantiation.
J'ofe même dire que c'eft de la transfiguration que
dépend notre falut ; car fi un pécheur, un fefeur
de parodies ne fe transfigure pas en homme de bien
il eft perdu ; et voici comme je le prouve.

JESUS fe transfigura fur une haute montagne ;
les uns difent que c'eft fur le mont Hermon, les
autres fur le Thabor. Ses habits parurent tout blancs,
et fon vifage très-refplendiffant ; donc il faut qu'un
homme qui fait des prodiges ait un large vifage,
haut en couleur, et un bel habit tout blanc ; ce qu'il
fallait démontrer.

Le propofant ne convient pas de cette vérité,
et il dit qu'on peut être honnête homme avec un
habit brun un peu fale. Il a fes raifons pour penfer
ainfi ; mais quand il s'agit du falut, il faut y regarder
de près.

Je pourfuis donc, et je dis qu'il eft vrai que
l'habit ne fait pas le moine ; mais, comme je l'ai
prouvé ci-deffus, l'habit eft la figure de l'ame. Le
vin de Cana était rouge, et les habits de la tranf-
figuration blancs : or, le blanc fignifiant la candeur,
et le rouge étant la couleur du zèle, il eft clair que
fi vous uniffez enfemble ces deux couleurs, vous
avez un rouge tirant fur le jaune ; donc les miracles

font très-poffibles ; donc ils font non-feulement pof-
fibles , mais ils font très-réels ; donc M. *Covelle* a
tort. St *Denis*, en portant fa tête entre fes bras, était
habillé de blanc, puifqu'il avait fon furplis : or, le
fang de fa tête et de fon cou étant rouge, vous fentez
bien qu'il n'y a rien à me répliquer.

Je fais que les prétendus efprits forts, les foi-difant
philofophes ont d'autres opinions. Ils demandent
à quoi fervit la transfiguration fur le Thabor ou fur
le mont Hermon, quel bien il en revint à l'empire
romain, et ce que firent *Moïfe* et *Elie* fur cette montagne. D'abord je répondrai qu'*Elie* n'était pas mort,
et qu'il pouvait aller où il voulait ; enfuite je dirai
qu'il eft clair que *Moïfe* reffufcita pour venir faire
converfation , comme je l'ai prouvé ci-deffus, et qu'il
remourut enfuite , comme je le prouve ci-deffous.

Ce n'eft pas tout, il faut approfondir la chofe :
je dis premièrement que le blé ergoté étant vifiblement doué d'une ame fenfitive....

Comme j'en étais à cette phrafe, M. *R*.... profeffeur en théologie, entra chez moi avec un air
confterné. Je lui demandai le fujet de fon embarras;
il m'avoua qu'il cherchait depuis quatre ans fi le
vin des noces de Cana était blanc ou rouge , qu'il
avait bu très-fouvent de l'un et de l'autre pour
décider de cette grande queftion, et qu'il n'avait pu
en venir à bout. Je lui confeillai de lire St *Jérôme*, *de*
vino rubro et albo ; St Chryfoftome, de vineis, et *Johannem*
de Bracmardo , fuper pintas. Il me dit qu'il les avait
tous lus, et qu'il était plus embarraffé que jamais;
ce qui arrive à prefque tous les favans. Je lui répli-
quai que la chofe était décidée par le concile d'Ephèfe,

feſſion 14. Il me promit de le lire, et fut tout épouvanté de mon ſavoir. Mais comment faites-vous,
dit-il, quand vous chantez la grand'meſſe en Irlande,
et que le vin vous manque ? Je lui répondis : Je fais
alors du punch, auquel je mêle un peu de coche-
nille : ainſi je me fais du vin rouge, et l'on n'a rien
à me reprocher.

Je puis dire que M. le profeſſeur R... fut extrêmement content de mon invention, et qu'il me
donna des éloges que mon extrême modeſtie m'empêche de tranſcrire ici.

L'eſtime qu'il me témoigna, et celle que je ſentis
par conſéquent pour lui, établirent bientôt entre
nous la confiance. Il me demanda amicalement combien de miracles avait fait St *François Xavier*. Je lui
avouai ingénument que les écrivains de ſa vie en
avaient un peu augmenté le nombre pour ſuivre la
méthode des premiers ſiècles, et qu'après un long
examen je n'en avais avéré que deux cents dix-ſept.
C'eſt bien peu, me dit-il, quand on eſt au Japon.
Je le fis convenir qu'il eſt bon de ſe borner, et que
dans l'âge pervers où nous vivons, il ne faut pas
donner à rire à la foule des incrédules. Après quoi
je lui demandai à mon tour s'il ne feſait pas des
miracles quelquefois dans ſon tripot : il eut la bonne
foi de me dire que non ; et en cela il avouait, ſans
le ſavoir, la ſupériorité de ma ſecte ſur la ſienne.

Nous en ferions tout comme les autres, me dit-il,
ſi nous avions affaire à des ſots, mais notre peuple
eſt inſtruit et malin ; il laiſſe paſſer les anciens miracles qu'il a trouvés tout établis. Si nous nous mêlions
d'en faire pour notre compte, ſi nous nous aviſions,

par exemple , d'exorcifer des poffédés , on croirait
que nous le fommes; fi nous chaffions les diables ,
on nous chafferait avec eux.

Je fentis par cette réponfe qu'il déguifait fon
impuiffance fous l'air de la circonfpection. En effet,
il n'y a que les catholiques qui faffent des miracles.
Tout le monde convient que les plus authentiques
fe font en Irlande. Je laiffe à d'autres le foin de
parler des miens. On a déjà rendu juftice à mes
anguilles, à la profondeur de mes raifonnemens et
à mon ftyle. Cela me fuffit , et je ne crois pas qu'il
foit néceffaire d'en dire davantage.

AVERTISSEMENT.

M. *Covelle* avait peu étudié, comme il nous l'apprend lui-même dans une de ſes lettres. Son génie ſe développa par l'amour ; il fit un enfant à mademoiſelle *Ferbot*, l'une de nos plus agréables citoyennes : la choſe était ſecrète. Le confiſtoire la rendit charitablement publique ; il fut obligé de comparaître. Le prédicant qui préſidait lui ordonna de ſe mettre à genoux ; c'était un abus établi depuis long-temps. M. *Covelle* répondit qu'il ne ſe mettait à genoux que devant DIEU : le modérateur lui dit que des princes avaient ſubi cette péni-tence. Je ſais, répliqua-t-il, que cette infamie a commencé à *Louis le débonnaire*, ſachez qu'elle finira à *Robert Covelle*.

Cette aventure le détermina à s'inſtruire ; il devint ſavant en peu de temps, et il ſe diſtingua par pluſieurs lettres en faveur de monſieur le propoſant, ſon ami, contre le jéſuite *Needham*.

DIXIEME LETTRE

Par M. Covelle, à M***, pasteur de campagne.

MONSIEUR,

Nous croyons vous et moi fermement à tous les miracles, nous croyons que les paroles qui ont évidemment un fens déterminé, ont évidemment un autre fens. Par exemple, *mon père eſt plus grand que moi* fignifie, fans aucune conteſtation, je fuis auſſi grand que mon père; et c'eſt-là un miracle de paroles. Quand *Paul*, devenu convertiffeur, de perfécuteur qu'il était, dit dans fon épître aux Romains, c'eſt-à-dire, à quelques juifs qui vendaient des guenilles à Rome : *Le don de* DIEU *s'eſt répandu ſur nous par la grâce donnée à un ſeul homme qui eſt* JESUS ; cela veut dire, fans difficulté : *Le don de* DIEU *s'eſt répandu ſur nous par la grâce donnée à un ſeul* DIEU *qui eſt* JESUS.

Il n'y a qu'à s'entendre ; nous avons, comme on fait, cent paffages qu'il faut abfolument expliquer dans un fens contraire. Ce miracle toujours fub-fiſtant, d'entendre tout le contraire de ce qu'on lit, eſt une des plus fortes preuves de notre fainte religion.

Il y a un miracle encore plus grand, c'eſt de ne fe pas entendre foi-même. C'eſt aihfi qu'en ont ufé *Athanafe*, *Cyrille* et plufieurs autres pères. C'eſt un des miracles opérés par le révérend père *Needham* à la grande édification des fidèles, *cum devotione et cachinno.*

Je conseille à ce jésuite *Needham* d'aller faire un tour à Gabaon et à Aïalon, pour voir comment le soleil et la lune s'y prennent pour s'arrêter fur ces deux villages. Je laiffe monfieur le propofant gagner fes trois cents écus patagons par an chez fon feigneur allemand, et je m'adreffe à vous, comme à un jeune curé de village, fait pour jouer un grand rôle dans la ville.

Vous avez une jolie femme, et je n'en ai point. J'ai pris le parti en honnête homme de faire un enfant à mademoifelle *Ferbot;* c'eft un grand péché, je l'avoue.

JESUS, égal ou inégal à fon père, eft extrêmement courroucé, quand un génevois fait un enfant à une fille; et certainement il jeterait la ville dans le lac fi on commettait fouvent cette énormité contraire à toutes les lois de la nature; auffi j'en ai demandé pardon à JESUS; mais vous vouliez que je vous demandaffe auffi pardon, comme fi vous étiez confubftantiel à JESUS, et comme fi votre village était confubftantiel à Genève.

En vérité, mon cher pafteur, vous êtes allé trop loin, vous êtes trop jeune et trop aimable pour juger les filles. Souffrez que j'aie l'honneur de vous dire ce que c'eft qu'un miniftre, non d'Etat, mais du faint Evangile.

C'eft un homme vêtu de noir à qui nous donnons des gages pour prêcher, pour exhorter et pour faire quelques autres fonctions. Vous croyez, parce que nous vous avons appelé pasteur, que nous ne sommes que des brebis. Les choses ne vont pas tout à fait ainsi. Souvenez-vous que CHRIST dit expressément à ses disciples : *Il n'y aura parmi vous ni premier ni dernier.*

Nous avons au fond autant de droit que vous de parler en public pour édifier nos frères, et de rompre le pain avec eux. Si, quand les sociétés chrétiennes se sont augmentées, nous jugeâmes à propos de commettre certaines personnes pour baptiser, prêcher, communier nos fidèles, et avoir soin de tenir propre le lieu de l'assemblée, ce n'est pas que nous ne pussions fort bien prendre ce soin nous-mêmes. Je donne des gages à un homme pour faire paître mon troupeau ; mais cela ne m'ôte pas le droit de le mener paître moi-même, et d'envoyer paître le berger si j'en suis mécontent.

On vous a imposé les mains ; j'en suis bien aise ; mais qu'a-t-on fait, s'il vous plaît, par cette cérémonie ? Vous a-t-on donné plus d'esprit que vous n'en aviez ? Ceux qui vous ont reçu ministre du St Evangile, vous ont-ils donné autre chose qu'une déclaration que vous ne savez point l'hébreu, que vous savez un peu de grec, que vous avez lu *Matthieu*, *Luc*, *Marc* et *Jean*, et que vous pouvez parler une demi-heure de suite ? Or, certainement plusieurs de nos citoyens sont dans ce cas ; et j'écoute quelquefois M. *Deluc* une heure entière, quoiqu'il ne sache pas mieux l'hébreu que vous.

Vous voulûtes me faire mettre à genoux, et vous me le conseillâtes par une lettre. Vous sûtes alors que je ne me mets à genoux que devant DIEU ; et

vous apprîtes que les pasteurs ne sont point magistrats. Nous savons très-bien distinguer l'empire et
le sacerdoce. L'empire est à nous, et le sacerdoce
dépend tellement de l'empire, qu'on vous présente
à nous quand on vous a nommé à une cure de la
ville. Nous pouvons vous accepter ou vous rejeter;
donc nous sommes vos souverains. Prêchez, et nous
jugerons de votre doctrine ; écrivez, et nous jugerons de votre style ; faites des miracles, et nous jugerons de votre savoir-faire. Je vous l'ai déjà dit, le
temps n'est plus où les laïques n'osaient penser ; et
il n'est plus permis de nous donner du gland, quand
nous nous sommes procuré du pain.

Les gens d'Eglise dans tous les pays sont un peu
fâchés que les hommes aient des yeux ; ils voudraient
être à la tête d'une société d'aveugles ; mais sachez
qu'il est plus honorable d'être approuvé par des
hommes qui raisonnent, que de dominer sur des
gens qui ne pensent pas.

Il y a deux choses importantes dont on ne parle
jamais dans le pays des esclaves, et dont tous les
citoyens doivent s'entretenir dans les pays libres.
L'une est le gouvernement, l'autre la religion. Le
marchand, l'artisan doivent se mettre en état de
n'être trompés ni sur l'un ni sur l'autre de ces
objets. La tyrannie ridicule qu'on a voulu exercer
sur moi, n'a servi qu'à me faire mieux connaître
mes droits d'homme et de chrétien. Tous ceux qui
pensent comme moi (et ils sont en très-grand
nombre) soutiendront jusqu'au dernier soupir ces
droits inviolables. Et comme me disait fort bien
hier une lingère de mon quartier : *Fari quæ sential*,

eſt le privilége d'un homme libre. Croyez-moi,
Meſſieurs, ménagez les citoyens, bourgeois et habitans, ſi vous voulez conſerver un peu de crédit;
car, ſelon St *Flaccus Horatius*, dans ſa quatrième
épître aux Galates, celui qui exige plus qu'on ne
lui doit, perd bientôt ce qui lui eſt dû ou deu, &c. &c.

ONZIEME LETTRE

Ecrite par le propoſant à M. Covelle.

MONSIEUR,

JE bénis la Providence qui m'a conduit chez
monſieur le comte dont j'ai l'honneur d'être le chapelain. Non-ſeulement il a eu la bonté de me faire
payer d'avance cent écus patagons pour les premiers
quatre mois de mon exercice, mais je ſuis chauffé,
éclairé, blanchi, nourri, raſé, porté, habillé. Je
doute fort que le lévite qui deſſervait la chapelle de
la veuve *Michas*, l'idolâtre, eût une condition auſſi
bonne que la mienne. Il eſt vrai que madame *Michas*
lui donnait une ſoutane et un manteau noir par
année, et qu'il avait bouche à cour, mais il n'avait
que dix petits écus de gage, ce qui n'approche pas
de mes appointemens.

Son excellence me traite d'ailleurs avec beaucoup
de bonté; il commence à prendre en moi un peu de
confiance, et je ne déſeſpère pas de le convertir ſur

le chapitre des miracles, pourvu que ce malheureux
jéfuite *Néedham* ne s'en mêle pas, car fon excellence
a une répugnance invincible pour les jéfuites, pour
les abfurdités et pour les anguilles ; c'eft à cela près
le meilleur homme du monde ; et fi jamais vous
venez dans fon petit Etat, vous verrez combien
fa conduite eft édifiante, et avec quelle fincérité
il adore le DIEU de tous les êtres et de tous les
temps.

Il eft de plus fort favant. Il a ordonné à un juif
qui eft fon bibliothécaire, de lui faire une belle
collection des anciens fragmens de *Sanchoniathon*, de
Bérofe, de *Manéthon*, de *Chérémon*, des anciennes
hymnes d'*Orphée*, d'*Ocellus-Lucanus*, de *Timée* de
Locres et de tous ces anciens monumens peu confultés par les modernes.

Il me fefait lire hier *Flavien Jofephe*, cet hiftorien
juif qui écrivait fous *Vefpafien*; *Jofephe*, parent de
la reine *Mariamne* femme d'*Hérode*; *Jofephe*, dont le
père avait vécu du temps de JESUS; *Jofephe* qui a
le malheur de ne parler d'aucun des faits qui fe
pafsèrent alors en Galilée à la vue de tout l'univers.
Nous remarquâmes tous deux quelles peines fe
donne ce juif, et en combien de manière il fe replie
pour faire valoir fa nation. Il fouille dans tous les
auteurs égyptiens pour trouver quelque preuve que
Moïfe a été connu en Egypte ; il déterre enfin deux
hiftoriens récens, qui ont écrit après la traduction
qu'on appelle des Septante ; c'eft *Manéthon* et *Chérémon*.
Ils difent un mot de *Moïfe*, mais ils ne parlent d'aucun
de fes prodiges.

Que *Manéthon* et *Chérémon* euffent dit peu de chofe
d'un

d'un juif qu'ils regardaient avec mépris, cela était fort naturel, en cas que l'histoire de *Moïse* eût été fabuleuse ; mais qu'en parlant de *Moïse* ils n'aient rien dit des dix plaies d'Egypte et du passage miraculeux de la mer Rouge, c'est ce qui est incompréhensible. C'est comme si, en écrivant l'histoire de Genève que vous avez commencée avec autant d'éloquence que de vérité, vous ne disiez rien de l'escalade ni de la mort de M. *F*. . . . mon parent.

L'omission même des miracles de *Moïse* est quelque chose de bien plus extraordinaire dans une histoire égyptienne, que l'omission de deux faits très-naturelle dans l'histoire d'une ville. L'assaut de miracles que fit *Moïse* avec les sorciers du roi d'Egypte, ne devait pas sur-tout être passé sous silence par les historiens d'une nation aussi célèbre pour les sortilèges que l'étaient les Egyptiens.

On me dira peut-être que ces Egyptiens étaient si honteux d'avoir été vaincus en fait de diablerie, qu'ils aimèrent mieux n'en point parler du tout que d'avouer leur défaite. Mais, encore une fois, Monsieur, cela n'est pas dans la nature. Les Français avouent qu'ils ont été battus à Créci, à Poitiers ; les Athéniens avouent que Lacédémone les vainquit. Les Romains ne dissimulent pas la perte des batailles de Cannes et de Thrasimène.

De plus, les magiciens de *Pharaon* ne furent vaincus que sur un seul article. *Moïse* fit naître des poux, et c'est-là le seul miracle que les sorciers de sa majesté ne purent faire : or il était très-aisé à un historien habile, ou de passer sous silence le miracle des poux, ou même de le tourner à l'avantage de

Facéties. F f

fa nation. Il pouvait dire que les Juifs, qui ont toujours été fripiers, fe connaiffaient mieux en poux
que les autres peuples. On pouvait ajouter que les
Egyptiens, qui étaient des gens fort propres, avaient
toujours négligé la théorie des poux dans la multitude
de leurs connaiffances.

Enfin, il n'était pas poffible que *Chérémon* et
Manéthon euffent oublié qu'un ange avait coupé
le cou un matin à tous les fils aînés des maifons
d'Egypte.

De très-illuftres favans ont cru, comme vous favez,
Monfieur, qu'il y avait alors en Egypte douze cents
mille familles ; cela fait douze cents mille jeunes gens
égorgés dans une nuit. Cette aventure valait bien la
peine d'être rapportée.

Je fuppofe, par exemple, qu'un jéfuite favoyard,
envoyé de DIEU, eût affaffiné tous les premiers-nés
de Genève dans leur lit ; en bonne foi, y aurait-il
un feul de nos annaliftes qui oubliât cette boucherie
exécrable ? et les écrivains favoyards feraient-ils les
feuls qui tranfmettraient à la poftérité un événement
fi divin ?

La probité, Monfieur, ne me permet pas de nier
la force de ces argumens. Je fuis perfuadé qu'il eft
d'un mal-honnête homme de traiter avec un mépris
apparent les raifons de fes adverfaires, quand on en
fent toute la puiffance dans le fond de fon cœur ;
c'eft mentir aux autres et à foi-même. Ainfi, quand
nous avons examiné enfemble les miracles de l'antiquité, nous n'avons ni déguifé, ni méprifé les
raifons de ceux qui les nient, et nous n'avons oppofé
en bons chrétiens que la foi aux argumens. La foi

confifte à croire ce que l'entendement ne faurait croire ; et c'eft en cela qu'eft le mérite.

Mais, Monfieur, en étant perfuadés par la foi, des chofes qui paraiffent abfurdes à notre intelligence, c'eft à-dire, en croyant ce que nous ne croyons pas, gardons-nous de faire ce facrifice de notre raifon dans la conduite de la vie.

Il y a eu des gens qui ont dit autrefois : Vous croyez des chofes incompréhenfibles, contradictoires, impoffibles, parce que nous vous l'avons ordonné ; faites donc des chofes injuftes parce que nous vous l'ordonnons. Ces gens-là raifonnaient à merveille. Certainement qui eft en droit de vous rendre abfurde eft en droit de vous rendre injufte. Si vous n'oppofez point aux ordres de croire l'impoffible l'intelligence que DIEU a mife dans votre efprit, vous ne devez point oppofer aux ordres de mal faire la juftice que DIEU a mife dans votre cœur. Une faculté de votre ame étant une fois tyrannifée, toutes les autres facultés doivent l'être également. Et c'eft-là ce qui a produit tous les crimes religieux dont la terre a été inondée.

Dans toutes les guerres civiles que les dogmes ont allumées, dans tous les tribunaux des inquifitions, et toutes les fois qu'on a cru expédient d'affaffiner des particuliers ou des princes d'une fecte différente de la nôtre, on s'eft toujours fervi de ces paroles de l'Evangile : *Je ne fuis pas venu apporter la paix, mais le glaive ; je fuis venu divifer le fils et le père, la fille et la mère, &c.*

Il fallait avoir recours alors à ce miracle dont je vous ai déjà parlé, qui confifte à entendre le contraire de ce qui eſt écrit. Certainement ces paroles veulent dire : *Je ſuis venu réunir le fils et le père, la fille et la mère ;* car ſi nous entendions ce paſſage à la lettre, nous ferions obligés en conſcience de faire de ce monde un théâtre de parricides.

De même, lorſqu'il eſt dit que JESUS fécha le figuier verd, cela veut dire qu'il fit reverdir un figuier ſec ; car ce dernier miracle eſt utile, et le premier eſt pernicieux.

Croyons auſſi que, quand le grand ſerviteur de DIEU, *Joſuah,* arrêta le ſoleil qui ne marche pas, et la lune qui marche, ce ne fut point pour achever de maſſacrer en plein midi de pauvres citoyens qu'il venait voler, mais pour avoir le temps de ſecourir ces malheureux, ou de faire quelque bonne action.

C'eſt ainſi, Monſieur, que la lettre tue, et que l'eſprit vivifie.

En un mot, que votre religion ſoit toujours de la morale ſaine dans la théorie, et de la bienfeſance dans la pratique.

Recommandez ces maximes à nos chers concitoyens ; qu'ils fachent que l'erreur ne mène jamais à la vertu ; qu'ils faſſent uſage de leurs lumières, qu'ils s'éclairent les uns les autres, qu'ils ne craignent point de dire la vérité dans tous leurs cercles, dans toutes leurs aſſemblées. La ſociété humaine a été trop long-temps ſemblable à un grand jeu de baſſette, où des fripons volent des dupes, tandis que d'honnêtes gens diſcrets n'oſent avertir les perdans qu'on les trompe.

Plus mes compatriotes chercheront la vérité, plus ils aimeront leur liberté. La même force d'eſprit

qui nous conduit au vrai, nous rend bons citoyens.
Qu'eſt-ce en effet que d'être libres ? c'eſt raiſonner
juſte, c'eſt connaître les droits de l'homme; et quand
on les connaît bien, on les défend de même.

Remarquez que les nations les plus eſclaves ont
toujours été celles qui ont été le plus dépourvues
de lumières. Adieu, Monſieur, je vous recommande
la vérité, la liberté et la vertu, trois ſeules choſes
pour leſquelles on doive aimer la vie.

DOUZIEME LETTRE.

De M. Th.... à M. le comte de B....

Sɪ ſon excellence monſieur le comte n'eſt pas
perſuadé de l'authenticité de nos miracles, en
récompenſe madame la comteſſe avait une foi qui
était bien conſolante. J'ai eu l'agrément de lire quelquefois St *Matthieu* avec elle, quand monſeigneur
liſait *Cicéron*, *Virgile*, *Epictète*, *Horace* ou *Marc-Antonin*
dans ſon cabinet. Nous en étions un jour à ces
paroles du chapitre XVII :

*Je vous dis en vérité que quand vous aurez de la foi
gros comme un grain de moutarde, vous direz à une montagne : Range-toi de-là, et auſſitôt la montagne ſe tranſ-
portera de ſa place.*

Ces paroles excitèrent la curioſité et le zèle de
madame. Voilà une belle occaſion, me dit-elle, de
convertir monſieur mon mari : nous avons ici près
une montagne qui nous cache la plus belle vue du

monde; vous avez de la foi plus qu'il n'y en a dans
toute la moutarde de Dijon qui eſt dans mon office;
j'ai beauçoup de foi auſſi : diſons un mot à la
montagne, et ſurement nous aurons le plaiſir de la
voir ſe promener par les airs. J'ai lu dans l'hiſtoire
de St *Dunſtan*, qui eſt un fameux ſaint du pays de
Needham, qu'il fit venir un jour une montagne
d'Irlande en Baſſe-Bretagne, lui donna ſa bénédiction, et la renvoya chez elle. Je ne doute pas
que vous n'en faſſiez autant que St *Dunſtan*, vous
qui êtes réformé.

Je m'excuſai long-temps ſur mon peu de crédit
auprès du ciel et des montagnes. Si M. *Claparède*,
profeſſeur en théologie, était ici, lui dis-je, il ne
manquerait pas, ſans doute, de faire ce que vous
propoſez; il y a même tel ſyndic qui, en un beſoin,
ferait capable de vous donner ce divertiſſement;
mais ſongez, Madame, que je ne ſuis qu'un pauvre
propoſant, un jeune chapelain qui n'a fait
encore aucun miracle, et qui doit ſe défier de ſes forces.

Il y a commencement à tout, me répliqua madame
la comteſſe, et je veux abſolument que vous me
tranſportiez ma montagne. Je me défendis long-
temps; cela lui donna un peu de dépit. Vous faites,
me dit-elle, comme les gens qui ont une belle voix
et qui refuſent de chanter quand on les en prie. Je
répondis que j'étais enrhumé, et que je ne pouvais
chanter. Enfin elle me dit en colère que j'avais
d'aſſez gros gages pour être complaiſant et pour faire
des miracles quand une femme de qualité m'en
demandait. Je lui repréſentai encore, avec ſou-
miſſion, mon peu d'adreſſe dans cet art.

Comment, dit-elle, *Jean-Jacques Rousseau*, qui n'est qu'un misérable laïque, se vante dans ses lettres imprimées d'avoir fait des miracles à Venise : et vous ne m'en ferez pas, vous qui avez la dignité de mon chapelain, et à qui je donne le double des appointemens que *Jean-Jacques* touchait de M. de *Montaigu* son maître, ambassadeur de France ?

Enfin je me rendis ; nous priâmes la montagne l'un et l'autre avec dévotion de vouloir bien marcher.

Elle n'en fit rien. Le rouge monta au visage de madame ; elle est très-altière, et veut fortement ce qu'elle veut. Il se pourrait faire, me dit-elle, qu'on dût entendre, selon vos principes, le contraire de ce qu'on lit dans le texte ; il est dit qu'avec un peu de moutarde de foi on transportera une montagne ; cela signifie peut-être qu'avec une montagne de foi on transportera un peu de moutarde. Elle ordonna sur le champ à son maître d'hôtel d'en faire venir un pot. Pour moi, la moutarde me montait au nez ; je fis ce que je pus pour empêcher madame de faire cette expérience de physique ; elle n'en démordit point, et fut attrapée à sa moutarde, comme elle l'avait été à sa montagne.

Tandis que nous fesions cette opération, arriva monsieur le comte, qui fut assez surpris de voir un pot de moutarde à terre entre madame la comtesse et moi. Elle lui apprit de quoi il était question. Monsieur le comte, avec un ton moitié sérieux, moitié railleur, lui dit que les miracles avaient cessé depuis la réforme ; qu'on n'en avait plus besoin, et qu'un miracle aujourd'hui est de la moutarde après dîner.

Ce mot seul dérangea toute la dévotion de madame

la comteffe. Il ne faut quelquefois qu'une plaifanterie pour décider de la manière dont on penfera
le refte de fa vie.

Madame la comteffe, depuis ce moment-là, crut
auffi peu aux miracles modernes que fon mari ; de
forte que je me trouve aujourd'hui le feul homme
du château qui ait le fens commun, c'eft-à-dire, qui
croie aux miracles.

Leurs excellences m'accablent tous les jours de
railleries. Je joue à peu-près le même rôle que
l'aumônier du feu roi *Augufte*, qui était le feul
catholique de la Saxe.

Je me renferme autant que je peux dans la morale;
mais cette morale ne laiffe pas de m'embarraffer.
je vous confie, mon cher ami, que je fuis amoureux
de la fille du maître d'hôtel, qui eft beaucoup plus
jolie que Mlle *Ferbot*, et que la veuve anabaptifte qui
époufa *Jean Chauvin* ou *Calvin*. Mais comme je fuis
abfolument fans bien, je doute fort que monfieur le
maître veuille m'accorder fa fille.

Jugez où en eft réduit un jeune propofant de
vingt-quatre ans, frais et vigoureux. Monfieur le
miniftre *Formey*, qui eft fans contredit le premier
homme que nous ayons aujourd'hui dans l'Eglife et
dans la littérature, écrivit, il y a plufieurs années, un
excellent livre fur la continence des propofans, qu'il
appelle un miracle continuel.

Il imagina dans ce livre d'établir un b...... pour
ces jeunes prédicateurs ; il en rédigea les lois qui
font fort fages ; fur-tout il ne veut pas qu'un profané
foit jamais reçu dans cette maifon ; mais c'eft précifément cette loi qui a fait manquer l'établiffement.

Les laïques, qui font toujours jaloux de nous, s'y font vivement oppofés.

Vous croyez peut-être, mon cher *Covelle*, que je ne parle pas férieufement; je vous jure que le livre exifte, que je l'ai lu, et que M. *Formey* eft trop honnête homme et trop craignant DIEU pour le défavouer. Son idée eft très-raifonnable, car enfin il faut ou reffembler au bon homme *Onan*, ou trouver une demoifelle *Ferbot*, ou fe marier, où faire un enfant à la fille d'un maître d'hôtel, ce qui m'expoferait à être chaffé de la maifon de monfieur le comte.

Je vous confie mon embarras, j'efpère qu'étant du métier, vous m'aiderez de vos bons confeils.

Je fus hier obligé de prêcher fur la chafteté ; le diable m'avait bercé toute la nuit ; la fille du maître d'hôtel fe trouvait tout jufte vis-à-vis de moi, elle rougiffait et moi auffi ; je balbutiai beaucoup ; madame la comteffe s'aperçut de mon trouble ; jugez de la fituation où je fuis. Cette fille paffe actuellement fous ma fenêtre, la plume me tombe des mains.... ma vue fe trouble.... ha ! bon foir.... mon cher.... *Covelle*.

TREIZIEME LETTRE.

Adreſſée par M. Covelle à ſes chers concitoyens.

MESSIEURS,

LES occaſions développent l'eſprit des hommes. J'avais peu exercé ma faculté de penſer avant que je me viſſe obligé de ſoutenir les droits de l'humanité contre ceux dont l'orgueil exigeait de moi une baſſeſſe. Ce qu'a dit un de nos concitoyens ſur les miracles m'a ouvert les yeux. J'ai conclu qu'il eſt fort peu important pour le bien de la ſociété , pour les mœurs , pour la vertu, de ſavoir ou d'ignorer qu'un figuier a été ſéché parce qu'il n'avait pas porté de figues ſur la fin de l'hiver ; nos devoirs de citoyens , d'hommes libres , de pères , de mères, de fils , de frères n'en doivent pas moins être remplis , quand même on n'aurait tranſmis aucuns miracles juſqu'à nous.

Suppoſons un moment, mes chers compatriotes, que jamais *Moïſe* ne páſſa par la mer Rouge à pied ſec pour aller mourir lui et les ſiens dans un déſert affreux ; ſuppoſons que la lune ne s'eſt jamais arrêtée ſur Aïalon , et le ſoleil ſur Gabaon , en plein midi , pour donner à *Joſuah* , fils de *Nun*, le temps de maſſacrer avec plus de loiſir quelques miſérables fuyards qu'une pluie céleſte de groſſes pierres avait déjà aſſommés ; ſuppoſons qu'une âneſſe et qu'un ferpent n'aient jamais parlé, et que tous les animaux n'aient pu fe nourrir un an dans l'arche : de bonne foi , en ferons-nous moins gens de bien , auronsnous une autre morale et d'autres principes d'honneur et de vertu ? le monde n'ira-t-il pas comme il eft toujours allé ? Quel peut donc être le but de ceux qui nous enfeignent des chofes que leur bon fens et le nôtre défavouent ? dans quel efprit peuvent-ils nous tromper ? Ce n'eft pas certainement pour nous rendre plus vertueux. Ce n'eft pas pour nous faire aimer davantage notre chère liberté. Car l'abrutiffement de l'efprit n'a jamais fait d'honnêtes gens , et il eft horrible et infenfé de prétendre que plus nous ferons fots, plus nous deviendrons de dignes citoyens.

On n'a jamais fait croire de fottifes aux hommes que pour les foumettre. La fureur de dominer eft de toutes les maladies de l'efprit humain la plus terrible : mais ce ne peut être aujourd'hui que dans un violent tranfport au cerveau , que des hommes vêtus de noir puiffent prétendre nous rendre imbécilles pour nous gouverner. Cela eft bon pour les fauvages du Paraguai qui obéiffent en efclaves aux jéfuites ; mais il faut en ufer autrement avec nous. Nous devons être jaloux des droits de notre raifon , comme de ceux de notre liberté ; car plus nous ferons des êtres raifonnables , plus nous ferons des êtres libres. Prenez-y bien garde, mes chers compatriotes , citoyens , bourgeois , natifs et habitans ; il faut qu'on ne nous trompe ni fur notre religion , ni fur notre gouvernement. Le droit de dire et d'imprimer ce que nous penfons , eft le droit de tout

homme libre, dont on ne fauraitle priver fans exercer
la tyrannie la plus odieufe. Ce privilége nous eft
auffi effentiel que celui de nommer nos. auditeurs
et nos fyndics, d'impofer des tributs, de décider de
la guerre et de la paix ; et il ferait plaifant que ceux
en qui réfide la fouveraineté ne puffent pas dire leur
avis par écrit.

Nous favons bien qu'on peut abufer de l'impreffion comme on peut abufer de la parole; mais quoi!
nous privera-t-on d'une chofe fi légitime, fous prétexte qu'on en peut faire un mauvais ufage? j'aimerais autant qu'on nous défendît de boire, dans la
la crainte que quelqu'un ne s'enivre.

Confervons toujours les bienféances ; mais
donnons un libre effor à nos penfées. Soutenons
la liberté de la preffe ; c'eft la bafe de toutes les
autres libertés ; c'eft par-là qu'on s'éclaire mutuellement. Chaque citoyen peut parler par écrit à
la nation, et chaque lecteur examine à loifir et
fans paffion ce que ce compatriote lui dit par la
voie de la preffe : nos cercles peuvent quelquefois
être tumultueux, ce n'eft que dans le recueillement
du cabinet qu'on peut bien juger. C'eft par-là que
la nation anglaife eft devenue une nation véritable-
ment libre. Elle ne le ferait pas, fi elle n'était pas
éclairée ; et elle ne ferait point éclairée, fi chaque
citoyen n'avait pas chez elle le droit d'imprimer ce
qu'il veut. Je ne prétends point comparer Genève
à la Grande-Bretagne ; je fais que nous n'avons
qu'un très-petit territoire, peu proportionné peut-
être à notre courage; mais enfin notre petiteffe doit-
elle nous dépouiller de nos droits ? et, parce que

nous ne fommes que vingt-quatre mille êtres pen-
fans , faudra-t-il que nous renoncions à penfer ?

Un judicieux tailleur de mes amis difait ces jours
paffés , dans une nombreufe compagnie, qu'un des
inconvéniens attachés à la nature humaine, eft que
chacun veut élever fa profeffion au-deffus de toutes
les autres. Il fe plaignait fur-tout de la vanité des
barbiers qui prennent le pas fur les tailleurs , parce
qu'ils ont autrefois tiré du fang dans quelques occafions. Mais les barbiers , difait-il , ont grand tort de
fe préférer à nous, car c'eft nous qui les habillons ,
et nous pouvons fort bien nous rafer fans eux.

Voilà précifément, mes chers concitoyens, le cas
où nous fommes avec les prêtres. Il eft très-clair
qu'on peut fe paffer d'eux, à toute force, puifque
toute la Penfilvanie s'en paffe. Il n'y a point de
prêtres à Philadelphie. Auffi eft-elle la ville des
frères ; elle eft plus peuplée que la nôtre et plus
heureufe. Suppofons pour un moment que tous les
prédicans de notre ville foient malades d'indigeftion
dimanche prochain , en chanterons-nous moins les
louanges de DIEU ? notre mufique en fera-t-elle
moins mauvaife ? ne remplirons-nous pas toutes
les fonctions de ces meffieurs le plus aifément du
monde ? et, s'il faut prêcher, n'avons-nous pas chez
nous des babillards qui parlent dans nos cercles un
quart-d'heure de fuite fans rien dire, et qui font
fupportables ?

Pourquoi donc tant faire le fier quand on eft
prêtre ? encore paffe fi ces meffieurs fefaient des
miracles ; s'ils rajeuniffaient M. *Abauzit ;* s'ils guérif-
faient M. *Bonnet* de fa furdité ; s'ils donnaient un

bon déjeûner à toute la ville , avec cinq pains et trois poiſſons ; s'ils délivraient des eſprits malins M. G... et M. F... qui ont certainement le diable au corps , nous ferions fort contens d'eux , et ils auraient une haute conſidération ; mais ils ſe bornent à vouloir être les maîtres ; et c'eſt pour cela qu'ils ne le feront point.

Ils font ce qu'ils peuvent pour ruiner notre commerce de penſées , et pour réduire nos pauvres imprimeurs à l'hôpital. Ils s'y prennent en deux manières. Ils font imprimer leurs ouvrages , et ils tâchent d'empêcher que nous n'imprimions les nôtres. Ne pouvant nous faire brûler nous-mêmes , comme *Servet* et *Antoine* , ils cabalent continuellement pour faire brûler nos livres inſtructifs et édifians ; et ils trouvent quelques têtes à perruques qui ſont taillées pour les croire. Mes frères , que tous ces vains efforts ne nous empêchent jamais de pouſſer le commerce. Vivons libres , ſoutenons nos droits , et buvons du meilleur.

QUATORZIEME LETTRE.

A M. Covelle , citoyen de Genève , par M. Beaudinet ,
citoyen de Neuchâtel.

MONSIEUR,

Vos lettres ſur les miracles , que vous avez eu la bonté de m'envoyer , m'ont bien fait rire. Je n'aime l'érudition que quand elle eſt un peu égayée. Je me plais fort aux miracles : j'y crois comme vous et comme tous les gens raisonnables. Pourquoi un serpent, une ânesse n'auraient-ils pas parlé? les chevaux d'*Achille* n'ont-ils pas parlé grec mieux que nos professeurs d'aujourd'hui? les vaches du mont Olympe ne dirent-elles pas autrefois leurs avis fort éloquemment? et, *parler comme une vache espagnole*, n'est-il pas un ancien proverbe? les chênes de Dodone avaient une très-belle voix, et rendaient des oracles. Tout parle dans la nature. Je sens bien, Monsieur, qu'un bon déjeûner fourni à quatre ou cinq mille hommes avec trois truites et cinq pains mollets, et des cruches d'eau changées en bouteilles de vin d'Engaddi, ou de vin de Bourgogne, vous plaisent encore plus, et à moi aussi, que des bêtes qui parlent ou qui écrivent.

Je veux croire aux miracles que M. *Rousseau* a faits à Venise; mais j'avoue que je crois plus fermement à ceux de notre comte de Neuchâtel. Résister à la moitié de l'Europe et à quatre armées d'environ cent mille hommes chacune, remporter dans l'espace d'un mois deux victoires signalées, forcer ses ennemis à faire la paix, jouir de sa gloire en philosophe, voilà de vrais miracles; et, si après cela il noyait deux mille cochons d'un seul mot, j'aurais de la peine à l'en estimer davantage.

Je me flatte que votre consistoire a renoncé au magnifique dessein de faire mettre à genoux vos citoyens devant lui. S'il avait réussi dans cette prétention, bientôt vos prêtres exigeraient qu'on leur baisât les pieds comme au pape. Vous savez qu'ils ressemblent aux amans qui prennent de grandes libertés quand on leur en a passé de petites.

Nous avons eu aussi à Neuchâtel nos tracasseries sacerdotales. C'est le fort de l'Eglise, parce que l'Eglise est composée d'hommes. Depuis que *Pierre* et *Paul* se querellèrent, la paix n'a jamais habité chez les chrétiens. Je souhaite qu'elle règne à Genève avec la liberté; mais elle a été sur le point de partir de Neuchâtel.

Je sais bien qu'on ne peut nous reprocher d'avoir versé le sang comme les partisans d'*Athanase* et ceux d'*Arius*, ni de nous être assommés avec des massues, comme les Africains, disciples de *Donat*, évêque de Tunis, combattirent contre le parti d'*Augustin*, évêque d'Hyppone, manichéen devenu chrétien, et baptisé avec son bâtard *Deodatus.* Nous n'avons point imité les fureurs de St *Cyrille* contre ceux qui appelaient *Marie* mère de JESUS, et non pas mère de DIEU.

Nous n'avons point imité la rage des chrétiens qui, oubliant que tous les pères de l'Eglise avaient été platoniciens, allèrent dans Alexandrie, en 415, saisir la belle *Hyppatie* dans sa chaire, où elle enseignait la philosophie de *Platon*, la traînèrent par les cheveux dans la place publique, et la massacrèrent, sans que sa jeunesse, sa beauté, sa vertu leur inspirassent le moindre remords; car ils étaient conduits par un théologien qui tenait contre *Platon* pour *Aristote.*

Nous n'avons point eu de ces guerres civiles qui ont désolé l'Europe dans ces vingt-sept schismes sanglans, formés par de saints prétendans à la chaire de St *Pierre*, au titre de vicaire de DIEU, et au droit d'être infaillible. Nous n'avons point renouvelé les horreurs incroyables des seizième et dix-septième siècles, de ces temps abominables où sept ou huit

argumens

argumens de théologie changèrent les hommes en bêtes féroces, comme autrefois la théologienne *Circé* changea des grecs en animaux avec des paroles.

Nos querelles, Monsieur, n'ont été que ridicules. Les esprits de nos prédicans commencèrent à s'échauffer il y a quatre ans au sujet d'un pauvre diable de pasteur de campagne, nommé *Petit-Pierre*, bon homme qui entendait parfaitement la Trinité, et qui savait au juste comment le Saint-Esprit procède, mais qui errait *toto cœlo* sur le chapitre de l'enfer.

Ce *Petit-Pierre* concevait très-bien comment il y avait au jardin d'Eden un arbre qui donnait la connaissance du bien et du mal, comment *Adam* et *Eve* vécurent environ neuf cents ans pour en avoir mangé; mais il ne digérait pas que nous fussions brûlés à jamais pour cette affaire. C'était un homme de bonne composition; il voulait bien que les descendans d'*Adam*, tant blancs que noirs, rouges ou cendrés, barbus ou imberbes, fussent damnés pendant sept ou huit cents mille ans; cela lui paraissait juste : mais pour l'éternité, il n'en pouvait convenir; il trouvait par le calcul intégral qu'il était impossible, *data fluente*, que la faute momentanée d'un être fini fût châtiée par une peine infinie, parce que fini est zéro par rapport à l'infini.

A cela nos prédicans répondaient que les Chaldéens qui avaient inventé l'enfer, les Egyptiens qui l'avaient adopté, les Grecs et les Romains qui l'avaient embelli, (tandis que les Juifs l'ignoraient absolument) étaient tous convenus que l'enfer est éternel. Ils lui citaient le sixième livre de *Virgile*, et même le *Dante*. M. *Petit-Pierre* se pourvut aussi de quelques autorités;

Facéties. G g

on eut recours à la manière d'arguer dans *Rabelais*. La difpute s'échauffa ; notre augufte fouverain fit ce qu'il put pour l'apaifer ; mais enfin M. *Petit-Pierre* fut contraint d'aller faire fon falut en Angleterre , et notre monarque eut la bonté d'écrire que , puifque nos prêtres voulaient abfolument être damnés dans toute l'éternité , il trouvait très-bon qu'ils le fuffent. J'y confens auffi de tout mon cœur , et grand bien leur faffe.

Cette querelle étant apaifée , M. *Jean-Jacques Rouffeau* , citoyen du village de Couvé , dans la province de Môtié-Travers ou Moutier-Travers , en a effuyé une autre qui a été pouffée jufqu'à des coups de pierres. On a voulu le lapider comme St *Etienne*, quoiqu'il ne foit ni faint ni diacre ; et l'on prétend que M. de *Montmolin* , curé de Moutier-Travers , gardait les manteaux.

Voici , Monfieur , le fujet de la noife. Lorfque M. *Jean-Jacques Rouffeau* , défefpérant de fe réconcilier avec les hommes , voulut fe réconcilier avec DIEU dans Moutier-Travers , il demanda notre communion huguenote au pafteur *Montmolin* , qui lui accorda la permiffion de manger JESUS-CHRIST par la foi, au mois de feptembre 1761 , avec les autres élus du village. Vous favez comme on mange par la foi ; la chofe fe paffa le mieux du monde. M. *Jean-Jacques Rouffeau* avoue qu'il pleura de joie ; j'en pleure auffi : et tout le monde fut extrêmement édifié.

Il faut convenir que M. *Rouffeau* , qui avait trouvé la mufique de *Rameau* et de *Mondonville* fort mauvaife à Paris , ne fut pas tout à fait content de la nôtre. Nous chantons les dix commandemens de DIEU fur l'air de *Réveillez-vous, belle endormie*. Cet air eft fimple et naturel; mais je ne puis favoir mauvais gré à M. *Rouffeau* d'avoir dit modeftement à M. le pafteur *Montmolin*, qu'il fallait un peu preffer la mefure de cette ariette qu'en effet nous chantons trop lentement. Le pafteur, qui fe piqué de goût, fut très-offenfé, et s'en plaignit peut-être avec trop d'amertume.

La querelle devint plus férieufe par des lettres que plufieurs miniftres du faint évangile de Genève écrivirent au miniftre du faint évangile de Moutier-Travers, contre M. *Jean-Jacques Rouffeau*. Ils lui envoyèrent quelques brochures qu'ils avaient lâchées charitablement contre leur ancien concitoyen, et ils reprochèrent au pafteur d'avoir donné la communion à un homme qui, dans fa jeuneffe, avait eu des entretiens avec un vicaire favoyard.

Vous favez comment M. *Montmolin*, encouragé et illuminé par les prédicans de Genève, voulut excommunier M. *Rouffeau* dans le village de Moutier-Travers. M. *Rouffeau* prétendait qu'un entretien avec un vicaire n'était pas une raifon pour être privé de la manducation fpirituelle, qu'on n'avait jamais excommunié *Théodore de Bèze*, qui avait eu des entretiens beaucoup plus privés avec le jeune *Candide*, pour lequel il avait fait des vers qui ne valent pas ceux d'*Anacréon* pour *Bathille*; qu'en un mot étant malade, et pouvant mourir de mort fubite, il voulait abfolument être admis à la manducation de notre pays.

Il implora la protection de milord *Maréchal*, qui a pour cette manducation un très-grand zèle; fa faveur lui valut celle du roi. Sa majefté, informée du défir ardent que M. *Jean-Jacques Rousseau* avait de communier, et sachant que non-seulement M. *Rousseau* croyait fermement tous les miracles, mais encore qu'il en avait fait à Venise, le mit sous sa sauvegarde royale; sauvegarde rarement efficace, depuis que l'empereur *Sigismond*, ayant protégé *Jean Hus*, le laissa rôtir par le pieux concile de Constance.

Notre gouvernement de Neuchâtel, plus sage, plus humain et plus respectueux que ce beau concile, se conforma pleinement à l'autorité du souverain; il rendit, le premier mai 1765, un arrêt par lequel il fut défendu de *molester*, *d'inquiéter*, *d'aggredir de fait ou de paroles* le sieur *Rousseau*, son vicaire savoyard, et son pupille *Emile*; lequel pupille était devenu un excellent menuisier, fort utile à la communauté de Moutier-Travers.

M. de *Montmolin*, son diacre, et quelques autres dévots tinrent peu de compte des ordres du roi, et de l'arrêt du conseil; ils répondirent qu'il vaut mieux obéir à DIEU qu'aux hommes, et que, si le conseil d'Etat a ses lois, l'Eglise a les siennes. En conséquence, on ameuta tous les petits garçons de la paroisse, qui, pour obéir à DIEU de préférence au roi, coururent après *Rousseau*, le huèrent et le sifflèrent, à peu-près de la manière qu'on pratique à Paris envers un auteur dont la pièce est tombée.

Ils firent plus; à peine *Rousseau* fut-il rentré dans sa petite maison, la nuit du 6 au 7 septembre, à peine était-il couché avec sa servante, c'est-à-dire, M. *Rousseau* dans son lit, et sa servante dans le sien, que voilà une grêle de pierres qui tombe sur sa maison, comme il en tomba une sur les Amorrhéens devers

Aïalon, Gabaon et Béthoron , immédiatement avant
que le foleil s'arrêtât ; on caffa toutes fes vitres , et on
enfonça fes deux portes ; il s'en fallut peu qu'une de
ces pierres n'atteignît à la tempe M. *Jean-Jacques* ,
n'entamât le mufcle temporal et l'orbiculaire , ne
pafsât jufqu'au zigomatique , et , en preffant le tiffu
médullaire du cerveau , n'envoyât le patient débiter
des paradoxes dans l'autre monde ; ce qui aurait été
regardé comme un miracle évident par tous les prédicans.

M. d'*Affouci* ne fe fauva pas plus vîte de Montpellier , que M. *Rouffeau* ne fe fauva de Moutier-
Travers.

Trouvez bon , Monfieur , que je finiffe ici ma
lettre ; la pofte me preffe , j'achèverai par le premier
ordinaire.

J'ai l'honneur d'être ,

MONSIEUR ,

Votre très-humble et très-
obéiffant ferviteur ,

BEAUDINET.

Gg 3

QUINZIEME LETTRE.

De M. de Montmolin prêtre, à M. Needham prêtre.

A Boveresse 24 décembre, l'an du salut 1765.

MONSIEUR,

RAPPORT que *je suis d'un caractère très-respectable,*
(*) étant prédicant de Travers et de Boveresse, *à
Bovibus*, qui font des armes parlantes, je vous fais
ces lignes pour vous dire que, malgré l'opposition
de nos deux sectes, la conformité de notre style
m'autorise à user avec vous de la loi du talion.

Vous êtes prêtre papiste, je suis prêtre calviniste ;
vous m'avez ennuyé, et je vais vous le rendre.

Je vous dirai donc, Monsieur, que *Jean-Jacques*
ayant fait des miracles à Neuchâtel, je procédai bravement à l'excommunier ; mais comme M. *Jean-Jacques* a un goût extrême pour la communion, il
voulut absolument en tâter.

Il avait d'abord communié, dans la ville de
Genève où vous êtes, sous les deux espèces avec du
pain levé ; ensuite il alla communier avec du pain
azime, sans boire, chez les savoyards, qui sont tous
de profonds théologiens ; puis il revint à Genève
communier avec pain et vin ; puis il alla en France,

(*) Page 5 de l'information présentée au public par le professeur de
Montmolin.

où il eut le malheur de ne point communier du tout , et il fut près de mourir d'inanition. Enfin il me demanda la fainte cène , ou fouper du matin , d'une manière fi preffante , que je pris le parti de lui jeter des pierres pour l'écarter de ma table ; il avait beau me dire, comme le diable dans l'évangile : Mon cher M. de *Montmolin* dites que ces pierres fe changent en pain ; je lui répondis : Méchant , fouviens-toi que *Jéhovah* fit pleuvoir des pierres fur les Amorrhéens dans le chemin de Béthoron, et les tua tous avant que d'arrêter le foleil et la lune pour les retuer , et *David* tua *Goliath* à coups de pierres , et les petits garçons et les petites filles jetaient des pierres à *Diogène*, et tu en auras ta part ; ainfi dit, ainfi fait, je le fis lapider par tous les petits garçons du village, comme M. *Covelle* et Mlle *Ferbot* vous l'ont conté.

Des impies , dont le nombre fe multiplie tous les jours , ont écrit que je gardais les manteaux comme *Paul* l'apôtre. Voyez la malice ! il eft prouvé qu'il n'y a d'autre manteau que le mien à Boveresse et chez les gens de Travers. Ce manteau n'eft pas affurément celui d'*Elifée* ; car il avait un efprit double ; et vous et moi, Monfieur, nous en avons un très-fimple. Je ne voulus pas , après cet exploit, commander au foleil de s'arrêter fur la vallée de Travers , et la lune fur Boveresse, parce qu'il était nuit, et qu'il n'y avait point de lune ce jour-là.

Or vous faurez , Monfieur , que *Jean-Jacques* ayant été lapidé, M. *du Peyrou* , citoyen de Neu-châtel , a jeté des pierres dans mon jardin ; il s'eft avifé d'écrire que la lapidation n'eft plus en ufage dans la nouvelle loi, que cette cérémonie n'a été connue que des Juifs, et que par conséquent j'ai eu tort, moi prêtre de la loi nouvelle, de faire jeter des pierres à *Jean-Jacques* qui est de la loi naturelle. Figurez-vous, Monsieur, vous qui êtes un bon philosophe, combien ce raisonnement est ridicule.

M. *du Peyrou* a été élevé en Amérique, vous voyez bien qu'il ne peut être instruit des usages de l'Europe. Je compte bien le faire lapider lui-même, à la première occasion, pour lui apprendre son catéchisme. Je vous prie de me mander si la lapidation n'est pas très-commune en Irlande : car je ne veux rien faire sans avoir de grandes autorités.

Il n'est pas, Monsieur, que vous n'ayez jeté quelques pierres en votre vie à des mécréans, quand vous en avez rencontré ; mandez-moi, je vous prie, ce qui en est arrivé, et si cela les a convertis.

Je me suis fait donner une déclaration par mon troupeau, comme quoi j'étais honnête homme. Mais au diable, si on a dit un mot de pierres, ni de cailloux dans cette attestation de vie et de mœurs ; cela me fait une vraie peine, et est pour moi une pierre de scandale : car enfin, Monsieur, l'Eglise de JESUS-CHRIST est fondée sur la pierre ; ce n'est que parce que *Simon Barjone* était surnommé *Pierre* que les papes ont chassé autrefois un empereur de Rome à coups de pierres ; pour moi, je suis tout pétrifié depuis qu'on m'a pris à partie, et qu'on m'a forcé d'écrire des lettres qui sont la pierre de touche de mon génie.

Je sais qu'il est dit dans la Genèse que *Deucalion* et *Pyrrha* firent des enfans en se troussant et en jetant des pierres entre leurs jambes, et que j'aurais pu m'excuser en citant ce passage de l'Ecriture ;

mais on m'a répondu que quand M. *Jean-Jacques* et fa fervante fe trouffent, ils n'en ufent point ainfi, et que je ne gagnerais rien à cette évafion.

On m'a dit que depuis ce temps-là *Jean-Jacques* a ramaffé toutes les pierres qu'il a rencontrées dans fon chemin, pour les jeter au nez des magiftrats de Genève ; mais, par les dernières lettres, j'apprends que ces pierres fe changeront en pelotes de neige, et que tout s'adoucira par la haute prudence du petit et grand confeil, des citoyens et bourgeois.

S'il y a quelque chofe de nouveau fur les anguilles et fur les miracles, je vous prie de m'en faire part.

On dit qu'on commence à penfer dans les rues hautes et dans les rues baffes, cela me fait friffonner ; nous autres prêtres, nous n'aimons pas que l'on penfe ; malheur aux efprits qui s'éclairent ; honneur et gloire aux pauvres d'efprit ! Réuniffons-nous tous deux, Monfieur, contre tous ceux qui font ufage de leur raifon ; après quoi nous nous battrons pour les abfurdités réciproques qui nous divifent.

Tâchez d'obferver avec votre microfcope l'étoile des trois rois qui va paraître ; j'obferverai de mon côté : je baife les mains au bœuf et à l'âne. Soyez tou-jours la pierre angulaire de l'Eglife d'Irlande, comme moi de Bovereffe. Je fuis le plus particulièrement du monde,

MONSIEUR,

Votre très-humble et très-obéiffant ferviteur,

MONTMOLIN.

SEIZIEME LETTRE.

*Par M. Beaudinet, citoyen de Neuchâtel,
à M. Covelle, citoyen de Genève.*

MONSIEUR,

LE 9 septembre, au matin, je rencontrai dans Neuchâtel M. le pasteur *Montmolin*. Je ne pus m'empêcher
de lui marquer ma surprise de la lapidation de Moutier-Travers. Il me répondit que c'était son droit, et
que les prêtres devaient punir les pécheurs. *Pierre*,
dit-il, fit mourir d'apoplexie *Ananiah* et *Saphirah*,
qui n'avaient d'autre crime que de n'avoir pas apporté
à ses pieds jusqu'à la dernière obole de leur bien. Il
est clair que depuis ce temps-là les prêtres ont droit
de vie et de mort sur les laïques ; et c'est en vertu de
ce privilége divin que nous avons été long-temps
tout-puissans dans le comté de Neuchâtel, en Ecosse,
à Genève et dans plusieurs autres pays.

Je me recueillis un moment, de peur de me mettre
trop en colère, et je lui parlai ainsi :

Je sais, Monsieur, que vous vous êtes arrogé
chez nous, dans le siècle passé, le droit de commuer
les peines décernées par le conseil, et d'imposer des
amendes pécuniaires. Mais, en 1695, ces abus
intolérables furent abolis par le gouvernement. Vos
pareils ont eu la hardiesse de prendre long-temps le
pas sur le conseil d'Etat dans Genève ; ils entraient
au conseil sans se faire annoncer, sans demander

permiffion ; ils dictaient des lois ; on a réprimé ces excès , mais on ne vous a pas encore renfermés dans vos juftes bornes.

Penfez-vous donc que nous ayons fecoué le joug des évêques de Rome pour nous en donner un plus pefant !

Les meurtres, les empoifonnemens , les parricides d'*Alexandre VI* , l'ambition guerrière et turbulente de *Jules II* , les débauches et les rapines de *Léon X* nous révoltèrent ; nous brifâmes l'idole , mais nous n'avons pas prétendu en adorer une nouvelle.

For prieft of all relligions are the fame.

Hé ! qui êtes-vous donc, vous autres prédicans à manteau ? Qu'avez-vous par-deffus les laïques ? les apôtres, JESUS même, n'étaient ils pas laïques ? JESUS forma-t-il jamais un nouvel ordre dans l'Etat ? vous a-t-il envoyés à l'exclufion de tous les autres chrétiens ? montrez-nous quelle fuite de prêtres , ordonnés par les apôtres , a tranfmis le Saint-Efprit jufqu'à vous de cervelle en cervelle , depuis Jérufalem jufqu'à Neuchâtel ? de qui defcendez-vous ? du cardeur de laine *Jean le Clerc*, brûlé à Metz ; de *Jehan Chauvin* qui , s'étant dérobé au bûcher , fit jeter *Michel Servet* dans les flammes, autrefois allumées pour lui-même ; de *Viret*, imprimeur à Rouen ; de *Farel* ; de *Bèze*, de *Creffin* , qui , n'étant point prêtres , n'avaient été ordonnés par perfonne ? ils ne purent vous donner le Saint-Efprit qu'ils n'avaient pas, et vous n'auriez été que des bâtards fi le vœu des nations, fi la fanction des gouvernemens ne vous avaient légitimés.

Vous êtes miniftres comme nous fommes affeffeurs, lieutenans, baillis, tréforiers. Nous n'avons plus ces titres quand nous n'avons plus ces emplois. Un minif-tre eft amovible comme nous ; il ne lui refte rien de fon caractère quand il change d'état.

Penfez-vous de bonne foi que les langues de feu, qui defcendirent du ciel fur la tête des difciples, foient venues, depuis le feizième fiècle, fe repofer fur la vôtre ? Des nations fages et hardies foulèrent alors aux pieds quelques-unes des fuperftitions dont la terre était infectée ; les magiftrats vous remirent le foin de prêcher les peuples ; mais ils ne prétendirent pas qu'une chaire fût un tribunal de juftice.

Vous n'avez, vous ne devez avoir aucune juri-diction, non pas même en fait de dogmes. Nous favons ce qu'il convient d'enfeigner et de taire ; c'eft à nous à vous le prefcrire ; c'eft à vous d'obéir au gouvernement. Il n'appartient qu'à la nation affemblée, ou à celui qui la repréfente, de confier un miniftère, quel qu'il puiffe être, à qui bon lui femble. Telle eft la loi dans le vafte empire de Ruffie, telle eft la loi en Angleterre ; et c'eft le feul moyen d'arrêter vos difputes, auffi interminables que ridicules.

Les Grecs et les Romains ne permirent jamais aux colléges des prêtres de proclamer des articles de foi. Ces peuples fages fentirent quels maux appor-teraient des décifions théologiques. Ils fermèrent cette fource de difcorde, qui n'a jailli que parmi nous, qui a coulé avec notre fang, et qui a inondé l'Europe.

Tout gouvernement qui laiffe du pouvoir aux

prêtres eft infenfé ; il doit néceffairement périr, et s'il n'eft pas détruit, il ne doit fa confervation qu'aux laïques éclairés qui combattent en fa faveur.

Mais quoi ! n'ayant aucun pouvoir, vous en chercheriez en foulevant la populace contre un citoyen ! ce ne ferait pas là un abus ; ce ferait un délit que le magiftrat punirait févèrement. Sachez que nous ouvrons les yeux à Neuchâtel comme ailleurs ; fachez que nous commençons à diftinguer la religion du fanatifme, le culte de DIEU du defpo-tifme presbytéral, et que nous ne prétendons plus être menés avec un licou par des gens à qui nous donnons des gages. (Je me fervis, Monfieur, de vos propres paroles.)

Je ne raillais point alors, je ne plaifantais point. Il y a des chofes dont on ne doit que rire ; il y en a contre lefquelles il faut s'élever avec force. Moquez-vous tant qu'il vous plaira de St *Juftin* qui a vu la ftatue de fel, en laquelle la femme de *Loth* fut changée, et les cellules des Septante, prétendus interprètes des livres juifs. Riez des miracles de S_t *Pacôme*, que le diable tentait lorfqu'il allait à la felle, et de ceux de St *Grégoire Thaumaturge*, qui fe changea un jour en arbre. Ne faites nul fcrupule en adorant DIEU, et en fervant le prochain, de vous moquer des fuperftitions qui aviliffent la nature humaine ; riez des fottifes ; mais éclatez contre la perfécution. L'efprit perfécuteur eft l'en-nemi de tous les hommes ; il mène droit à l'inquifition, comme le larcin conduit à être voleur de grand chemin. Un voleur ne vous ôte que votre argent ; mais un inquifiteur veut vous ravir jufqu'à vos penſées : il fouille dans votre ame, il veut y trouver de quoi faire brûler votre corps. J'ai lu ces jours paſſés dans un livre nouveau qu'il y a un enfer, qu'il eſt ſur la terre, et que ce ſont les perſécuteurs théologaux qui en font les diables.

J'ai l'honneur d'être,

MONSIEUR,

Votre très-humble et très-
obéiſſant ſerviteur,

BEAUDINET.

DIX-SEPTIEME LETTRE.

Du propoſant.

MONSIEUR,

HIER M. le jéſuite irlandais *Néedham*, en allant aux eaux de Spa, vint faire ſa cour à ſon excellence qui le retint à dîner. Admirez, je vous prie, la politeſſe de monſeigneur et de madame; il y avait un pâté d'anguilles délicieux; ils ordonnèrent qu'on ne le ſervît point, parce que, depuis quelque temps, M. *Néedham* ſe trouve un peu mal toutes les fois qu'on parle d'anguilles. Cette attention me charma. Voilà ce dont un cuiſtre, tel que j'ai penſé l'être, ne ſe ferait jamais aviſé. Voilà ce que je n'ai jamais lu dans certain catéchiſme, où il n'eſt pas plus queſ-tion de la politeſſe que de la Trinité.

Nous nous mîmes à table après avoir baiſé la

robe de madame la comtesse, selon l'usage. M. *Needham*
parla beaucoup de vous ; il fit votre éloge ; car si la
diversité de vos religions vous divise, la conformité
de vos mérites vous réunit. Vous savez qu'à dîner
la conversation change toujours d'objet ; on parla
de mademoiselle *Clairon*, de la loterie de la compagnie des Indes de France, des Anglais et de
l'Amérique. Monsieur le comte daigna nous lire une
grande lettre qu'il avait reçue de Boston : en voici
le précis.

» Nous conclûmes dernièrement la paix avec la
» nation des Savanois. Une des conditions était
» qu'ils nous rendraient de jeunes garçons anglais,
» de jeunes filles qu'ils avaient pris il y a quelques
» années ; ces enfans ne voulaient pas revenir
» auprès de nous. Ils ne pouvaient se détacher de
» leurs chefs savanois. Enfin le chef des tribus
» nous ramena hier ces captifs tous parés de belles
» plumes, et nous tint ce discours :

» Voici vos fils et vos filles que nous vous
» ramenons ; nous en avions fait les nôtres ; nous
» les adoptâmes dès que nous en fûmes les maîtres.
» Nous vous rendons votre chair et votre sang ;
» traitez-les avec la même tendresse que nous les
» avons traités ; ayez pour eux de l'indulgence,
» quand vous verrez qu'ils ont oublié parmi nous
» vos mœurs et vos usages. Puisse le grand génie
» qui préside au monde nous accorder la consola-
» tion de les embrasser, quand nous viendrons sur
» vos terres jouir de la paix qui nous rend tous
» frères ! &c. »

Cette lettre nous attendrit tous. M. *Needham*

s'étonna que tant d'humanité pût animer le cœur des sauvages. Pourquoi les appelez-vous sauvages? dit monsieur le comte. Ce sont des peuples libres qui vivent en société, qui pratiquent la justice, qui adorent le grand Esprit comme moi. Sont-ils sauvages parce que leurs maisons, leurs habits, leur langage, leur cuisine, ne ressemblent pas aux nôtres?

Ah, Monseigneur! vous voyez bien qu'ils sont sauvages, puisqu'ils ne sont pas chrétiens, qu'il est impossible qu'ils aient tenu un discours si chrétien sans un miracle. Je suis persuadé que ce chef des Savanois était quelque jésuite irlandais déguisé, qui leur a porté les lumières de la foi. La nature humaine elle seule n'est pas capable de tant de bonté sans le secours d'un missionnaire. Ou c'était un jésuite qui parlait, ou DIEU, par un miracle spécial, a illuminé tout d'un coup ces barbares. Comment pourraient-ils avoir de la vertu, puisqu'ils ne sont pas de ma religion?

Madame la comtesse sentit bien à quel homme on avait affaire; elle mordit ses belles lèvres pour étouffer un éclat de rire; et regardant M. *Needham* avec bonté, elle lui demanda des éclaircissemens: Ne plaignez-vous pas, dit-elle, toute cette Amérique, qui a été si long-temps damnée, ainsi que la Chine, la Perse, les Indes, la grande Tartarie, l'Afrique, l'Arabie et tant d'autres pays?

Hélas! oui, Madame, mais remarquez que tous ces peuples n'ont été livrés au diable, de père en fils, que jusqu'au temps où il est venu chez eux de nos missionnaires. Les Espagnols, par exemple, n'exterminèrent la moitié des Américains que pour

nous

nous donner le moyen de fauver l'autre par nos miracles ; encore n'avons-nous pu parvenir à inftruire tout au plus qu'un homme fur mille ; mais c'eft beaucoup, vu le petit nombre des élus. Les Américains avaient tous péché en *Adam*, ainfi on ne leur devait rien ; et quand nous en fauvons un, c'eft par pure grâce.

Vraiment, mon cher monfieur *Néedham*, ils vous font bien obligés ; mais comment les Africains, les Hurons et les Savanois étaient-ils damnés en *Adam* ? Comment des peuples noirs et avec de la laine fur la tête, et des peuples fans barbe, peuvent-ils avoir un père blanc, barbu et chevelu ? et comment les hommes s'y prirent-ils après le déluge, pour aller par mer dans l'Amérique ?

Hé! Madame, n'avaient-ils pas l'arche ? ne leur était-il pas auffi aifé de s'embarquer dans ce vaiffeau, qu'il l'avait été à *Noé* d'y raffembler tous les animaux d'Amérique, et de les nourrir pendant un an, avec tous ceux de l'Afie, de l'Afrique et de l'Europe ? On nous fait tous les jours de ces petites difficultés-là ; mais nous y répondons d'une manière victorieufe, qui eft fentie par tous les gens d'efprit. L'objection que les Américains n'ont point de barbe, et que les nègres n'ont point de cheveux, tombe en pouffière : ne voyez-vous pas, Madame, que c'eft un miracle perpétuel ? il en eft de ces nations ainfi que des Juifs ; ils puent tous comme des boucs, et cependant *Abraham*, leur père, ne puait point ; les races peuvent changer en punition de quelque crime. Il eft sûr qu'en Afrique les peuples de Congo et de la Guinée n'ont une membrane

Facéties.   H h

noire fous la peau, et que leur tête n'eft garnie de laine noire, que parce que le patriarche *Cham* avait vu fon père fans culotte en Afie.

Ce que vous dites eft très-judicieux et très-vrai-femblable, dit monfieur le comte; cependant je ne voudrais pas répondre qu'*Abraham* fentît fi bon que vous le dites; il voyageait à pied avec fa jeune époufe de foixante et quinze ans dans des pays fort chauds, et je doute qu'ils euffent une grande provifion d'eau de lavande; mais cette queftion eft un peu étrangère au beau difcours de mes chers Savanois. Etes-vous bien fûr que ce foit un prêtre irlandais qui leur ait dicté ce difcours vertueux et attendriffant qui m'a charmé?

Très-fûr, Monfeigneur; je fuis qualifié pour être inftruit de toutes ces chofes, comme je l'ai dit dans un écrit qui a été fort goûté des hérétiques mêmes. St *Auguftin* déclare expreffément qu'il eft impof-fible que des païens aient la moindre vertu. Leurs bonnes actions, dit-il, ne font que des péchés fplendides, *fplendida peccata;* de-là il eft démontré que *Scipion* l'africain n'était au fond qu'un petit-maître débauché; *Caton* d'Utique, un voluptueux amolli dans le plaifir; *Marc-Antonin*, *Epictète*, des fripons.

Voilà une puiffante démonftration et furieufement confolante pour le genre humain, répondit avec douceur monfieur le comte; vos honnêtes gens ne font pas de la trempe des faux fages de l'antiquité; certes, mon cher *Néedham*, quand vous autres Irlandais égorgeâtes, fous *Charles I*, quatre-vingts mille proteftans dont pourtant le nombre fe réduit à quarante mille tout au plus par les derniers calculs, vous mîtes la charité chrétienne dans tout fon jour.

Vous y êtes, Monfeigneur ; les élus ne doivent jamais ménager les réprouvés. Voyez les Cananéens ; ils étaient fous l'anathême. DIEU commande aux Juifs de les maffacrer tous fans diftinction ni de fexe, ni d'âge ; et, pour les aider dans cette opération fainte et facramentale , il fait remonter le grand fleuve du Jourdain vers fa fource , tomber les murs au fon de la trompette , arrêter le foleil ; (et même la lune que j'avais oubliée dans mon favant écrit) aucun meurtre n'a été exécuté par les Ifraélites , aucune perfidie n'a été commife, fans être juftifiés par des miracles.

JESUS même ne dit-il pas dans l'Evangile, qu'il eft venu apporter le glaive et non la paix ; qu'il eft venu divifer le père, le fils, la mère et la fille ? quand nous tuâmes tant d'hérétiques , ce n'étaient ni nos enfans , ni nos femmes dont nous verfions le fang ; nous n'avons pas encore atteint la précifion de la loi. Les mœurs fe font bien corrompues depuis ces heureux temps. On fe borne aujourd'hui à de petites perfé-cutions qui , en vérité , ne valent pas la peine qu'on en parle. Cependant les perfécutés de notre temps crient comme s'ils étaient fur le gril de St *Laurent*, ou fur la croix de St *André*. Les mœurs dégénèrent , la molleffe s'infinue , on s'en aperçoit tous les jours. Je ne vois plus de ces perfécutions vigoureufes , fi agréables au Seigneur ; il n'y a plus de religion !

Des coquins fe bornent infolemment à l'adoration d'un DIEU auteur de tous les êtres, DIEU unique ,

DIEU incommunicable, DIEU jufte, DIEU rémunérateur et vengeur, DIEU qui a imprimé dans nos
cœurs fa loi naturelle et fainte, DIEU de *Platon* et
de *Newton*, DIEU d'*Epictète* et de ceux qui ont protégé la famille de *Calas* contre huit juges bons
catholiques. Ils adorent ce DIEU avec amour, ils
chériffent les hommes, ils font bienfefans : quelle
abfurdité et quelle horreur !

Ah ! cela fait bondir le cœur, interrompit madame
la comteffe. L'anguillard applaudi, continua ainfi :

J'eus une violente difpute ces jours paffés avec
un fcélérat qui, au lieu d'affifter à la meffe, s'était
amufé à fecourir une pauvre famille affligée, et
l'avait tirée de l'état le plus déplorable ; je voulus
le faire rentrer en lui-même ; je lui parlai de la
Genèfe et de *Moïfe*. Ne voilà-t-il pas cet abominable homme qui me cite *Newton*, et qui me demande
fi la Genèfe n'a pas été écrite du temps des rois
juifs : le beau fujet de fon doute était que, dans
le X X X V I^e chapitre, verfet 1, ceux qui lifent la
Genèfe attentivement (defquels le nombre eft très-
petit) trouvent ces paroles :

*Voici les rois qui ont régné en la terre d'Edom, avant
que les enfans d'Ifraël euffent des rois.*

Cet impudent ofa me dire : Eft-il probable que
Moïfe eût ainfi fuppofé qu'il y avait des rois ifraélites
de fon temps ? il n'y en eut à compter jufte que
fept cents ans après lui. N'eft-ce pas comme fi on
fefait dire à *Polybe* : *Voici les confuls qui furent à la tête
du fénat, avant qu'il y eût des empereurs romains ?* N'eft-ce
pas comme fi on fefait dire à *Grégoire de Tours : Voici
quels furent les rois des Gaules, avant que la maifon*

d'Autriche fût fur le trône ? Hé ! bête brute , lui répondis-je , ne voyez-vous pas que c'eſt une prophétie , que c'eſt-là le miracle , et que *Moïſe* a parlé des rois d'Iſraël comme perçant dans l'avenir ; car enfin le nom d'Iſraël eſt chaldéen , il ne fut adopté des Juifs que bien des ſiècles après *Moïſe ;* donc *Moïſe* écrivit le Pentateuque ; donc tout ce qui n'était pas juif a été damné juſqu'au règne de *Tibère ;* donc la rédemption ayant été univerſelle , toute la terre , excepté nous , eſt damnée.

Le monſtre ne fut pas encore terraſſé ; il oſa me dire que , ſelon les meilleurs théologiens , il n'importe pas que ce ſoit *Moïſe* ou un autre qui ait écrit le Pentateuque , pourvu que l'auteur ſoit inſpiré ; qu'il eſt impoſſible qu'il ait parlé du devoir des rois dans un temps où il n'y avait point de rois ; qu'il eſt impoſſible qu'il ait contredit groſſièrement la géographie et la chronologie , leſquelles ſe trouvent aſſez juſtes ſi le livre a été écrit à Jéruſalem , et qui ſont erronnées ſi le livre eſt ſuppoſé écrit par *Moïſe* au-delà du Jourdain.

Je convins du fait , mais je lui prouvai qu'il était un impie , parce qu'il était du ſentiment de *le Clerc* et de *Newton.* Je démontrai qu'il était probable que le déluge était arrivé en 2656 , comme dit l'hébreu , et en 2262 , comme diſent les Septante , et encore en 2309 , ſelon le texte ſamaritain ; enfin , mêlant la politeſſe aux raiſons , je le convertis.

Ainſi parla *Néedham ;* on battit des mains à ce diſcours , on ſe récria , on nagea dans la joie , on but à ſa ſanté. La belle choſe , diſait-on , que la théologie ! comme elle apprend à raiſonner juſte !

H h 3

comme elle adoucit les mœurs ! comme elle eſt utile au monde !

Notre joie fut cependant un peu troublée par l'abus que M. *Needham* fit de ſon triomphe. Il s'adreſſa à moi, il me reprocha les variations de l'Egliſe proteſtante. Je ne pus m'empêcher de récriminer. Je conviens, lui dis-je, que nous avons changé onze ou douze fois de doctrine ; mais vous autres papiſtes, vous en avez changé plus de cinquante fois depuis le premier concile de Nicée juſqu'au concile de Trente. C'eſt le caractère de la vérité ! s'écria-t-il ; elle ſe montre parmi nous ſous cinquante faces différentes ; mais chez vous autres hérétiques, l'erreur n'a pu ſe produire qu'avec onze ou douze viſages. Voyez quelle eſt notre prodigieuſe ſupériorité.

Nous étions au fruit et tous de fort bonne humeur, lorſqu'un baron allemand fit pluſieurs queſtions au ſavant ; il demanda, entre autres choſes, ſi c'était le diable qui avait emporté JESUS-CHRIST ſur le toit du temple et ſur la montagne, ou ſi c'était JESUS qui avait emporté le diable ? C'eſt bien le diable, dit *Needham;* ne voyez-vous pas que ſi le maître avait emporté le valet, il n'y aurait là aucun miracle ; au lieu que quand le valet emporte le maître, quand le diable emporte DIEU, c'eſt-là la choſe la plus miraculeuſe qui ait jamais été faite. Non-ſeulement il tranſporta DIEU ſur une montagne de Judée, d'où l'on découvre, comme vous ſavez, tous les royaumes, mais il propoſa à DIEU de l'adorer. C'eſt-là le comble, c'eſt-là ce qui doit ravir en admiration ! liſez ſur cet article dom *Calmet;* c'eſt le plus parfait des commentateurs , l'ennemi le plus sincère de notre misérable raison humaine. Il parle de cette affaire comme de ses vampires. Lisez dom *Calmet* , vous-dis-je , et vous profiterez beaucoup.

Il y avait là un anglais qui n'avait encore ni parlé , ni ri ; il mesura d'un coup d'œil la figure du petit *Néedham* avec un air d'étonnement et de mépris, mêlé d'un peu de colère ; et lui dit en anglais :

Do you come from bedlam , you booby !

Ces terribles mots confondirent le pauvre prêtre. On eut pitié de lui , on quitta la table.

Adieu , Monsieur ; je me marie dans huit jours , et je vous prie à la noce.

N. B. Néedham avait fait imprimer un *projet de notes instructives* , où il critiquait , toujours à sa manière , quelques-unes des lettres qu'on vient de lire ; sur quoi le proposant trouva convenable d'y ajouter l'avertissement et les notes qui suivent.

TEXTE DU PROJET DE NÉEDHAM.

'Twas granted , tho , he had much wit , &c. (*)
HUDIB.

C E L A s'explique en grec avec bien plus d'énergie et de précision qu'en anglais.

(*) Ces vers anglais veulent dire que M. *Covelle* , le père , n'a point d'esprit. Ah ! monsieur *Néedham* , est-ce de l'esprit qu'il faut dans des matières si graves ? voilà la manie du siècle. Vous ne songez qu'à être un bon plaisant ; vous sacrifiez tout à une raillerie. Ce n'est pas ainsi qu'en use M. *Covelle* , quand il défend la religion contre vos anguilles. Il ne cherche point l'esprit , il se contente d'avoir raison ; et il vous cède le mérite de l'éloquence et des grâces.

Les vers grecs que *Néedham* cite signifient que le père de M. *Covelle* , qui a travaillé avec monsieur son fils aux lettres précédentes, est un vieillard de quatre-vingt-deux ans qui radote. Fi , monsieur *Néedham* , qu'il est vilain de reprocher à un pauvre homme son âge !

Avertiſſement et notes du propoſant, ſur quelques paſſages du projet de Néedham.

Ce grand homme qui dirige la plume ſavante du propoſant ; celui, dit-on, qui protége l'innocence opprimée contre huit juges *bons catholiques*, avec le ſecours et l'approbation de tous les *mauvais catholiques*, &c. (*a*)

Sᵗ *Paul*, auſſi-bien que l'Evangile, affirme expreſſément *que chacun ſera jugé dans la vie future par la loi qu'il connaît*, (*b*) *ſelon le poids et la meſure de ſes talens, et non par la loi qu'il ne connaît pas.*

Au lieu de dire que le bâton de Sᵗ *Grégoire Thaumaturge*, planté en terre, s'était changé en arbriſſeau, on avance que, ſelon la Légende, le ſaint lui-même s'eſt métamorphoſé en arbre... (*c*) Tu ne te ſauveras

(*a*) Comment, petit miſérable, vous faites entendre qu'il n'y a que de mauvais catholiques qui aient juſtifié *Jean Calas*, rétabli ſa mémoire et déclaré ſa famille innocente ; je vous ferai donner le fouet en place publique.

Cette note eſt d'un maître des requêtes qui, en paſſant par la ville de Genéve, lut ce rogaton chez mademoiſelle *Noblet*, et écrivit ces mots en marge.

(*b*) Oui, mais hors de l'Egliſe point de ſalut. Hem ! et tous les enfans morts ſans baptême, damnés ſelon Sᵗ *Auguſtin*, dans ſa lettre ccxv. Hem !

(*c*) Mon pauvre anguillard, vous êtes un ignorant, vous falſifiez toujours la ſainte écriture et l'hiſtoire eccléſiaſtique. Liſez *Grégoire de Nyſſe*, liſez ſes propres paroles traduites par *Fleuri*, livre vi. Voici ce que vous y verrez :

„ ,Les perſécuteurs ſuivirent *Grégoire* en grand nombre, et ayant appris
„ le lieu où il s'était caché, les uns gardaient le paſſage de la vallée,
„ les autres cherchaient par toute la montagne. *Grégoire* dit à ſon diacre
„ de ſe mettre en prières avec lui, et d'avoir confiance en DIEU. Il
„ commença lui-même à prier, ſe tenant debout, les mains étendues, et
„ regardant le ciel fixement. Les païens ayant couru par toute la mon-
„ tagne, et viſité toutes les roches et toutes les cavernes, revinrent dans
„ le vallon, et dirent qu'ils n'avaient rien trouvé que deux arbres aſſez
„ proches l'un de l'autre. Quand ils ſe furent retirés, celui qui leur avait
„ ſervi de guide y alla, et trouva l'évêque et ſon diacre immobiles en
„ oraiſon, au même lieu où les autres diſaient avoir vu ces arbres. „

jamais du ridicule dont ton adverſaire te couvre aux yeux de toutes les *ravaudeuſes* de Genève... (*d*)

Extrait d'une deſcription exacte (*e*) des établiſſemens en Amérique , qui prouve la cruauté des ſauvages.... Voilà les ſaints de notre docte , humain et doux propoſant.... (*f*)

L'éditeur avait terminé ce recueil par une diſſertation ſur les miracles , tirée de la troiſiéme lettre de la Montagne , où J. J. Rouſſeau combat les miracles de l'Evangile qu'il regarde ailleurs comme inſpiré par la Divinité ; ce qui a donné lieu à M. le profeſſeur Robinet de mettre au bas de cette diſſertation la note ſuivante :

Tous ces raiſonnemens de *Jean-Jacques* ſont pitoyables ; car ſi l'Evangile eſt divin , il faut croire ce qu'il rapporte ſans diſputer ; la queſtion ſe réduit donc à ſavoir ſi l'on a des preuves de la divinité de l'Evangile, et ſi on peut examiner ſon authenticité par les règles de la critique ordinaire.

Vous voyez bien que ce n'eſt pas le bâton de *Grégoire* qui a été changé en arbre, que c'eſt *Grégoire* lui-même avec ſon diacre.

Vous feriez bien plus enchanté ſi vous ſaviez que *Grégoire le Thaumaturge* écrivit un jour au diable , à qui la lettre fut exactement rendue. Liſez l'hiſtoire eccléſiaſtique , vous dis-je , pour vous *qualifier* dans votre métier. (*Note de M. le profeſſeur Croquet.*)

(*d*) Les dames de Genève ravaudeuſes ! M. *Néedham* eſt fort poli ! (*Cette remarque eſt de mademoiſelle Noblet.*)

(*e*) Qui t'a dit que cette deſcription eſt exacte ? dans quel bourbier as-tu puiſé ces horreurs ? crois-tu bien défendre ta cauſe en calomniant la nature humaine? (*Note de M. du Peyrou qui connaît mieux l'Amérique que toi.*)

(*f*) Avis à *Néedham.* Mon ami, on te dira , pour la dernière fois , que tes pareils crient toujours à la religion lorſqu'ils la déshonorent et qu'ils la défigurent. Le propoſant , et M. *du Peyrou* , et M. *Covelle* , et M. *Beaudinet* ne ſont pas ennuyeux comme toi , mais ils ſont meilleurs chrétiens.

DIX-HUITIEME LETTRE.

De M. Beaudinet à M. Covelle.

A Neuchâtel, ce 1er décembre, l'an du salut 1765.

MONSIEUR,

MON cher monsieur *Covelle*, je vous félicite de n'avoir point été lapidé comme notre ami *Jean-Jacques*. Vous êtes forti de toutes vos épreuves, votre nom passera à la dernière postérité avec celui de vos ancêtres qui se signalèrent pour leur patrie le jour de l'escalade ; mais vous l'emportez sur eux autant que la philosophie du siècle présent l'emporte sur la superstition du siècle passé. Le *Covelle* de l'escalade ne tua qu'un favoyard, et vous avez réfisté à cinquante prêtres. Mademoiselle *Ferbot* en est toute glorieuse ; c'est le plus beau triomphe qu'on ait jamais remporté. Le grand empereur *Henri IV* attendit trois jours pieds nus et en chemise que le prêtre *Grégoire VII* daignât lui permettre de se mettre à genoux devant lui. *Henri IV*, roi de France, plus grand encore, se fit donner le fouet par le pénitencier du prêtre *Clément VIII*, sur les fesses de deux cardinaux ses ambassadeurs : et vous, mon cher *Covelle*, plus courageux et plus heureux que ces deux héros, vous n'avez point indignement fléchi le genou devant des hommes pécheurs.

Mais tremblez que vos prêtres ne reviennent à la charge ; il ne démordent jamais de leurs prétentions. Un prêtre qui ne gouverne point, fe croit déshonoré. Ils fe joignent dans mon pays, tantôt aux magiſtrats, tantôt aux citoyens ; ils les divifent pour en être les maîtres : les vôtres font puiſſans en œuvres et en paroles. Si *Jean-Jacques Rouſſeau* a fait des miracles, ils en font auſſi. Ils s'aſſocient avec le favant jéfuite irlandais *Néedham* ; ils viendront à vous doucement, couverts d'une peau d'anguille, mais ce feront au fond de vrais ferpens plus dangereux que celui d'*Eve*. Car celui-ci fit manger de l'arbre de vie ; les vôtres vous feront mourir de faim en vous perfécutant. Voici ce que je vous confeille, faites-vous prêtre pour les combattre avec des armes égales.

Dès que vous ferez prêtre, vous recevrez l'efprit comme eux ; vous pourrez alors devenir prophète comme de *Serres* et *Jurieu* l'ont été.

S'il vous tombe fous la main quelque *Servet* et quelque *Antoine*, vous les ferez brûler faintement, en criant contre l'inquifition des papiſtes. Si quelqu'un du confiſtoire n'eſt pas de votre avis, vous ferez en droit de lui donner un bon foufflet, comme le prophète *Sédékia* en donna un au prophète *Michée*, en lui difant : *Devine comment l'efprit de* D I E U *a paſſé par ma main pour aller fur ta joue.* (a)

Si le jéfuite *Néedham* vous reproche d'être hérétique, vous lui répondrez que la moitié des prophètes du Seigneur était native de Samarie qui était le centre

(a) Rois, livre III, chap. XXII.

de l'héréfie, la mère du fchifme, la Genève de l'ancienne loi.

Quand quelque infidèle vous parlera de vos amours avec mademoifelle *Ferbot*, vous citerez *Ofée*, qui non-feulement eut trois enfans d'une fille de joie nommée *Gomer*, par ordre exprès du Seigneur, (*b*) mais qui enfuite reçut un nouvel ordre exprès du Seigneur de coucher avec une femme adultère moyennant quinze francs courans et un quarteron et demi d'orge. Il reftera à difcuter quelle était la plus jolie de mademoifelle *Gomer* ou de mademoifelle *Ferbot*. Priez M. *Hubert* de la peindre, et furement mademoifelle *Ferbot* aura l'avantage.

Si vous afpirez à de nouvelles bonnes fortunes, allez tout nu dans les rues de Genève, comme *Jérémie* dans les rues de Jérufalem, ce vous fera gloire devant les filles ; elles prendront ce temps pour danfer auffi toutes nues autour de vous ; afin de fe conformer aux idées de *Jean-Jacques*, dans fon beau roman d'*Héloïfe*, elles vous donneront des baifers âcres. Rien ne fera plus édifiant.

Quand vous aurez atteint une honorable vieilleffe dans votre pofte important, vous deviendrez chauve. Si alors quelques enfans d'un confeiller ou d'un procureur général vous appellent tête blanche, foit fur le chemin de Chefne, foit fur la voie de Carouge, vous ne manquerez pas de faire defcendre de la montagne de Salève deux gros ours, et vous aurez la fatisfaction de voir dévorer lès enfans de vos magiftrats ; ce qui doit être une fainte confolation pour tout véritable prêtre.

(*b*) Premier et troifième chapitres d'*Ofée*.

Enfin, je me flatte que vous ferez tranfporté au ciel dans un char de feu tiré par quatre chevaux de feu, felon l'ufage. Si la chofe n'arrive pas, on dira du moins qu'elle eft arrivée, et cela revient abfolument au même pour la poftérité.

Faites-vous donc prêtre, *fi vis effe aliquid*. En attendant contribuez par vos lumières, par votre éloquence et par l'afcendant que vous avez fur les efprits, à calmer les petites diffentions qui s'élèvent dans votre patrie et à conferver fa précieufe liberté, le plus noble et le plus précieux des biens, comme dit *Cicéron*.

J'oubliais de vous dire qu'on nous demandait hier pourquoi, en certains pays, comme par exemple en Irlande, on fe moquait fouvent des prêtres, et qu'on refpectait toujours les magiftrats ; c'eft, répondit M. *du Peyrou*, qu'on aime les lois, et qu'on rit des contes.

J'ai l'honneur d'être cordialement,

MONSIEUR,

Votre très-humble et très-
obéiffant ferviteur,

BEAUDINET.

DIX-NEUVIEME LETTRE.

De M. Covelle à M. Néedham, le prêtre.

Vous favez, Monfieur, que, dans le dernier fouper
que nous fîmes enfemble avec mademoifelle *Ferbot*,
je vous avertis qu'on vous accufait de quelques
petites impiétés. Je fuis fâché que vous donniez fur
vous cette prife ; je vais bientôt me faire prêtre,
comme M. *Beaudinet* me l'a confeillé. Vous fentez
bien qu'alors mon premier devoir fera de vous pourfuivre. Epargnez-moi ce chagrin ; et fi vous avez le
malheur de n'être pas orthodoxe, c'eft-à-dire, fi vous
n'êtes pas de mon avis, n'offenfez pas au moins les
oreilles pieufes par des expreffions libertines.

    Comment a-t-il pu vous échapper, Monfieur,
de dire qu'il y a des fautes de copifte dans le Pentateuque ? (*a*) c'eft parler contre votre confcience,
c'eft juftifier l'opinion où eft tout l'univers que
vous êtes jéfuite. Vous fentez bien qu'un livre divinement infpiré a dû être divinement copié. Si vous
avouez que les fcribes ont fait vingt fautes, vous
avouez qu'ils en ont pu faire vingt mille. Vous donnez à entendre que l'efprit divin abandonna ce livre
facré aux erreurs des hommes ; par conféquent vous
le foumettez à la critique comme les livres ordinaires ; ce n'eft plus, felon vous, un ouvrage refpectable ; vous détruifez le fondement de notre foi.

    (*a*) Page 2 de votre admirable projet de notes inftructives, véridiques,
théologiques, critiques, comiques et foporifiques, pour lefquelles vous
êtes qualifié.

Croyez-moi , Monfieur , qui veut la fin veut les moyens. Si D I E U a parlé dans ce livre , il n'a pas fouffert qu'aucun homme pût le faire parler autrement qu'il ne s'eft exprimé.

Vous traitez ceux qui examinent l'ancien teftament *de don Quichottes qui fe battent contre des moulins à vent.* (*b*) Ah ! Monfieur , l'écriture fainte un moulin à vent ! quelle comparaifon ! quelle expreffion ! Mademoifelle *Ferbot* qui eft fille d'un meûnier, et qui s'intéreffe vivement aux moulins et à la vérité, en a été toute fcandalifée. De plus , mon cher *Néedham* , de quoi vous mêlez-vous ? on vous l'a déjà dit, ne voyez-vous pas que tout ceci eft une querelle politique entre *Jean - Jacques Rouffeau* , M. *Beaudinet* et moi d'une part , et le confiftoire de Neuchâtel de l'autre ? Au lieu d'apaifer cette querelle, vous attaquez la chronologie de la Bible. Voici ce que vous dites dans votre brochure :

,, La Vulgate fixe le déluge à l'année du monde ,, 1656, les Septante en 1262 , et le Pentateuque ,, famaritain en 2309. ,,

De-là vous concluez que de ces trois exemplaires de l'ancien teftament, il y en a deux qui font vifiblement erronés ; vous affectez de douter du troifième ; vous jetez une incertitude fcandaleufe fur l'hiftoire du déluge ; et, parce qu'il ne tombe que trente pouces d'eau tout au plus fur un canton dans les années les plus exceffivement pluvieufes, vous paraiffez en conclure que le globe n'a pu être couvert tout entier de vingt mille pieds d'eau en hauteur.

(*b*) Page 2.

Hé ! Monfieur , oubliez - vous les cataractes ?
oubliez - vous que les eaux fupérieures avaient été
féparées des eaux inférieures ? et devez - vous nier le
déluge , parce qu'étant qualifié , comme vous le
dites , pour concilier le texte hébreu , le texte des
Septante et le famaritain , vous n'avez pu en venir à
bout ? ce qui eft pourtant la chofe du monde la
plus aifée.

Vous doutez, dites-vous , que le déluge ait été
univerfel , et que tous les animaux de l'Amérique
aient pu venir dans l'arche. Vous ne pouvez comprendre que huit perfonnes aient pu donner pendant une année entière à la prodigieufe quantité
d'animaux renfermés dans cette arche les différentes
nourritures qui leur font propres. N'êtes - vous pas
honteux de jeter de pareils fcrupules dans les ames
faibles ? et ne favez - vous pas de quoi huit perfonnes
entendues font capables dans un ménage ?

Vous voilà encore bien embarraffé à compter les
années depuis que *Moïfe* parla à *Pharaon* jufqu'aux
fondemens du temple jetés par *Salomon*. Vous trouvez en fupputant jufte , entre ces deux événemens,
cinq cents trente-cinq années ; et vous êtes tout effa-
rouché que le texte dife qu'il n'y eut que quatre cents
quatre - vingts ans depuis l'ambaffade de *Moïfe* vers
Pharaon jufqu'à l'année où *Salomon* jeta les fondemens du temple.

Vous remarquez qu'*Efdras* compte quarante-deux
mille trois cents quarante et un Ifraélites revenus
de la captivité , et que par fon propre compte il
ne s'en trouve que vingt-neuf mille huit cents dix-
neuf.

Vous

Vous souvenez-vous, Monsieur, que mademoiselle *Ferbot* vous demanda, en soupant, quel âge avait
Dina, fille de *Jacob*, lorsqu'elle fut violée par l'aima-
ble prince des Sichimites? Seize ans, réponditesvous, d'après le calcul du judicieux dom *Calmet*.
Mademoiselle *Ferbot*, qui calcule à merveille, se leva
de table, prit une plume et de l'encre, fit le compte
en deux minutes, et vous prouva que *Dina* n'avait
pas six ans. Vous répondites qu'elle était fort avancée
pour son âge; mais, Monsieur, il fallait démontrer
qu'elle avait seize ans, sans quoi vous ruinez toute
l'histoire des patriarches.

Car, Monsieur, si *Dina* n'avait que six ans quand
elle fut violée, *Ruben* n'en pouvait avoir que treize
et *Siméon* douze, quand ils passèrent tous les Sichimites au fil de l'épée après les avoir circoncis.
Croyez-vous vous tirer d'affaire en disant que, dans
la race de *Jacob*, la valeur des filles et des garçons
n'attend pas le nombre des années?

Monsieur le proposant *Théro*, qui au fond est un
bon chrétien, quoiqu'il n'aime pas *Athanase*, trouve
fort mauvais que vous disiez que toute cette ancienne
chronologie est erronée, ainsi que les autres calculs. Seriez-vous un malin, monsieur *Néedham?*
St *Luc* dit qu'*Auguste* fit un dénombrement de toute
la terre, et que *Cirénius* était gouverneur de Syrie,
quand JESUS vint au monde; et là-dessus vous
vous écriez qu'il y a un vice de clerc dans ce passage,
que jamais *Auguste* ne fit un dénombrement de
l'empire, qu'aucun auteur n'en parle, qu'aucune
médaille ne l'atteste, que *Cirénius* ne fut gouverneur
que dix ans après la naissance de JESUS. Oui,

Facéties. I i

Monfieur, cela eft vrai, mais ce n'eft pas à vous
de le dire.

Laiffez là votre chronologie et vos calculs, ne
fupputez plus fi *David* amaffa, dans le petit pays de
la Judée, un milliar ou onze cents millions de
livres fterling en argent comptant, et fi *Saül* avait
trois cents foixante mille hommes de troupes en
campagne, et *Salomon* quatre cents quarante mille
chevaux; cela eft abfolument étranger à la morale,
à la vertu, à l'amour de la patrie qui font notre
unique affaire.

Vous prétendez qu'il y a erreur dans les copies
des évangiles, parce que *Matthieu* fait enfuir la fainte
famille en Egypte, et que *Luc* la fait refter à Bethléem;
parce que *Jean* fait prêcher JESUS trois ans, et les
autres feulement trois mois; parce que *Matthieu* et
les autres ne s'accordent ni fur le jour de la mort,
ni fur les apparitions, ni fur un grand nombre
d'autres faits. Ah! M. *Needham*, ne cefferez-vous
point d'éplucher ce qu'il faut refpecter? Ne voyez-
vous pas que ces livres furent écrits en différens
temps et en différens pays, qu'ils ne commencèrent
à être connus que fous *Trajan*, et que, s'il y a des
fautes dans le détail, il faut les excufer charitablement, et ne les pas étaler aux yeux des fidèles
comme vous faites.

Ceffez, je vous en prie, de calomnier mes chers
Savanois; ne dites plus que de fi honnêtes gens font
des anthropophages. Ne concluez point de ce que les
Juifs ont autrefois mangé des hommes, que les Savanois en mangent auffi. C'eft comme fi vous difiez
qu'ils ont trente-deux mille pucelles dans un de

leurs villages, parce que *Moïfe* trouva trente-deux mille pucelles dans un village madianite.

N'appelez point les dames de Genève qui fe moquent de vous *des ravaudeufes :* (*d*) il ne faut jamais infulter les dames, cela eft d'un homme mal appris. Si les dames fe moquent de vous, il faut entendre raillerie, et les remercier de la peine qu'elles daignent prendre. Songez que les dames font la moitié du genre humain ; que les railleurs compofent l'autre moitié, et qu'il ne vous reftera que vos anguilles ; ce qui eft une faible reffource pour établir le papifme à Genève, comme on vous en accufe.

Voyez quelle contradiction il y aurait à vouloir détruire l'écriture fainte d'une main et à introduire le papifme de l'autre. Vous me dites que ce monde n'eft qu'un amas de contradictions, que notre ami *Jean-Jacques* s'eft toujours contredit, qu'il a écrit contre la comédie en fefant des comédies, qu'il a tourné les miracles de JESUS en ridicule, et qu'il a fait des miracles à Venife ; que tantôt il a juftifié certains prêtres contre l'Encyclopédie, et que tantôt il les a vilipendés ; qu'il a dédié une brochure à fa chère république de Genève, et qu'après il a imprimé que fes chers magiftrats font des tyrans, et le confeil des deux cents une affemblée de dupes ; qu'il a fait l'éloge du prêtre *Montmolin*, a pleuré de joie en communiant de la main du prêtre *Montmolin*, a juré au prêtre *Montmolin* d'écrire contre l'auteur de l'*Efprit*, qui avait été fon bienfaiteur, et qu'il s'eft fait enfuite lapider dans une querelle avec ledit prêtre

_____

(*d*) Page 9 des notes inftructives, véridiques, théologiques et foporifiques de mon cher ami *Néedham*.

Montmolin. Hélas ! Monfieur , vous avez raifon en cela. Les lois fe contredifent fouvent. Les maris et les femmes paffent leur vie à fe contredire. Les conciles fe font contredits. *Auguftin* a contredit *Jérôme* ; *Paul* a contredit *Pierre* ; *Calvin* a contredit *Luther* qui a contredit *Zuingle* qui a contredit *Oecolampade*, &c. Il n'y a perfonne qui n'ait éprouvé des contradictions chez fes parens et dans fon propre cœur.

Je vais vous donner un bon fecret pour ne vous contredire jamais ; c'eft de ne rien dire du tout.

Je ferai toujours fans me contredire ,

Votre bon ami C O V E L L E.

V I N G T I E M E   L E T T R E.

De M. Beaudinet à mademoifelle Ferbot.

M A D E M O I S E L L E ,

S'IL eft vrai que vous vous foyez prife de goût pour l'agréable M. *Néedham* , comme le bruit en eft grand dans toute la Suiffe, et par conféquent dans tout l'univers, vous vous intérefferez vivement au trifte événement qu'il a effuyé , et que je vais vous raconter avec ma candeur ordinaire.

Vous favez que M. *Néedham* , prêtre papifte , était allé en Suabe chez leurs excellences monfieur le comte et madame la comteffe de *Hifs-prieft-craft*, dans l'efpérance de les attirer à fa fecte. Il paffa imprudemment, et pour fon malheur , par la ville de

Neuchâtel. Le bruit fe répandit auffitôt'qu'un jéfuite déguifé était arrivé parmi nous ; le confiftoire s'affembla. Le modérateur avertit la compagnie que ce jéfuite avait répandu à Genève plufieurs écrits fcandaleux , comme parodies , notes théologiques , &c. que perfonne ne connaiffait , dans lefquels écrits il ofait avancer qu'il y a nombre d'erreurs de copiftes dans les faintes écritures.

Monfieur le modérateur fit habilement remarquer qu'en retranchant le mot de copifte , il en réfultait , felon le fieur *Needham* , que les faintes écritures font pleines d'erreurs. Il dénonça auffi plufieurs propofitions téméraires , mal-fonnantes , offenfives des oreilles pieufes , hérétiques , fentant l'héréfie.

Le confiftoire , vivement alarmé , fomma *Needham* de comparaître. Je fus préfent à l'interrogatoire.

On lui demanda d'abord s'il était prêtre papifte. Il avoua hardiment qu'il l'était , qu'il célébrait fa fynaxe tous les dimanches , qu'il fefait l'*hocus pocus* avec une dextérité merveilleufe ; il fe vanta de faire *Théon* , et même des milliers de *Théoi* , de quoi toute l'affemblée frémit.

Monfieur le modérateur l'adjura , au nom du D I E U vivant , de dire nettement et fans équivoque s'il était jéfuite ou non. A ce mot d'équivoque il pâlit , il rougit , il fe recueillit un moment , et répondit en balbutiant : Je ne fuis pas ce que vous croyez que je fuis. Malheureufement en difant ces paroles , il laiffa tomber de fa poche une lettre du général de Rome , dont l'adreffe était : *Al reverendo , reverendo padre Needham , della focieta di Giefu.* Etant ainfi convaincu d'avoir menti au Saint-Efprit et au confiftoire , il fut envoyé en prifon.

I i 3

L'on continua le lendemain fon interrogatoire, dont voici le précis.

Enquis s'il avait dit que la généalogie qui fe trouve dans *Matthieu* eft contraire à celle qui eft dans *Luc*, a répondu que oui, et que c'était-là le miracle. Enquis comment il accordait ces deux généalogies, a dit qu'il n'en favait rien.

Enquis s'il avait dit méchamment et proditoirement que, felon *Matthieu*, la fainte famille s'était enfui en Egypte, et que, felon *Luc*, elle ne bougea de Bethléem, jufqu'à ce qu'elle alla à Nazareth en Galilée, a répondu qu'il l'avait dit ainfi.

Et fur ce qu'on lui demanda comment on conciliait ces contrariétés apparentes; il répondit que par Nazareth il fallait entendre l'Egypte, et par l'Egypte Nazareth.

Enquis pourquoi il avait écrit que, felon *Jean*, notre divin Sauveur avait vécu trois ans trois mois depuis fon baptême, et que, felon les autres, il n'avait vécu que trois mois, a répondu qu'il fallait prendre trois mois pour trois ans.

Interrogé comment il avait expliqué l'apparition et l'afcenfion en Galilée, felon *Matthieu*, et felon *Luc* à Jérufalem et en Béthanie, a répondu que ce n'était pas une chofe importante, et qu'on peut fort bien monter au ciel de deux endroits à la fois.

A lui remontré qu'il était un imbécille, a répondu qu'il était *qualifié* pour la théologie; fur quoi monfieur le modérateur lui repartit fort pertinemment: Maître *Néedham*, bien eft-il vrai que théologiens font parfois gens abfurdes; mais on peut raifonner comme un coq-d'Inde, et fe conduire avec prudence de ferpent.

Je vous épargne, Mademoifelle, le grand nombre de queftions qu'on lui fit, et que vous entendriez auffi peu que toutes les faintes femmes de votre caractère.

Quand il eut figné fon interrogatoire, on procéda au jugement. Il fut condamné tout d'une voix à faire amende honorable une anguille à la main, et enfuite à être lapidé hors la porte de la ville, felon la coutume.

Comme on lui lifait fa fentence, arriva monfieur du *Peyrou*, homme de bien, qui, n'étant pas prêtre, fait beaucoup de bonnes œuvres. Il repréfenta au confiftoire que la fentence était un peu rude, que M. *Néedham* était étranger, et qu'une juftice fi févère pourrait empêcher déformais les Anglais de venir dans la belle ville de Neuchâtel. Le confiftoire foutint la légitimité de fa fentence par plufieurs faints exemples. Il repréfenta que les Cananéens étaient étrangers aux Ifraélites, et que cependant ils furent tous mis à mort; que le roi *Eglon* était étranger au pieux *Aod*, et que cependant *Aod* lui enfonça dans le ventre un grand couteau avec le manche; que *Michel Servet*, étant efpagnol, était étranger à *Jehan Chauvin* né en Picardie, et que cependant *Jehan Chauvin*, le fit brûler pour l'amour de DIEU, avec des fagots verds, afin de favourer le doux plaifir de lui voir expier fes péchés plus long-temps, ce qui eft un vrai paffe-temps de prêtre.

Ces raifons étaient fortes : elle n'ébranlèrent pourtant pas M. du *Peyrou*. Il trouva une ancienne loi portée du temps de la ducheffe de *Longueville*, par laquelle il n'eft loyal au confiftoire de lapider perfonne fans la permiffion du gouverneur. Malheureufement le gouverneur n'y était pas; on eut recours à monfieur fon lieutenant; on lui expliqua l'affaire. Le confiftoire prétendait que la loi en queftion n'était que de calviniftes à calviniftes, non pas de calviniftes à papiftes; il ajoutait, avec affez de vraifemblance, qu'on doit y regarder de près quand il s'agit de lapider un homme de notre fecte, mais que pour un homme d'une fecte différente, il n'y a aucune difficulté; qu'il était expédient que quelqu'un mourût pour le peuple; et qu'on était trop heureux que le fort tombât fur un jéfuite. Oh bien, dit le lieutenant, lapidez-le donc; mais que ce foit le plus abfurde de vous tous qui jette la première pierre.

A ces mots, ces meffieurs fe regardèrent tous avec un air de politeffe qui me charma. Chacun voulait céder la place d'honneur à fon confrère; l'un difait: Monfieur le modérateur, c'eft à vous de commencer; l'autre, Monfieur le profeffeur en théologie, l'honneur vous appartient : les prédicans de la campagne déféraient pour la première fois aux prédicans de la ville, et ceux-ci aux pafteurs de la campagne.

Pendant ces complimens, M. du *Peyrou* fit évader le patient; vous le reverrez bientôt. Ne m'oubliez pas, je vous prie, quand vous fouperez entre lui et Monfieur *Covelle* mon bon ami. J'ai l'honneur d'être avec refpect,

MADEMOISELLE,

Votre très-humble et très-obéiffant ferviteur,

BEAUDINET.

N. B. J'apprends, Mademoifelle, que vous renoncez à M. *Covelle*, le digne appui du calvinifme, et à M. *Néedham*, le digne pilier du papifme; on dit que vous époufez un jeune homme fort riche et de beaucoup d'efprit. Je vous prie de me mander de quelle religion il eft : cela et très-important.

CONCLUSION.

VOILA le recueil complet de tout ce qu'on a écrit depuis peu fur les miracles. L'éditeur, pénétré d'une foi vive, n'a pas craint de rapporter toutes les objections qui fe réduifent en pouffière devant nos vérités fublimes. Si M. *Néedham* eft un ignorant, cela ne fait aucun tort à ces vérités. Il y a même lieu d'efpérer que M. le comte de *Hifs-priefl-craft*, et madame la comteffe fe convertiront ; que monfieur *Jean-Jacques* rentrera au giron ; que monfieur le propofant *Théro* ne propofera plus de difficultés ; que M. *Covelle* et mademoifelle *Ferbot* continueront toujours d'édifier le monde chrétien, et qu'enfin monfieur *Beaudinet* ne conteftera plus aux vénérables compagnies de Moutier-Travers et de Bovereffe le droit d'excommunier, condamner, anathématifer qui bon leur femblera ; ce droit étant divinement attaché à leur divin miniftère. Nous efpérons même que non-feulement ces favans hommes feront des miracles, mais qu'ils feront pendre tous ceux qui ne les croiront pas. *Amen !*

SUR L'ENCYCLOPEDIE.

Un domeſtique de *Louis XV* me contait qu'un jour le roi ſon maître ſoupant à Trianon en petite compagnie , la converſation roula d'abord ſur la chaſſe , et enſuite ſur la poudre à tirer. Quelqu'un dit que la meilleure poudre ſe feſait avec des parties égales de ſalpêtre, de ſouffre et de charbon. Le duc de *la Vallière*, mieux inſtruit , ſoutint que pour faire de bonne poudre à canon, il fallait une ſeule partie de ſouffre et une de charbon , ſur cinq parties de ſalpêtre bien filtré , bien évaporé , bien criſtalliſé.

Il eſt plaiſant , dit monſieur le duc de *Nivernois*, que nous nous amuſions tous les jours à tuer des perdrix dans le parc de Verſailles , et quelquefois à tuer des hommes , ou à nous faire tuer ſur la frontière , ſans ſavoir préciſément avec quoi l'on tue.

Hélas ! nous en ſommes réduits là ſur toutes les choſes de ce monde , répondit madame de *Pompadour* ; je ne ſais de quoi eſt compoſé le rouge que je mets ſur mes joues , et on m'embarraſſerait fort ſi on me demandait comment on fait les bas de ſoie dont je ſuis chauſſée.

C'eſt dommage , dit alors le duc de *la Vallière* , que ſa majeſté nous ait confiſqué nos dictionnaires encyclopédiques , qui nous ont coûté chacun cent piſtoles; nous y trouverions bientôt la déciſion de toutes nos queſtions.

Le roi juſtifia ſa confiſcation ; il avait été averti
que les vingt et un volumes in-folio, qu'on trouvait
ſur la toilette de toutes les dames, étaient la choſe
du monde la plus dangereuſe pour le royaume de
France ; et il avait voulu ſavoir par lui-même ſi la
choſe était vraie avant de permettre qu'on lût ce
livre. Il envoya ſur la fin du ſouper chercher un
exemplaire par trois garçons de ſa chambre, qui
apportèrent chacun ſept volumes avec bien de la
peine.

On vit à l'article *poudre* que le duc de *la Vallière*
avait raiſon ; et bientôt madame de *Pompadour* apprit
la différence entre l'ancien rouge d'Eſpagne dont les
dames de Madrid coloraient leurs joues, et le rouge
des dames de Paris. Elle ſut que les dames grecques
et romaines étaient peintes avec de la pourpre qui
ſortait du *murex*, et que par conſéquent notre écar-
late était la pourpre des anciens ; qu'il entrait plus
de ſafran dans le rouge d'Eſpagne, et plus de coche-
nille dans celui de France.

Elle vit comme on lui feſait ſes bas au métier ;
et la machine de cette manœuvre la ravit d'étonnement ! Ah ! le beau livre, s'écria-elle. Sire, vous
avez donc confiſqué ce magaſin de toutes les choſes
utiles pour le poſſéder ſeul, et pour être le ſeul
ſavant de votre royaume ?

Chacun ſe jetait ſur les volumes comme les
filles de *Lycomède* ſur les bijoux d'*Ulyſſe* : chacun y
trouvait à l'inſtant tout ce qu'il cherchait. Ceux qui
avaient des procès étaient ſurpris d'y voir la déciſion de leurs affaires. Le roi y lut tous les droits de
ſa couronne. Mais vraiment, dit-il, je ne ſais pas

pourquoi on m'avait dit tant de mal de ce livre.
Eh, ne voyez-vous pas, Sire, lui dit le duc de
Nivernois, que c'eſt parce qu'il eſt fort bon. On ne
ſe déchaîne contre le médiocre et le plat en aucun
genre. Si les femmes cherchent à donner du ridicule
à une nouvelle venue, il eſt sûr qu'elle eſt plus
jolie qu'elles.

Pendant ce temps-là on feuilletait; et le comte
de *C*.... dit tout haut : Sire, vous êtes trop heureux
qu'il ſe ſoit trouvé ſous votre règne des hommes
capables de connaître tous les arts, et de les tranf-
mettre à la poſtérité. Tout eſt ici, depuis la manière
de faire une épingle juſqu'à celle de fondre et de
pointer vos canons; depuis l'infiniment petit, juſqu'à
l'infiniment grand. Remerciez DIEU d'avoir fait naître
dans votre royaume ceux qui ont ſervi ainſi l'univers
entier. Il faut que les autres peuples achètent l'Encyclopédie ou qu'ils la contrefaſſent. Prenez tout
mon bien ſi vous voulez, mais rendez-moi mon
Encyclopédie.

On dit pourtant, repartit le roi, qu'il y a bien
des fautes dans cet ouvrage ſi néceſſaire et ſi admirable.

Sire, reprit le comte de *C*...., il y avait à votre
ſouper deux ragoûts manqués; nous n'en avons pas
mangé, et nous avons fait très-bonne chère. Auriez-
vous voulu qu'on jetât tout le ſouper par la fenêtre
à cauſe de ces deux ragoûts? Le roi ſentit la force
de la raiſon; chacun reprit ſon bien : ce fut un
beau jour.

L'envie et l'ignorance ne ſe tinrent pas pour
battues : ces deux sœurs immortelles continuèrent

leurs cris, leurs cabales, leurs perfécutions. L'ignorance en cela eſt très-ſavante.

Qu'arriva-t-il ? les étrangers firent quatre édi-
tions de cet ouvrage français profcrit en France, et
gagnèrent environ dix-huit cents mille écus.

Français, tâchez dorénavant d'entendre mieux
vos intérêts.

F I N.

TABLE

DES PIECES

CONTENUES DANS CE VOLUME.

TABLE 511

TABLE. 515

Fin de la Table.

VOLTAIR.

46

FACTUM

www.ingramcontent.com/pod-product-compliance
Lightning Source LLC
Chambersburg PA
CBHW061025030726
47504CB00002B/258